o homem perfeito

LINDA HOWARD

O homem perfeito

Tradução
Carolina Simmer

1ª edição

Rio de Janeiro | 2018

Copyright © 2000 by Linda Howington
Todos os direitos reservados.
Publicado em acordo com a editora original, Rocket Books, uma divisão da Simon & Schuster, Inc.

Título original: *Mr. Perfect*

Capa: Lívia Prata

Imagens de capa: Homem de terno/Nestor Rizhniak/Shutterstock; Gotas de sangue/
NYgraphic/Shutterstock; Papel rasgado/autsawin uttisin/Shutterstock

Texto revisado segundo o novo
Acordo Ortográfico da Língua Portuguesa

2018
Impresso no Brasil
Printed in Brazil

CIP-BRASIL. CATALOGAÇÃO NA PUBLICAÇÃO
SINDICATO NACIONAL DOS EDITORES DE LIVROS, RJ

H844h	Howard, Linda
	O homem perfeito / Linda Howard; tradução de Carolina Simmer. – 1ª ed. – Rio de Janeiro: Bertrand Brasil, 2018.
	Tradução de: Mr. Perfect
	ISBN 978-85-286-2234-8
	1. Ficção americana. I. Simmer, Carolina. II. Título.
17-46067	CDD: 813
	CDU: 821.111(73)-3

Todos os direitos reservados pela:
EDITORA BERTRAND BRASIL LTDA.
Rua Argentina, 171 – 2º andar – São Cristóvão
20921-380 – Rio de Janeiro – RJ
Tel.: (21) 2585-2000 – Fax: (21) 2585-2084

Não é permitida a reprodução total ou parcial desta obra, por
quaisquer meios, sem a prévia autorização por escrito da Editora.

Atendimento e venda direta ao leitor:
mdireto@record.com.br ou (21) 2585-2002

Sou muito grata ao sargento Henry Piechowski, da delegacia de Warren, Michigan, por responder às minhas perguntas com paciência e disposição. Ele atendeu aos meus telefonemas, me cedeu seu tempo e se esforçou ao máximo para que eu entendesse tudo. Quaisquer erros são apenas meus. Obrigada, sargento.

Prólogo

Denver, 1975

— Que coisa ridícula! — Agarrando a bolsa com tanta força que as juntas dos dedos estavam brancas, a mulher encarou o diretor do outro lado da mesa. — Ele disse que não tocou no hamster, e meu filho não mente! Mas que ideia!

Fazia seis anos que J. Clarence Cosgrove era diretor da Escola Secundária Ellington, e ele fora professor por vinte anos antes disso. Estava acostumado a lidar com pais furiosos, mas se sentia nervoso com aquela mulher alta e magra sentada diante dele e aquela criança de ar anestesiado aboletada ao lado dela. O diretor odiava usar aquela palavra, mas os dois eram *estranhos*. Apesar de saber que seria um esforço inútil, ele ainda tentou argumentar:

— Houve uma testemunha...

— A Sra. Whitcomb o obrigou a dizer aquilo. Corin nunca, *nunca*, machucaria aquele hamster, não é, querido?

— Não, mamãe. — A voz tinha uma doçura quase sobrenatural, mas os olhos da criança eram frios e não piscavam ao encarar o Sr. Cosgrove, como se analisassem o efeito que tal negação causava no homem.

— Viu, eu disse! — gritou a mulher em triunfo.

O Sr. Cosgrove tentou novamente:

— A Sra. Whitcomb...

— ... implica com Corin desde o primeiro dia de aula. *Ela* é quem deveria estar sendo interrogada pelo senhor, e não o meu filho. — Os lábios da mulher se apertaram com fúria. — Duas semanas atrás, nós duas tivemos uma conversa sobre as baixarias que ela anda colocando na cabeça das crianças, e eu falei que, apesar de não poder controlar o que é dito aos outros alunos, não quero, em hipótese alguma, que ela fale sobre... — a mulher lançou um olhar para Corin — s-e-x-o com o *meu* filho. Por isso que ela fez o que fez.

— A Sra. Whitcomb é uma ótima professora. Ela não faria...

— Mas *fez*! Não me diga que aquela mulher não faria algo que obviamente fez! Ora, não duvido que ela própria tenha matado o hamster!

— O hamster era o animal de estimação dela, e a Sra. Whitcomb o trouxe para a escola para ensinar as crianças sobre...

— Mesmo assim, ela pode tê-lo matado. Meu Deus, era só um rato grande — disse a mulher, desdenhosa. — Não entendo por que tanto escândalo, mesmo que Corin *tivesse* matado o bicho, o que não aconteceu. Ele está sendo perseguido, *perseguido*, e não vou ficar parada enquanto isso acontece. Ou o senhor dá um jeito nessa mulher, ou eu darei.

O Sr. Cosgrove tirou os óculos e, exausto, limpou as lentes, apenas para ter algo para fazer enquanto tentava pensar em um meio de neutralizar o veneno da mulher antes de ela arruinar a carreira de uma boa professora. Não adiantava argumentar; até agora, ela não deixara que ele completasse nem uma frase. O diretor olhou para Corin; o garoto ainda o observava com uma expressão angelical que não condizia em nada com a frieza de seus olhos.

— Posso conversar com a senhora em particular? — perguntou ele.

A mulher pareceu surpresa.

— Por quê? Se o senhor acha que vai conseguir me convencer de que meu querido Corin...

— Só por um instante — interrompeu o Sr. Cosgrove, escondendo a pequena onda de prazer por ser ele a interromper dessa vez. Pela expressão da mulher, ela não havia gostado nem um pouco disso. — Por favor — arrematou ele, apesar de estar achando difícil manter a educação.

— Bem, pode ser — disse ela, relutante. — Corin, querido, vá lá para fora. Fique do lado da porta, onde a mamãe possa te ver.

— Sim, mamãe.

O Sr. Cosgrove se levantou e fechou a porta com firmeza atrás da criança. A mulher pareceu alarmada com esse desdobramento, com o fato de não conseguir ver o filho, e começou a se levantar da cadeira.

— Por favor — repetiu o Sr. Cosgrove. — Sente-se.

— Mas Corin...

— ... vai ficar bem.

Outra interrupção para ele, pensou o diretor. Ele voltou à sua cadeira e pegou uma caneta, batucando contra o mata-borrão enquanto tentava pensar em uma forma diplomática de abordar o assunto. Mas nada seria diplomático o suficiente para aquela mulher, percebeu ele, e decidiu ir direto ao ponto.

— A senhora já considerou procurar ajuda para Corin? Um bom psicólogo infantil...

— O senhor está maluco? — sibilou a mulher, o rosto distorcido por uma raiva instantânea enquanto ela se colocava de pé. — Corin não precisa de psicólogo! Não há nada de errado com ele. O problema é aquela vagabunda, não o meu filho. Eu devia ter imaginado que esta reunião seria uma perda de tempo, que o senhor ficaria do lado dela.

— Eu quero o melhor para Corin — retrucou ele, conseguindo manter a voz calma. — O hamster foi apenas o último incidente, não o primeiro. Há um padrão de comportamentos preocupantes que vão além de travessuras...

— As outras crianças têm inveja dele — atacou a mulher. — Eu sei que aqueles miseráveis implicam com Corin, e aquela vagabunda não faz nada para impedir ou protegê-lo. Meu filho me conta tudo. Se o senhor acha que vou permitir que ele continue nesta escola para ser perseguido...

— A senhora tem razão — disse o diretor, tranquilo. No placar, as interrupções dela ainda estavam ganhando, mas aquela era a mais importante. — Neste estágio, talvez seja melhor que ele troque de escola. Posso recomendar boas instituições particulares...

— Não precisa se dar ao trabalho — retrucou ela, ríspida, enquanto seguia para a porta. — Nem imagino por que o senhor pensaria que eu confiaria na *sua* recomendação. — Com essa despedida, a mulher abriu a porta com força e agarrou Corin pelo braço. — Vamos, querido. Você nunca mais vai precisar voltar aqui.

— Sim, mamãe.

O Sr. Cosgrove foi para a janela e ficou observando a dupla entrar no Pontiac de duas portas. O veículo era amarelo, com manchas marrons de ferrugem no lado esquerdo do para-lama. Ele havia resolvido seu problema imediato, proteger a Sra. Whitcomb, mas estava ciente de que a complicação maior havia acabado de sair da sua sala. Que Deus ajudasse o corpo docente da escola para a qual Corin fosse. Talvez, em algum momento, alguém tomasse as rédeas da situação e colocasse o garoto na terapia antes que a situação ficasse fora de controle... a menos que já fosse tarde demais.

No carro, a mulher dirigiu num silêncio pétreo e furioso até os dois estarem fora do campo de visão da escola. Ela freou diante de uma placa de pare e, sem aviso, deu um tapa tão forte no rosto de Corin que a cabeça dele bateu contra a janela.

— Seu miserável — disse ela através de dentes cerrados. — Como você ousa me humilhar daquela forma! Ser chamada na escola pelo diretor e levar um sermão como se eu fosse uma *idiota*. Você sabe o que vai acontecer quando chegarmos em casa, não sabe? *Não sabe?* — Ela gritou as duas últimas palavras.

— Sim, mamãe. — O rosto da criança era inexpressivo, mas seus olhos brilhavam com algo parecido com antecipação.

A mulher agarrou o volante com ambas as mãos, como se tentasse esganá-lo.

— Você vai ser perfeito, nem que precise aprender na base de surras. Está me ouvindo? *Meu* filho vai ser *perfeito*.

— Sim, mamãe — respondeu Corin.

Um

Warren, Michigan, 2000

Jaine Bright acordou de mau humor.

Seu vizinho, o terror da vizinhança, chegara em casa com um estrondo às três da manhã. Se o carro dele já tivera um silenciador, havia deixado de funcionar muito tempo atrás. Infelizmente, o quarto de Jaine ficava do lado da casa que dava para a garagem dele; nem mesmo cobrir a cabeça com o travesseiro abafava o som do Pontiac de oito cilindros. O sujeito batera a porta do carro, acendera a luz da varanda — que estava maliciosamente posicionada para brilhar bem nos olhos de Jaine se ela deitasse de frente para a janela, o que era o caso —, deixara a porta de tela bater três vezes enquanto ele entrava, saíra de novo alguns minutos depois e, então, voltara para dentro, obviamente se esquecendo de apagar a luz, já que, alguns minutos mais tarde, a cozinha ficara escura, mas a maldita varanda continuava acesa.

Se ela soubesse da existência do vizinho antes de comprar a propriedade, nunca, nunca teria assinado o contrato. Nas duas semanas em que vivia ali, o homem havia conseguido destruir toda a felicidade que Jaine sentira com sua primeira casa.

Ele era alcoólatra. Mas por que não podia ser um bêbado alegre?, perguntou-se ela, amargurada. Não, ele tinha de ser um bêbado ranzinza e maldoso, do tipo que a deixava com medo de soltar o gato se o sujeito estivesse em casa. BooBoo não era grande coisa — o bicho nem era dela —, mas sua mãe o amava, então Jaine não queria que nada acontecesse com ele enquanto estava sob sua custódia temporária. Ela nunca mais conseguiria encarar a mãe se os pais voltassem de suas férias dos sonhos de seis semanas na Europa para descobrir que BooBoo havia morrido ou desaparecido.

E o vizinho já estava implicando com o pobre gato, porque tinha encontrado pegadas no vidro e no capô de seu carro. Pela forma como o homem reagira, era de se imaginar que se tratava de um Rolls-Royce novinho em folha em vez de um Pontiac de dez anos, com a lataria toda amassada.

Para a sorte de Jaine, ela estava saindo para o trabalho no mesmo horário que ele; pelo menos fora o que ela havia suposto naquele momento. Agora, achava que o sujeito devia estar indo comprar mais bebida. Se ele tinha um trabalho, seus horários eram bem esquisitos, porque, por enquanto, ela fora incapaz de estabelecer um padrão para suas idas e vindas.

De toda forma, Jaine tentara ser legal no dia em que o vizinho vira as pegadas; até mesmo lhe dera um sorriso, o que, considerando a forma como ele fora estúpido com ela porque sua festa de boas-vindas à casa nova o acordara — às duas da tarde! —, fora um grande esforço. Mas ele não prestara atenção no sorriso que oferecia uma trégua; em vez disso, pulara para fora do carro quase imediatamente após seu traseiro tocar o assento.

— Moça, é melhor deixar seu maldito gato bem longe do meu carro!

O sorriso congelara no rosto de Jaine. Ela detestava desperdiçar sorrisos, ainda mais com um babaca mal-humorado, com a barba por fazer e os olhos injetados. Vários comentários ácidos lhe vieram à mente, mas Jaine os engolira. Afinal de contas, ela era nova na vizinhança e já começara com o pé esquerdo com esse cara. A última coisa que queria era uma guerra entre os dois. Ela decidira tentar ser diplomática mais uma vez, apesar de isso obviamente não ter funcionado durante a festa.

— Desculpe — dissera, mantendo a voz calma. — Vou tentar prestar mais atenção. Estou cuidando de BooBoo para os meus pais, ele não vai ficar aqui por muito tempo. — Só mais cinco semanas.

O homem rosnara alguma resposta ininteligível e voltara para o carro, batendo a porta, e então saíra em disparada, o poderoso motor roncando como um trovão. Jaine inclinara a cabeça para o lado, ouvindo. O exterior do Pontiac era horroroso, mas o motor rodava maravilhosamente bem. Havia muitos cavalos sob aquele capô.

Era óbvio que diplomacia não funcionava com aquele sujeito.

Agora, lá estava ele, acordando a vizinhança inteira às três da manhã com aquela porcaria de carro. A injustiça de haver levado um sermão por tê-lo acordado no meio da tarde fez com que Jaine quisesse ir até a casa dele e enfiar o dedo na campainha até que o sujeito estivesse tão desperto quanto todo mundo.

Só havia um problema. Jaine tinha um pouco de medo dele.

Ela não gostava disso; não estava acostumada a se deixar intimidar pelos outros, mas aquele cara a deixava nervosa. Ela nem mesmo sabia o seu nome, porque as duas vezes em que se encontraram não foram o tipo de evento em que se diz "olá, meu nome é fulano". Tudo o que ela sabia era que o sujeito tinha uma aparência barra-pesada e não parecia ter emprego fixo. Na melhor das hipóteses, ele era alcoólatra, e alcoólatras podem ser maldosos e destrutivos. Na pior, o sujeito estava envolvido com coisas ilegais, o que adicionava *perigoso* à lista.

Ele era um homem grande e forte, com o cabelo escuro raspado tão rente que quase parecia careca. Sempre que ela o via, parecia que fazia dois ou três dias que não se barbeava. Adicionando isso aos olhos injetados e ao mau humor, Jaine concluíra: *alcoólatra*. O fato de o sujeito ser grande e forte só aumentava seu desconforto. Aquela parecera uma vizinhança bem *segura*, mas não era essa a sensação que seu vizinho de porta passava.

Resmungando para si mesma, Jaine se levantou da cama e fechou a cortina. Com o passar dos anos, ela aprendera a não cobrir as janelas, porque um despertador podia não acordá-la, mas a luz do sol sempre funcionava. O amanhecer era melhor do que qualquer barulho estridente para tirá-la da cama. Como ela já tinha, em várias ocasiões, encontrado seu relógio jogado no chão, fora fácil concluir que o aparelho a despertava o suficiente para que ela o atacasse, mas não para acordá-la por completo.

O sistema que usava agora eram cortinas transparentes por cima de um blecaute; as cortinas impediam que o interior fosse visto pelos passantes, a menos que a luz estivesse acesa, e o blecaute só era levantado depois que ela apagava a luz para dormir. Se chegasse atrasada ao trabalho naquele dia, seria culpa do vizinho, por forçá-la a usar o despertador em vez do sol.

Jaine tropeçou em BooBoo quando voltava para a cama. O gato levantou com um pulo e um miado assustado, e ela quase teve um ataque cardíaco.

— Meu Deus! BooBoo, assim você me mata de susto.

Ela não estava acostumada a ter um animal de estimação e sempre se esquecia de olhar onde pisava. Jaine não fazia a menor ideia do motivo pelo qual a mãe quisera que *ela* cuidasse do gato, em vez de Shelley ou Dave. Os dois tinham filhos que podiam brincar com BooBoo e distraí-lo. Como as crianças estavam de férias escolares, isso significava que sempre havia alguém nas duas casas quase o tempo todo.

Mas *nããão*. Jaine tinha de cuidar de BooBoo. Não importava o fato de ela ser solteira, de trabalhar cinco dias por semana e de não estar acostumada a cuidar de animais. E se ela tivesse um bicho de estimação, ele não seria nada parecido com BooBoo. O animal estava emburrado desde que fora castrado, e descontava sua frustração nos móveis. Em apenas uma semana, ele deixara o sofá tão esfarrapado que Jaine precisaria trocar o estofamento.

E BooBoo não gostava dela. Quer dizer, gostava quando estava na casa *dele*, sempre marcando presença para ser acariciado, mas não quando estava na casa *dela*. Sempre que Jaine tentava passar a mão no gato agora, ele arqueava as costas e chiava.

Para completar, Shelley estava irritada com ela pelo fato de a mãe tê-la escolhido para cuidar do precioso BooBoo. Afinal de contas, Shelley era a mais velha e, obviamente, mais estável. Não fazia sentido algum que tivesse sido preterida em favor de Jaine. E Jaine concordava, porém isso não melhorava as coisas.

Não, o que realmente completava a situação era que David, um ano mais novo que Shelley, também estava irritado com ela. Não por causa de BooBoo; o irmão era alérgico a gatos. Não, ele estava emburrado com o fato de o pai ter guardado seu precioso carro na garagem de Jaine — o que significava que *ela* não podia guardar seu carro lá, já que só havia uma vaga, o que era um pé no saco. Jaine queria que o maldito carro estivesse com David. Queria que o pai o tivesse mantido na própria garagem, mas ele ficara com medo de deixá-lo sozinho por seis semanas. Ela compreendia, mas não fazia ideia de por que fora escolhida para cuidar do gato e do carro. Shelley não entendia o gato, David não entendia o carro, e Jaine não entendia nada.

Tanto seu irmão como sua irmã estavam irritados com ela, BooBoo sistematicamente destruía seu sofá, ela morria de medo de algo acontecer com o carro do pai enquanto ele estava sob seus cuidados, e o vizinho pinguço infernizava sua vida.

Meu Deus, por que ela comprara uma casa? Se tivesse continuado no apartamento, nada daquilo estaria acontecendo, porque lá não havia garagem, e animais de estimação não eram permitidos.

Mas Jaine se apaixonara pela vizinhança, com as casas antigas da década de 1940 e seus preços baixos. Notara que ali havia uma boa mistura de pessoas, de famílias jovens com filhos a aposentados que recebiam visitas de parentes todo domingo. Algumas das pessoas mais velhas passavam as noites frescas sentadas na varanda, acenando para os passantes, e as crianças brincavam nos quintais sem se preocupar com assaltantes. Ela devia ter pesquisado todos os vizinhos, mas, a princípio, aquela parecera uma região tranquila e segura para uma mulher solteira viver, e Jaine ficara empolgada por ter encontrado uma casa boa e bem conservada por um preço tão baixo.

Como pensar no vizinho era algo que a fazia perder o sono, Jaine juntou as mãos atrás da cabeça e encarou o teto escuro enquanto refletia sobre todas as coisas que queria fazer na casa. A cozinha e o banheiro precisavam de reformas, algo que sairia caro, e ela ainda não estava financeiramente pronta para enfrentar esse problema. Mas uma pintura e persianas novas ajudariam bastante a melhorar a fachada, e também seria bom derrubar a parede entre a sala de estar e a de jantar, abrindo espaço para que a sala de jantar se tornasse um recanto, em vez de um cômodo separado, com uma abertura em arco no qual ela poderia fazer uma daquelas pinturas que imitam textura de pedra...

Jaine acordou ao som irritante do despertador. Pelo menos aquela porcaria conseguira acordá-la dessa vez, pensou ela enquanto rolava na cama para desligar o barulho. Os números vermelhos que acendiam no quarto escuro a fizeram piscar e olhar de novo.

— Ah, que inferno — gemeu ela, irritada, enquanto pulava da cama.

Eram seis e cinquenta e oito; fazia quase uma hora que o alarme tocava, o que significava que estava atrasada. Muito atrasada.

— Droga, droga, droga — murmurava ela enquanto entrava no chuveiro e, um minuto depois, saía dele.

Enquanto escovava os dentes, Jaine correu para a cozinha e abriu uma lata de comida para BooBoo, que já estava sentado ao lado de sua tigela, olhando-a de cara feia.

Ela cuspiu na pia e abriu a torneira para que a pasta de dente escorresse ralo abaixo.

— De todos os dias, por que hoje você não pulou na cama quando ficou com fome? Não, hoje você resolveu esperar, e agora sou *eu* quem não tem tempo para comer.

BooBoo deixou claro que não se importava se Jaine iria comer ou não, contanto que ele tivesse comida.

Ela voltou correndo para o banheiro, passou maquiagem com pressa, colocou os brincos nas orelhas, o relógio no pulso, e enfiou a roupa que sempre vestia quando estava atrasada, porque era algo que não podia dar errado: calça preta e uma blusa branca de seda, completando com um elegante blazer vermelho. Depois calçou os sapatos, agarrou a bolsa e saiu.

A primeira coisa que viu foi sua vizinha do outro lado da rua, uma velhinha grisalha, colocando o lixo na calçada.

Era dia de lixeiro.

— Droga, porcaria, merda, bosta e todas as outras palavras — murmurou Jaine enquanto dava meia-volta e entrava na casa. — Estou tentando xingar menos — reclamou ela com BooBoo ao tirar o saco de lixo da lixeira e fechá-lo —, mas você e o Sr. Simpatia estão dificultando a minha vida.

BooBoo deu as costas para ela.

Jaine saiu de casa correndo novamente, lembrou que não tinha trancado a porta e voltou, arrastou o pesado latão de metal até a calçada e depositou as oferendas matutinas dentro dele, acima dos dois sacos que já estavam ali. Pela primeira vez, ela não tentou ser silenciosa; estava *torcendo* para acordar o babaca egoísta na casa vizinha.

Ela correu para o carro, um Dodge Viper vermelho-cereja pelo qual era apaixonada, e, só para garantir que estava incomodando, acelerou algumas vezes ao dar partida no motor antes de engatar a ré. O carro saiu em disparada para trás e, com um estrondo, acertou o latão de lixo. Ouviu-se um novo estrondo quando o latão saiu rolando até o quintal do vizinho e acertou o outro latão, derrubando-o e fazendo com que a tampa saísse rolando pela rua.

Jaine fechou os olhos e bateu com a cabeça no volante — de leve; ela não queria uma concussão. Mas, pensando bem, talvez fosse *melhor* ter uma concussão; pelo menos assim não teria de se preocupar em chegar a tempo no trabalho, o que agora era fisicamente impossível. Mas ela não xingou; todas as palavras que lhe vinham à mente eram aquelas que realmente não queria usar.

Jaine desligou o carro e saiu. A única coisa que ajudaria nesse momento era estar no controle da situação, não dar um chilique. Ela levantou o latão amassado e depositou os sacos abertos dentro dele, batendo a tampa sobre tudo. Depois, endireitou a lixeira do vizinho, juntou o lixo — o sujeito não era nem de longe tão organizado com sua coleta quanto ela, mas isso era de se esperar de um bêbado — e então desceu a rua para pegar a tampa.

Torta, ela estava apoiada na calçada da casa seguinte. Enquanto Jaine se abaixava para pegá-la, ouviu o som de uma porta de tela batendo às suas costas.

Bem, seu desejo havia se realizado: o babaca egoísta estava acordado.

— Mas que *diabos* você está fazendo? — rosnou ele.

O homem tinha uma aparência assustadora, vestindo uma calça de moletom e uma camiseta rasgada e suja, o rosto sem barbear exibindo uma expressão carrancuda.

Jaine se virou, marchou até os latões de lixo maltratados e bateu a tampa sobre a lixeira dele.

— Catando seu lixo — respondeu ela, ríspida.

Os olhos dele soltavam faíscas. Na verdade, estavam tão injetados quanto sempre, mas o efeito era o mesmo.

— Qual é o seu problema em me deixar dormir? Você é a mulher mais barulhenta que eu já vi...

A injustiça dessa frase fez Jaine esquecer que tinha um pouquinho de medo dele. Ela se aproximou do vizinho, feliz por estar usando saltos de cinco centímetros que a elevavam até a altura... do queixo dele. Quase.

E daí se o sujeito era grande? Ela estava fula da vida, e *fula da vida* sempre ganhava de *grande*.

— Eu sou barulhenta? — disse Jaine por entre os dentes cerrados. Era difícil aumentar o volume com a mandíbula trincada, mas ela se esforçou.

— *Eu* sou barulhenta? — Ela apontou o dedo para ele. Não queria tocá-lo, porque sua camisa estava rasgada e manchada de... alguma coisa. — Não fui eu quem acordou a vizinhança inteira às três da manhã com aquela lata-velha que você chama de carro. Francamente, compre um silenciador! Não fui eu quem bateu a porta do carro uma vez, a porta de tela três vezes... Qual foi o problema? Esqueceu sua garrafa e teve que voltar para buscá-la? E depois ainda deixou a luz da varanda acesa, iluminando o meu quarto e não deixando que *eu* dormisse.

O sujeito abriu a boca para gritar de volta, mas Jaine não tinha terminado.

— Além do mais, é bem mais razoável imaginar que as pessoas estejam dormindo às três da manhã do que às duas da tarde, ou — ela verificou o relógio — às sete e vinte e três da manhã. — Meu Deus, como ela estava atrasada. — Então se enxerga, meu camarada! Volte para a sua garrafa. Se você beber o suficiente, vai conseguir dormir em qualquer lugar.

Ele abriu a boca de novo. Jaine perdeu a cabeça e o cutucou. Ah, que nojo! Agora teria de ferver o dedo.

— Amanhã compro uma lixeira nova para você, então não me aporrinhe. E se você fizer qualquer coisa para machucar o gato da minha mãe, eu te faço em picadinho. Vou mutilar até seu DNA, para você nunca conseguir se reproduzir, o que provavelmente seria um favor ao mundo. — Jaine lançou um olhar de asco para as roupas rasgadas e sujas e a barba por fazer. — Entendeu?

O vizinho assentiu com a cabeça.

Ela respirou fundo, tentando controlar sua raiva.

— Tudo bem. Está certo, então. Droga, você me fez xingar; estou tentando não fazer isso.

Ele lhe lançou um olhar estranho.

— É, você realmente precisa cuidar dessa boca suja.

Jaine afastou o cabelo do rosto e tentou lembrar se o penteara naquela manhã.

— Estou atrasada — disse ela. — Não dormi, não comi, nem tomei café. É melhor eu ir embora antes que eu te machuque.

O homem assentiu com a cabeça.

— Boa ideia. Eu não ia querer prender você.

Ela o encarou, surpresa.

— Como é?

— Sou policial — disse ele, então se virou e voltou para a casa.

Jaine o observou se afastar, em choque. Um *policial*?

— Ah, merda — disse ela.

Dois

Toda sexta-feira, Jaine e três amigas da Hammerstead Technology, onde todas trabalhavam, se encontravam depois do expediente no Ernie's, um restaurante local, para tomar uma taça de vinho, fazer uma refeição que não precisassem cozinhar e fofocar. Depois de passar a semana toda trabalhando num ambiente dominado por homens, a parte da fofoca era muito, muito necessária.

A Hammerstead era uma empresa afiliada à General Motors, fornecendo tecnologia computacional às fábricas da região de Detroit, e a informática ainda era um campo predominantemente masculino. A companhia também era bem grande, o que significava que o clima geral era meio esquisito, com a mistura às vezes desconfortável de nerds da computação que não entendiam o significado das palavras "apropriado para o ambiente de trabalho" e os habituais tipos corporativos. Se Jaine trabalhasse em algum dos departamentos de pesquisa e desenvolvimento com os esquisitões, ninguém teria percebido seu atraso naquela manhã. Infelizmente, ela era chefe do setor de pagamento, e seu gerente imediato era maníaco por pontualidade.

Como tivera de compensar o tempo perdido, ela chegou ao Ernie's quase quinze minutos atrasada, mas as outras três já haviam conseguido uma mesa, graças a Deus. O lugar estava enchendo, como sempre acontecia na véspera do fim de semana, e Jaine não gostava de esperar no bar nem mesmo quando estava de bom humor, o que não era o caso naquele dia.

— Que dia — disse ela ao desabar sobre a quarta cadeira, que estava vazia.

Já que estava agradecendo a Deus, podia muito bem adicionar o fato de ser sexta-feira à sua lista de motivos para ser grata. O dia fora uma merda, mas era a última merda — pelo menos até segunda-feira.

— Nem me fale — murmurou Marci enquanto apagava um cigarro e imediatamente acendia outro. — Brick anda enlouquecido ultimamente. É possível que um homem tenha TPM?

— Eles não precisam disso — disse Jaine, pensando no babaca do vizinho. No *policial* babaca. — Já nascem com intoxicação de testosterona.

— Ah, então é esse o problema? — Marci revirou os olhos. — Achei que tivesse a ver com a lua cheia ou coisa assim. Vocês nem imaginam o que aconteceu hoje. Kellman agarrou a minha bunda.

— *Kellman?* — repetiram as outras três num uníssono chocado, suas vozes combinadas chamando a atenção de todos ao redor. Elas caíram na gargalhada, já que, de todos os possíveis agressores, aquele rapaz era o menos provável.

Derek Kellman, vinte e três anos de idade, era a definição ao vivo e a cores de *nerd* e *esquisito*. Ele era alto, desengonçado e se movia com a graça de uma cegonha bêbada. Seu pomo de adão era tão proeminente no pescoço fino que ele parecia ter engolido um limão que ficara para sempre entalado na garganta. O cabelo vermelho nunca fora apresentado a uma escova; os fios sempre estavam lambidos e grudados de um lado da cabeça, e completamente arrepiados do outro: um caso crônico de cabeleira que não vê um pente depois de sair da cama. Mas o rapaz era um gênio da informática, e, na verdade, todas gostavam muito dele, de um jeito protetor, como se fossem suas irmãs mais velhas. Kellman era tímido, desengonçado e completamente sem jeito com tudo o que não fosse eletrônico. Diziam pelo escritório que alguém lhe contara que existiam dois sexos, mas ele ainda não tinha comprovado isso na prática. Ninguém jamais imaginaria que Kellman sairia agarrando bundas por aí.

— Impossível — disse Luna.

— Você inventou isso — acusou T.J.

Marci soltou sua risada rouca de fumante e tragou o cigarro.

— Juro por Deus que é verdade. A única coisa que eu fiz foi passar por ele no corredor. Quando dei por mim, Kellman estava me agarrando com as duas mãos, ali, parado, segurando a minha bunda como se ela fosse uma bola de basquete que ele pretendesse começar a quicar.

A imagem fez com que todas voltassem a rir.

— O que você fez? — perguntou Jaine.

— Bem, nada — admitiu Marci. — O problema era que Bennett estava olhando, aquele babaca.

As quatro gemeram. Bennett Trotter adorava implicar com aqueles que considerava seus subordinados, e o pobre Kellman era seu alvo favorito.

— O que eu podia fazer? — perguntou Marci, balançando a cabeça. — De jeito nenhum que eu ia dar mais munição para aquele idiota usar contra o pobre garoto. Então, dei um tapinha na bochecha de Kellman e falei qualquer bobagem num tom sensual, tipo "Não sabia que você gostava de mim". Ele ficou da cor do cabelo e saiu correndo para o banheiro masculino.

— E o que Bennett fez? — quis saber Luna.

— Ele abriu um sorrisinho nojento e disse que, se soubesse que eu estava tão desesperada a ponto de me conformar com Kellman, teria oferecido seus serviços há muito tempo, por caridade.

Isso causou uma epidemia de olhos sendo revirados.

— Em outras palavras, ele agiu como o babaca que *é* — disse Jaine, enojada.

Você podia ser politicamente correta ou podia ser realista, e ser realista significava admitir que pessoas são pessoas. Alguns dos caras com quem elas trabalhavam na Hammerstead eram uns tarados nojentos, e não havia treinamento de empatia que pudesse mudar isso. Porém, a maioria deles era legal, e o campo se igualava porque algumas das mulheres eram umas vacas traiçoeiras. Jaine já havia desistido de procurar pela perfeição, fosse no ambiente de trabalho, fosse em qualquer outro lugar. Luna achava que ela era cínica demais, mas Luna era a mais nova do grupo e ainda vivia num mundo cor-de-rosa — às vezes essa visão se abalava, mas, ainda assim, continuava lá.

Aparentemente, as quatro amigas não tinham nada em comum além de trabalharem para a mesma firma. Marci Dean, chefe da contabilidade, tinha quarenta e um anos, a mais velha do grupo. Já se casara e se divorciara três vezes e, desde o seu último passeio ao tribunal, preferia acordos menos formais. Seu cabelo era tingido de louro platinado, os cigarros começavam a afetar a sua pele, e as roupas que vestia eram sempre um pouco apertadas demais. Ela gostava de cerveja, homens que faziam trabalhos braçais, sexo selvagem e admitia certa afeição por boliche. "Sou a mulher dos sonhos", dizia ela, rindo. "Bebo cerveja, mas tenho orçamento para champanhe."

O atual namorado com quem Marci morava era um sujeito chamado Brick, um brutamontes grande e musculoso do qual nenhuma das outras três gostava. Pessoalmente, Jaine achava que o nome, que significava tijolo em inglês, era apropriado para um sujeito tão cabeça-dura. Ele era dez anos mais novo que Marci, só trabalhava quando queria, passava a maior parte do tempo bebendo a cerveja dela e assistindo à televisão dela. Porém, de acordo com a amiga, Brick vivia para agradá-la na cama, e isso era motivo suficiente para mantê-lo por perto.

Luna Scissum, a mais nova, tinha vinte e quatro anos e era a estrela do departamento de vendas. Ela era alta, magra e tinha o porte e a graça de um gato. Sua pele perfeita era da cor de um caramelo-claro e cremoso, a voz soava gentil e lírica, e os homens caíam a seus pés. A moça era, em todos os aspectos, o perfeito oposto de Marci. Marci era descarada; Luna era discreta e comportada. A única vez que a viram irritada foi quando alguém se referiu a ela como "afro-americana".

— Eu sou *americana* — corrigira ela, impaciente, virando-se para o ofensor. — Nunca estive na África. Nasci na Califórnia, meu pai era fuzileiro naval e não sou nada que seja hifenizado. Tenho ascendência negra, mas também tenho branca. — Ela esticara um braço esbelto e analisara sua cor. — Para mim, pareço marrom. Nós todos somos de algum tom de marrom, então não tente me classificar numa categoria à parte.

O cara havia gaguejado um pedido de desculpas, e Luna, sendo Luna, lhe lançara um sorriso gracioso e lhe perdoara de uma forma tão gentil que ele acabara convidando-a para um encontro. No momento, ela estava saindo com um jogador do Detroit Lions, um time de futebol americano; infelizmente, Luna se apaixonara por Shamal King, apesar de ele ser conhecido por farrear com outras mulheres em todas as cidades em que havia um time da NFL. Com frequência, os olhos castanho-escuros da amiga carregavam um ar tristonho, mas ela se recusava a desistir do namorado.

T.J. Yother trabalhava no departamento de recursos humanos e era a mais conservadora delas. Tinha a idade de Jaine, trinta anos, e era casada com seu namorado da escola havia nove. Os dois viviam em uma bela casa num bairro residencial com dois gatos, um papagaio e uma cocker spaniel. O único problema na vida de T.J. era o fato de ela querer ter filhos, e o marido, Galan, não. Jaine achava que a amiga podia ser um pouco mais independente. Apesar de Galan trabalhar como supervisor na Chevrolet das três da tarde às onze da noite e nunca estar em casa nesse horário, T.J. estava sempre olhando para o relógio, como se tivesse hora. Pelo que Jaine havia entendido, Galan não gostava das saídas de sexta à noite. Tudo o que elas faziam era encontrar-se no Ernie's e jantar, e nunca iam embora depois das nove; não era como se estivessem fazendo a ronda dos bares e bebendo até de madrugada.

Bem, ninguém tem uma vida perfeita, pensou Jaine. Ela mesma não se dera muito bem no quesito romance. Já passara por três noivados, mas nunca chegara ao altar. Depois do terceiro término, decidira dar um tempo nos relacionamentos e se concentrar na carreira. E lá estava ela, sete anos depois, ainda se concentrando. Jaine tinha um bom histórico de crédito, uma bela conta bancária e acabara de comprar a primeira casa — não que estivesse aproveitando o imóvel tanto quanto imaginara, com aquele cretino mal-humorado e egoísta como vizinho. O sujeito podia ser policial, mas ainda a deixava nervosa, porque, independentemente de sua carreira, ele parecia alguém capaz de pôr fogo na sua casa se você o irritasse. E ela o irritava desde o primeiro dia.

— Tive outro encontro com meu vizinho hoje cedo — disse Jaine, suspirando ao apoiar os cotovelos na mesa e colocar o queixo sobre os dedos entrelaçados.

— O que ele fez desta vez? — T.J. solidarizava-se com o caso, porque, como todas sabiam, Jaine estava num beco sem saída, e vizinhos ruins podem transformar sua vida num inferno.

— Eu estava com pressa e atropelei minha lata de lixo. Sabem quando você está atrasada e faz coisas que nunca faria se estivesse saindo de casa com calma? Tudo deu errado hoje de manhã. Enfim, a minha lata derrubou a dele, e a tampa saiu rolando pela rua. Dá para imaginar o barulho. Ele saiu de casa batendo a porta, parecendo um urso selvagem, gritando que eu era a pessoa mais barulhenta do mundo.

— Você devia ter chutado a lata para cima dele — disse Marci. Ela não acreditava em oferecer a outra face.

— Ele teria me prendido por perturbar a paz — respondeu Jaine, amargurada. — O sujeito é policial.

— Mentira! — Todas pareciam incrédulas, isso porque as amigas conheciam a descrição que Jaine dava do vizinho; olhos vermelhos, barba por fazer e roupas sujas não criavam a imagem de um policial.

— Suponho que até policiais possam ser alcoólatras — disse T.J., um pouco hesitante. — Talvez tenham até mais tendência a isso do que as outras pessoas.

Jaine franziu a testa, refletindo sobre o encontro daquela manhã.

— Pensando melhor, não senti cheiro de nada nele. O cara parecia ter saído de uma bebedeira de três dias, só que não cheirava assim. Mas que merda, detesto pensar que ele é mal-humorado daquele jeito quando *não* está de ressaca.

— Pode pagar — disse Marci.

— Merda! — Exclamou Jaine, irritada consigo mesma. Ela fizera um acordo com as amigas que lhes daria vinte e cinco centavos sempre que xingasse, imaginando que isso seria um incentivo para parar.

— Duas vezes — caçoou T.J., esticando a mão.

Resmungando, mas tomando cuidado para não usar qualquer palavrão, Jaine pegou cinquenta centavos para cada uma. Atualmente, ela sempre se certificava de carregar muitas moedas.

— Pelo menos ele é só seu vizinho — disse Luna, apaziguadora. — Você pode evitá-lo.

— Por enquanto, isso não está dando muito certo — admitiu Jaine, fazendo uma careta para a mesa. Então, ela se empertigou, determinada a não deixar mais que aquele babaca dominasse sua vida e seus pensamentos da forma como vinha fazendo nas últimas duas semanas. — Mas chega de falar disso. Quais são as novidades de vocês?

Luna mordeu o lábio, e seu rosto foi tomado pela tristeza.

— Liguei para Shamal ontem à noite, e uma mulher atendeu.

— Ah, que merda! — Marci se debruçou sobre a mesa para dar um tapinha na mão de Luna, e Jaine invejou a liberdade verbal da amiga por um instante.

O garçom escolheu esse momento para distribuir os cardápios de que elas não precisavam, já que todas o conheciam de cor. As amigas fizeram seus pedidos, ele recolheu os cardápios fechados, e, quando se afastou, as quatro se inclinaram mais para perto da mesa.

— O que você vai fazer? — perguntou Jaine.

Ela era a especialista em términos, assim como também era em levar pés na bunda. Seu segundo noivo, o cretino, esperara até a noite da véspera do casamento, quando teriam um jantar com os convidados mais íntimos, para lhe dizer que não poderia seguir adiante com a cerimônia. Levara algum tempo até Jaine superar isso — e ela não ia pagar por palavras que *pensava*, mas não dizia. E "cretino" não contava como palavrão, contava? Havia uma lista oficial que poderia consultar?

Luna deu de ombros. A amiga estava à beira das lágrimas, mas tentava parecer indiferente.

— Nós não somos noivos nem exclusivos. Não tenho o direito de reclamar.

— Não, mas você pode proteger a si mesma e parar de sair com ele — disse T.J., gentil. — Vale a pena sofrer assim por Shamal?

Marci soltou uma risada irônica.

— Não vale a pena sofrer assim por homem nenhum.

— Amém — disse Jaine, ainda pensando nos três noivados rompidos.

Luna brincou com o guardanapo, seus longos e esbeltos dedos inquietos.

— Mas, quando estamos juntos, ele... ele age como se realmente gostasse de mim. É gentil e carinhoso, e tão atencioso...

— Todos são até conseguirem o que querem. — Marci apagou o terceiro cigarro. — Estou falando por experiência própria, sabe? Você pode se divertir com Shamal, mas não espere que ele mude.

— Isso é verdade mesmo — disse T.J., num tom pesaroso. — Eles nunca mudam. Podem fingir por um tempo, mas, quando percebem que você já está no papo, relaxam e mostram quem eles são de verdade.

Jaine riu.

— Isso parece algo que *eu* diria.

— Mas com palavrões — observou Marci.

T.J. sinalizou para as duas pararem com as brincadeiras. Luna parecia ainda mais triste do que antes.

— Então, eu devo aceitar fazer parte de uma horda de mulheres ou parar de sair com ele?

— Bem... sim.

— Mas não devia ser desse jeito! Se ele gosta de mim, como pode estar interessado em outras mulheres?

— Ah, essa é fácil — respondeu Jaine. — A cabeça de baixo gosta de qualquer coisa.

— Querida — disse Marci, a voz rouca tão bondosa quanto possível —, se você está procurando pelo homem perfeito, vai passar a vida inteira se decepcionando, porque ele não existe. Você precisa se conformar com o melhor que conseguir, mas sempre haverá problemas.

— Eu sei que ele não é perfeito, mas...

— Mas você quer que seja — concluiu T.J.

Jaine balançou a cabeça.

— Isso não vai acontecer. O homem ideal é pura ficção científica. Não que nós sejamos perfeitas também — acrescentou ela —, mas a maioria das mulheres pelo menos *tenta*. Os homens, não. Foi por isso que desisti deles. Relacionamentos simplesmente não funcionam comigo. — Ela fez uma pausa, pensativa, e então disse: — Mas eu não me incomodaria de ter um escravo sexual.

As outras três, incluindo Luna, caíram na gargalhada.

— Acho que eu gostaria disso — disse Marci. — Onde será que encontro um?

— Deve haver alguma loja que venda — sugeriu T.J., e elas começaram a rir de novo.

— Provavelmente existe algum site — disse Luna, um pouco engasgada.

— Claro que existe. — Jaine parecia completamente séria. — Já coloquei nos meus favoritos: **www.escravossexuais.com**.

— É só você inserir seus requisitos, e então pode alugar o homem perfeito por hora ou por dia. — T.J. gesticulou com o copo de cerveja, distraída com a empolgação do momento.

— Por dia? Fala sério — zombou Jaine. — Uma hora já é pedir por um milagre.

— Além disso, o homem perfeito não existe, lembram? — disse Marci.

— Não no mundo real, mas o escravo sexual teria que fingir ser exatamente o que você deseja, não é?

Marci nunca ia a lugar algum sem a sua pasta de couro macio. Ela a abriu e pegou um bloco de notas e uma caneta, depositando-os sobre a mesa com força.

— Com certeza. Vejamos, como seria o homem perfeito?

— Ele teria que lavar a louça *sem você precisar pedir* na metade das vezes — disse T.J., batendo na mesa e atraindo olhares curiosos na direção delas.

Quando as quatro conseguiram parar de rir por tempo suficiente para falar com coerência, Marci começou a escrever no papel.

— Certo, número um: lavar a louça.

— Não, espere, lavar a louça não pode ser o primeiro item — reclamou Jaine. — Temos assuntos mais importantes para tratar antes.

— Isso mesmo — disse Luna. — Sério. Como seria um homem ideal? Nunca pensei nisso nesses termos. Talvez fosse bom ter uma ideia bem clara do que eu gosto em alguém.

Todas pararam.

— O homem ideal? Sério? — Jaine franziu o nariz.

— Sério.

— Vou precisar pensar um pouco — anunciou Marci.

— Eu, não — disse T.J., a risada desaparecendo de sua expressão. — O mais importante é que ele tenha os mesmos objetivos de vida que eu.

A mesa caiu no silêncio. A atenção que sua risada tinha atraído dos clientes ao redor foi transferida para alvos mais promissores.

— Ter os mesmos objetivos de vida — repetiu Marci enquanto escrevia. — Esse é o item número um. Todas concordam?

— Isso é importante — disse Jaine. — Mas não sei se é o principal fator.

— Então qual seria o seu número um?

— Fidelidade. — Ela pensou no segundo noivo, o cretino. — A vida é curta demais para desperdiçá-la com alguém em quem não se pode confiar. Você devia ser capaz de saber que o homem que ama não vai mentir ou trair você. Se tiver isso como base, é mais fácil resolver o restante.

— Esse é o meu número um — disse Luna, baixinho.

T.J. pensou no assunto.

— Tudo bem — afirmou ela finalmente. — Se Galan não fosse fiel, eu nem iria *querer* ter um filho com ele.

— Concordo — disse Marci. — Não suporto traidores. Número um: Ser fiel. Não trair e não mentir.

Todas assentiram com a cabeça.

— O que mais? — Ela estava com a caneta preparada para atacar o bloco.

— Ele precisa ser legal — ofereceu T.J.

— *Legal?* — Marci parecia incrédula.

— Sim, *legal*. Quem quer passar a vida com um babaca?

— Ou ser vizinha de um? — murmurou Jaine. Ela fez que sim com a cabeça. — É bom ser legal. Não parece algo muito empolgante, mas pense no assunto. Acho que o homem perfeito seria bondoso com crianças e animais, ajudaria velhinhas a atravessar a rua, não a insultaria quando suas opiniões fossem diferentes. Ser legal é tão importante que quase poderia ser o número um.

Luna assentiu com a cabeça.

— Tudo bem — disse Marci. — Mas que coisa, você até me convenceu. Acho que nunca conheci um cara legal. Número dois: Legal. — Ela escreveu. — E três? Tenho uma ideia. Quero um cara confiável. Se ele diz que vai fazer alguma coisa, tem que cumprir a palavra. Se combina de me encontrar às sete, deve estar lá às sete em ponto, e não aparecer às nove e meia ou nem sequer dar as caras. Podemos fazer uma votação sobre isso?

Todas as quatro levantaram a mão, concordando com o item, e "confiável" tornou-se o terceiro elemento.

— Número quatro?

— O óbvio — disse Jaine. — Um trabalho estável.

Marci fez uma careta.

— Ai. Essa doeu. — Naquele momento, em vez de trabalhar, Brick estava com a bunda plantada no sofá.

— Um trabalho estável faz parte de ser confiável — argumentou T.J. — E eu concordo, é algo importante. Ter um emprego estável é sinal de maturidade e de responsabilidade.

— Trabalho estável — repetiu Marci enquanto escrevia.

— Ele devia ter senso de humor — disse Luna.

— Algo além de gostar de *Os três patetas*? — perguntou Jaine.

Todas começaram a rir.

— Qual é o problema dos homens com *Os três patetas*? — perguntou T.J., revirando os olhos. — E piadas sobre funções corporais? Pode mudar o número um, Marci! Coloque: Nada de piadas sobre ir ao banheiro.

— Número cinco: Senso de humor. — Marci riu enquanto escrevia. — Mas sejamos justas: acho que não podemos impor o tipo de senso de humor.

— Claro que podemos — corrigiu Jaine. — Ele vai ser nosso escravo sexual, lembra?

— Número seis. — Marci pediu ordem batendo com a caneta na borda do copo. — Voltemos ao assunto, senhoras. Qual é o número seis?

Todas se entreolharam e deram de ombros.

— Dinheiro é sempre bom — finalmente ofereceu T.J. — Não é *obrigatório*, não na vida real, mas estamos falando de fantasia, certo? O homem ideal devia ter dinheiro.

— Podre de rico ou apenas capaz de proporcionar conforto?

Isso fez com que o grupo pensasse um pouco mais.

— Pessoalmente, prefiro podre de rico — disse Marci.

— Mas ele iria querer mandar em tudo se fosse podre de rico. Já estaria acostumado a isso.

— De jeito nenhum. Certo, ter dinheiro é bom, mas não dinheiro demais. Conforto. O homem perfeito é financeiramente capaz de proporcionar conforto.

Quatro mãos subiram, e "dinheiro" foi escrito ao lado do número seis.

— Como é uma fantasia — disse Jaine —, ele devia ser atraente. Não lindo de morrer, porque isso poderia se tornar um problema. Luna é a única de nós bonita o suficiente para estar no nível de um cara maravilhoso.

— Não estou me dando tão bem com isso, estou? — respondeu Luna, um tanto amargurada. — Mas, sim, para o homem perfeito ser perfeito, você deveria gostar de olhar para ele.

— Isso aí. O número sete é: Bom de se olhar. — Quando acabou de escrever, Marci olhou para cima com um sorriso. — Vou fazer o favor de dizer o que todas estão pensando. O homem perfeito devia ser ótimo na cama. Não bom; ótimo. Ele devia me deixar maluca e subindo pelas paredes. Ter o vigor de um cavalo de corrida e o entusiasmo de um garoto de dezesseis anos.

Todas ainda estavam morrendo de rir quando o garçom serviu os pedidos.

— Qual é a graça? — perguntou ele.

— Você não entenderia — conseguiu dizer T.J.

— Já sei — respondeu ele com o ar sábio. — Vocês estão falando de homens.

— Não, estamos falando de ficção científica — corrigiu Jaine, o que fez todas voltarem a cair na gargalhada.

As pessoas nas mesas ao redor voltaram a encará-las, tentando ouvir o que era tão engraçado.

O garçom foi embora. Marci se inclinou sobre a mesa.

— Já que estamos falando disso, quero que o meu homem perfeito tenha vinte e cinco centímetros!

— Minha nossa! — T.J. fingiu desmaiar, abanando a si mesma. — O que eu não faria com vinte e cinco centímetros... Ou melhor, o que eu *faria* com vinte e cinco centímetros!

Jaine estava rindo tanto que precisava segurar as laterais do tronco. Ela se esforçou para manter a voz baixa, e suas palavras saíram trêmulas de riso:

— Por favor! Qualquer coisa além de vinte centímetros só serve para ficar se vangloriando. Está lá, mas não dá para usar. Pode ser bonito de se ver num vestiário, mas, sejamos francas, esses cinco centímetros extras são restos.

— Restos — arfou Luna, segurando o estômago e se dobrando de tanto rir. — Um brinde aos r-restos!

— Puxa vida! — Marci secou os olhos enquanto escrevia rapidamente. — Agora chegamos na parte boa. O que mais o homem perfeito tem?

T.J. deu um aceno fraco.

— A mim — ofereceu ela entre risadas. — Ele pode ter a mim.

— Se nós não te atropelarmos para chegar nele antes — disse Jaine, e levantou seu copo. As outras três a imitaram, e elas tocaram os vidros com um tinido. — Ao homem perfeito, onde quer que ele esteja!

Três

A manhã de sábado começou brilhante e cedo — brilhante demais e bem mais cedo do que deveria. BooBoo acordou Jaine às seis, miando em sua orelha.

— Vá embora — murmurou ela, puxando o travesseiro sobre a cabeça.

BooBoo miou de novo e cutucou o travesseiro. Ela entendeu o recado: ou levantava ou ele mostraria as garras. Jaine afastou o travesseiro e se levantou, olhando feio para o gato.

— Você é mau, sabia? Não podia ter feito isso ontem de manhã? Claro que não, tinha que esperar até o meu dia de folga, quando eu *não* preciso acordar cedo.

Ele não pareceu impressionado com a indignação dela. Este era o problema dos gatos: até mesmo o mais desmazelado tinha convicção de sua superioridade inata. Jaine coçou atrás da orelha de BooBoo, e um ronronar baixinho atravessou o corpo dele. Os oblíquos olhos amarelos se fecharam em felicidade.

— Você vai ver só — disse ela. — Vou te viciar nessa história de carinho, e então vou parar. Você vai ter crises de abstinência, meu camarada.

BooBoo pulou da cama e seguiu para a porta aberta, parando para olhar para trás, como se quisesse garantir que Jaine estava se levantando. Ela bocejou e afastou as cobertas. Pelo menos não fora incomodada pelo carro barulhento do vizinho durante a noite, e havia fechado a cortina para se proteger da luz da manhã, então dormira profundamente até BooBoo despertá-la. Jaine afastou o blecaute e observou a casa ao lado através das cortinas transparentes. O maltratado Pontiac marrom estava lá. Isso significava que ou ela estava tão exausta que desmaiara de sono, ou ele instalara um silenciador naquela coisa. Parecia mais provável Jaine ter desmaiado de cansaço do que o vizinho ter comprado o silenciador.

O gato obviamente achava que ela estava perdendo tempo, porque soltou um miado de alerta. Suspirando, Jaine afastou o cabelo do rosto e foi cambaleando até a cozinha — *cambaleando* de verdade, já que BooBoo a ajudou pelo caminho, enroscando-se em seus tornozelos. Ela estava desesperada por café, mas sabia que ele só a deixaria em paz depois de comer. Jaine abriu uma lata de comida, despejou o conteúdo num pires e o colocou no chão. Enquanto o gato se ocupava, ela ligou a cafeteira e foi tomar banho.

Tirando seu pijama de verão, que consistia em uma camiseta e calcinha — durante o inverno, ela acrescentava meias ao modelito —, Jaine entrou na maravilhosa água quente e se deixou acordar. Algumas pessoas eram matutinas; outras, notívagas; Jaine não era nada disso. Ela só funcionava bem depois de um banho e uma xícara de café, e gostava de estar na cama às dez da noite, no máximo. BooBoo estava acabando com a ordem natural das coisas ao exigir ser alimentado antes de tudo. Como a mãe tivera *coragem* de fazer isso com ela?

— Só mais quatro semanas e seis dias — murmurou Jaine para si mesma.

Quem teria pensado que um gato geralmente tão amoroso se transformaria num tirano fora de seu habitat?

Depois de um longo banho e duas xícaras de café, as sinapses começaram a se conectar, e Jaine foi se lembrando de tudo que precisava fazer. Comprar uma lata de lixo para o babaca da casa ao lado — *na lista*. Ir ao mercado — *na lista*. Lavar roupa — *na lista*. Cortar a grama — *na lista*.

Ela ficou um pouco empolgada com o último item. Agora tinha grama para cortar, sua própria grama! Desde que saíra da casa dos pais, Jaine havia morado em apartamentos, e nenhum deles tinha quintal. Geralmente havia pequenas faixas de grama entre a calçada e o prédio, mas os zeladores sempre tomavam conta disso. E, porra — *puxa*, elas eram tão pequenas que provavelmente eram aparadas com tesoura.

Mas sua nova casa vinha com o próprio gramado. Antecipando aquele momento, Jaine tinha investido num cortador de grama novinho em folha, com autopropulsor e cheio de modernidades, o que certamente deixaria David, seu irmão, roxo de inveja. Ele teria de comprar um trator para superá-la, mas, como o quintal dos dois tinha o mesmo tamanho, os custos disso serviriam apenas para inflar o ego dele. Jaine imaginou que a cunhada, Valerie, se meteria no assunto antes de David fazer algo tão idiota.

Hoje, ela teria seu corte de grama inaugural. Mal podia esperar para sentir a força daquele monstro vermelho pulsando sob suas mãos enquanto decapitava lâminas verdes. Ela sempre fora fanática por máquinas vermelhas.

Mas tudo ao seu tempo. Primeiro, Jaine precisava ir ao Wal-Mart comprar uma lata de lixo nova para aquele babaca. Promessa era promessa, e ela sempre cumpria sua palavra.

Depois de uma tigela de cereal, ela vestiu calça jeans e camiseta, calçou sandálias e saiu.

Quem podia imaginar que seria tão difícil encontrar uma lata de lixo de metal?

O Wal-Mart só tinha as de plástico no estoque. Jaine comprou uma para si mesma, mas achou que não tinha o direito de mudar o tipo de lata de lixo do vizinho. De lá, seguiu para uma loja de produtos domésticos e de jardinagem, mas também não deu sorte. Se tivesse sido ela a comprar sua própria lata, saberia onde encontrar outra, mas a ganhara de presente da mãe pela casa nova — a mãe era assim, a rainha dos presentes práticos.

Quando Jaine finalmente encontrou uma lata de lixo de metal grande numa loja de ferragens — mas que *óbvio* —, já eram nove horas, e a temperatura começava a deixar de ser agradável e se tornava incômoda. Se ela não cortasse logo a grama, teria de esperar até o pôr do sol para o calor melhorar. Concluindo que o mercado podia esperar, ela enfiou a lata no seu apertado banco de trás e seguiu para o sul pela Van Dyke até chegar à Ten Mile Road, e então pegou a direita. Minutos depois, Jaine virou na sua rua e sorriu para as casas antigas e arrumadinhas, aconchegadas sob as sombras de árvores frondosas.

Algumas tinham triciclos e bicicletas no quintal da frente. A vizinhança antiga estava recebendo um grande fluxo de casais mais jovens, os quais haviam descoberto os preços razoáveis das residências decadentes. Em vez de caírem aos pedaços, os imóveis eram reformados e modernizados; em alguns anos, o preço voltaria a subir, mas, por enquanto, aquela região era perfeita para quem estava começando.

Ao sair do carro, a vizinha de porta do outro lado da rua se aproximou da cerca branca que separava as propriedades na altura da cintura e acenou.

— Bom dia! — gritou a Sra. Kulavich.

— Bom dia — respondeu Jaine.

Ela conhecera o casal de velhinhos simpáticos no dia da mudança, e a Sra. Kulavich lhe trouxera um delicioso ensopado e pãezinhos caseiros cheirosos no dia seguinte. Se o babaca do outro lado fosse mais parecido com os Kulavich, Jaine estaria no paraíso. Porém, era impossível imaginar aquele homem lhe oferecendo pães caseiros.

Ela seguiu até a cerca para fazer uma média com a vizinhança.

— O dia está lindo, não é? — Ainda bem que o tempo existia, porque, caso contrário, o mundo teria dificuldade em conseguir formas de puxar conversa.

— Ah, sim, hoje vai fazer um calor de matar. — A Sra. Kulavich abriu um sorriso radiante e exibiu a espátula de jardinagem que carregava. — Preciso cuidar do meu jardim cedo, antes de esquentar demais.

— Pensei a mesma coisa sobre cortar minha grama agora de manhã.

Jaine notou que outras pessoas haviam tido a mesma ideia. Agora que estava prestando atenção, conseguia ouvir o barulho de um cortador a três casas de distância da Sra. Kulavich, e mais um do outro lado da rua.

— Você é uma garota esperta. Tome cuidado com o sol; o meu George sempre coloca uma toalha molhada atrás do pescoço quando corta a grama. Apesar de ele não fazer mais tanto isso agora, que nossos netos o ajudam. — Ela piscou. — Acho que ele só liga o cortador hoje em dia quando está com vontade de fazer algo viril.

Jaine sorriu e começou a se despedir, mas algo lhe ocorreu, e ela voltou até a outra mulher.

— Sra. Kulavich, conhece o meu vizinho do outro lado?

E se o babaca tivesse mentido? E se ele não fosse policial? Jaine conseguia imaginá-lo rindo da sua cara quando ela o tratasse cheia de dedos, tentando ser simpática.

— Sam? Ah, sim, eu o conheço desde que nasceu. A casa era dos avós dele, sabia? Eram pessoas maravilhosas. Fiquei tão feliz quando Sam se mudou para cá depois que a avó dele faleceu, no ano passado. Eu me sinto muito mais segura tendo um policial por perto. Não acha?

Bom, isso jogava sua teoria por água abaixo. Jaine se esforçou para abrir um sorriso.

— Sim, é claro. — Ela ia comentar sobre os horários estranhos dele, mas viu o brilho nos olhos azul-claros da Sra. Kulavich, e engoliu as palavras. A última coisa de que precisava era que a vizinha idosa pensasse que ela estava interessada no babaca e que, talvez, *comentasse* isso com ele, já que os dois pareciam se dar bem. Jaine resolveu o problema ao acrescentar:
— Achei que ele fosse um traficante de drogas ou coisa assim.

A Sra. Kulavich pareceu escandalizada.

— Sam, um traficante? Minha nossa! Não, ele nunca faria nada assim.

— Que alívio! — Jaine sorriu de novo. — Acho que é melhor eu ir cuidar da grama antes que esquente mais.

— Não se esqueça de beber bastante água — gritou a Sra. Kulavich às suas costas.

— Pode deixar!

Mas que droga, pensou ela enquanto lutava com a lata de lixo para tirá-la do carro. O babaca era policial; ele não mentira. Lá se ia o seu sonho de vê-lo sendo removido dali algemado.

Ela colocou a lata na varanda dos fundos dele, então tirou da mala a de plástico que comprara para si mesma. Se o material fosse qualquer outro, teria sido impossível guardá-la ali, mas o plástico se comprimia. Ao abrir a mala, a lata surgiu com um pulo, como se estivesse viva. Jaine a colocou ao lado da porta da cozinha, longe da linha de visão da rua, entrou em casa e rapidamente vestiu um short e um top. Era isso que as donas de casa usavam para cortar grama, não era? Mas então ela se lembrou dos vizinhos idosos e trocou o top por uma blusa; não queria causar um ataque cardíaco em um senhor idoso.

Jaine sentiu a empolgação aumentar ao abrir o cadeado da garagem e entrar, tateando até encontrar o interruptor que acendia a única luz no teto. E lá estava a menina dos olhos do pai, completamente coberta por uma capa de lona customizada, forrada com feltro, para não arranhar a tinta. Droga, como queria que o pai tivesse deixado o carro com David. Ele não dava tanto trabalho quanto BooBoo, mas lhe causava muito mais preocupação.

O fator decisivo em deixar o carro em sua casa, pensou ela, fora o fato de a garagem ainda ter um portão duplo antiquado, e não um daqueles que sobem automaticamente, mais moderno. O pai tinha medo de deixar o veículo à mostra; Jaine podia entrar ali sem abrir o portão além dos trinta centímetros de que precisava para passar, enquanto tudo na garagem dupla de David ficava visível da rua sempre que ele abria a porta. Assim que pudesse, ela instalaria um portão automático.

Jaine havia coberto o novo cortador de grama com um lençol, para que não acumulasse poeira. Ela removeu o lençol e acariciou o metal gelado. Talvez sua garagem pouco moderna não tivesse sido o fator decisivo para deixá-la tomando conta do carro; talvez fosse porque ela era a única entre os irmãos que compartilhava o entusiasmo do pai por automóveis. Era Jaine quem se apoiava no para-lama do sedã da família, observando as misteriosas entranhas mecânicas enquanto o pai trocava o óleo e as velas de ignição. Aos dez anos, já o ajudava. Aos doze, tornara-se responsável pela tarefa. Por algum tempo, Jaine havia considerado a ideia de se tornar engenheira mecânica, mas o curso era demorado, e ela não era ambiciosa. Só queria um emprego que pagasse bem e de que gostasse, e ela era tão boa com números quanto era com motores. Jaine gostava de carros, mas não queria transformá-los num emprego.

Empurrando o cortador, ela passou pelo carro do pai, tomando cuidado para não encostar nele. A capa de lona o protegia do chão para cima, mas era melhor não arriscar. Depois de abrir o portão da garagem apenas o suficiente para passar com o cortador, ela levou seu novo bebê para a luz do sol. A tinta vermelha brilhava; os acabamentos cromados reluziam. Ah, como era bonito!

Na última hora, ela se lembrou de um detalhe sobre o ritual de cortar grama e estacionou seu carro na rua; era preciso tomar cuidado com as pedras, que podiam sair voando acidentalmente e trincar uma janela ou arranhar a lataria. Jaine olhou para o carro do babaca e deu de ombros; ele podia até notar as pegadas de BooBoo, mas nunca perceberia mais um amassado naquela coisa.

Com um sorriso feliz, ela ligou o motorzinho.

O mais legal de cortar grama, descobriu ela, era a imediata sensação de dever cumprido. Você conseguia ver exatamente por onde tinha passado e o que já tinha feito. David e seu pai sempre cuidaram dessa tarefa quando ela era mais nova, algo que Jaine sempre achara ótimo, porque cortar grama parecia algo chato. A graça de ter a própria grama só se tornara clara quando ela ficara mais velha, e, agora, finalmente, aos trinta anos, Jaine era uma adulta completa. Ela possuía uma casa. Ela cortava sua própria grama. Que legal!

Algo a cutucou no ombro.

Jaine gritou e soltou o cortador, pulando para o lado e se virando para encarar o atacante. O cortador parou na mesma hora.

Lá estava o babaca, com olhos injetados, uma expressão irritada e roupas sujas: sua apresentação de sempre. Ele se inclinou para a frente e desligou o cortador, fazendo com que o eficiente motorzinho parasse de funcionar com um rosnado.

Silêncio.

Por meio segundo.

— Mas que porra foi essa? — bradou Jaine, o rosto corando de irritação enquanto ela se aproximava, inconscientemente fechando a mão direita num punho.

— Achei que você tinha parado de xingar — provocou ele.

— Você faria até um santo xingar!

— Então isso te dá uma desculpa?

— Claro que dá!

Ele fitou a mão direita dela.

— Você vai usar isso aí, ou prefere ser razoável?

— O quê...?

Jaine olhou para baixo e viu que seu braço estava dobrado, com o punho cerrado. Com um grande esforço, ela abriu os dedos. Mas eles imediatamente voltaram à posição de luta. Ela queria muito, *muito*, dar um soco naquele sujeito, e ficou ainda mais irritada por não poder fazer isso.

— Razoável? — gritou ela, chegando ainda mais perto. — Você quer que *eu* seja razoável? Foi você quem quase me matou de susto e desligou o meu cortador!

— Estou tentando dormir — disse ele, anunciando a palavra com longas pausas entre elas. — É pedir muito que você tenha um pouco de consideração?

Jaine ficou boquiaberta.

— Você fala como se eu estivesse fazendo um escândalo no meio da madrugada. São quase dez horas da manhã! E eu não sou a única pessoa que está cometendo o crime capital de *cortar grama*. Escute — ordenou ela conforme o rugido abafado dos cortadores da vizinhança vinha de cima e de baixo da rua.

— *Eles* não estão cortando grama embaixo da minha janela!

— Então vá dormir num horário normal. A culpa não é minha se você passa a noite acordado!

O rosto dele estava ficando tão vermelho quanto o dela.

— Eu estou numa força-tarefa, minha senhora! Faz parte do trabalho ter um horário irregular. Eu durmo quando posso, o que, desde que você se mudou, não tem sido com muita frequência!

Jaine jogou as mãos para cima.

— Tudo bem! Ótimo! Eu termino a grama hoje à noite, depois que esfriar. — Ela gesticulou para ele ir embora. — Pode voltar para a cama. Vou ficar *sentada* lá dentro pelas próximas onze horas. Ou isso também vai incomodar seu sono de beleza? — perguntou ela com doçura.

— Não, a menos que você tenha um rojão na bunda — respondeu o vizinho, irritado, e voltou para casa batendo os pés.

Provavelmente havia alguma lei que proibia que se jogasse pedra na casa dos outros, pensou Jaine. Furiosa, ela levou o cortador de volta para a garagem, cuidadosamente trancou o portão e, então, resgatou seu carro da rua. Ela queria mostrar para aquele idiota o que faria com um rojão e, com certeza, não seria sentar nele.

Jaine entrou na casa batendo os pés e encarou BooBoo, que a ignorou enquanto lambia as patas.

— Uma força-tarefa — resmungou ela. — Eu não sou irracional. Tudo o que ele tinha que fazer era explicar isso com calma, e eu não teria problema nenhum em cortar a grama mais tarde. Mas *nãããão*, ele precisava agir como um bundão.

BooBoo a fitou.

— Bundão não é palavrão — disse ela na defensiva. — Além do mais, a culpa não foi minha. Vou te contar um segredo sobre o nosso vizinho, BooBoo: ele, definitivamente, não é o homem perfeito!

Quatro

Jaine conseguiu passar o fim de semana sem brigar de novo com o vizinho babaca, e chegou ao trabalho quinze minutos mais cedo, para compensar o atraso de sexta, mesmo já tendo feito hora extra. Ao parar no portão, o guarda se inclinou para a frente na cabine e encarou o Viper com ar de censura.

— Quando é que você vai desistir dessa porcaria e comprar um Chevrolet?

Ela ouvia isso quase todo dia. Era o que acontecia quando se trabalhava na região de Detroit com qualquer coisa remotamente ligada à indústria automobilística. Era preciso mostrar lealdade a qualquer uma das grandes montadoras que, direta ou indiretamente, a empregava.

— Quando eu puder bancar um — respondeu ela, como sempre. Não importava que o Viper tivesse custado os olhos da cara, mesmo sendo usado e já tendo mais de oito mil quilômetros rodados quando fora comprado.

— Acabei de comprar uma casa, sabe? Não foi escolha minha, foi meu pai quem me deu o carro.

Esta última parte era uma mentira deslavada, mas tirava as pessoas do seu pé por um tempo. Ainda bem que ninguém ali conhecia seu pai, porque, senão, saberiam que ele era fã convicto da Ford. Ele ficara ofendido quando a filha comprara o Viper, e nunca deixava de fazer comentários maldosos sobre o carro.

— Ah, bom, seu pai devia ter pesquisado melhor.

— Ele não entende nada de carros. — Jaine ficou tensa, esperando um raio cair em sua cabeça, em castigo pelo descaramento.

Ela estacionou o Viper num canto, nos fundos do estacionamento, onde havia menos chance de ele ser amassado. O pessoal da Hammerstead brincava que o carro era rejeitado. Jaine admitia que aquilo era chato, especialmente em dias de tempo ruim, mas era melhor pegar um pouco de chuva do que deixar que danificassem o Viper. Ter de pegar uma estrada para chegar ao trabalho já era suficiente para fazer nascerem cabelos brancos.

A Hammerstead ocupava um prédio de quatro andares de tijolos vermelhos, com um cinzento pórtico curvado e seis degraus com as bordas arredondadas que levavam a portas duplas imponentes. Porém, essa entrada era exclusiva para visitantes. Todos os funcionários entravam por uma porta de metal equipada com uma tranca elétrica na lateral do prédio, que se abria para um estreito corredor pintado num tom verde-vômito, onde ficavam as salas dos zeladores e eletricistas, além de um cômodo escuro e úmido marcado como "depósito". Jaine nem queria saber o que ficava guardado lá.

No final do corredor verde-vômito, havia três degraus que levavam a outra porta de metal. Aquela se abria para um salão com carpete cinza que se estendia por toda a extensão do prédio, da frente aos fundos, e do qual escritórios e outros corredores saíam como veias. Os dois andares inferiores eram reservados aos nerds da informática, aqueles seres estranhos e irreverentes que gostavam de falar num idioma estrangeiro sobre *bytes* e entradas USB. O acesso a esses espaços era limitado; era preciso um cartão para chegar ao corredor verde-vômito, e outro para entrar em qualquer escritório ou sala. Havia dois elevadores e, no fundo do prédio, para os mais atléticos, uma escada.

Conforme Jaine passava pelo salão de carpete cinza, um enorme cartaz escrito à mão chamou a sua atenção. O aviso estava afixado diretamente acima dos botões dos elevadores. Em giz de cera verde e roxo, sublinhado com um marcador preto para dar ênfase, havia uma nova ordem da empresa:

A PARTIR DE HOJE, TODOS OS FUNCIONÁRIOS DEVERÃO INGERIR UMA MISTURA DE GINKGO BILOBA E VIAGRA PARA NÃO ESQUECER QUE ESTÃO FODIDOS.

Jaine riu. Os nerds estavam em plena forma hoje. Fazia parte da natureza deles se rebelar contra autoridade e estrutura; esses cartazes estavam sempre ali, pelo menos até alguém da gerência aparecer e removê-los. Ela imaginou vários olhos ao longo do corredor grudados nas frestas das portas enquanto os culpados se divertiam com as reações dos outros a seu último ataque contra a dignidade empresarial.

A porta atrás dela se abriu, e Jaine se virou para ver quem era o próximo a chegar. Mal conseguiu se controlar para não franzir o nariz.

Leah Street trabalhava no departamento de recursos humanos e não tinha um pingo de senso de humor. Era uma mulher alta, com ambições de chegar à gerência, apesar de parecer não saber como fazer isso. Ela usava roupas femininas demais, em vez de terninhos sérios, que se adequariam muito melhor ao seu porte esbelto. Era atraente, com cabelo louro esvoaçante e uma pele bonita, mas não tinha nenhum senso estético. Seu melhor atributo eram as mãos, magras e elegantes, que sempre exibiam unhas feitas.

Como o esperado, Leah arfou ao ler o cartaz, corando.

— Que coisa horrorosa! — exclamou ela, irritada, esticando a mão para remover o papel.

— Se tocar nele, vai deixar suas digitais — disse Jaine, completamente séria.

A outra mulher congelou, a mão a menos de um centímetro do cartaz.

— Não tem como saber quantas pessoas já o viram — continuou Jaine enquanto apertava o botão. — Alguém da gerência vai ficar sabendo e vai querer investigar, mesmo que o cartaz não esteja mais aí. A menos que você pretenda comê-lo, coisa que eu duvido, porque essa coisa já deve estar lotada de germes, como vai se livrar dele sem ninguém ver?

Leah lhe lançou um olhar rancoroso.

— Aposto que você vê graça nessas baixarias repulsivas.

— Na verdade, vejo, sim.

— Não me surpreenderia nada se tivesse sido você quem colou o cartaz aí.

— Talvez você devesse me dedurar — sugeriu Jaine. As portas do elevador se abriram, e ela entrou. — Vamos ver se alguém se importa com isso.

O elevador fechou as portas, deixando Leah do lado de fora, encarando-a de cara feia. Aquela fora a conversa mais amarga que as duas já tiveram, apesar de Leah não ser conhecida por sua habilidade de conviver bem com os outros. Como aquela mulher conseguira um emprego no RH era um mistério para Jaine. Na maioria das vezes, sentia pena dela.

Mas não naquele dia.

As segundas-feiras sempre eram os dias mais atribulados no setor de pagamentos, pois era quando recebiam todos os cartões de ponto da semana anterior. A prioridade da Hammerstead era fornecer tecnologia computacional para a General Motors, e não informatizar seu sistema de pagamento. Eles ainda trabalhavam do modo antiquado, batendo cartão no ponto. A papelada era imensa, mas, até agora, o departamento não tivera problema por causa de um erro de software ou computadores quebrados. Talvez fosse por isso que a empresa não se atualizara: os pagamentos precisavam ser feitos.

Às dez da manhã, ela estava pronta para um intervalo. Cada andar tinha uma cozinha, com o tradicional arranjo de máquinas de venda automática, mesas ordinárias e cadeiras de metal, uma geladeira, uma cafeteira e um micro-ondas. Quando Jaine entrou, várias mulheres e um homem ocupavam uma das mesas, e todas riam, enquanto o sujeito parecia indignado.

Ela se serviu da xícara de café de que tanto precisava.

— O que houve? — perguntou.

— Fizeram uma edição especial do jornal — respondeu uma das mulheres, Dominica Flores. Seus olhos lacrimejavam de tanto rir. — Vai entrar para a história.

— Não vi graça nenhuma — disse o homem, de cara feia.

— *Você* não veria mesmo — rebateu outra mulher, rindo. Ela estendeu o jornal para Jaine. — Dê uma olhada.

O jornal da empresa não era, nem de longe, algo oficial. Ele era criado nos primeiros dois andares; quando se dava acesso a computadores àquelas mentes imaginativas, era de se esperar que isso acontecesse. As edições apareciam em intervalos irregulares e, em geral, continham algo que fazia a gerência tentar recolher todas as cópias.

Jaine tomou outro gole do café enquanto aceitava o jornal. O pessoal realmente fazia um trabalho profissional; mas, com tantos equipamentos e softwares disponíveis, seria mesmo triste se não o fizessem. O jornal se chamava *The Hammerhead*, tubarão-martelo em inglês, e o logotipo era um tubarão com cara de mau. Não era a espécie certa de tubarão, mas isso não importava. Os artigos eram dispostos em colunas, as ilustrações eram boas e um cartunista muito engraçado, que assinava o trabalho como "Mako", geralmente tirava sarro de algum aspecto da vida corporativa.

Hoje, a manchete era exibida em letras garrafais: VOCÊ É GRANDE O SUFICIENTE? Logo abaixo, lia-se: "O que as mulheres realmente querem", com uma fita métrica enroscada como uma cobra, pronta para dar o bote.

"Não tem jeito, meus amigos", começava o artigo. "A maioria de nós nem entra na competição. Passamos anos ouvindo que não importa o tamanho, mas como o usamos, porém, agora, sabemos a verdade. Nosso comitê especial de quatro mulheres, colegas que trabalham aqui na Hammerstead, elaboraram uma lista de seus requisitos para o homem perfeito."

Xi! Jaine quase gemeu, mas conseguiu engolir o som e não exibir nada além de uma expressão interessada. Droga, o que Marci fizera com a lista que escrevera? A empresa caçoaria de todas elas sem piedade, e aquele era o tipo de coisa que ficava marcado para sempre. Ela já conseguia imaginar sua mesa amanhecendo cheia de fitas métricas todos os dias.

Jaine deu uma lida rápida no artigo. Graças a Deus, não havia menção ao nome de nenhuma delas. As quatro eram listadas como A, B, C e D. Jaine ainda pretendia torcer o pescoço de Marci, mas, agora, não precisaria abater, socar e estraçalhar a amiga.

A lista completa estava ali, começando com "fiel" no item número um. Tudo ia bem até o número oito, "ótimo na cama", e, a partir daí, as coisas começavam a degringolar. O número nove era o requisito de vinte e cinco centímetros de Marci, junto com todos os comentários que se seguiram, incluindo o seu próprio sobre os últimos cinco centímetros serem restos.

O item dez falava sobre quanto tempo o homem perfeito duraria na cama. "Com certeza mais do que um comercial na televisão", fora a avaliação mordaz de T.J. — a Sra. D. Todas concordaram que a duração ideal do sexo seria meia hora, sem incluir as preliminares.

"Por que não?", citava a declaração da Sra. C — essa era Jaine. "Estamos falando de fantasia, não é? E uma fantasia deveria ser *exatamente* o que você quiser. O meu homem perfeito me daria meia hora de ação, a menos que o objetivo seja uma rapidinha, porque, então, trinta minutos meio que acabam com essa ideia."

Todas as mulheres estavam morrendo de rir, e Jaine concluiu que devia ser pela expressão em seu rosto. Ela torceu para parecer choque em vez de terror. O homem — ela achava que seu nome era Cary ou Craig, algo assim — ficava cada vez mais vermelho.

— Vocês não veriam tanta graça se um monte de homens tivesse dito que sua mulher ideal precisava ter peitos enormes — disse ele, irritado, levantando-se.

— Ah, pare com isso — disse Dominica, ainda sorrindo. — Como se os homens não preferissem peitos grandes desde o início dos tempos! É bom nos vingarmos um pouco.

Ah, que ótimo! Uma guerra entre os sexos. Jaine já conseguia imaginar as conversas pelo prédio. Ela se forçou a sorrir enquanto devolvia o jornal.

— Acho que isso vai render assunto por algum tempo.

— Fala sério! — exclamou Dominica, sorrindo. — Eu vou emoldurar minha cópia e pendurá-la num lugar onde meu marido possa vê-la assim que acordar e logo antes de dormir!

Jaine ligou para o ramal de Marci no instante em que voltou para sua sala.

— Adivinhe o que acabei de ver no jornal? — resmungou ela, mantendo a voz baixa.

— Ah, droga! — Marci gemeu alto. — É muito ruim? Eu ainda não recebi uma cópia.

— Pelo que li, foi palavra por palavra do que dissemos. Mas que merda, Marci, por que você fez isso?

— Mais vinte e cinco centavos — disse a amiga, automaticamente. — E foi um acidente. Não quero falar muito disso aqui no escritório, mas, se você puder almoçar comigo, eu te conto o que aconteceu.

— Tudo bem. Encontro você na Railroad Pizza, ao meio-dia. Vou chamar T.J. e Luna; elas provavelmente vão querer ir também.

— Tudo indica que vou ser linchada — disse Marci, pesarosa.

— Talvez — respondeu Jaine, e desligou.

A Railroad Pizza ficava a menos de um quilômetro da Hammerstead, o que a tornava popular entre os funcionários. A pizzaria fazia muitas entregas, mas também tinha uma dúzia de mesas. Jaine ocupou uma mesa ao fundo, onde teriam mais privacidade. Em poucos minutos, as outras três chegaram e se sentaram, T.J. ao seu lado, e Marci e Luna à sua frente.

— Meu Deus, me desculpem — disse Marci. Ela parecia arrasada.

— Não acredito que você mostrou aquela lista para alguém! — T.J. estava horrorizada. — Se Galan ficar sabendo disso...

— Não sei por que vocês estão tão nervosas — disse Luna, confusa. — Quer dizer, sim, seria um pouco embaraçoso se as pessoas descobrissem que fomos nós que fizemos a lista, mas ela é engraçada.

— Você ainda acharia graça daqui a seis meses, quando os caras continuassem a se oferecer para te mostrar se são grandes o suficiente? — perguntou Jaine.

— Galan não veria graça nenhuma — disse T.J., balançando a cabeça. — Ele ia me *matar*.

— Pois é — concordou Marci, amargurada. — Brick não é o sujeito mais sensível do mundo, mas ele ficaria irado por eu ter dito que queria vinte e cinco centímetros. — Ela abriu um pequeno sorriso. — Acho que posso dizer que ele não é grande o suficiente.

— Como foi que isso aconteceu? — perguntou T.J., enterrando o rosto entre as mãos.

— Eu fui fazer compras no sábado e encontrei aquela tal de Dawna, sabem, a que trabalha no primeiro andar e parece a Elvira — disse Marci. — Nós começamos a bater papo, fomos almoçar, tomamos algumas cervejas. Eu mostrei a lista a ela, nós rimos, e ela pediu uma cópia. Não vi problema nenhum nisso. Depois de algumas cervejas, deixo de ver problema num monte de coisas. Dawna me fez algumas perguntas, e eu, não sei como, acabei escrevendo tudo o que nós dissemos.

Marci tinha uma memória quase fotográfica. Infelizmente, algumas cervejas pareciam não afetar sua memória, só o seu bom senso.

— Pelo menos você não disse nossos nomes — comentou T.J.

— Dawna sabe quem somos — corrigiu Jaine. — A lista estava com Marci, então qualquer idiota consegue imaginar que ela é uma das quatro amigas. Daí é um pulo.

T.J. voltou a cobrir o rosto com as mãos.

— Ele vai me matar. Ou pedir o divórcio.

— Acho que isso não vai dar em nada — disse Luna, tentando acalmá-la. — Se Dawna fosse nos dedurar, já teria contado para seus amiguinhos do primeiro andar. Estamos seguras. Galan nunca vai descobrir.

Cinco

Jaine passou o restante do dia inquieta, esperando algo acontecer. Ela nem conseguia imaginar como T.J. deveria estar nervosa, porque, se a identidade das quatro vazasse e Galan descobrisse, ele passaria a vida inteira jogando aquilo na cara da esposa. No fim das contas, era T.J. quem tinha mais a perder. Marci estava num relacionamento, mas não era casada com Brick. E o caso de Luna com Shamal King era, na melhor das hipóteses, instável, sem compromisso.

Das quatro, Jaine era a que teria menos problema caso fossem identificadas. Ela não tinha namorado, já que desistira dos homens, e não precisava dar satisfação a ninguém. Precisaria aturar piadinhas, mas só.

Depois de analisar a situação e chegar a essa conclusão, Jaine parou de se preocupar tanto. E daí se algum engraçadinho do escritório tentasse rir da sua cara? Ela era mais do que capaz de lidar com os palhaços.

Seu otimismo durou até ela chegar em casa e descobrir que BooBoo, numa tentativa de enfatizar o quanto estava chateado por ser largado num lugar estranho, havia destruído completamente uma das almofadas do sofá. Tufos de espuma estavam espalhados por toda a sala. Jaine fechou os olhos e contou até dez, depois até vinte. Não faria diferença se irritar com o gato; ele provavelmente não entenderia, e, se entendesse, não daria a mínima. Ele era tão vítima das circunstâncias quanto ela. BooBoo chiou quando Jaine se aproximou. Geralmente, ela o deixava em paz quando isso acontecia, mas, em um momento de pena, acabou pegando-o no colo e enterrando os dedos em seus pelos, massageando os músculos flexíveis de suas costas.

— Pobre gatinho — cantarolou ela. — Você não entende o que está acontecendo, não é?

BooBoo rosnou, o que perdeu o efeito ao começar a ronronar.

— Você só precisa aguentar por mais quatro semanas e cinco dias. São trinta e três dias no total. Dá para me aturar por esse tempo, não dá?

Ele não parecia concordar, mas não se importava, contanto que ela continuasse a lhe fazer carinho. Jaine o levou para a cozinha, lhe deu um petisco e então o colocou no chão, para batalhar com um ratinho de brinquedo.

Tudo bem. O gato estava destruindo a casa. Ela podia relevar isso. A mãe ficaria horrorizada com o estrago e pagaria por tudo, é claro, então era só uma questão de passar por um pouquinho de incômodo.

Jaine ficou impressionada com sua própria tranquilidade.

Ela pegou um copo de água, e, enquanto bebia apoiada na pia, viu o vizinho chegar em casa. A visão do Pontiac marrom fez sua tranquilidade começar a descer pelo ralo. Mas o carro estava *mesmo* silencioso; era óbvio que o silenciador fora trocado. Se ele estava tentando, ela também podia fazer o mesmo. Mentalmente, Jaine colocou uma tampa no ralo.

Ela observou pela janela enquanto Sam saía do carro e destrancava a porta da cozinha, que ficava diante da sua. Ele usava calça social e uma camisa branca de botões, com uma gravata aberta no pescoço e um paletó jogado sobre o ombro, parecendo cansado. Jaine viu a grande pistola preta presa ao coldre do cinto quando ele se virou para entrar na casa. Era a primeira vez que ela o via vestindo algo além de roupas sujas e velhas, e aquilo a fez se sentir um pouco desorientada, como se o mundo tivesse saído do eixo. Saber que o vizinho era policial e vê-lo sendo policial eram duas coisas diferentes. O fato de estar usando roupas normais, e não um uniforme, significava que ele não trabalhava na patrulha, que devia ser pelo menos um detetive.

O sujeito continuava a ser um babaca, mas era um babaca com responsabilidades sérias, então, talvez, ela pudesse ser mais compreensiva. Era impossível saber quando ele estava dormindo, a menos que batesse à sua porta para perguntar, o que meio que anulava a ideia de não incomodá-lo durante o sono. Era só não cortar a grama quando o vizinho estivesse em casa, nunca. Isso não significava que Jaine não reclamaria quando fosse *ele* quem estivesse incomodando, porque tinham de ser justos. Mas ela tentaria ser amigável. Afinal, os dois provavelmente seriam vizinhos por muitos anos.

Meu Deus, que pensamento deprimente!

Sua paciência e sua tranquilidade em relação a tudo e a todos duraram... ah, umas duas horas.

Às sete e meia, Jaine se acomodou em sua poltrona grande para assistir à televisão e ler um pouco. Ela geralmente fazia as duas coisas ao mesmo tempo, concluindo que, se alguma coisa interessante aparecesse na tela, chamaria a sua atenção. Uma xícara de chá-verde fumegava suavemente ao lado do seu cotovelo, e ela se antioxidava com um gole ocasional.

Um estrondo destruiu a calma de sua pequena vizinhança.

Ela se levantou de um salto, enfiando os pés nas sandálias enquanto corria para a porta da frente. Jaine conhecia aquele som, pois já o ouvira inúmeras vezes em sua infância, quando o pai a levava para pistas de teste, onde os dois observavam carro após carro colidirem uns contra os outros.

As luzes das varandas se acenderam pela rua; portas se abriram, cabeças curiosas surgiram como tartarugas espiando pelo casco. Cinco portas abaixo, iluminada pelo poste da esquina, havia um emaranhado de ferro amassado.

Jaine correu rua abaixo, o coração acelerado, o estômago embrulhando conforme se preparava para o que pudesse encontrar e tentava se lembrar dos primeiros socorros básicos.

Outras pessoas saíam de casa agora, a maioria mais velha, as mulheres usando pantufas, vestidos ou robes largos, os homens em suas regatas brancas. Ouviam-se algumas vozes infantis, agudas e exaltadas, o som das mães tentando manter as crianças afastadas e dos pais dizendo: "Não chegue perto, não chegue perto, pode ser que algo exploda."

Como já vira muitas batidas, Jaine sabia que era improvável que houvesse uma explosão, mas incêndios sempre eram uma possibilidade. Pouco antes de ela alcançar o carro, a porta do motorista foi aberta com força, e um rapaz agressivo saiu de trás do volante.

— Mas que *merda*! — gritou ele, encarando a frente amassada de seu carro. Ele havia acertado a traseira de um dos veículos estacionados na rua.

Uma mulher jovem saiu correndo da casa diretamente diante deles, os olhos arregalados de horror.

— Ah, meu Deus! Ah, meu Deus! Meu carro!

O rapaz irritado deu a volta até ela.

— Esse carro é seu, sua vaca? Por que essa porra está estacionada na rua?

Ele estava bêbado. O cheiro atingiu o nariz de Jaine, e ela deu um passo para trás. Ao seu redor, era possível ouvir a preocupação coletiva da vizinhança se transformando em desdém.

— É melhor alguém buscar Sam — ela ouviu alguém dizer.

— Eu vou. — A Sra. Kulavich desceu a rua, arrastando-se o mais rápido possível em seus chinelos felpudos.

Pois é, onde ele estava?, perguntou-se Jaine. Todos os moradores da rua estavam ali.

A mulher cujo carro fora acertado chorava com as mãos na boca enquanto encarava o estrago. Atrás dela, na calçada, duas crianças pequenas, com cerca de cinco e sete anos, pareciam incertas sobre o que fazer.

— Vaca maldita — resmungou o bêbado, indo na direção da moça.

— Ei — interveio um dos senhores. — Veja lá como fala.

— Vá se foder, seu velho! — Ele alcançou a mulher chorosa e a pegou pelos ombros, virando-a.

Jaine lançou-se para a frente num impulso, a raiva ardendo no peito.

— Ei, meu camarada — disse ela, irritada. — Deixa essa mulher em paz.

— É! — concordou uma voz idosa e trêmula às suas costas.

— Vá se foder você também, sua vaca — respondeu ele. — Esta idiota bateu no meu carro.

— A culpa foi sua. Você está bêbado e acertou um carro parado.

Jaine sabia que aquilo era inútil; não adiantava argumentar com um bêbado. O problema era que o sujeito estava intoxicado o suficiente para ser agressivo, mas não o bastante para estar trocando as pernas. Ele empurrou a mulher, que cambaleou para trás, prendendo um calcanhar na raiz protuberante de uma das árvores que ladeavam a rua, e caiu na calçada. Ela gritou, e seus filhos berraram e começaram a chorar.

Jaine foi para cima dele, acertando-o na lateral. O impacto o fez cambalear. O bêbado tentou recuperar o equilíbrio, mas acabou caindo de bunda no chão, com os pés para cima. Ele levantou com dificuldade e, com mais um xingamento elaborado, atirou-se em cima de Jaine.

Ela desviou e esticou a perna. O rapaz tropeçou, mas, dessa vez, conseguiu manter-se de pé. Agora, quando ele se virou, seu queixo estava abaixado, quase encostado no peito, e havia sangue nos seus olhos. Ah, merda, ela estava encrencada.

Jaine automaticamente posicionou os braços como uma lutadora de boxe, algo que aprendera em muitas brigas com o irmão. Havia anos que os dois não brigavam, e ela imaginou que estava prestes a levar uma surra, mas talvez conseguisse acertá-lo.

Ela ouviu vozes agitadas e alarmadas ao redor, mas o som soava estranhamente distante, enquanto sua mente focava em sobreviver.

— Alguém devia ligar para a emergência.

— Sadie foi buscar Sam. Ele vai dar um jeito nisso.

— Eu já liguei para a emergência. — Essa era a voz de uma garotinha.

O bêbado correu para cima dela, e, dessa vez, não havia como desviar. Jaine caiu sob o seu peso, chutando e batendo e tentando bloquear os golpes dele ao mesmo tempo. Um dos punhos a atingiu na costela, e a força do golpe a chocou. Os dois imediatamente foram cercados pelos vizinhos, os poucos homens mais jovens tentando tirar o bêbado de cima dela, os mais velhos chutando-o com seus pés calçados em chinelos. Jaine e o bêbado rolaram, e alguns dos senhores foram junto, caindo em cima deles.

A cabeça dela bateu no chão, e um soco inclinado acertou sua maçã do rosto. Um de seus braços estava preso sob um vizinho caído, mas, com a mão livre, Jaine conseguiu segurar a pele na cintura do homem, e girou, beliscando-o com toda a força. Ele berrou como um búfalo ferido.

Então, de repente, o bêbado sumiu, suspenso acima dela, como se não pesasse mais do que um travesseiro. Confusa, Jaine o viu cair ao seu lado, o rosto pressionado no chão, enquanto os braços eram puxados para trás e presos por algemas.

Ela se sentou com dificuldade e deu de cara com o vizinho babaca, seus narizes quase se tocando.

— Droga, eu devia ter imaginado que era você — vociferou ele. — Eu devia prender os dois por embriaguez e desordem pública.

— Eu não estou bêbada! — respondeu Jaine, indignada.

— Não, *ele* está bêbado, e *você* está fazendo a desordem!

A injustiça da acusação a fez engasgar de raiva, o que foi algo bom, porque as palavras presas em sua garganta provavelmente a fariam ir parar na cadeia de verdade.

Ao redor, esposas nervosas ajudavam os maridos trêmulos a se levantarem, paparicando-os e inspecionando os eventuais arranhões e ossos quebrados. Ninguém parecia ter se machucado, e Jaine supôs que a excitação do momento manteria seus corações batendo por mais alguns anos, pelo menos.

Várias mulheres se amontoavam ao redor da mulher que fora empurrada, conversando e tentando ajudar. A parte de trás da cabeça dela sangrava, e seus filhos continuavam chorando. Em solidariedade, ou talvez por estarem se sentindo excluídas, algumas outras crianças começaram a chorar também. Sirenes soaram ao longe, aproximando-se a cada segundo.

Agachado ao lado do bêbado capturado, segurando-o com uma das mãos, Sam olhava ao redor com ar incrédulo.

— Jesus Cristo — murmurou ele, balançando a cabeça.

A senhora que morava do outro lado da rua, o cabelo branco preso em bobes, inclinou-se sobre Jaine.

— Você está bem, querida? Aquilo foi a coisa mais corajosa que eu já vi! Você tinha que ter estado aqui, Sam. Quando aquele... aquele delinquente empurrou Amy, esta mocinha o derrubou de bunda no chão. Qual é o seu nome, querida? — perguntou ela, voltando-se para Jaine. — Eu sou Eleanor Holland; moro na casa em frente à sua.

— Jaine — respondeu ela, e olhou para o vizinho de porta com irritação. — É, Sam, você devia ter estado aqui.

— Eu estava tomando banho — resmungou ele. E fez uma pausa. — E *você* está bem?

— Estou ótima. — Jaine se levantou com dificuldade. Ela não sabia se estava ótima ou não, mas não parecia ter quebrado nenhum osso, e não se sentia tonta, então não parecia ter se machucado feio.

Sam encarava suas pernas desnudas.

— Seu joelho está sangrando.

Ela olhou para baixo e notou que o bolso esquerdo do short jeans estava quase caindo de tão rasgado. O sangue do joelho ralado escorria até a canela. Jaine terminou de rasgar o bolso e pressionou o tecido contra o joelho.

— Foi só um arranhão.

A cavalaria, na forma de duas patrulhas e uma ambulância, chegou com as luzes piscando. Policiais uniformizados começaram a abrir caminho pela multidão, enquanto os moradores direcionavam os médicos para os feridos.

Meia hora depois, tudo tinha acabado. Guinchos levaram os dois carros batidos, e os policiais prenderam o bêbado. A mulher machucada, junto com os filhos, foi conduzida para o hospital para levar pontos no corte da cabeça. Pequenos machucados tinham sido limpos e tratados com curativos, e os guerreiros idosos seguiram para suas respectivas casas.

Jaine esperou até o último médico ir embora, antes de tirar o enorme pedaço de gaze e a atadura do joelho. Agora que toda a agitação tinha acabado, ela se sentia exausta; só queria um banho quente, um biscoito de chocolate e cama. Bocejou ao começar a cansativa caminhada até a sua casa.

Sam, o babaca, apareceu ao seu lado. Jaine olhou para ele e então voltou a se concentrar no caminho adiante. Ela não gostava da expressão no rosto do vizinho nem da forma como ele se agigantava sobre ela como uma nuvem negra. Droga, como aquele homem era grande, com mais de um metro e oitenta, talvez um e noventa, e aqueles ombros que pareciam ter um quilômetro de largura.

— Você sempre se mete em situações perigosas? — perguntou ele em tom casual.

Jaine pensou no assunto.

— Sim — respondeu ela finalmente.

— Era de se esperar.

Ela parou no meio da rua e se virou para encará-lo, as mãos no quadril.

— Ora, o que eu devia ter feito? Ficar ali parada, esperando que o homem desse uma surra nela?

— Você podia ter deixado algum dos homens segurá-lo.

— Bom, pois é, *ninguém* estava fazendo isso, então eu não esperei.

Um carro dobrou a esquina, vindo na direção dos dois. Sam pegou o braço dela e a puxou para a calçada.

— E você tem quanto de altura? Um e sessenta? — perguntou ele, avaliando-a.

Jaine fez cara feia.

— Um e sessenta e cinco.

Ele revirou os olhos, e sua expressão dizia: *Sei, claro que tem.* Jaine trincou os dentes, pois *tinha* um e sessenta e cinco — quase. Que diferença faziam alguns poucos centímetros?

— Amy, a mulher que ele atacou, é uns dez centímetros mais alta que você, e provavelmente pesa uns quinze quilos a mais. O que a fez pensar que era páreo para aquele cara?

— Eu não fiz isso — admitiu ela.

— Não fez o quê? Pensar? Essa parte é óbvia.

Não posso socar um policial, pensou Jaine. *Não posso socar um policial.* Ela repetiu isso para si mesma várias vezes. Finalmente, num tom admiravelmente neutro, conseguiu dizer:

— Eu não achei que era páreo para ele.

— Mas você foi para cima do sujeito de toda forma.

Ela deu de ombros.

— Foi um momento de insanidade.

— Isso não dá para negar.

Agora chega. Jaine parou de novo.

— Olhe só, já estou cansada dos seus comentários sarcásticos. Eu impedi aquele cara de surrar uma mulher na frente dos filhos dela. Ir para cima dele não foi a coisa mais esperta a se fazer, e eu tenho plena consciência de que podia ter me machucado. Mas faria tudo isso de novo. Agora, pode ir andando na frente, porque eu não quero mais a sua companhia.

— Problema seu — disse Sam, e prendeu seu braço ao dela novamente.

Jaine tinha de andar, ou seria arrastada. Como ele não a deixaria ir sozinha até em casa, ela acelerou o passo. Quanto mais cedo se separassem, melhor.

— Está com pressa? — perguntou ele, a pressão no braço dela a puxando para trás e forçando-a a acompanhar seu ritmo mais lento.

— Sim, estou perdendo... — Ela tentou pensar em algo que estivesse passando na televisão, mas não conseguiu. — BooBoo deve cuspir uma bola de pelo daqui a pouco, e eu não quero perder.

— Você gosta de bolas de pelo?

— Elas são mais interessantes do que a presente companhia — respondeu Jaine, doce.

Sam fez uma careta.

— Ai.

Os dois chegaram à casa dela, e ele precisou soltá-la.

— Coloque gelo no joelho para não ficar roxo — aconselhou Sam.

Jaine assentiu com a cabeça, deu alguns passos, mas então se virou para ele, encontrando-o parado no mesmo lugar, observando-a.

— Obrigada por ter trocado o silenciador.

Sam ia fazer algum comentário maldoso, Jaine podia ver na cara dele, mas então deu de ombros e disse, apenas:

— De nada. — Ele fez uma pausa. — Obrigado pela nova lixeira.

— De nada.

Os dois se encararam por mais um instante, como se quisessem ver quem começaria a nova batalha, mas Jaine pôs um fim ao impasse, dando as costas para ele e entrando em casa. Ela trancou a porta atrás de si e ficou parada ali por um instante, observando a sala de estar aconchegante, já familiar e com cara de lar. BooBoo atacara a almofada de novo; havia mais espuma espalhada pelo carpete.

Ela suspirou.

— Esqueça o biscoito de chocolate — disse para si mesma. — Isso é digno de sorvete.

Seis

Jaine levantou cedo na manhã seguinte, sem a ajuda do despertador ou do sol. O simples ato de rolar na cama a acordou, já que cada músculo em seu corpo berrava em protesto. As costelas latejavam, o joelho ardia, os braços doíam sempre que ela os movia; até mesmo sua bunda estava dolorida. Ela não sentia o corpo tão castigado desde a primeira vez que andara de patins.

Gemendo, Jaine se sentou e tirou as pernas da cama. Se ela se sentia mal daquele jeito, só podia imaginar como os velhinhos estavam. Eles não haviam levado nem um soco, mas a queda deve ter tido um impacto maior.

Frio era melhor para músculos doloridos do que calor, mas ela não achava que teria coragem suficiente para enfrentar um banho gelado. Diante da opção, sempre iria preferir enfrentar um bêbado agressivo a ficar pelada sob um jato de água fria. Ela decidiu pelo meio-termo, começando com um banho morno e, gradualmente, desligando a água quente por completo. Introduzir a água fria aos poucos não ajudou; Jaine aguentou por uns dois segundos, mas então pulou para fora do chuveiro com muito mais agilidade do que tinha entrado.

Tremendo, ela se secou apressadamente e vestiu o robe azul, que fechava com um zíper frontal. Jaine raramente se dava ao trabalho de vestir a peça durante o verão, mas, naquele dia, a sensação de vesti-la era boa.

Levantar cedo tinha uma vantagem: foi ela quem acordou BooBoo, e não o contrário.

Ele não gostou de interromper seu sono de beleza. O gato irritado chiou para a anfitriã, saindo do quarto para encontrar um lugar mais isolado para dormir. Jaine sorriu.

Ela não precisava correr hoje, já que tinha acordado bem cedo, o que era bom, porque seus músculos doloridos deixavam bem claro que aquele não era um dia para ter pressa. Jaine tomou café com calma, algo raro em dias de semana, e, em vez de se contentar com cereal frio, como normalmente fazia, colocou um waffle congelado na torradeira e fatiou morangos para pôr por cima. Afinal de contas, uma mulher que sobrevivera a uma batalha merecia um mimo.

Depois de terminar de comer, ela tomou outra xícara de café e puxou o robe para examinar o joelho ralado. Apesar de ter colocado gelo, como lhe fora instruído, havia um grande hematoma roxo, e todo o joelho estava dolorido e duro. Como ela não podia passar o dia inteiro andando com compressas de gelo, tomou duas aspirinas e aceitou que teria de passar alguns dias em desconforto.

Sua primeira surpresa real daquele dia veio quando começou a se vestir e colocou o sutiã. Assim que prendeu o fecho frontal, apertando a faixa ao redor das costelas doloridas, ela percebeu que teria de tirá-lo. Parada diante do armário, só de calcinha, Jaine encarou outro dilema: o que uma mulher sem sutiã vestia se não quisesse que os outros soubessem que ela estava sem sutiã?

Mesmo num escritório com ar-condicionado, o clima estava quente demais para ficar de casaco o dia todo. Seu arsenal tinha alguns vestidos bonitos, mas seus mamilos ficariam obviamente marcados nos tecidos finos. Ela não tinha lido algo sobre colocar band-aids nos seios? Valia a pena tentar. Jaine pegou dois curativos, colou-os sobre os mamilos, colocou um dos vestidos e se examinou no espelho. Os band-aids estavam óbvios.

Tudo bem, aquilo não tinha funcionado. Se ela tivesse fita cirúrgica bege, talvez desse certo. Além do mais, o vestido deixava à mostra o joelho ralado, que estava nojento. Jaine tirou os band-aids e voltou a analisar o armário.

No fim das contas, optou por uma saia longa verde-musgo e um top branco de tricô que foi coberto por uma blusa de seda azul-acinzentada. Ela amarrou as pontas da blusa ao redor da cintura, colocou uma pulseira de contas verdes e azuis, e ficou bem impressionada com o resultado ao consultar o espelho.

— Nada mau — disse ela, virando para analisar o resultado. — Nada mau mesmo.

Por sorte, seu cabelo não era problema. Era espesso e brilhante, num belo tom de castanho-avermelhado, e bem volumoso. O corte atual era um pouco desfiado, algo que não exigia mais do que um passar de pente, o que era ótimo, já que levantar os braços fazia suas costelas doerem. Ela penteou os fios rapidamente.

Mas havia um hematoma na sua maçã do rosto. Jaine fez uma careta para o espelho e tocou a pequena marca roxa com cuidado. Não estava dolorida, mas chamava a atenção. Ela raramente passava muita maquiagem — para que se dar ao trabalho? —, mas, hoje, teria de se dedicar.

Quando finalmente saiu rebolando porta afora em seu afortunado modelito chique e o rosto completamente maquiado, Jaine achava que se saíra muito bem.

O babaca — Sam — estava abrindo o carro naquela mesma hora. Ela se virou e enrolou para trancar a porta, torcendo para ele simplesmente entrar no Pontiac e ir embora, mas não teve sorte.

— Você está bem? — perguntou ele, sua voz bem atrás dela, e Jaine quase deu um pulo de susto.

Engolindo um grito, ela se virou. Grande erro. Suas costelas protestaram; ela soltou um gemido involuntário e deixou as chaves caírem.

— Mas que merda! — gritou ela quando conseguiu respirar de novo. — Pare de chegar de fininho desse jeito!

— Eu não sei chegar de outra maneira — respondeu Sam, seu rosto inexpressivo. — Se eu tivesse esperado você se virar, não seria de fininho. — Ele fez uma pausa. — Você falou palavrão.

Como se ela precisasse ser lembrada disso. Fumegando, Jaine revirou a bolsa atrás de uma moeda de vinte e cinco centavos e a depositou na mão dele.

Sam piscou ao encarar o dinheiro.

— Para que isso?

— Porque eu xinguei. Preciso pagar vinte e cinco centavos quando sou flagrada. É uma forma de me motivar a parar.

— Então mereço ganhar bem mais do que isto. Você disse algumas palavras ontem.

Jaine franziu o lábio para ele.

— Você não pode voltar ao passado e me cobrar. Eu teria que esvaziar minha conta bancária. Só vale se eu for pega na hora.

— Bem, pois é, mas eu te peguei. No sábado, quando você estava cortando a grama. Não ganhei dinheiro nenhum.

Em silêncio, com os dentes trincados, Jaine pegou outra moeda.

Sam parecia extremamente satisfeito ao guardar seus cinquenta centavos no bolso.

Se fosse em qualquer outro momento, talvez Jaine tivesse rido, mas ela ainda estava irritada com o susto. Suas costelas doíam e, quando ela tentou abaixar para pegar as chaves, doeram ainda mais. Como se isso não bastasse, seu joelho se recusava a dobrar. Ela se esticou e lançou um olhar de tamanha irritação frustrada em direção a Sam que um dos cantos da boca dele se levantou. Se ele rir, pensou ela, vou lhe dar um chute na canela. Como ainda estava parada no degrau da porta, o ângulo era perfeito.

Sam não riu. Policiais provavelmente eram treinados para agir com cautela. Ele se abaixou para pegar as chaves.

— O joelho não quer dobrar, não é?

— Nem as costelas — disse Jaine, mal-humorada, pegando as chaves e descendo os três degraus.

As sobrancelhas dele baixaram.

— O que houve com as suas costelas?

— Levei um soco.

Sam bufou, exasperado.

— Por que você não disse nada ontem à noite?

— Para quê? Elas não estão quebradas, só machucadas.

— E você tem certeza disso, é? Não acha que talvez possam estar fraturadas?

— Não sinto como se estivessem fraturadas.

— E você tem muita experiência com costelas fraturadas para saber qual seria a sensação?

Jaine trincou a mandíbula.

— Estamos falando das *minhas* costelas, e eu acho que não estão fraturadas. Ponto-final.

— Me diga uma coisa — disse Sam em tom casual, caminhando ao lado de Jaine enquanto ela ia batendo os pés, o máximo quanto podia, até o carro. — Tem algum dia em que você não arrume motivo para brigar?

— Os dias em que não te encontro — retrucou ela. — E foi você que começou! Eu estava pronta para ser uma boa vizinha, mas você vinha me aporrinhar sempre que me via, mesmo depois de eu ter pedido desculpas por BooBoo subir no seu carro. Além do mais, achei que você fosse alcoólatra.

Sam parou, a surpresa estampada em seu rosto.

— Alcoólatra?

— Olhos injetados, roupas sujas, chegando em casa no meio da madrugada, fazendo barulho à beça, ranzinza o tempo todo, como se estivesse de ressaca... O que eu devia pensar?

Ele esfregou o rosto.

— Desculpe, foi falta de consideração da minha parte. Eu devia ter tomado banho, feito a barba e vestido um terno antes de vir te contar que você estava fazendo barulho suficiente para tirar os mortos do túmulo.

— Vestir uma calça jeans limpa já teria sido suficiente.

Jaine destrancou o Viper e começou a considerar outro problema: como entraria no seu carrinho baixo?

— Estou reformando os armários da cozinha — anunciou ele depois de uma curta pausa. — Ultimamente, por causa dos horários do trabalho, tenho que fazer as coisas aos poucos, e, às vezes, acabo dormindo com as roupas sujas.

— Você já pensou em deixar os armários para seus dias de folga e dormir um pouco mais? Talvez isso ajudasse com o seu humor.

— Não tem nada de errado com o meu humor.

— Realmente, não se ele viesse de um gambá raivoso.

Jaine abriu a porta do Viper, jogou a bolsa lá dentro e tentou se preparar psicologicamente para o esforço de sentar atrás do volante.

— Belo carro — disse ele, olhando o veículo de cima a baixo.

— Obrigada. — Ela olhou para o Pontiac e ficou quieta. Às vezes, o silêncio é mais gentil que as palavras.

Sam viu o olhar e sorriu. Jaine desejou que ele não tivesse feito isso; o sorriso fazia com que aquele homem parecesse quase humano. Ela queria que os dois não estivessem parados sob o sol da manhã, porque podia ver como a sobrancelha negra dele era densa e como a íris escura tinha manchas de um castanho vívido. Muito bem, Sam não era um homem feio quando seus olhos não estavam injetados e não rosnava.

De repente, aqueles olhos se tornaram frios. Ele esticou a mão e, gentilmente, passou o dedão pela maçã do rosto de Jaine.

— Você está roxa aqui.

— Mer... — Ela se controlou antes de a palavra sair. — Meleca, achei que tivesse coberto tudo.

— Você fez um bom trabalho. Não vi nada até pararmos ao sol. — Sam cruzou os braços e lhe lançou um olhar severo. — Mais algum machucado?

— Só músculos doloridos. — Ela fitou o carro com tristeza. — Não estou nada ansiosa para entrar aí.

Sam olhou para o carro e, então, para Jaine; ela agarrava a porta aberta e, lenta e dolorosamente, levantava a perna direita e a passava para dentro do Viper. Ele respirou fundo, como se estivesse se preparando para realizar uma tarefa desagradável, e segurou o braço dela para equilibrá-la durante a movimentação até chegar atrás do volante.

— Obrigada — disse Jaine, aliviada por ter acabado.

— De nada. — Sam se agachou diante da porta aberta. — Você quer registrar a ocorrência?

Ela franziu a boca.

— Eu bati nele primeiro.

Jaine achou que Sam parecia estar lutando contra outro sorriso. Meu Deus, tomara que ele ganhasse a batalha; não queria ver outro daqueles tão cedo. Logo começaria a pensar que o vizinho era humano.

— Tem esse problema — concordou Sam. Ele se levantou e começou a fechar a porta para ela. — Uma massagem ajudaria a melhorar a dor nos músculos. E um banho de vapor.

Ela lhe lançou um olhar indignado.

— De vapor? Quer dizer que eu tomei banho frio hoje cedo por *nada*?

Sam começou a rir, e Jaine desejou muito, muito, que isso não tivesse acontecido. Ele tinha uma risada grave e gostosa, e dentes muito brancos.

— Frio também faz bem. Tente alternar as temperaturas para liberar a tensão. E faça uma massagem, se for possível.

Jaine desconfiava que a Hammerstead não tinha um spa escondido em algum canto do edifício, mas podia pesquisar e marcar um horário em algum lugar depois do expediente. Ela assentiu com a cabeça.

— Boa ideia. Obrigada.

Ele fez que sim e fechou a porta, dando um passo para trás. Acenando com a mão, Sam seguiu para o próprio carro, mas, antes mesmo de abrir a porta, Jaine já guiava o Viper pela rua.

Então, talvez pudessem se dar bem, pensou ela com um pequeno sorriso. O vizinho e suas algemas certamente tinham sido úteis na noite anterior.

Apesar de ter perdido tempo conversando com Sam, ainda assim, ela chegou cedo ao trabalho, o que lhe deu tempo para sair do carro com calma. Hoje, o cartaz acima dos botões do elevador dizia: O FRACASSO NÃO É UMA OPÇÃO; ELE JÁ VEIO EMBUTIDO NA SUA PROGRAMAÇÃO. Por algum motivo, Jaine achava que a gerência teria mais problemas com aquela mensagem do que com a do dia anterior, mas todos os nerds dos dois primeiros andares provavelmente a achavam hilária.

O escritório foi se enchendo aos poucos. As conversas daquela manhã só tratavam da matéria do jornal, metade discutindo o conteúdo e metade especulando sobre a identidade das quatro mulheres. A maioria achava que o artigo inteiro saíra da imaginação da autora, que as quatro amigas eram fictícias, o que era ótimo para Jaine. Ela permaneceu de boca fechada e com os dedos cruzados.

— Eu digitalizei a matéria para enviar para minha prima em Chicago — ela ouviu um homem dizer enquanto passava pelo corredor. Tinha quase certeza de que ele não estava falando sobre uma matéria no *Detroit News*.

Que maravilha! Estava se espalhando.

Como Jaine sentia dor só de pensar em entrar e sair do carro várias vezes para almoçar, contentou-se com biscoitos recheados com manteiga de amendoim e um refrigerante na cozinha. Poderia ter pedido a T.J. ou a uma das outras garotas para lhe trazer algo para comer, mas não queria ter de explicar por que tinha dificuldade para entrar no carro. Pareceria que estava se gabando se dissesse que havia atacado um bêbado, quando, na verdade, simplesmente ficara com raiva demais para pensar no que fazia.

Leah Street entrou e tirou seu almoço embalado com perfeição da geladeira. Ela trouxera um sanduíche (peito de peru e alface no pão integral), sopa de legumes (que esquentou no micro-ondas) e uma laranja. Jaine suspirou, dividida entre o ódio e a inveja. Como gostar de uma pessoa tão organizada? Gente como Leah, pensou ela, vinha ao mundo para fazer os outros parecerem incompetentes. Se tivesse pensado no assunto, Jaine teria trazido almoço em vez de ter de se contentar com biscoitos e refrigerante.

— Posso me sentar com você? — perguntou a outra mulher.

Jaine sentiu uma pontada de remorso. Como as duas eram as únicas pessoas na cozinha, ela devia ter convidado a colega para sentar. A maioria dos funcionários da Hammerstead simplesmente teria se acomodado, mas Leah passava por tantas situações que deixavam óbvio que sua presença era indesejada que ela sentia necessidade de pedir permissão.

— Claro — respondeu Jaine, tentando deixar a voz mais amigável. — Seria bom ter companhia.

Se ela fosse católica, certamente teria de confessar essa mentira; estava sendo ainda mais descarada do que quando dissera que o pai não entendia nada de carros.

Leah arrumou sua refeição nutritiva e bonita, e se sentou à mesa. Ela deu uma mordidinha no sanduíche e mastigou com delicadeza, limpou a boca com o guardanapo, então se serviu com uma colherada igualmente pequena da sopa, e depois limpou a boca de novo. Jaine a observava, fascinada. As pessoas na época vitoriana também deviam comportar-se assim à mesa. Ela própria tinha bons modos, mas Leah a fazia sentir-se como uma selvagem.

Depois de um momento, a outra mulher disse:

— Imagino que você tenha visto aquele jornal repulsivo ontem.

Jaine havia percebido que repulsivo era uma das palavras favoritas de Leah.

— Você deve estar falando do artigo — disse ela, já que parecia inútil tentar evitar o assunto. — Dei uma olhada. Não li tudo.

— Pessoas assim me fazem ter vergonha de ser mulher.

Ora, *isso* era um pouco exagerado. Jaine sabia que devia deixar para lá, porque Leah era Leah, e nada a mudaria. Mas aquele demoniozinho dentro dela — certo, o mesmo demoniozinho que a fazia abrir a boca quando devia permanecer calada — a fez dizer:

— Por quê? Achei que elas foram sinceras.

Leah largou o sanduíche e lançou um olhar indignado em sua direção.

— Sinceras? Elas pareciam umas vagabundas. Tudo o que querem em um homem é dinheiro e um grande... um grande...

— Pênis — ajudou Jaine, já que a outra mulher parecia desconhecer a palavra. — E não acho que elas *só* queiram isso. Eu lembro que havia algo sobre fidelidade e confiança, senso de humor...

Leah dispensou o argumento com um aceno de mão.

— Você pode acreditar no que quiser, mas o único objetivo daquela matéria é falar de sexo e dinheiro. Isso está óbvio. E também é algo malicioso e cruel, porque imagine só o que aquilo faz com a autoestima dos homens que não têm muito dinheiro e um grande... negócio...

— Pênis — interrompeu Jaine. — O negócio se chama pênis.

Leah apertou os lábios.

— Algumas coisas não deveriam ser discutidas em público, mas já notei que você tem a boca suja.

— Não tenho, não! — rebateu Jaine, agitada. — Admito que falo uns palavrões às vezes, mas estou tentando parar, e não há nada de errado em dizer *pênis*; esse é o termo correto para uma parte do corpo, igual a dizer "perna". Ou você também tem um problema com pernas?

Leah agarrou a borda da mesa com as duas mãos, apertando com tanta força que as juntas de seus dedos ficaram brancas. Ela respirou fundo.

— Como eu estava dizendo, imagine como aqueles homens se sentiram. Eles devem achar que não são bons o suficiente, que são inferiores de alguma forma.

— Alguns deles são mesmo — murmurou Jaine. Ela sabia bem disso. Fora noiva de três sujeitos inferiores, e esse fato não tinha nada a ver com a genitália deles.

— Não é certo fazer as pessoas se sentirem assim — disse a outra mulher, a voz ficando cada vez mais alta.

Leah deu outra mordida no sanduíche, e Jaine notou que as mãos dela tremiam. A colega parecia estar realmente nervosa.

— Olhe, eu acho que a maioria das pessoas que leu o artigo achou graça — disse ela, em um tom conciliatório. — Era óbvio que a ideia era fazer piada.

— Eu discordo completamente. Aquilo foi uma baixaria, horrível e maldoso. Que se dane a conciliação!

— Eu não acho — disse Jaine, inexpressiva, juntando as embalagens do seu almoço e jogando tudo no lixo. — Acredito que as pessoas veem o que esperam ver. Gente maldosa supõe que todo mundo também seja ruim, da mesma forma que alguém com uma mente pornográfica vê baixaria em todo canto.

Leah ficou branca, depois vermelha.

— Você está dizendo que eu tenho uma mente pornográfica?

— Interprete o que eu disse como quiser.

Jaine voltou para sua sala antes que aquela discussão se tornasse algo maior. Qual era o seu problema nos últimos dias? Primeiro tinha sido o vizinho; agora, Leah. Ela parecia incapaz de se dar bem com qualquer ser, incluindo BooBoo. É claro que ninguém se dava bem com Leah, então aquilo não deveria contar, mas Jaine certamente ia se esforçar mais para ser legal com Sam. E daí que o vizinho a irritava? Era óbvio que ela também fazia o mesmo com ele. O problema era que Jaine não sabia mais como ter uma convivência amigável com homens; desde que terminara seu terceiro noivado, havia ficado bem longe deles.

Mas que mulher não faria o mesmo com o seu histórico? Três noivados e três términos aos vinte e três anos não eram um bom indício. Não era como se ela fosse uma baranga; Jaine tinha um espelho, que refletia uma mulher bonita e esbelta, com covinhas quase aparentes nas bochechas e uma leve depressão no queixo. Ela fora popular na escola, tão popular que ficara noiva de Brett, o astro do time de beisebol, no último ano. Mas Jaine queria ir para a faculdade, e Brett queria tentar ser jogador profissional, e os dois acabaram seguindo caminhos diferentes. A carreira de Brett também não dera certo.

E então viera Alan. Jaine tinha vinte e um anos, tinha acabado de se formar na faculdade. Alan esperara até a véspera do casamento, na noite do jantar para os convidados próximos, para lhe contar que ainda estava apaixonado pela ex-namorada, que só ficara com ela para provar que tinha mesmo esquecido a outra, mas não tinha dado certo, desculpe, não foi por mal.

Claro. Só nos seus sonhos, babaca.

Depois de Alan, Jaine então ficara noiva de Warren, mas talvez estivesse receosa demais para realmente se comprometer. Por algum motivo, depois que ele a pedira em noivado e ela aceitara, os dois pareceram se distanciar, e o relacionamento foi-se acabando aos poucos. Ambos ficaram felizes em finalmente acabar com tudo.

Jaine poderia ter seguido em frente e se casado com Warren, apesar da falta de entusiasmo dos dois, mas sentia-se feliz por não ter feito isso. E se eles tivessem tido filhos e depois se separado? Se um dia tivesse filhos, Jaine queria estar num casamento sólido, como o dos pais.

Ela nunca havia pensado que o fim de seus noivados fosse culpa sua; dois deles foram decisões mútuas, e o outro certamente fora culpa de Alan, mas... será que havia algo de errado com ela? Jaine não parecia inspirar desejo, que dirá devoção, nos homens com quem saía.

Os pensamentos tristes foram afastados quando T.J. enfiou a cabeça na sala dela. A amiga estava pálida.

— Uma jornalista do *Detroit News* veio conversar com Dawna — soltou ela. — Meu Deus, você acha...?

T.J. olhou para Jaine; Jaine olhou para T.J.

— Ah, merda — disse Jaine, enojada, mas a amiga estava nervosa demais para se lembrar de pedir seus vinte e cinco centavos.

Naquela noite, Corin encarava o jornal, lendo e relendo o artigo. Era uma baixaria, baixaria pura.

Suas mãos tremiam, fazendo as palavrinhas dançarem pela página. Será que elas não sabiam como aquilo magoava? Como podiam *rir* de algo assim?

Ele queria jogar o jornal fora, mas não conseguia. A angústia o dominava. Não conseguia acreditar que trabalhava com as pessoas que haviam dito aquelas coisas maldosas, que zombavam e intimidavam...

Corin respirou fundo. Ele precisava se controlar. Era isso que os médicos diziam. Tome seus remédios e se controle. E Corin obedecia. Ele estava se comportando, se comportando tão bem, por tanto tempo. Às vezes, até mesmo conseguia esquecer quem era.

Mas não agora. Não conseguia esquecer agora. Aquilo era importante demais.

Quem eram elas?

Ele tinha de descobrir. Ele precisava descobrir.

Sete

Era como estar com a cabeça na guilhotina, pensou Jaine sombriamente na manhã seguinte. A lâmina ainda não caíra, mas era óbvio que não tardaria. O momento só dependia de quanto tempo levaria para Dawna soltar que conseguira a lista com Marci. E, quando a identidade de Marci fosse descoberta, elas poderiam muito bem pendurar no pescoço uma plaquinha que dizia "Sou culpada".

A pobre T.J. estava morta de preocupação, e, se Jaine fosse casada com Galan Yother, também estaria. Como uma coisa que começara como uma diversão inocente entre quatro amigas se transformara em algo que poderia acabar com um casamento?

Ela não dormira bem naquela noite de novo. Tomara mais aspirinas para os músculos doloridos, ficara de molho num banho quente de banheira e, quando finalmente fora para a cama, se sentia bem mais confortável. Mas a preocupação com aquela porcaria de artigo a deixara acordada por muito mais tempo do que estava acostumada, e a despertara antes do amanhecer. Jaine sentia um pavor imenso de receber o jornal daquela manhã e, no que se referia a ir ao trabalho, ela preferia lutar com outro bêbado. Num chão de cascalho.

Ela tomou café e ficou observando o céu clarear. Era óbvio que BooBoo já a perdoara por acordá-lo de novo, sentando ao seu lado e ronronando sempre que tinha as orelhas distraidamente acariciadas.

O que aconteceu logo em seguida não foi culpa dela. Jaine estava lavando a caneca na pia quando a luz da cozinha na casa vizinha se acendeu e Sam surgiu.

Ela parou de respirar. Seus pulmões entraram em pane, e ela parou de respirar.

— Meu senhor Jesus — disse Jaine, rouca, e conseguiu puxar o ar.

Ela estava vendo mais de Sam do que jamais imaginara que veria; estava vendo tudo, na verdade. O vizinho havia parado diante da geladeira, nu em pelo. Jaine mal teve tempo de admirar sua bunda antes de ele pegar uma caixa de suco de laranja, girando a tampa no topo e inclinando o recipiente sobre a boca enquanto se virava.

Jaine esqueceu completamente a bunda. Sam era mais impressionante de frente do que de costas, o que queria dizer muita coisa, porque seu traseiro era superfofo. O homem era bem-dotado.

— Meu Deus, BooBoo — arfou ela. — Veja só aquilo!

Na verdade, todas as partes de Sam eram ótimas. Ele era alto, afinando na cintura, musculoso. Jaine forçou os olhos a subirem um pouco e notou que o vizinho tinha um belo peito cheio de pelos. Ela já sabia que o rosto dele era interessante, apesar de um pouco surrado. Olhos escuros sensuais, dentes brancos e uma risada gostosa. E bem-dotado.

Ela pressionou uma mão contra o peito. Seu coração estava mais do que acelerado; o órgão parecia querer atravessar seu esterno à base de pancadas. Outras partes do corpo também começavam a acompanhá-lo em sua animação. Em um momento de insanidade, ela considerou ir correndo até lá e se oferecer para servir de colchão para ele.

Sem saber da agitação que acometia Jaine, assim como da vista enlouquecedora da casa vizinha, BooBoo continuava a lamber as patas. As prioridades do gato obviamente estavam erradas.

Jaine agarrou a bancada para não desabar no chão. Era uma sorte ela estar dando um tempo dos homens; caso contrário, haveria a possibilidade real de ter atravessado os dois quintais e batido à porta de Sam. Porém, apesar disso, ela ainda apreciava coisas belas, e seu vizinho era uma obra de arte, um misto de estátua grega clássica e astro de filme pornô.

Ela odiava ter de fazer aquilo, mas precisava avisá-lo de que as cortinas tinham de ser fechadas; uma boa vizinha faria isso, certo? Sem afastar o olhar da janela, evitando perder qualquer momento do show, Jaine pegou o telefone, mas então parou. Não apenas ela não sabia o telefone dele, como também nem sabia seu sobrenome. Que bela vizinha ela era; fazia duas semanas e meia que morava ali, e ainda não se apresentara. Mas, pensando bem, se ele fosse um policial decente, já teria descoberto seu nome. É claro que *ele* também não se dera ao trabalho de se apresentar. Se não fosse pela Sra. Kulavich, Jaine não saberia nem que o nome do vizinho era Sam.

Mas isso não a desencorajou. Ela havia anotado o número dos Kulavich no bloquinho ao lado do telefone, e conseguiu afastar o olhar do espetáculo da casa ao lado por tempo suficiente para lê-lo. Depois de discar o número, veio a preocupação tardia de que o casal podia estar dormindo ainda.

A Sra. Kulavich atendeu ao primeiro toque.

— Alô! — cumprimentou ela, tão animada que Jaine teve certeza de que não os acordara.

— Olá, Sra. Kulavich, aqui é Jaine Bright, sua vizinha. Como vai?

Afinal, as gentilezas sociais tinham de ser trocadas e, com a geração mais velha, isso podia demorar um pouco. O ideal seria, no máximo, uns dez ou quinze minutos. Ela observou Sam acabar com a caixa de suco e jogar a embalagem vazia no lixo.

— Ah, Jaine! É tão bom ter notícias suas! — disse a Sra. Kulavich, como se ela tivesse saído do país ou algo assim. Obviamente a mulher era uma dessas pessoas que falam ao telefone com pontos de exclamação. — Nós estamos bem, muito bem! E você?

— Estou ótima — respondeu ela automaticamente, sem perder um minuto dos acontecimentos. Agora, ele estava pegando o leite. *Eca!* Sam com certeza não ia misturar leite com suco de laranja. Ele abriu a embalagem e cheirou. Seu bíceps se avolumou quando o braço levantou. — Minha nossa! — sussurrou ela.

Era evidente que o leite não passara na inspeção, já que Sam afastou a cabeça rapidamente e deixou a caixa de lado.

— Como é? — perguntou a Sra. Kulavich.

— Ah... eu disse que estou ótima. — Jaine tirou o foco do caminho da perdição. — Sra. Kulavich, qual é o sobrenome de Sam? Preciso ligar para ele para falar sobre uma coisa. — Nada como ser sutil.

— Donovan, querida. Sam Donovan. Mas eu tenho o número aqui. É o mesmo que os avós dele usavam. O que é ótimo porque assim, eu não esqueço. É mais fácil envelhecer do que ficar mais inteligente, sabe? — Ela riu da própria piada.

Jaine riu também, apesar de não saber do que, e pegou um lápis. A Sra. Kulavich lentamente recitou o número, e ela anotou, o que não foi fácil, considerando que não estava olhando para o que escrevia. Os músculos de seu pescoço estavam travados para cima, e não havia opção além de ficar olhando para a cozinha da casa ao lado.

Ela agradeceu à vizinha, se despediu e respirou fundo. Precisava fazer aquilo. Não importava quanto doesse, quanto se privaria, precisava ligar para Sam. Jaine respirou fundo de novo e discou o número. Ela o observou atravessar a cozinha e pegar um aparelho sem fio. A vista agora era do perfil dele. Ah, uau! Duas vezes uau!

A saliva se acumulou em sua boca. Aquele homem maldito estava praticamente fazendo-a babar.

— Donovan.

Sua voz grave soou rouca, como se ele ainda não tivesse acordado de verdade, e aquela única palavra estava cheia de irritação.

— Hum... Sam?

— Sim?

Não era a resposta mais acolhedora. Jaine tentou engolir, mas teve dificuldade, considerando que estava com a língua para fora da boca. Ela se controlou e suspirou de tristeza.

— Aqui é Jaine, sua vizinha. Odeio te dizer isto, mas, talvez, você queira... fechar suas cortinas.

Sam se virou para a janela, e os dois se encararam através de seus quintais. Ele não se desviou para um canto, não se agachou para sair de vista, nem qualquer outra coisa que pudesse indicar vergonha. Em vez disso, sorriu. Droga, ela preferia que ele não tivesse feito isso.

— Você viu tudo, né? — perguntou ele enquanto ia até a janela e alcançava as cortinas.

— Vi, sim. — Fazia pelo menos cinco minutos que ela não piscava. — Obrigada.

Ele fechou as cortinas, e o corpo dela imediatamente entrou em luto.

— O prazer foi meu. — Sam riu. — Talvez você possa retribuir o favor uma hora dessas.

Ele desligou o telefone antes que Jaine pudesse responder, o que foi bom, porque todas as palavras sumiram de sua mente enquanto ela fechava as cortinas. Mentalmente, deu um tapa na testa. *Dã!* Tudo que precisava ter feito, em qualquer momento, era fechar as cortinas.

— É, como se eu fosse idiota! — exclamou ela para BooBoo.

A ideia de tirar as roupas para ele a abalou — e a excitou. Como assim, ela de repente virara exibicionista? Jaine nunca tivera essa vontade no passado, mas, agora... Seus mamilos estavam rijos, pontudos como morangos, e quanto ao restante do seu corpo... Bem. Ela nunca fora fã de sexo casual, mas esse súbito desejo por Sam, o babaca, logo ele, a desconcertava. Como o vizinho podia ir de babaca a tentador apenas tirando as roupas?

— Eu sou tão fútil assim? — perguntou ela a BooBoo, considerando essa hipótese por um instante e então assentindo com a cabeça. — Claro que sou.

BooBoo miou, obviamente concordando.

Puxa vida! Como ela iria conseguir olhar para Sam de novo sem pensar nele pelado? Como falaria com ele sem corar ou sem deixar óbvio que seu corpo a deixara louca? Jaine gostava muito mais da ideia de considerar o vizinho um adversário do que de vê-lo com desejo. Preferia sentir-se atraída por homens que estavam a uma distância segura... como nas telas de cinema.

Porém, se ele não ficara envergonhado, por que ela deveria se sentir assim? Os dois eram adultos, certo? Ela já tinha visto homens pelados. Mas nunca tinha visto *Sam* pelado. Por que o homem não podia ter uma pança de cerveja e um pintinho enrugado, em vez de um tanquinho e uma ereção matinal impressionante?

Jaine começou a babar de novo.

— Que coisa ridícula! — disse ela. — Eu tenho trinta anos, não sou uma adolescente que fica tendo crises de histeria por causa de... seja lá por quem for que elas gostem hoje em dia. Eu deveria ser capaz de controlar minhas glândulas salivares.

Suas glândulas salivares discordavam disso. Sempre que a imagem de Sam surgia em sua mente, o que acontecia a cada dez segundos — era preciso admirar a cena por nove segundos antes de bani-la —, Jaine precisava engolir. Mais de uma vez.

Na véspera pela manhã, ela estava indo para o trabalho mais cedo quando encontrara o vizinho saindo de casa. Se seguisse seu horário normal hoje, ele já teria ido embora, não é?

Mas Sam tinha dito que estava numa força-tarefa e tinha horários irregulares, o que significava que poderia ir para o trabalho a qualquer momento. Seria impossível coordenar sua saída para não coincidir com a dele; ela teria de fazer as coisas no horário de sempre e torcer para dar certo. Talvez no dia seguinte fosse mais fácil encará-lo com certa compostura, mas, hoje, não. Não com seu corpo agitado e suas glândulas salivares fazendo hora extra. Ela simplesmente teria de esquecer o assunto e ir se arrumar.

Jaine parou na frente do armário e se descobriu diante de um dilema. Qual é a roupa ideal para se encontrar com o vizinho que você acabou de ver pelado?

Ainda bem que seu joelho estava ralado, decidiu ela, finalmente. Até que ele sarasse, suas únicas opções eram calças ou saias longas, o que a impedia de sair rebolando por aí em seu vestido preto de alcinha e acima do joelho, geralmente guardado para festas, quando queria parecer elegante e sofisticada. A peça era marcante, e parecia dizer algo como "veja só como eu sou sexy", mas de forma alguma era apropriada para o trabalho. O joelho ralado a salvara de uma gafe terrível.

Por fim, Jaine decidiu que era melhor ser cautelosa e escolheu a calça social mais sóbria que tinha. Não fazia diferença o fato de que ela sempre gostara de como a calça realçava sua bunda, nem o fato de que sempre a fazia receber alguns comentários elogiosos dos homens no trabalho; não encontraria com Sam hoje. O desconforto do vizinho sobre o que acontecera devia ser muito maior que o seu. Se alguém iria evitar alguém hoje, seria *ele* quem *a* evitaria.

Mas um homem envergonhado teria aberto aquele sorriso safado? Ele sabia que era gostoso; mais do que gostoso, droga!

Numa tentativa de se distrair da gostosura de Sam, Jaine ligou a televisão para assistir às notícias enquanto se vestia e se maquiava.

Ela estava aplicando corretivo no hematoma da maçã do rosto quando a âncora do jornal matutino local anunciou, numa voz animada:

— Freud nunca soube dizer o que as mulheres querem. Mas, se ele tivesse conversado com quatro mulheres desta cidade, teria encontrado a resposta à sua famosa pergunta. Descubra se o *seu* marido ou namorado é o homem perfeito quando voltarmos do comercial.

Jaine ficou tão chocada que não conseguiu nem pensar num palavrão para dizer. Com as pernas subitamente fracas, ela desabou sobre o vaso sanitário fechado. Dawna, aquela vaca, devia ter dedurado as quatro amigas imediatamente. Não — se ela tivesse citado nomes, o telefone estaria tocando sem parar. Por enquanto, seu anonimato estava seguro, mas isso devia mudar ao longo do dia.

Ela foi correndo para o quarto e ligou para T.J., rezando em silêncio para que a amiga ainda não tivesse saído para o trabalho. A casa de T.J. ficava um pouco mais afastada que a de Jaine, então ela saía um pouco mais cedo.

— Alô? — T.J. parecia apressada, e um pouco irritada.

— É a Jaine. Você assistiu ao jornal da manhã?

— Não, por quê?

— O homem perfeito virou notícia.

— Ah. Meu. Deus. — T.J. soava como se fosse desmaiar, vomitar, ou as duas coisas ao mesmo tempo.

— Eles ainda não sabem nossos nomes, eu acho, já que ninguém ligou. Mas alguém na Hammerstead vai acabar descobrindo hoje, o que significa que, à tarde, vamos estar na boca do povo.

— Mas isso não vai aparecer na televisão, vai? Galan sempre assiste ao jornal.

— Não faço ideia. — Jaine esfregou a testa. — Acho que depende de o dia ter muitas notícias ou não. Mas, se eu fosse você, desligaria todos os telefones e tiraria do fio o aparelho que estiver ligado na secretária eletrônica.

— Vou fazer isso — disse T.J. Ela fez uma pausa e continuou, desanimada: — Acho que vou descobrir se Galan e eu temos algo duradouro, não é? Não imagino que ele vá ficar feliz com tudo isso, mas *espero* que seja compreensivo. Depois que conversamos sobre o nosso homem perfeito na semana passada, andei pensando no assunto, e, bem...

E Galan saía perdendo na comparação, pensou Jaine.

— Pensando melhor — continuou T.J., muito calma —, não vou desligar os telefones. Prefiro enfrentar o que tiver de acontecer.

Depois de desligar o telefone, Jaine correu para terminar de se arrumar. A ligação rápida não tomara muito do seu tempo, e os comerciais do jornal estavam quase acabando. A voz animada da jornalista a fez se contrair.

— Quatro mulheres desta cidade foram a público com sua lista de requisitos para o homem ideal...

Três minutos depois, Jaine fechou os olhos e se apoiou, fraca, na penteadeira. *Três minutos!* Três minutos eram uma eternidade para uma matéria ficar no ar. Logo naquele dia, não houvera nem um tiroteio, acidentes bloqueando estradas ou guerras, crises de fome — *qualquer coisa* que impedisse que uma reportagem tão insignificante fosse ao ar!

A notícia não havia mencionado os requisitos mais explícitos, mas deixara claro que os telespectadores poderiam ter acesso à Lista, como ela estava sendo chamada, e ao artigo original, em sua totalidade, no site da emissora. Mulheres e homens foram entrevistados e questionados sobre o que achavam dos itens. Todos pareciam concordar com os cinco primeiros, mas, depois disso, as opiniões divergiam bastante — em geral, com as mulheres ficando de um lado, e os homens, do outro.

Talvez se ela tirasse uma semana de férias, começando imediatamente, aquilo tudo já teria acabado quando voltasse da Mongólia.

Mas essa seria uma atitude covarde. Se T.J. precisasse de apoio, Jaine sabia que teria de ajudá-la. Marci também podia sofrer o fim de um relacionamento, mas, na opinião dela, perder Brick não seria uma tragédia tão grande, e, além do mais, a amiga merecia algum castigo por haver aberto a boca para Dawna.

Ficando mais tensa a cada passo que dava, Jaine se obrigou a sair para o trabalho. Quando destrancou o carro, ouviu uma porta se abrir às suas costas e, automaticamente, olhou por cima do ombro. Por um instante, ela encarou Sam sem sentir nada, enquanto ele se virava para trancar a casa; então, a memória ressurgiu em sua mente, e, em pânico, ela se atrapalhou com a maçaneta.

Nada como um pouco de notoriedade para fazer uma mulher esquecer que queria evitar determinado homem, pensou ela, irritada. Será que ele a *vigiara*?

— Está se sentindo melhor hoje? — perguntou Sam enquanto se aproximava.

— Estou bem. — Ela meio que jogou a bolsa no banco do passageiro e se acomodou atrás do volante.

— Não a coloque ali — aconselhou ele. — Quando você parar num sinal de trânsito, alguém pode se aproximar, quebrar a janela, pegar a bolsa e sair correndo antes que você perceba.

Jaine pegou os óculos escuros e os colocou, pateticamente grata pela proteção que eles ofereciam quando ela ousou olhar para o vizinho.

— Onde eu deveria colocá-la então?

— A mala é o lugar mais seguro.

— Mas não é muito prático.

Sam deu de ombros. O movimento a fez notar como aqueles ombros eram largos, e a fez lembrar de outras partes do corpo dele. Suas bochechas começaram a esquentar. Por que ele não podia ser alcoólatra? Por que não continuava usando calça de moletom e uma camisa rasgada e manchada, em vez de calça clara e uma blusa de seda azul-marinho? Uma gravata creme, azul e vinho estava ao redor do pescoço forte, com um nó solto, e ele carregava um paletó. A grande pistola preta estava acomodada em um coldre posicionado contra seu rim direito. O vizinho parecia durão e competente, e bem mais bonito do que a paz de espírito dela gostaria que fosse.

— Desculpe se te deixei com vergonha hoje cedo — disse Sam. — Eu estava dormindo em pé, e não prestei atenção nas janelas.

Ela se esforçou para dar de ombros, aparentemente despreocupada.

— Não fiquei com vergonha. Acidentes acontecem. — Jaine queria ir embora, mas ele estava tão perto que seria impossível fechar o carro.

Sam agachou no espaço entre o veículo e a porta.

— Tem certeza de que está bem? Você ainda não me insultou, e já estamos conversando há — ele olhou para o relógio — trinta segundos.

— Estou num dia tranquilo — respondeu ela, sem emoção. — Quero poupar minhas energias para caso algo importante aconteça.

Sam sorriu.

— Essa é a minha garota. Eu me sinto melhor agora. — Ele esticou a mão e tocou levemente a maçã do rosto dela. — O hematoma sumiu.

— Não sumiu, não. Maquiagem é uma coisa maravilhosa.

— É mesmo.

O dedo dele desceu para a curva do queixo dela antes de dar uma batidinha e se afastar. Jaine ficou imóvel, emboscada pela súbita percepção de que Sam estava *dando em cima dela*, meu Deus do céu, e seu coração mais uma vez tentava atravessar o peito à base de marteladas.

Caramba.

— Não me beije — avisou Jaine, porque, de alguma forma, Sam parecia mais próximo, embora ela não o tivesse visto se mover; o olhar dele estava focado em seu rosto com aquela expressão intensa que os homens apresentam pouco antes de tomar a iniciativa.

— Eu não ia fazer isso — respondeu ele, abrindo um pequeno sorriso. — Não trouxe meu chicote e minha cadeira. — Sam se levantou e deu um passo para trás, uma das mãos na porta do carro para fechá-la. Ele fez uma pausa, observando-a. — Além do mais, não tenho tempo agora. Nós dois temos que ir trabalhar, e não gosto de fazer as coisas com pressa. Preciso de umas duas horas, pelo menos.

Jaine sabia que devia ficar de boca fechada. Ela sabia que devia fechar a porta do carro e ir embora. Em vez disso, disse, inexpressiva:

— Umas duas *horas*?

— Pois é. — Ele abriu outro daqueles sorrisos lentos e perigosos. — Três horas seria melhor, porque imagino que, quando eu *realmente* te beijar, nós dois vamos acabar pelados.

Oito

— *Ah* — murmurou Jaine para si mesma enquanto dirigia no piloto automático, o que, no trânsito de Detroit, era um pouco mais do que perigoso. — *Ah?*

Que tipo de resposta negativa era essa? Por que ela não dissera algo como "Nos seus sonhos, meu camarada", ou "Minha nossa, será que eu nem percebi que chegou o dia de São Nunca?". Por que não dissera *qualquer coisa* diferente de *ah?* Francamente, ela podia fazer melhor que isso com o pé nas costas.

E não falara com indiferença, como se tivesse pedido uma informação e a resposta não fosse muito interessante. Não, aquela droga de sílaba tinha saído com tanta fraqueza que a fizera soar mais do que frouxa. Agora, Sam iria achar que bastava aparecer na casa dela para os dois irem para a cama.

A pior parte era que talvez estivesse certo.

Não. Não, não, não, não, *não*. Ela não tinha relacionamentos casuais e era péssima nos sérios, o que, basicamente, resolvia a questão do romance. De jeito nenhum teria um caso com o vizinho da casa ao lado, um homem a quem até a véspera — ou antevéspera? — ela se referia como "o babaca".

Jaine nem gostava dele. Bem, não muito. Ela com certeza admirava a forma como ele jogara aquele bêbado de cara no chão. Havia momentos em que a força bruta era a única resposta satisfatória; e ela se sentira extremamente satisfeita ao ver o bêbado jogado no chão e carregado com tanta facilidade, como se fosse uma criança.

Mas havia mais alguma coisa de que ela gostasse em Sam além do seu corpo — isso era óbvio — e de sua capacidade de escorraçar arruaceiros? Jaine pensou um pouco. Também havia algo interessante num homem que reformava os próprios armários, embora ela não conseguisse entender exatamente o que era; talvez fosse um toque de domesticidade? Ele certamente precisava de alguma coisa para compensar aquela banca de machão. Tirando o fato de que Sam não botava banca alguma; ele era confiante. Não é preciso botar banca quando se carrega uma pistola do tamanho de um secador de cabelo no cinto. E, no que dizia respeito a símbolos fálicos, essa parte estava bem-representada — não que ele precisasse de símbolos com o dito-cujo bem ali, dentro da calça...

Jaine apertou o volante, tentando controlar a respiração. Ela ligou o ar-condicionado e ajustou o vento frio para soprar em seu rosto. Seus mamilos pareciam rijos, e ela sabia que, se verificasse, os encontraria em alerta como soldadinhos.

Certo. Ela estava lidando com um sério caso de tesão. Isso era um fato, e era preciso encará-lo, o que significava que precisava agir como uma adulta sã e inteligente, e começar a tomar anticoncepcionais o mais rápido possível. Sua menstruação já estava para vir, o que era bom; podia comprar o remédio e começar a tomá-lo quase imediatamente. Não que fosse contar isso a *ele*. A pílula era apenas uma precaução, para o caso de seus hormônios vencerem seu cérebro. Ela nunca tinha passado por uma besteira dessas, mas também nunca estivera prestes a surtar com a visão das partes baixas de um homem.

Que diabos era o seu problema?, perguntou-se ela, irada. Já vira partes baixas antes. As de Sam realmente eram impressionantes, porém, quando era uma garota extremamente curiosa na faculdade, Jaine vira alguns filmes pornôs, folheara algumas revistas de pornografia feminina, então já deparara com maiores. Além do mais, apesar de ter se divertido com a conversa sobre o homem perfeito e quão grande seu pênis deveria ser, o membro não era nem de longe tão importante quanto o homem a quem estava preso.

O homem perfeito. A lembrança voltou como um tapa na cara. Droga, como podia ter se esquecido daquilo?

Da mesma forma que mais cedo esquecera sobre Sam e seu amiguinho, porque estava preocupada com aquele jornal idiota, simples assim. Na qualidade de distrações, ambos os tópicos eram tão eficientes quanto, digamos, sua casa pegando fogo.

Hoje, o dia devia ser mais tranquilo, pensou ela. Dos oitocentos e quarenta e três funcionários da Hammerstead, havia uma grande chance de várias pessoas que conheciam as quatro amigas terem assistido ao jornal e adivinhado sua identidade. Havia aqueles que perguntariam diretamente a Dawna, que daria com a língua nos dentes, e a informação se espalharia pelo escritório com a rapidez de um e-mail. Mas, contanto que a fofoca não saísse da empresa, T.J. pelo menos teria uma chance de Galan não descobrir. Ele não socializava muito com os colegas de trabalho da esposa, exceto por sua presença obrigatória na festa de Natal corporativa, quando sempre parecia entediado.

Algo mais interessante certamente aconteceria hoje, em nível nacional, se não local. Aqueles eram dias abafados de verão, em que o Congresso estava em recesso e todos os senadores e deputados estavam em casa ou farreando pelo mundo afora, então, exceto em caso de catástrofes, não havia muitas notícias nacionais. Jaine não queria que um avião caísse nem nada assim, mas talvez algo que não envolvesse a perda de vidas podia acontecer.

Ela começou a rezar para o mercado ter uma queda estrondosa — contanto que se recuperasse até o fim do dia, é claro. Outra reviravolta antes de as ações voltarem a subir mais do que nunca também seria algo bom. Isso manteria os jornalistas ocupados por tempo suficiente até o homem perfeito ser esquecido.

Porém, assim que Jaine chegou ao portão da Hammerstead, sua expectativa de um dia tranquilo foi por água abaixo. Três vans de canais televisivos estavam paradas num canto. Três homens desleixados com câmeras filmavam cada um dos três indivíduos, um homem e duas mulheres, que estavam parados diante da grade, com o prédio da empresa ao fundo. Os três jornalistas estavam afastados o suficiente para não aparecer nas imagens dos outros, e falavam animadamente em seus respectivos microfones.

O estômago de Jaine se revirou. Mas a esperança ainda não fora completamente perdida; o mercado financeiro ainda não havia aberto.

— O que está acontecendo? — foram as primeiras palavras que ela ouviu ao entrar no prédio. Dois homens seguiam pelo corredor adiante. — Por que esse pessoal da televisão está aqui? Fomos vendidos, comprados ou algo assim?

— Você não assistiu ao jornal hoje cedo?

— Não tive tempo.

— Parece que umas mulheres que trabalham aqui criaram sua própria definição de homem perfeito. Todos os canais estão exibindo a matéria como uma curiosidade, acho.

— Então qual é a definição delas de homem perfeito? Alguém que sempre abaixa a tampa da privada?

Opa, pensou Jaine. Elas tinham se esquecido dessa.

— Não, pelo que ouvi, o sujeito tem que ser praticamente um escoteiro: fiel, sincero, ajudar velhinhas a atravessar a rua, essas merdas.

— Ah, eu posso fazer essas coisas — disse o primeiro homem, num tom de quem acabava de fazer uma descoberta.

— Então por que não faz?

— Eu não disse que eu queria fazer.

Os dois riram juntos. Jaine se divertiu com a fantasia de lhes dar um chute que os faria atravessar a porta, mas se contentou em perguntar:

— Você está dizendo que não é fiel? Que partidão!

Os homens olharam ao redor como se estivessem surpresos por encontrá-la ali, mas era impossível que não tivessem ouvido a porta se abrindo e alguém andando atrás deles, então Jaine não caiu naquela ceninha de que eram inocentes. Seus rostos eram familiares, mas ela não sabia os nomes; os dois faziam parte do baixo escalão da gerência, com vinte e muitos ou trinta e poucos anos, engomadinhos em suas camisas azuis de botão e gravatas sérias.

— Desculpe — disse o primeiro homem, num tom cheio de falso arrependimento. — Não vimos você.

— Sei — respondeu ela, revirando os olhos.

Mas, então, Jaine se controlou; ela não precisava se envolver nesse tipo de bate-boca. Deixaria aquela guerra dos sexos específica ser resolvida sem a sua colaboração; quanto menos atenção ela e as outras chamassem para si, melhor seria para todas.

Em silêncio, os três seguiram para o elevador. Hoje, não havia cartaz preso ali, o que a deixou desanimada.

Marci, parecendo nervosa, a esperava em seu escritório.

— Imagino que você tenha assistido ao jornal — disse a amiga para Jaine. Ela assentiu com a cabeça.

— Liguei para T.J., para avisar.

— Não tenho palavras para explicar como eu me arrependo disso tudo — disse Marci, baixando a voz quando alguém passou pela porta.

— Eu sei — respondeu Jaine, suspirando.

Não havia motivo para ficar irritada com a amiga; era impossível mudar o passado. E aquilo não era o fim do mundo, nem mesmo para T.J. Se Galan descobrisse e tivesse uma crise de estresse tão grande que os dois se divorciassem, então o casamento deles não era forte o suficiente, de toda forma.

— Dawna passou meu nome para os jornalistas — continuou Marci. — Quase fiquei maluca com o telefone hoje cedo. Todos os canais querem me entrevistar, e o *Detroit News* também. — Ela fez uma pausa. — Você leu o artigo de hoje?

Jaine se esquecera por completo do jornal matutino; o espetáculo da casa ao lado fora distrativo demais. Ela fez que não com a cabeça.

— Ainda não li o jornal.

— Na verdade, foi bem fofo. Estava na seção em que publicam receitas e coisas assim, então nem todo mundo deve ter visto.

Isso era bom. A matéria estava sendo tratada como uma curiosidade, não como uma notícia, e muita gente nunca lia o que ainda se considerava a "seção feminina". A menos que um animal ou um bebê estivessem envolvidos, histórias curiosas tendiam a desaparecer rapidamente. E aquela já estava sobrevivendo por mais tempo do que deveria.

— Você vai falar com eles? Com os jornalistas, quero dizer.

Marci negou com a cabeça.

— De jeito nenhum. Se fosse só eu, não teria problema. Seria divertido. E daí que Brick tivesse um ataque? Mas é diferente com vocês envolvidas.

— T.J. é quem tem mais a perder. Eu pensei nisso ontem, e não faz diferença nenhuma se meu nome cair na boca do povo, então não se preocupe comigo. Luna também não parecia preocupada. Mas T.J... — Jaine balançou a cabeça. — Ela tem um problema.

— Tem mesmo. Pessoalmente, não acho que se divorciar de Galan seria uma perda enorme, mas eu não sou T.J., e ela provavelmente pensa a mesma coisa sobre Brick. — Marci sorriu. — Merda, na maioria das vezes, *eu* penso a mesma coisa sobre Brick.

Não havia o que argumentar, pensou Jaine.

Gina Landretti, que também trabalhava no setor de pagamentos, entrou na sala. Julgando pela forma como seu olhar ficou radiante ao encontrar Marci e Jaine conversando, parecia que a ficha tinha caído.

— Ei — disse ela, um sorriso enorme se espalhando pelo rosto. — São vocês! Quero dizer, vocês são as quatro amigas. Eu devia ter imaginado quando li o nome de Marci, mas, agora, entendi tudo. As outras duas são a menina bonita da área de vendas e aquela do RH, não é? Já vi vocês quatro almoçando juntas.

Não fazia sentido negar. Ela e Marci trocaram um olhar, e Jaine deu de ombros.

— Que legal! — entusiasmou-se Gina. — Eu mostrei a matéria ao meu marido ontem, e ele ficou bem irritado quando chegou ao número oito da lista, como se não vivesse olhando para mulheres com peitos enormes, sabe? Eu tive que rir. Ele ainda não voltou a falar comigo. — Gina não parecia muito preocupada.

— Nós só estávamos nos divertindo — disse Jaine. — Estão fazendo muito barulho por nada.

— Ah, eu discordo. Achei maravilhoso. Contei para a minha irmã, que mora em Nova York, e ela me pediu uma cópia do artigo inteiro, não só do pedacinho que saiu hoje no jornal.

— Sua irmã? — O estômago de Jaine se revirou de novo. — Aquela que trabalha num canal de rede nacional?

— Na ABC. Ela trabalha no *Good Morning America*.

Marci começou a parecer preocupada também.

— Ah... ela só tinha um interesse pessoal, não é?

— Ela achou hilário. Não me surpreenderia se entrassem em contato com vocês. Ela mencionou que seria ótimo pôr a Lista no programa. — Gina seguiu para sua mesa, feliz em ajudá-las a receber mais publicidade.

Jaine tirou um dólar da bolsa, entregou-o para Marci e então soltou quatro palavrões cabeludos.

— Uau! — A amiga parecia impressionada. — Nunca te ouvi falar isso antes.

— Eu guardo para emergências.

Seu telefone tocou. Jaine o encarou. Como ainda não eram oito da manhã, não havia motivo para ele tocar. Se o atendesse, só receberia notícias ruins.

No terceiro toque, Marci atendeu.

— Pagamentos — disse ela, ríspida. — Ah... T.J. Aqui é Marci. Nós estamos conversando... Ah, mas que droga, querida. Sinto muito — continuou ela, seu tom mudando para uma preocupação impotente.

Jaine pegou o fone.

— O que houve? — exigiu ela.

— Fui descoberta — disse T.J., desanimada. — Acabei de ouvir minha caixa de mensagens, e recebi sete ligações de jornalistas. Aposto que você também.

Jaine olhou para a luz que indicava mensagens. Ela piscava como se tivesse um tique nervoso.

— Pode ser que, se Marci e eu dermos uma entrevista, eles deixem você e Luna em paz — sugeriu ela. — Esse pessoal só quer saber da história, certo? E precisam associá-la a um rosto. Quando conseguirem isso, vão esquecer o resto e partir para outra.

— Mas eles sabem os nossos nomes.

— Isso não significa que precisem de quatro entrevistas. *Qualquer* comentário vai deixá-los felizes.

Marci, seguindo a conversa apenas pelo que Jaine dizia, declarou:

— Eu posso dar as entrevistas sozinha se vocês acharem que isso vai adiantar.

T.J. ouviu a proposta da amiga.

— Acho que vale a pena tentar. Mas não vou fugir. Se os jornalistas não ficarem satisfeitos depois de falarem com você e Marci, ou só com Marci, então todas nós vamos dar uma entrevista, e veremos o que acontece. Eu me recuso a me sentir culpada e preocupada porque estávamos nos divertindo e fizemos uma lista idiota.

— Tudo bem — respondeu Marci, e Jaine desligou. — Vou ligar para Luna e dar a notícia, e depois retorno a ligação dos jornalistas e marco um horário para o almoço. Vou dar minha cara a tapa e tentar minimizar a situação ao máximo. — Ela cruzou os dedos. — Pode dar certo.

Durante toda a manhã, pessoas enfiavam a cara na sala dela e faziam piadinhas; as mulheres faziam, pelo menos. Jaine também recebeu algumas ofertas para conferir tamanhos, como o esperado, de dois caras, e alguns comentários sarcásticos de outros. Leah Street lhe lançou um olhar horrorizado e se manteve bem longe, o que não incomodava Jaine nem um pouco, apesar de ela esperar encontrar "prostituta da Babilônia" rabiscado em sua mesa a qualquer momento. Leah estava mais incomodada com a situação do que T.J., o que dizia muito.

Todo o conteúdo de sua caixa de mensagens vinha de jornalistas; ela apagou tudo e não retornou nenhuma ligação. Marci devia ter posto a mão na massa na campanha para apagar o fogo, porque, depois das nove, ninguém mais ligou. Agora, o foco estava todo voltado para a amiga.

Prevenindo-se para o caso de os inimigos ainda estarem de plantão lá fora, Jaine foi covarde e comprou seu almoço nas máquinas de venda automática da cozinha. Se a distração não funcionasse e aquela fosse apenas a calmaria antes da tempestade, pelo menos aproveitaria aquele momento. Mas, no final das contas, a calmaria não foi tanta assim, já que a cozinha estava cheia de gente almoçando, incluindo Leah Street, sentada sozinha a uma mesa, apesar de as outras estarem lotadas.

O burburinho da conversa se transformou numa mistura de assobios maliciosos e aplausos quando Jaine apareceu. Os aplausos, como era de se esperar, vinham das mulheres.

Não havia outra coisa a fazer além de improvisar uma mesura, abaixando tanto quanto seu joelho ralado e suas costelas doloridas permitiam.

— Muito obrigada — disse ela, em sua melhor imitação de Elvis.

Jaine colocou dinheiro nas máquinas e fugiu o mais depressa possível, tentando ignorar comentários como "Aquilo foi tão engraçado!" e "É, vocês, mulheres, ficam todas irritadinhas quando um cara comenta sobre...".

A cozinha rapidamente se tornou um campo de guerra, com cada sexo de um lado da batalha.

— Merda, merda, merda — murmurou Jaine para si mesma enquanto voltava para sua sala.

A quem deveria pagar quando xingava sozinha?, perguntou-se ela. Deveria colocar o dinheiro num fundo para futuras transgressões?

Muito tempo depois de o horário de almoço terminar, quase às duas da tarde, Marci ligou. Ela parecia cansada.

— As entrevistas acabaram — avisou ela. — Vamos ver se isso melhora as coisas.

Os jornalistas não estavam mais no portão quando Jaine saiu. Ela foi correndo para casa para conseguir assistir ao jornal local, derrapando ao estacionar diante da garagem e fazendo cascalhos voarem. Ainda bem que Sam não estava em casa, ou ele teria saído para multá-la por baderna.

BooBoo atacara a almofada de novo. Jaine ignorou os bolinhos de espuma espalhados pelo carpete e pegou o controle remoto, ligando a televisão e sentando na beira da poltrona. Ela assistiu às notícias sobre mercado financeiro — nada de quebras ou quedas dramáticas, droga —, meteorologia e esportes. Justamente quando estava começando a ter esperança de que a entrevista de Marci não fosse ao ar, a apresentadora anunciou, em tom dramático:

— A seguir: a Lista. Quatro mulheres locais contam o que buscam nos homens.

Jaine gemeu e se atirou de costas na poltrona. BooBoo pulou em seu colo, a primeira vez que fez isso desde que viera para sua casa. Automaticamente, ela começou a coçar suas orelhas, e ele começou a vibrar.

Os comerciais terminaram, e a apresentadora reapareceu.

— Quatro mulheres locais, Marci Dean, Jaine Bright, T.J. Yother e Luna Scissum, fizeram uma lista de qualidades desejáveis no homem ideal. As quatro amigas trabalham na Hammerstead Technology, e a Lista, como agora é chamada, foi o resultado de um *brainstorming* durante um almoço recente.

Errado, pensou Jaine. Elas estavam no Ernie's, depois do trabalho. Ou a jornalista não tinha perguntado e simplesmente presumira que as amigas estavam almoçando juntas, ou "almoço" soava melhor do que "se encontraram num bar depois do expediente". Parando para pensar, almoço seria um horário melhor para T.J., já que Galan não gostava daqueles encontros de sexta à noite.

O rosto de Marci surgiu na tela. Ela sorria, tranquila, e, ao ouvir a pergunta da jornalista, jogou a cabeça para trás, soltando uma gargalhada.

— Quem não quer o homem perfeito? — perguntou ela. — É claro que cada mulher tem requisitos diferentes, então o que colocamos na nossa lista não é, necessariamente, o que estaria na lista de todo mundo.

Certo, isso foi bem diplomático, pensou Jaine. Estavam indo bem; por enquanto, não havia nada de muito controverso.

E foi então que Marci estragou tudo. A jornalista, politicamente correta até o último fio de cabelo, comentou sobre a futilidade dos requisitos físicos da Lista. Marci ergueu as sobrancelhas, e seus olhos ganharam um brilho maldoso. Observando a cena, Jaine só podia gemer, pois aqueles eram os sinais típicos de que a amiga estava prestes a partir para o ataque.

— Futilidade? — disse Marci, arrastando a palavra. — Eu chamaria de sinceridade. Acho que todas as mulheres sonham com um homem que tenha, digamos assim, certas partes generosas, não é?

— Vocês não editaram essa parte! — gritou Jaine para a televisão, ficando de pé num pulo e derrubando o pobre BooBoo no chão. Bem a tempo, ele deu um salto para aterrissar em segurança, e se virou para lhe lançar um olhar irritado. Ela o ignorou. — Existem crianças assistindo a esta hora! Como podem colocar algo assim no ar?

Era por causa da audiência, claro. Com todos os noticiários vasculhando atrás de notícias, os canais de televisão de todo o país estavam se esforçando para conquistar telespectadores. Sexo chamava atenção, e Marci acabara de fazer o trabalho sujo por eles.

Nove

O telefone tocou. Jaine hesitou, em dúvida se deveria ou não atender. Os jornalistas não estariam mais se dando ao trabalho de ligar, já que Marci lhe dera sua história, porém, considerando o momento, a ligação provavelmente vinha de alguém que a conhecia, que havia acabado de ouvir seu nome na televisão e queria falar com ela, como se os seus quinze minutos de fama duvidosa o afetassem por associação. Jaine não queria conversar sobre nada naquela porcaria de lista; só queria que o assunto morresse.

Por outro lado, poderia ser Luna, T.J. ou Marci.

No sétimo toque, ela finalmente atendeu, pronta para fingir um sotaque italiano e se passar por outra pessoa.

— Como você teve coragem de fazer isso comigo? — ralhou seu irmão, David.

Jaine piscou, tentando dar conta do assunto. Meu Deus, será que ele nunca ia superar o fato de ela ter recebido a custódia temporária do carro do pai?

— Eu não fiz nada com você. Não é minha culpa se o papai quis deixar o carro aqui. Para mim, seria muito melhor que ele estivesse contigo, pode acreditar, porque aí eu poderia estacionar dentro da minha garagem, em vez de deixar meu carro na rua.

— Não estou falando do carro! — disse, praticamente gritando. — Aquele negócio na televisão! Como você teve a coragem de fazer aquilo? Como acha que isso vai respingar em mim?

Aquela conversa estava ficando estranha. Jaine pensou rapidamente, tentando captar de que forma a Lista afetaria David, mas a única coisa em que conseguiu pensar foi que o irmão poderia, talvez, não se adequar a todos os critérios e não queria que Valerie soubesse que eles *existiam*. Discutir os atributos físicos do irmão não era algo que ela queria fazer.

— Tenho certeza de que Valerie não vai fazer comparações — disse Jaine da forma mais diplomática que conseguiu. — Hum, estou com uma panela no fogo, então preciso...

— Valerie? — rebateu ele. — O que ela tem a ver com qualquer coisa? Você está me dizendo que minha esposa participou desse... desse negócio de *lista*?

Cada vez mais estranho. Jaine coçou a cabeça.

— Acho que não entendi do que você está falando — finalmente disse ela.

— Daquele negócio na televisão!

— Como assim? Como aquilo te afeta?

— Você deu seu nome para os jornalistas! Se tivesse se casado, seu sobrenome não continuaria a ser "Bright", mas, não, você tinha que continuar solteira, com o sobrenome igual ao meu. E não é um nome muito comum, caso você não tenha notado! Pense só nas coisas que vou ouvir no trabalho por causa disso!

Aquilo era um pouco demais, até mesmo para David. Sua paranoia geralmente era menos óbvia. Jaine o amava, mas o irmão nunca havia superado de verdade sua convicção de que o mundo girava ao redor dele. Seu comportamento fora compreensível na época da escola, porque ele era alto, bonito e muito popular com as garotas, mas isso já fazia quinze anos.

— Acho que ninguém vai perceber — disse Jaine com o máximo de cuidado possível.

— Este é o seu problema; você nunca *pensa* antes de abrir essa boca grande...

Jaine não pensou agora; suas ações vieram naturalmente.

— Vá se danar — disse ela, e bateu o telefone no gancho.

Não era a reação mais madura que poderia ter, mas lhe trouxe satisfação.

O telefone tocou de novo. De jeito nenhum ela iria atender; pela primeira vez, Jaine desejou ter bina. Talvez fosse necessário comprar um dispositivo assim.

Os toques não paravam. No vigésimo, ela puxou o fone e gritou:

— O quê!

Se David achava que podia encher seu saco daquela maneira, vamos ver o que ele acharia quando ela começasse a ligar para a casa dele às duas da manhã. Irmãos!

Era Shelley.

— Muito bem, agora você pôs os pés pelas mãos — foi o cumprimento da irmã.

Jaine esfregou o espaço entre as sobrancelhas; uma dor de cabeça daquelas estava a caminho. Depois da discussão com David, ela esperou para ver aonde aquela conversa chegaria.

— Não vou conseguir encarar as pessoas na igreja.

— É mesmo? Ah, Shelley, sinto muito — disse Jaine, docemente. — Eu não sabia que você estava sofrendo de alguma doença ocular trágica. Quando foi diagnosticada?

— Você é tão exibida! Nunca pensa em ninguém além de si mesma. Será que não passou pela sua cabeça, *pelo menos por um instante*, como algo assim me afetaria, como afetaria as crianças? Stefanie está morta de vergonha. Todos os seus amigos sabem que você é tia dela...

— Como sabem? Eu nunca conheci nenhum amigo dela.

Shelley hesitou.

— Imagino que Stefanie tenha contado a eles.

— Ela está tão morta de vergonha que admitiu ser minha sobrinha? Que estranho!

— Sendo estranho ou não — disse Shelley, recuperando-se —, há coisas que são repugnantes demais para ser levadas a público como você fez.

Rapidamente, Jaine relembrou a aparição de Marci no jornal. Ela não havia sido *tão* específica assim.

— Acho que Marci não foi tão mal assim.

— Marci? Do que você está falando?

— Da matéria no noticiário. Aquela que acabou de passar.

— Ah. Você quer dizer que aquilo apareceu na televisão também? — perguntou Shelley, cada vez mais horrorizada. — Ah, não!

— Se você não assistiu à matéria na televisão, do que *é* que está falando?

— Daquele negócio na internet! Foi onde Stefanie viu.

Na *internet*? Sua dor de cabeça explodiu. Um dos nerds do trabalho provavelmente postara o artigo original, em sua totalidade. A jovem Stefanie, com seus catorze anos, devia ter feito várias descobertas.

— Eu não coloquei nada na internet — respondeu Jaine, cansada. — Alguém do trabalho deve ter feito isso.

— Não importa quem foi, a culpa é sua por aquela... aquela lista existir!

De repente, Jaine estava de saco mais do que cheio; parecia que passara vários dias andando na corda bamba e, agora, estava absurdamente estressada, e as pessoas que deviam estar mais preocupadas e lhe dando apoio vinham lhe passar sermão. Ela não aguentava mais, não conseguia nem pensar em algo maldoso para dizer.

— Quer saber? — começou ela, tranquila, interrompendo a ladainha de Shelley. — Estou cansada da forma como você e David automaticamente colocam a culpa de tudo em mim, sem nem me perguntarem o que aconteceu. Ele está irritado por causa do carro, e você está irritada por causa do gato, então resolvem me atacar sem nem questionar se estou bem chamando tanta atenção por causa da Lista, o que, se vocês parassem para pensar por um segundo, saberiam que não é o caso de jeito nenhum. Eu acabei de mandar David ir se danar, e quer saber de uma coisa, Shelley? Você pode ir se danar também!

Dito isso, Jaine desligou na cara dela. Graças a Deus não restavam mais irmãos.

— É assim que tento apaziguar os problemas — disse ela para BooBoo, e então precisou piscar para afastar uma umidade estranha nos olhos.

O telefone tocou de novo. Ela o desligou. Os números no visor da secretária eletrônica indicavam que havia mensagens demais. Jaine as apagou sem ouvi-las e seguiu para o quarto, para tirar as roupas de trabalho. BooBoo a seguiu.

A ideia de receber qualquer consolo do gato era duvidosa, mas ela o pegou no colo de toda forma e esfregou o queixo contra o topo da cabeça dele. BooBoo tolerou o carinho por um minuto — afinal de contas, ela não estava fazendo a melhor parte, coçando atrás das orelhas —, mas logo se soltou e pulou para o chão.

Jaine estava tensa e deprimida demais para sentar e relaxar, ou até mesmo comer. Lavar o carro serviria para gastar energia, pensou ela, e rapidamente vestiu um short e uma camisa. O Viper não estava muito sujo — fazia mais de duas semanas que não chovia —, mas ela gostava de deixá-lo brilhando. Lavar e polir, além de aliviar o estresse, eram coisas que a alegravam. E ela definitivamente precisava de um pouco de alegria agora.

Enquanto pegava as coisas de que precisava para embelezar o Viper, Jaine ficou se remoendo. Seria bem-feito para Shelley se ela deixasse BooBoo lá para destruir suas almofadas; como a irmã tinha móveis novos — sempre parecia haver móveis novos naquela casa —, ela não seria tão tranquila quanto Jaine diante da visão dos tufos dos estofados das almofadas. A única coisa que a impedia de transferir BooBoo era saber que a mãe confiara seu amado gato à custódia *dela*, não de Shelley.

Quanto a David — bem, a situação era basicamente a mesma. Jaine teria o maior prazer em levar o carro do pai para a garagem do irmão, exceto pelo fato de que o pai lhe pedira para cuidar dele, e, se qualquer coisa acontecesse com o carro enquanto estivesse sob os cuidados de David, ela se sentiria duplamente responsável. Ao seu ver, não havia solução.

Depois de pegar um pano de flanela, um balde, o sabão especial para lavar carros que não danificava o brilho da pintura, cera e um limpador de vidros, Jaine deixou BooBoo sair pela porta da cozinha para que ele pudesse observar os acontecimentos. Como gatos não gostam de água, ela achava que ele não ficaria muito interessado, mas queria companhia. BooBoo se aconchegou num pedacinho de luz do sol do fim da tarde e prontamente começou a tirar uma soneca.

A casa ao lado não mostrava sinais do Pontiac marrom amassado, então ela não precisava se preocupar em acidentalmente molhar aquela porcaria e irritar Sam. Embora achasse que uma boa lavagem não faria mal ao carro. Provavelmente também não *adiantaria* muito — ele estava acabado demais para que um embelezamento superficial surtisse efeito —, mas carros sujos a ofendiam. O carro de Sam lhe era bem ofensivo.

Ela entrou no ritmo de lavar e enxaguar minuciosamente, uma seção de cada vez, para que o sabão não tivesse tempo de secar e causar manchas. Aquele sabão específico não deveria manchar, mas Jaine não confiava muito nele. Seu pai a ensinara a lavar o carro daquela forma, e ela nunca descobrira um método melhor.

— Oi.

— Merda! — gritou ela, dando um pulo de meio metro no ar e soltando o pano cheio de espuma. Seu coração quase explodiu no peito. Ela se virou, a mangueira em punho.

Sam saltou para trás quando a água bateu em suas pernas.

— Preste atenção no que está fazendo, porra — ralhou ele.

Jaine ficou instantaneamente irritada.

— Tudo bem — disse ela num tom amigável, e o acertou no meio da cara.

Ele gritou e desviou para o lado. Jaine ficou onde estava, segurando a mangueira, observando enquanto o vizinho passava a mão pelo rosto encharcado. O primeiro ataque aquático, por mais acidental que tivesse sido, molhara a calça jeans dele dos joelhos para baixo. O segundo basicamente cuidara da camisa. A frente estava ensopada, moldando a pele de Sam como gesso. Ela tentou não notar os traços rígidos do peito dele.

Os dois encaravam um ao outro como se estivessem num duelo, separados por não mais do que três metros.

— Puta que pariu, você tá maluca? — praticamente gritou ele.

Jaine o acertou de novo. Ela fez a água jorrar com vontade, perseguindo-o com o jato conforme ele tentava desviar e se afastar.

— Não me diga que sou maluca! — berrou ela, botando o dedo no bico da mangueira para estreitar a abertura e conseguir mais força e distância. — Já estou *de saco cheio das* pessoas me culparem por tudo. — E o acertou bem na cara de novo. — Estou tão cansada de você, de Shelley, de David e de todo mundo no trabalho, e de todos aqueles jornalistas fodidos, e BooBoo rasgando minhas almofadas! Não aguento mais, está me ouvindo?

De súbito, Sam mudou de tática, indo da fuga para o ataque. Ele se aproximou abaixado, como um jogador de futebol americano, sem tentar se desviar do jato de água que o acertava. Cerca de meio segundo tarde demais, Jaine tentou se esquivar para o lado. O ombro dele acertou seu diafragma, e o impacto a jogou contra o Viper. Tão rápido quanto uma cobra dando o bote, Sam pegou a mangueira. Ela tentou recuperá-la, e ele lutou para imobilizá-la, prendendo-a contra o carro com seu peso.

Os dois tinham a respiração pesada. Sam estava ensopado da cabeça aos pés, a água transferindo de sua roupa para a dela até Jaine estar quase tão molhada quanto ele. Ela o encarou, olhando para cima, e ele a fitou do alto, seus narizes quase se tocando.

Gotas de água se prendiam aos cílios dele.

— Você jogou água em mim — acusou Sam, como se não pudesse acreditar que aquilo tinha mesmo acontecido.

— Você me assustou — acusou ela de volta. — Foi um acidente.

— Na primeira vez, foi. Na segunda, você fez de propósito.

Jaine fez que sim com a cabeça.

— Você disse "merda" e "fodidos". Está me devendo cinquenta centavos.

— Vou instaurar uma regra nova. Você não pode me incitar a me rebelar e depois me multar por isso.

— Você está me dando calote? — perguntou ele, incrédulo.

— Pode apostar que sim. A culpa foi toda sua.

— De que forma?

— Você me assustou de propósito, nem tente negar. Isso faz com que o primeiro palavrão seja culpa sua.

Jaine deu uma remexida experimental, tentando se afastar da pressão do peso de Sam. Droga, o homem era pesado, e praticamente tão inflexível quanto a folha de metal às suas costas.

Ele acabou com seus planos de fuga apoiando ainda mais o peso sobre ela. A água da roupa do vizinho pingava pelas pernas dela.

— E a segunda?

— Você disse pu... — Jaine se controlou a tempo. — Meus dois palavrões juntos não foram tão ruins quanto o seu.

— Como assim, eles têm um sistema de pontos agora?

Jaine lhe lançou um olhar fulminante.

— A questão é que eu não teria dito nenhum dos palavrões se você *(a)* não tivesse me assustado, e *(b)* não tivesse xingado primeiro.

— Se estamos designando culpados agora, eu não teria xingado se você não tivesse me molhado.

— E eu não teria te molhado se você não tivesse me assustado. Viu só? Eu disse que a culpa era sua — concluiu ela, triunfante, inclinando o queixo para ele.

Sam respirou fundo. O movimento do peito dele pressionou os seios dela ainda mais, tornando-a subitamente ciente de seus mamilos. Que estavam bem cientes *dele*. Xi. Os olhos de Jaine se arregalaram, subitamente alarmados.

Ele a encarava com uma expressão ininteligível.

— Me solte — disse ela, mais nervosa do que queria demonstrar.

— Não.

— Não! — repetiu ela. — Você não pode dizer que não. É contra a lei me segurar contra a minha vontade.

— Não estou te segurando contra a sua vontade; estou te segurando contra o seu carro.

— À força!

Sam deu de ombros, admitindo que isso era verdade. Ele não parecia muito preocupado com a ideia de violar as leis ao maltratar seus vizinhos.

— Me solte — repetiu Jaine.

— Não consigo.

Ela lhe lançou um olhar desconfiado.

— Por que não?

Na verdade, Jaine desconfiava que sabia a resposta. Já fazia alguns minutos que o "por que não" crescia na calça jeans molhada dele. Ela estava fazendo um esforço sobre-humano para ignorar esse fato, e, da cintura para cima — exceto por seus mamilos rebeldes —, estava tendo sucesso. Da cintura para baixo, era um fracasso completo.

— Porque vou fazer uma coisa da qual vou me arrepender. — Sam balançou a cabeça, como se ele mesmo não se entendesse. — E ainda não tenho um chicote e uma cadeira, mas dane-se, vou arriscar.

— Espere — esganiçou ela, mas já era tarde demais.

A cabeça escura dele se inclinou para baixo.

O sol do fim da tarde desapareceu num redemoinho. Em algum lugar da rua, Jaine ouviu uma criança soltar uma gargalhada. Um carro passou por eles. O leve som de uma tesoura de poda em ação chegou aos seus ouvidos. Tudo parecia muito longe e fora da realidade. A única coisa real era a boca de Sam na dela, as línguas dos dois se enroscando, o cheiro quente e masculino do corpo dele enchendo suas narinas e seus pulmões. E o gosto dele — ah, o gosto dele. Sam tinha gosto de chocolate, como se tivesse acabado de comer uma barra inteira. Ela queria devorá-lo.

Jaine percebeu que estava agarrando a camisa molhada dele. Uma mão de cada vez, sem interromper o beijo, Sam a soltou do tecido e posicionou os braços dela atrás do pescoço dele, abrindo caminho para se aproximar ainda mais, seus corpos grudando dos joelhos aos ombros.

Como era possível que um beijo a deixasse tão excitada? Mas aquele não era simplesmente um beijo; ele usava todo o corpo, esfregando o peito contra os mamilos dela até a fricção deixá-los eriçados, duros e latejantes, movendo o volume da ereção contra o estômago dela num ritmo lento e sutil, mas tão poderoso quanto um maremoto.

Jaine ouviu o som selvagem e abafado que saiu da sua própria garganta e tentou escalar o vizinho, tentou chegar o mais alto possível para posicionar o volume contra o local onde seria mais bem aproveitado. Ela estava em chamas, morrendo de calor, quase enlouquecida pelo súbito ataque de necessidade e frustração sexual.

Sam ainda segurava a mangueira em uma das mãos. Ele passou os dois braços ao redor dela e a levantou os poucos centímetros necessários. O jato de água espirrou a esmo, acertando BooBoo e fazendo-o pular com um chiado revoltado, e então batendo no carro e deixando os dois ainda mais molhados. Jaine não se importava. A língua de Sam estava em sua boca, suas pernas estavam enroscadas na cintura dele, e aquele volume se posicionara exatamente onde ela queria.

Sam se mexeu — outro daqueles movimentos sutis, rebolativos —, e Jaine quase chegou ao clímax bem ali. Suas unhas se cravaram nas costas dele, e ela emitiu um som gutural, arqueando naquele abraço.

Ele afastou a boca da dela; estava arfando, a expressão em seus olhos era ardente e selvagem.

— Vamos lá para dentro — disse Sam, as palavras soando tão baixas e roucas que eram quase ininteligíveis, parecendo um rugido.

— Não — gemeu Jaine. — Não pare!

Ah, Deus, ela estava tão perto, tão perto. Arqueou as costas contra ele de novo.

— Jesus Cristo! — Sam fechou os olhos, sua expressão selvagem pelo desejo que quase não conseguia reprimir. — Jaine, não posso te comer aqui fora. Precisamos ir lá para dentro.

Comer? Lá dentro?

Ah, meu Deus, ela estava prestes a transar com ele e ainda não tinha começado a tomar pílula!

— Espere! — gritou ela em pânico, empurrando os ombros de Sam e desenroscando as pernas da cintura dele, agitando-as. — Pare! Me solte!

— *Pare?* — repetiu ele num tom de incredulidade indignada. — Você acabou de me pedir para não parar.

— Eu mudei de ideia. — Ela continuava empurrando os ombros dele. Não fazia diferença nenhuma.

— Você não pode mudar de ideia assim! — Sam parecia desesperado agora.

— Posso, sim.

— Você tem herpes?

— Não.

— Sífilis?

— Não.

— Gonorreia?

— Não.

— Aids?

— Não!

— Então você não pode mudar de ideia.

— O que eu tenho é um óvulo fértil.

Isso provavelmente era uma mentira. Quase com certeza era uma mentira. Jaine devia ficar menstruada no dia seguinte, então o óvulo estava bem fora da validade, mas ela não queria arriscar uma gravidez. Se tivesse qualquer sinal de vida restante naquele bolinho de DNA, o esperma de Sam o ativaria. Algumas coisas eram óbvias de presumir.

A notícia sobre o óvulo fértil o fez parar. Ele pensou no assunto. E ofereceu:

— Eu posso usar camisinha.

Jaine lhe lançou um olhar fulminante. Pelo menos, ela esperava que o fulminasse. Por enquanto, ele não parecia nem um pouco fulminado.

— Camisinhas têm uma taxa de eficácia de noventa a noventa e quatro por cento. Isso significa que, no melhor dos casos, sua taxa de fracasso é de seis por cento.

— Ah, é uma boa taxa.

Outro olhar fulminante.

— Ah, é? Você imagina o que aconteceria se *um* dos seus pivetinhos atacasse a minha garota?

— Eles se atracariam como dois gatos selvagens.

— Pois é. Que nem a gente acabou de fazer.

Sam parecia horrorizado. Ele a soltou e deu um passo para trás.

— Os dois estariam na cama antes mesmo de se apresentarem.

— *Nós* nunca nos apresentamos — disse Jaine, sentindo que devia fazer essa observação.

— Merda. — Ele esfregou o rosto. — Meu nome é Sam Donovan.

— Eu sei qual é o seu nome. A Sra. Kulavich me disse. Sou Jaine Bright.

— Eu sei. Ela me disse. Ela me contou até como se soletrava o seu nome.

Ora, como é que a Sra. Kulavich sabia isso?

— Era para ter sido Janine — explicou ela. — Mas se esqueceram de colocar o primeiro *n* na certidão de nascimento, e minha mãe decidiu que preferia assim.

Jaine queria ter sido uma Janine. "Shelley", "David", "Janine"; os nomes combinavam. Jaine era um nome aleatório, que não fazia parte do grupo.

— Eu gosto mais de "Jaine" — disse Sam. — Combina. Você não tem cara de Janine.

Sim, pensou ela com desânimo. Esse era o problema.

— Então, qual é o problema que você anda tendo com... quem era mesmo? Ah, sim. Shelley, David, todo mundo no trabalho, os jornalistas e BooBoo. Por que está tendo problemas com jornalistas?

Jaine ficou impressionada com a memória dele. *Ela* não teria sido capaz de recitar uma lista de nomes que alguém gritara enquanto lhe acertava com água fria.

— Shelley é minha irmã mais velha, que está irritada comigo porque minha mãe me pediu para cuidar de BooBoo, e ela é que queria ter essa honra. David é meu irmão, que está irritado comigo porque meu pai pediu a mim para cuidar do seu carro e não a ele. Você conhece BooBoo.

Sam olhou por cima do ombro dela.

— É o gato em cima do seu carro.

— Em cima do meu...

Jaine se virou, horrorizada. BooBoo andava sorrateiramente pelo capô do Viper. Ela o arrancou de lá de cima antes que ele tivesse tempo de fugir e, indignada, o colocou dentro de casa. Então voltou correndo para o carro e se inclinou para inspecionar a pintura, atrás de qualquer risquinho.

— Parece que você também não gosta de gatos em cima do seu carro — comentou Sam, presunçoso.

Jaine tentou outro olhar fulminante, apesar de ter notado que o comentário sobre o óvulo fora eficiente para afastá-lo.

— Não existe comparação entre o meu carro e o seu — rosnou ela, e então olhou para o pátio vazio da casa dele, chocada. Nem sinal do Pontiac marrom. Mas Sam estava ali. — Onde *está* o seu carro?

— O Pontiac não é meu. É da delegacia.

Jaine se sentiu fraquejar de alívio. Graças a Deus. Teria sido um sério golpe contra sua autoestima se tivesse dormido com o dono daquela lata--velha. Por outro lado, talvez o Pontiac fosse necessário para frear seus impulsos sexuais. Se o carro estivesse parado lá, o episódio recente provavelmente não teria saído tanto de controle.

— Então como você chegou em casa? — perguntou ela, olhando ao redor.

— Eu deixo minha picape na garagem. Não quero que ela fique suja de poeira, pólen e cocô de passarinho.

— Picape? Que tipo de picape?

— Chevrolet.

— Quatro por quatro? — Ele parecia o tipo de cara que compraria uma quatro por quatro.

Sam soltou uma risada irônica de superioridade.

— Existe outro tipo?

— Puxa vida — suspirou ela. — Posso ver?

— Só depois de terminarmos nossas negociações.

— Negociações?

— É. Sobre quando vamos acabar o que começamos.

Jaine ficou boquiaberta.

— Você está dizendo que só vai me deixar ver a picape se eu concordar em transar com você?

— Isso aí.

— Você enlouqueceu se acha que eu estou com tanta vontade assim de ver o seu carro! — gritou ela.

— Ele é vermelho.

— Puxa vida — gemeu ela.

Sam cruzou os braços.

— É pegar ou largar.

— Você não quer dizer "dar ou largar"?

— Eu disse que negociaríamos um encontro. Não falei para irmos para a cama agora. Nem amarrado eu chegaria perto do seu óvulo.

Jaine o observou com ar especulativo.

— Eu te mostro meu sistema de transmissão se você me mostrar sua picape.

Ele fez que não com a cabeça.

— Nada disso.

Ela nunca contara a ninguém sobre o carro do pai. Até onde todos os seus amigos sabiam, ele era só paranoico com o sedã da família. Mas aquele era seu objeto de barganha matador, o Ás na sua manga, a certeza de obter um resultado. Além do mais, Sam era policial; provavelmente não faria mal deixá-lo ciente dos fatos, sabendo que a garagem precisava ser protegida o tempo todo. O seguro do carro pagaria uma fortuna caso algo acontecesse, mas ele era insubstituível.

— Eu te mostro o carro do meu pai se você me mostrar a sua picape — disse ela, maliciosa.

Ele não conseguiu disfarçar o interesse. Era provável que a expressão dela denunciasse que o carro era fora do normal.

— Que tipo de carro?

Jaine deu de ombros.

— Não digo essas palavras em público.

Sam se inclinou para baixo e ofereceu a orelha.

— Então fale baixinho.

Jaine aproximou a boca do ouvido dele, e sua cabeça girou quando o cheiro quente e masculino chegou às suas narinas novamente. Ela sussurrou duas palavras.

Ele se esticou tão rápido que acertou o nariz dela.

— Ai! — Jaine esfregou a ponta dolorida.

— Me deixe ver — disse Sam, rouco.

Ela cruzou os braços, imitando a posição anterior dele.

— Nós chegamos a um acordo? Você vê o carro do meu pai, e eu vejo a sua picape?

— Porra, você pode até *dirigir* minha picape! — Ele se virou e encarou a garagem de Jaine como se fosse o Santo Graal. — Está lá dentro?

— São e salvo.

— É original? Não foi remontado?

— Original.

— Nossa — suspirou ele, já seguindo para a garagem.

— Vou pegar a chave. — Jaine correu para dentro da casa para buscar a chave do cadeado, e voltou para encontrar Sam, impaciente, à sua espera.

— Tome cuidado para abrir a porta apenas o suficiente para passar — avisou ela. — Não quero que o vejam da rua.

— Sei, sei.

Sam pegou a chave e a inseriu no cadeado.

Os dois entraram na garagem escura, e Jaine tateou em busca do interruptor. As luzes se acenderam, iluminando o objeto baixo e coberto por uma lona.

— Como foi que seu pai conseguiu esse carro? — perguntou Sam, quase sussurrando, como se estivesse numa igreja. Ele esticou a mão na direção da lona.

— Ele participou do projeto de desenvolvimento.

Sam a encarou de súbito.

— Seu pai é Lyle Bright?

Ela concordou com a cabeça.

— Nossa — suspirou ele, e levantou a lona.

Um gemido baixo surgiu de sua garganta.

Jaine conhecia aquela sensação. Ela própria sempre se sentia um pouco sem ar quando olhava para o carro, e havia passado a vida inteira na sua presença.

Ele não era muito espalhafatoso. As tintas automotivas da época não tinham o brilho das atuais. Seu tom era de um cinza prateado, simples, sem os luxos que o consumidor de hoje em dia considera básico. Também não havia porta-copos à vista.

— Nossa — repetiu Sam, inclinando-se para observar o painel.

Ele tomava cuidado para não tocar o carro. A maioria das pessoas, noventa e nove entre cem, não teria conseguido resistir. Algumas seriam ousadas o suficiente para passar a perna por cima da estrutura baixa e sentar no banco do motorista. Sam tratava o carro com a reverência que ele merecia, e uma sensação estranha tomou conta do coração de Jaine. Ficou um pouco tonta, e tudo na garagem pareceu sair de foco, à exceção do rosto dele. Ela se concentrou em respirar, piscando rápido, e logo o mundo voltou para o lugar.

Uau! O que tinha sido aquilo?

Sam cobriu novamente o carro, tão cheio de cuidados quanto uma mãe cobrindo um bebê dormindo. Sem dizer uma palavra, ele tirou suas chaves do bolso da calça e as ofereceu para Jaine.

Ela as aceitou, mas então olhou para suas roupas.

— Estou molhada.

— Eu sei — respondeu ele. — Passei esse tempo todo olhando para os seus mamilos.

Jaine ficou boquiaberta e rapidamente colocou as mãos sobre essas partes, na camisa molhada.

— Por que você não me avisou? — esbravejou ela, irritada.

Sam emitiu um barulho zombeteiro no fundo da garganta.

— Você por um acaso acha que eu sou doido?

— Seria bem-feito para você se eu dirigisse sua picape molhada.

Ele deu de ombros.

— Depois de você ter deixado que eu visse o carro, além dos mamilos, acho que seria justo.

Jaine começou a argumentar que não tinha *deixado* ninguém ver seus mamilos, que ele simplesmente olhara sem pedir permissão; mas então lembrou que vira bem mais do que os mamilos dele naquela manhã, e decidiu não insistir no assunto.

Como se ele fosse lhe dar essa opção!

— Além do mais — argumentou Sam —, você viu meu pau. Isso deve valer mais pontos do que mamilos.

— Rá! — rebateu ela. — O valor está nos olhos de quem vê. E eu te *avisei* para se cobrir, se não me falha a memória.

— Depois de ter passado quanto tempo assistindo?

— Só o tempo de ligar para a Sra. Kulavich para pegar seu número — disse Jaine, indignada, porque essa era a verdade. E daí se precisara passar um minuto conversando com a vizinha? — E *você* não parecia achar que se cobrir fosse uma prioridade. Não, tinha que ficar se balançando por aí, como se quisesse iniciar uma corrida com ele.

— Eu estava te seduzindo.

— Não estava, não! Você nem sabia que eu estava olhando.

Sam ergueu uma sobrancelha.

Ela jogou as chaves de volta nele.

— Agora, eu não quero dirigir sua picape nem que você me implore! Ela provavelmente está cheia de perebas. Seu tarado, seu... *balançador de pênis* nojento...

Ele brincou com as chaves em uma das mãos.

— Está dizendo que não foi seduzida?

Jaine começou a dizer que não sentira nem uma gota de atração, mas sua língua se recusou a pronunciar o que seria a maior mentira de sua vida.

Sam sorriu.

— Foi o que eu pensei.

Só havia um jeito de recuperar a vantagem. Jaine colocou as mãos no quadril, empinando os mamilos contra as finas camadas molhadas de sutiã e camisa. Como um míssil guiado a laser, o olhar dele se focou na frente da blusa. Ela o viu engolir em seco.

— Você não joga pra perder — disse Sam, a voz grave.

Jaine abriu um sorriso em retaliação ao dele.

— Não se esqueça disso — disse ela, e se virou para sair da garagem.

Sam passou na sua frente.

— Eu vou primeiro — disse ele. — Quero ver você saindo na luz do sol.

As mãos dela voltaram para a posição sobre os seios.

— Estraga-prazeres — murmurou ele, e passou de lado pela abertura estreita, mas voltou tão depressa que Jaine o acertou. — Você tem dois problemas.

— Tenho?

— Sim. Primeiro, você não desligou a mangueira. Sua conta de água vai ser monstruosa.

Jaine suspirou. O quintal devia estar encharcado agora. Obviamente, Sam a deixara maluca, porque, caso contrário, nunca teria sido tão descuidada.

— Qual é o segundo problema?

— Seu quintal está cheio daqueles jornalistas que você mencionou.

— Ah, merda — gemeu ela.

Dez

Sam lidou com o problema. Ele saiu da garagem, trancando o cadeado para que nenhum jornalista mais fuxiqueiro que o normal conseguisse dar uma espiada lá dentro e encontrá-la — embora Jaine desconfiasse de que o objetivo maior por trás daquilo fosse esconder o carro, não ela. Da porta, ela o ouviu caminhar até o Viper e dizer:

— Com licença, preciso chegar até aquela torneira para desligar a água. Podem sair do caminho, por favor?

Sam estava sendo muitíssimo educado. Jaine se perguntou por que ele nunca era educado assim quando falava com *ela*. É claro que seu tom emitia mais uma ordem do que um pedido, mas, mesmo assim...

— Como posso ajudar vocês?

— Queremos entrevistar Jaine Bright sobre a Lista — respondeu uma voz desconhecida.

— Não conheço nenhuma Jaine Bright — mentiu Sam.

— Ela mora aqui. De acordo com o registro público, ela comprou esta casa algumas semanas atrás.

— Errado. Eu comprei esta casa algumas semanas atrás. Droga, deve ter acontecido algum erro no registro do imóvel. Vou ter que resolver isso.

— Jaine Bright não mora aqui?

— Eu já disse, não conheço nenhuma Jaine Bright. Agora, se vocês não se importam, preciso lavar meu carro.

— Mas...

— Talvez eu devesse me apresentar — disse Sam, o tom subitamente gentil. — Sou o detetive Donovan, e isto aqui é uma propriedade particular. Vocês estão invadindo o meu terreno. Precisamos continuar esta conversa?

Era evidente que não precisavam. Jaine ficou imóvel enquanto os motores eram ligados e os carros partiam. Era um milagre que os jornalistas não tivessem escutado os dois conversando na garagem; deviam estar falando alto entre si, ou teriam ouvido. Eles dois certamente estavam compenetrados demais na própria conversa para ouvir a chegada dos visitantes.

Ela esperou Sam voltar para abrir a garagem. Ele não fez isso. Ela ouviu o som de água caindo e de alguém assobiando.

O babaca estava lavando seu carro.

— É melhor que você esteja lavando do jeito certo — disse Jaine entre dentes cerrados. — Se deixar o sabão secar, arranco seu couro.

Impotente, ela esperou, sem ousar gritar ou bater na porta para o caso de ainda restar algum jornalista à espreita. Se qualquer um deles tivesse metade de um cérebro, teria percebido que, apesar de Sam *talvez* conseguir caber apertado no Viper, de forma alguma gastaria tanto dinheiro para comprar um carro que teria de dirigir como se estivesse numa lata de sardinha. Vipers não eram feitos para sujeitos altos e com porte de jogador de futebol americano. Uma picape combinava muito mais com ele. Jaine pensou na quatro por quatro vermelha da Chevrolet e ficou amuada. Ela quase comprara uma igual antes de ser conquistada pelo Viper.

Sem o relógio de pulso, Jaine estimou que havia passado uma hora, talvez uma hora e meia, quando ele finalmente abriu a porta. O crepúsculo escurecia o céu, e sua camisa estava seca, provas de quanto tempo passara, impaciente, esperando para ser liberada.

— Você não teve pressa nenhuma — reclamou ela enquanto saía da garagem.

— De nada — respondeu Sam. — Terminei de lavar seu carro, depois passei cera e lustrei tudo.

— Obrigada. Você fez direito?

Jaine correu para o Viper, mas não havia luz suficiente para analisar se ele deixara manchas.

Sam não se ofendeu com a falta de confiança dela. Em vez disso, perguntou:

— Quer me contar sobre os jornalistas?

— Não. Quero esquecer esse assunto.

— Acho que isso não vai dar certo. Eles vão voltar assim que verificarem os registros e descobrirem que eu moro na casa ao lado, o que deve acontecer amanhã cedo.

— Já vou estar no trabalho quando isso acontecer.

— Jaine — disse ele, e, dessa vez, usou seu tom de voz policial.

Ela suspirou e sentou nos degraus da varanda.

— É aquela lista idiota.

Sam se acomodou ao seu lado e esticou as pernas longas.

— Que lista idiota?

— Sobre o homem perfeito.

Ele ficou alerta.

— *Aquela* lista? A que estava no jornal?

Jaine assentiu com a cabeça.

— Você escreveu aquilo?

— Não exatamente. Eu sou uma das quatro amigas que bolaram a lista. Todo esse rebuliço sobre ela foi um acidente. Ninguém devia tê-la visto, mas a história foi parar no jornal do trabalho e até na internet, e a coisa foi virando uma bola de neve. — Jaine colocou os braços dobrados sobre os joelhos e apoiou a cabeça neles. — Que loucura! Não deve ter mais nada acontecendo no mundo para a lista estar chamando tanta atenção. Passei o dia torcendo para o mercado de ações quebrar.

— Nem brinque com uma coisa dessas.

— Seria algo temporário.

— Não entendi — disse Sam depois de um minuto. — O que tem de tão interessante nessa lista? "Fiel, legal, trabalho estável." Grande coisa!

— Tem mais itens do que os que apareceram no jornal — respondeu ela, arrasada.

— Mais? Que tipo de mais?

— Você sabe. Mais.

Ele pensou no assunto, então disse, cauteloso:

— Mais do tipo *físico*?

— Mais do tipo físico — concordou Jaine.

Outra pausa.

— Mais quanto?

— Não quero falar sobre isso.

— Eu posso procurar na internet.

— Tudo bem. Procure. Não quero falar sobre isso.

A mão grande dele se acomodou na nuca de Jaine, massageando-a.

— Não pode ser tão ruim assim.

— Pode, sim. T.J. pode acabar se divorciando por causa disso. Shelley e David estão irritados comigo porque estou fazendo os dois passarem vergonha.

— Achei que eles estivessem irritados com você por causa do gato e do carro.

— E estão. Mas é como se o gato e o carro fossem incentivos para eles ficarem ainda mais irritados com a lista.

— Os dois parecem ser um pé no saco.

— Mas eles são a minha família, e eu os amo. — Ela curvou os ombros. — Vou pegar seu dinheiro.

— Que dinheiro?

— Pelos palavrões.

— Você vai me pagar?

— É a coisa certa a fazer. Mas, agora que você sabe a nova regra sobre me fazer xingar, esta é a única vez em que vou te pagar quando a culpa for sua. Setenta e cinco centavos, certo? Dois mais cedo, e depois um quando você viu os jornalistas.

— Isso mesmo.

Jaine entrou na casa e pegou os setenta e cinco centavos. Suas moedas de vinte e cinco tinham acabado; precisou pagar com moedas de dez e cinco. Sam continuava sentado na escada quando ela voltou, mas levantou para guardar o dinheiro no bolso.

— Você vai me convidar para entrar, talvez fazer um jantar para mim?

Ela soltou uma risada irônica.

— Fala sério.

— É, foi o que eu pensei. Tudo bem, então, quer ir comer alguma coisa na rua?

Jaine pensou no assunto. Havia prós e contras em aceitar aquela proposta. O benefício óbvio seria não ter de comer sozinha; isso se ela se sentisse disposta a cozinhar alguma coisa, o que não era o caso. O maior senão era passar tempo com ele. Passar tempo com Sam podia ser perigoso. A única coisa que a salvara mais cedo fora o fato de que estavam num lugar público. Se os dois ficassem sozinhos na picape, não havia como prever o que aconteceria. Por outro lado, ela iria dar uma volta na *picape*...

— Não pedi para você solucionar o propósito da vida — disse Sam, irritado. — Quer ir comer um hambúrguer ou não?

— Se eu for, você não pode tocar em mim — avisou ela.

Ele levantou as duas mãos.

— Eu juro. Já disse que não chegaria perto desse seu óvulo devorador de esperma nem que você me pagasse. Então, quando vai começar a tomar pílula?

— Quem disse que eu vou começar?

— Eu estou te avisando que é melhor fazer isso.

— Se você ficar longe de mim, não vai precisar se preocupar com essas coisas.

De jeito nenhum ela contaria que já tinha planejado começar a tomar o anticoncepcional. Tinha se esquecido de marcar uma consulta naquele mesmo dia, mas faria isso no dia seguinte, logo cedo.

Sam sorriu.

— Você é cheia de marra, querida, mas já estamos nos quarenta e cinco minutos do segundo tempo, e eu estou ganhando de dez a zero. A única opção que te resta é aceitar o resultado.

Se qualquer outro homem tivesse lhe dito isso, Jaine teria escorraçado o ego dele. O melhor que podia fazer agora era enrolá-lo.

— Vai ter prorrogação?

— Sim, mas não faz diferença.

— Eu ainda posso virar o jogo.

— Não é provável.

Ela rosnou para o menosprezo dele em relação à sua resistência.

— Veremos.

— Ah, merda! Você vai transformar isso numa competição, não vai?

— Foi você quem começou. Quarenta e cinco minutos do segundo tempo, ganhando de dez a zero. Que idiota!

— Mais vinte e cinco centavos.

— "Idiota" não é palavrão.

— Quem disse... — Sam se interrompeu e soltou um grande suspiro. — Deixa pra lá. Você me fez fugir do assunto. *Quer ir comer alguma coisa ou não?*

— Prefiro comida chinesa a hambúrguer.

Outro suspiro.

— Tudo bem. Vamos comer comida chinesa.

— Gosto de um restaurante na Twelve Mile Road.

— Tudo bem — gritou ele.

Jaine abriu um sorriso radiante.

— Vou trocar de roupa.

— Eu também. Cinco minutos.

Jaine entrou correndo em casa, completamente ciente de que Sam também estava se apressando. Ele duvidava de que ela fosse capaz de trocar de roupa em cinco minutos, não era? Iria aprender uma lição.

Ela tirou a roupa toda enquanto corria para o quarto. BooBoo a seguiu, miando com tristeza. A hora do jantar dele estava mais do que atrasada. Jaine colocou uma calcinha seca, um sutiã seco, passou uma blusa vermelha de tricô com mangas curtas pela cabeça, enfiou uma calça jeans branca e calçou as sandálias. Correu para a cozinha, abriu uma lata de comida para BooBoo, serviu-a na tigela, pegou a bolsa e saiu porta afora no momento em que Sam pulava da varanda da cozinha dele e seguia para a garagem.

— Você está atrasada — disse ele.

— Não estou, não. Além do mais, você só teve que trocar de roupa. Eu troquei de roupa *e* dei comida para o gato.

O portão da garagem de Sam era moderno. Ele apertou um botão no controle em sua mão, e a porta girou para cima como seda lubrificada. Jaine suspirou, assolada por uma crise forte de inveja de garagem. E então, sob a luz que acendera automaticamente quando a porta abrira, ela viu o brilhante monstro vermelho. Canos de descarga duplos cromados. Acabamentos cromados. Pneus tão grandes que ela teria de se impulsionar para chegar ao assento se o carro também não tivesse um degrau de apoio cromado para auxiliar aqueles que não foram abençoados com pernas tão compridas quanto as do vizinho.

— Ah — suspirou ela, e apertou as mãos. — Era exatamente isso que eu queria antes de encontrar o Viper.

— Bancos inteiriços — disse Sam, e levantou uma sobrancelha insinuante para ela. — Se você for boazinha, depois de começar a tomar pílula e seus óvulos estiverem sob controle, deixo que me seduza dentro da picape.

Jaine conseguiu não reagir. Graças a Deus ele não sabia quanto seu autocontrole estava por um fio, apesar de ela ter ficado mais abalada pela ideia de seduzi-lo do que pelo local em si.

— Nada a dizer? — perguntou Sam.

Jaine fez que não com a cabeça.

— Ah, droga — disse ele enquanto segurava a cintura dela e a levantava para o banco, sem parecer fazer esforço algum. — Agora estou preocupado.

O plano de Marci não tinha funcionado. T.J. encarou o inevitável depois que o terceiro jornalista ligou. Meu Deus, por que aquilo não acabava logo? O que havia de tão fascinante numa lista boba? Não que Galan fosse achar engraçado, pensou ela, deprimida. Parecia que ele não achava mais nada engraçado ultimamente, a menos que fosse algo que acontecera no trabalho.

Ele era tão divertido quando os dois começaram a sair, tão cheio de risadas e brincadeiras. O que havia acontecido com aquele garoto alegre?

Galan e T.J. nem sequer se viam muito atualmente. Ela trabalhava de oito às cinco; ele, de três às onze. Quando o marido finalmente chegava em casa, T.J. estava dormindo. E ele nunca acordava antes de ela sair para o trabalho. O sinal mais alarmante era que Galan não *precisava* trabalhar no turno das três. Ele escolhera aquele horário. Se o plano era se afastar, pensou ela, havia funcionado.

Talvez o casamento deles já tivesse acabado e T.J. simplesmente não conseguisse encarar esse fato. Talvez Galan não quisesse ter filhos porque sabia que o relacionamento não ia a lugar algum.

O pensamento causou uma dor em seu peito, bem lá no fundo. Ela amava o marido. Ou melhor, amava a pessoa que sabia que ele era por trás daquele exterior ranzinza que vinha exibindo em casa nos últimos anos. Se T.J. estivesse com sono ou perdida em pensamentos e o rosto dele surgisse em sua mente, o que ela via era o Galan jovem, sorridente, aquele por quem se apaixonara tão perdidamente na escola. Ela amava o Galan desajeitado, atrapalhado, ansioso e carinhoso com quem fizera amor, a primeira vez dos dois, no banco de trás do Oldsmobile do pai dele. Amava o homem que lhe dera uma única rosa vermelha no primeiro aniversário de namoro porque não tinha dinheiro para bancar uma dúzia.

T.J. não amava o homem que não dizia "eu te amo" havia tanto tempo que ela nem conseguia se lembrar da última vez.

Em comparação com as amigas, ela se sentia impotente. Se um cara enchesse o saco de Marci, ela lhe dava um pé na bunda e logo encontrava alguém para ocupar o seu lugar — ou melhor, para ocupar sua cama. Luna ficava chateada com Shamal, mas não passava as noites em casa, esperando por ele; ela seguia com a vida. E quanto a Jaine — Jaine era autossuficiente de uma forma que T.J. sabia não ser. Fosse lá o que a vida jogasse em seu caminho, Jaine enfrentava tudo com humor e coragem. Nenhuma das amigas aturaria o comportamento de Galan, que ela engolia em silêncio por mais de dois anos.

Ela odiava a própria fraqueza. O que aconteceria se os dois se separassem? Teriam de vender a casa, e T.J. adorava aquela casa, mas e daí? Poderia morar em um apartamento. Jaine vivera em um por anos. Ela poderia viver sozinha, apesar de nunca ter feito isso. Poderia aprender a resolver tudo por conta própria. Arrumaria um gato — não, um cachorro, para proteção. E conheceria outros homens. Como seria passar tempo com alguém que não a insultava sempre que abria a boca?

Quando o telefone tocou, T.J. sabia que era Galan. Sua mão estava firme quando levantou o fone.

— Você perdeu a cabeça? — foram as suas primeiras palavras. Ele tinha a respiração pesada, indicando que estava tendo um ataque de fúria.

— Não, acho que não — respondeu T.J., calma.

— Você me tornou motivo de piada aqui na fábrica...

— Se alguém está rindo, é porque você deixou — interrompeu ela. — Não vou falar sobre isso pelo telefone. Se você quiser conversar de um jeito *civilizado* quando chegar em casa, espero acordada. Se preferir gritar e bufar, tenho mais o que fazer do que ficar te escutando.

Ele desligou na cara dela.

Sua mão tremia um pouco agora, ao devolver o fone para o lugar. Lágrimas borraram sua visão. Se Galan achava que ela iria implorar por perdão, estava muito enganado. T.J. passara os últimos dois anos vivendo de acordo com os humores dele, e isso fora um erro. Talvez agora fosse hora de viver como *ela* queria. Se perdesse Galan nesse processo, pelo menos ainda respeitaria a si mesma.

Meia hora depois, o telefone tocou de novo.

T.J. franziu a testa antes de atender. Galan provavelmente não ligaria de novo, mas talvez ele tivesse pensado no que ela dissera e percebera que a esposa não ia se fingir de morta quando ele levantasse a voz dessa vez.

— Alô?

— *Qual delas é você?*

Ela franziu a testa para o sussurro fantasmagórico.

— O quê? Quem está falando?

— *É a Sra. A? B? Qual delas é você?*

— Vá encher o saco de outro — respondeu a nova T.J., irritada, e bateu o telefone no gancho.

Onze

Jaine pulou da cama cedo na manhã seguinte, determinada a sair para o trabalho antes de Sam pensar em acordar. Enquanto seu coração começava a bater mais forte só de pensar na nova discussão que teriam, sua mente dizia que ele provavelmente procurara a Lista na internet na véspera, depois que os dois se empanturraram de bolinhos chineses. Sam era pior que um pit bull quando se tratava de não largar o osso, e passara o tempo todo em que comiam a perturbando sobre o restante da Lista. Jaine *não* queria saber o que ele achava de qualquer coisa depois do item número sete.

Ela estava quase saindo de casa, às sete da manhã, o que já era pavoroso, quando viu que a secretária eletrônica estava cheia de mensagens de novo. No caminho para pressionar o botão de apagar, ela hesitou. Com seus pais viajando, qualquer coisa podia acontecer: um deles podia adoecer ou algum outro tipo de emergência podia ocorrer. Quem sabe? Shelley ou David podiam ter ligado para se desculpar.

— Duvido muito — murmurou ela ao apertar o botão de play.

Havia recados de três jornalistas, um de jornal impresso e dois da televisão, solicitando entrevistas. Duas ligações encerradas sem dizer nada, uma atrás da outra. A sexta mensagem era de Pamela Morris, que se apresentava como a irmã de Gina Landretti. Sua voz, com aqueles tons suaves e modulados de apresentadores de televisão, informava que ela *adoraria* recebê-la no *Good Morning America* para falar sobre a Lista, que tinha virado uma *sensação* nacional. A sétima era da revista *People*, pedindo a mesma coisa.

Jaine tentou engolir a histeria enquanto ouvia mais três recados mudos. Fosse lá quem fosse que tinha ligado havia esperado um bom tempo em silêncio antes de desligar. Idiota.

Ela apagou os recados; não tinha intenção alguma de responder a qualquer um deles. Aquela situação deixara de ser uma besteira e se transformara em algo completamente ridículo.

O caminho até o carro foi feito sem qualquer visão de Sam, o que significava que sua manhã estava começando bem. Isso a deixou tão animada que ela ligou o rádio numa estação de música country e ficou ouvindo aquela canção das Dixie Chicks que dizia que Earl tinha de morrer. Ela até cantou junto, perguntando-se se Sam, o policial, acharia que a morte de Earl seria um homicídio justificável. Talvez os dois pudessem brigar sobre isso.

Ela sabia que a situação estava ruim quando o pensamento de brigar com Sam era mais empolgante do que, digamos, ganhar na loteria. Jaine nunca conhecera um cara que não se deixava intimidar por nada do que ela dissesse, e que também a enfrentava — verbalmente, quer dizer — sem nem pestanejar. Era uma sensação libertadora saber que poderia falar qualquer coisa sem chocá-lo. Às vezes, Jaine tinha a sensação de que o vizinho gostava de provocá-la. Ele era cheio de si — de várias formas — e irritante, machão, inteligente e muito gostoso. E demonstrara o nível de reverência apropriado pelo carro do pai dela, além de ter feito um ótimo trabalho lavando e encerando o Viper.

Ela precisava pegar a receita para o anticoncepcional logo.

Havia mais jornalistas nos portões da Hammerstead. Eles deviam ter descoberto qual era o carro dela, porque vários flashes começaram a explodir assim que Jaine diminuiu a velocidade para o guarda levantar a cancela. Ele abriu um sorriso.

— Quer me levar para um *test drive* para ver se cumpro os requisitos? — perguntou ele.

— Vou ficar te devendo essa — respondeu Jaine. — Minha agenda já está lotada para os próximos dois anos e meio.

— Faz sentido — respondeu o guarda, e piscou.

Estava tão cedo que não havia mais ninguém no corredor verde-vômito. Porém, não era cedo demais para alguns dos nerds já terem chegado. Ela fez uma pausa para ler o novo cartaz no elevador: NÃO ESQUEÇA: PRIMEIRO VOCÊ FAZ A LIMPA, DEPOIS QUEIMA AS PROVAS. AQUELES QUE NÃO CUMPRIREM ESSAS REGRAS SERÃO SUSPENSOS DA EQUIPE DE LADRÕES.

Pronto, ela já se sentia melhor; um dia sem cartaz no elevador era um sofrimento terrível.

Jaine estava em sua sala antes de perceber que não ficara aborrecida com os jornalistas e o guarda. Eles não tinham importância alguma. Sua batalha com Sam era muito mais interessante, especialmente porque os dois sabiam aonde aquilo iria chegar. Jaine nunca tivera um caso antes, mas era de se esperar que o que teria com Sam colocaria fogo nos lençóis. Não que ela pretendesse ser fácil; ele teria de se esforçar para conquistá-la, mesmo depois que ela começasse a tomar a pílula. Era o princípio da coisa.

Além do mais, seria divertido deixá-lo frustrado.

Gina Landretti também chegou mais cedo ao trabalho.

— Ah, que bom — disse ela, os olhos brilhando ao encontrar Jaine à sua mesa. — Precisamos conversar, e eu estava torcendo para você ter chegado cedo e não precisarmos fugir dos fofoqueiros de plantão.

Jaine gemeu por dentro. Já era óbvio o que estava por vir.

— Pam me ligou ontem à noite — começou a outra mulher. — Sabe, a minha irmã. Bem, ela tentou te ligar, e adivinha só? Querem que você apareça no programa *Good Morning America*! Não é divertido? Bem, querem que as quatro apareçam, claro, mas eu disse a ela que você provavelmente era a porta-voz do grupo.

— Hum... acho que não temos uma porta-voz — disse Jaine, um pouco desconcertada com a suposição de Gina.

— Ah. Bem, se tivessem, seria você. A porta-voz.

Gina parecia tão orgulhosa que Jaine vasculhou o cérebro para encontrar uma maneira diplomática de dizer "De jeito nenhum".

— Eu não sabia que a sua irmã escolhia quem aparece no programa.

— Ah, Pam não faz isso, mas conversou com a pessoa que escolhe, e *ela* também ficou bastante interessada. Isso seria ótimo para a minha irmã — confidenciou Gina. — Dizem por aí que os outros canais devem entrar em contato com vocês hoje, então ela queria se adiantar. É o tipo de coisa que pode ajudar muito a carreira dela.

O que significava que, se Jaine não cooperasse, qualquer problema na carreira da irmã de Gina seria imediatamente considerado sua culpa.

— Só tem um problema — disse ela, esforçando-se ao máximo para parecer pesarosa. — O marido de T.J. não ficou feliz com tanta publicidade...

Gina deu de ombros.

— Então só três aparecem no programa. Na verdade, não haveria problema algum se só uma fosse...

— Luna é bem mais bonita...

— Sim, é verdade, mas ela é muito nova. Falta um pouco de autoridade.

Maravilha. Agora Jaine tinha "autoridade".

Ela tentou usar um pouco dessa autoridade e colocar firmeza na voz.

— Eu não sei. Também não estou gostando muito de chamar tanta atenção. Acho que seria melhor se essa coisa toda caísse no esquecimento.

Gina a encarou horrorizada.

— Você não pode estar falando sério! Não quer ser rica e famosa?

— Eu não me incomodaria em ser rica. Mas não famosa. E não vejo como aparecer no *Good Morning America* me deixaria rica.

— Você pode conseguir um contrato para escrever um livro! Com um adiantamento multimilionário, sabe, como aquelas mulheres que escreveram o livro das regras.

— Gina! — praticamente gritou Jaine. — Volte para a realidade! Como a Lista viraria um livro, a menos que o tamanho ideal de um pênis fosse discutido por trezentas páginas?

— Trezentas? — Gina tinha uma expressão de dúvida no rosto. — Acho que cento e cinquenta seriam suficientes.

Jaine olhou ao redor, em busca de algo para jogar na cabeça da colega.

— Por favor, diga que vai aceitar o convite de Pam — implorou Gina, juntando as mãos na clássica posição suplicante.

Em um súbito momento de inspiração, Jaine disse:

— Preciso falar com as outras três. Se o grupo todo não concordar, não posso fazer nada.

— Mas você disse que T.J...

— Preciso falar com as outras três — repetiu ela.

Gina não parecia feliz, mas era evidente que reconhecia os sinais daquela misteriosa autoridade que ela atribuía a Jaine.

— Achei que você ia ficar empolgada.

— Não estou. Gosto da minha privacidade.

— Mas então por que colocou a Lista no jornal da empresa?

— Eu não fiz isso. Marci encheu a cara e soltou tudo para a tal da Dawna.

— Ah.

O desânimo de Gina pareceu aumentar, como se percebesse que Jaine estava ainda menos animada com aquela situação do que ela imaginara.

— Minha família toda está irritada comigo por causa disso — resmungou Jaine.

Apesar da decepção, Gina era uma boa pessoa. Ela sentou na beirada da mesa da colega, sua expressão se tornando solidária.

— Por quê? O que a sua família tem a ver com isso?

— É exatamente o que eu acho. Minha irmã diz que eu a envergonhei e que não vai conseguir encarar ninguém na igreja, e minha sobrinha de catorze anos pegou a lista completa na internet, então Shelley também ficou irritada com isso. Meu irmão está irritado porque eu o fiz passar vergonha na frente dos caras do trabalho dele...

— Não entendo como isso poderia acontecer, a menos que estivessem se comparando na sala de descanso, e ele tivesse ficado em último lugar — comentou Gina, e então riu.

— Não quero pensar sobre isso — disse Jaine, e começou a rir também.

As duas se olharam e caíram na gargalhada, rindo até as lágrimas surgirem e borrarem seus respectivos rímeis. Fungando, elas foram felizes até o banheiro para consertar o estrago.

Às nove da manhã, Jaine foi chamada na sala do seu supervisor imediato.

Seu nome era Ashford M. DeWynter. Sempre que ela ouvia o nome, pensava que estava sonhando com Manderley. Queria muito perguntar se o *M* era de "Max", mas tinha medo de descobrir. Talvez ele incentivasse a ilusão, pois sempre se vestia de maneira muito europeia e falava com um leve sotaque britânico.

E também era um babaca.

Algumas pessoas tinham esse dom naturalmente. Outras precisavam se esforçar para ser assim. Ashford deWynter era as duas coisas.

Ele não ofereceu uma cadeira a Jaine. Ela se sentou de toda forma, ganhando uma testa franzida por sua presunção. Como já suspeitava do motivo por trás daquela reuniãozinha, ela queria se sentir confortável enquanto estivesse sendo descascada.

— Srta. Bright — começou ele, com cara de quem cheirou e não gostou.

— Sr. deWynter — respondeu ela.

Outra testa franzida, pela qual Jaine deduziu que não era a sua vez de falar.

— A situação no portão se tornou insustentável.

— Concordo. Talvez se o senhor tentasse conseguir uma ordem judicial...

Jaine deixou a sugestão pairar no ar, sabendo que ele não tinha autoridade suficiente para obter uma, mesmo que tivesse motivo, coisa que ela duvidava. A "situação" não colocava ninguém em perigo, e os jornalistas não estavam assediando os funcionários.

A testa franzida se transformou num olhar irritado.

— A sua indiferença não é bem-vista. A senhorita sabe muito bem que esta situação é de sua responsabilidade. É inadequado e distrativo, e as pessoas estão se sentindo incomodadas.

Por "pessoas", pensou ela, ele queria dizer "seus superiores".

— Como isso é *minha* responsabilidade? — perguntou Jaine, tranquilamente.

— Aquela sua Lista vulgar...

Talvez ele e Leah Street tivessem sido separados no nascimento, refletiu Jaine.

— A Lista é tão minha quanto é de Marci Dean. Foi uma colaboração.

Qual era o *problema* dessa gente toda, colocando a culpa toda pela Lista em cima dela? Seria aquela "autoridade" misteriosa de novo? Se Jaine tivesse esse tipo de poder, talvez pudesse usá-lo com mais frequência. Poderia convencer os outros a cederem seu lugar na fila para ela, ou conseguir que sua rua fosse a primeira a ser limpa quando nevasse.

— Srta. Bright — disse Ashford deWynter num tom constrito. — Por favor.

O que ele queria dizer era por favor, não me tome por idiota. Tarde demais, ela já estava fazendo isso.

— O seu tipo de humor é muito fácil de identificar — adicionou ele. — Pode até ser que a senhorita não seja a única pessoa envolvida, mas com certeza foi a principal instigadora. Portanto, é sua responsabilidade retificar a situação.

Jaine podia até reclamar de Dawna para as amigas, mas não mencionaria o nome de ninguém para deWynter. Ele já sabia a identidade das outras três pessoas. Se tinha optado por acreditar que a maioria da culpa era dela, nada que fosse dito mudaria sua opinião.

— Tudo bem — disse Jaine. — Vou até o portão na hora do almoço e digo aos jornalistas que a gerência não gosta desse tipo de publicidade e quer que eles saiam da propriedade da Hammerstead imediatamente, ou chamarão a polícia para prendê-los.

Ele parecia ter engolido um peixe cru.

— Ah... Acho que essa não seria a melhor maneira de lidar com as coisas.

— Qual é a sua sugestão?

Aquela era uma ótima pergunta. O rosto de deWynter ficou inexpressivo.

Jaine escondeu seu alívio. Seu ego ficaria em frangalhos se deWynter tivesse conseguido pensar numa solução quando ela não conseguira bolar nem mesmo um plano absurdo.

— Uma funcionária do *Good Morning America* me ligou — continuou ela. — Vou dispensar o convite. Parece que a revista *People* também vai ligar, mas não vou atender. Toda essa propaganda de graça não deve fazer bem à empresa...

— Televisão? Em rede nacional? — perguntou deWynter, debilmente. Ele esticou o pescoço como um peru. — Ah... isso seria *mesmo* uma oportunidade maravilhosa, não seria?

Jaine deu de ombros. Ela não sabia se seria maravilhoso ou não, mas com certeza era uma oportunidade. É claro que ela havia acabado de se enfiar num beco sem saída; publicidade era o oposto do que queria. O fato de que era incapaz de deixar Ashford deWynter vencê-la de qualquer forma era, com certeza, um grave desvio de caráter.

— Talvez o senhor devesse conversar sobre essa ideia com os chefões — sugeriu ela, levantando-se. Se tivesse sorte, alguém do alto escalão vetaria o plano.

Ele parecia dividido entre a animação e a relutância em admitir que precisava pedir autorização de outras pessoas — como se Jaine não soubesse exatamente qual era seu cargo e quanta autoridade ele possuía. DeWynter estava no meio do meio da cadeia hierárquica da gerência, e nunca seria nada além disso.

Assim que ela voltou para sua mesa, convocou o conselho de guerra. Luna, Marci e T.J. concordaram em se encontrar na sala de Marci na hora do almoço.

Jaine atualizou a situação para Gina e, com a ajuda da colega, passou o restante da manhã fugindo de telefonemas.

No almoço, fortalecidas com uma seleção de biscoitos e refrigerantes diet, o grupo se reuniu na sala de Marci.

— Acho que podemos declarar que a situação está oficialmente fora de controle — disse Jaine, desanimada, e contou sobre a irmã de Gina e as ligações da NBC e da *People* que recebera naquela manhã, exatamente como Gina previra.

Todas olharam para T.J.

Ela deu de ombros.

— Não vejo motivo para tentar apagar o incêndio agora. Galan já sabe. Ele não voltou para casa ontem.

— Ah, querida — disse Marci, solidária, esticando o braço para tocar no da amiga. — Sinto muito.

Os olhos de T.J. pareciam inchados, como se tivesse passado a noite chorando, mas ela aparentava calma.

— Eu, não — disse ela. — Isso só deixou as coisas mais claras. Ou Galan me ama, ou não. Se ele não me ama, então devia sair logo da minha vida e parar de me fazer perder tempo.

— Uau — disse Luna, piscando seus belos olhos para T.J. — É isso aí, amiga.

— E você? — perguntou Jaine para Marci. — Teve algum problema com Brick?

Marci abriu aquele seu sorriso sarcástico, de quem já viu de tudo e experimentou de tudo.

— Sempre tem algum problema com Brick. Digamos que ele reagiu da forma esperada, gritando bastante e bebendo bastante. Ainda estava apagado quando saí hoje cedo.

Todas olharam para Luna.

— Nem sinal dele — disse ela, e sorriu para Jaine. — Você estava certa sobre os caras se oferecerem para provar que são grandes o suficiente. Eu digo para todo mundo que meu voto era por trinta centímetros, mas vocês quiseram ser mais modestas. Isso geralmente acaba com as piadas.

Quando todas pararam de rir, Marci disse:

— Tudo bem, não fez diferença o fato de eu dar entrevista para o noticiário local. Dane-se, o que vocês acham de pararmos de chorar pelo leite derramado e começarmos a nos divertir com esse negócio?

— DeWynter ia conversar com os chefões sobre a ideia de termos publicidade em nível nacional de graça — disse Jaine.

— Como se eles não fossem agarrar essa oportunidade como uma mulher faminta que encontra uma barra de chocolate — zombou T.J. — Concordo com Marci. Vamos turbinar a lista e nos divertir *de verdade* com isso; sabem, podemos adicionar alguns itens, expandir nossas discussões e explicações.

David e Shelley provavelmente teriam um treco, pensou Jaine. Bem, isso era problema deles.

— Dane-se — disse ela.

— Dane-se — concordou Luna.

As quatro trocaram olhares, sorriram e Marci pegou a caneta e um bloquinho.

— É melhor começarmos logo e arrumarmos uma história de verdade para esse pessoal publicar.

T.J. balançou a cabeça, pesarosa.

— Isso vai acabar chamando a atenção de gente doida. Vocês receberam alguma ligação esquisita ontem? Um cara sussurrou: "Qual delas é você?"

Acho que era um cara, mas podia ser uma mulher também. Ele queria saber se eu era a Sra. A.

Luna pareceu surpresa.

— Ah, eu atendi a uma dessas. E algumas ligações mudas que achei que deviam ser da mesma pessoa. Mas você tem razão; da forma como ele sussurrava, não dava para ter certeza se era homem ou mulher.

— Eu tinha cinco mensagens sem recado na minha secretária eletrônica — disse Jaine. — Desliguei o som do telefone.

— Eu saí — disse Marci. — E Brick atirou a secretária eletrônica contra a parede, então estou temporariamente sem mensagens. Vou comprar uma nova no caminho de volta para casa.

— Então é provável que nós quatro tenhamos recebido telefonemas do mesmo cara — disse Jaine, sentindo-se um pouco nervosa, mas grata por morar do lado de um policial.

T.J. deu de ombros e sorriu.

— É o preço da fama — disse ela.

Doze

Jaine passou todo o caminho de volta para casa resmungando sozinha, apesar de ter se lembrado de passar na clínica para pegar um suprimento de três meses de pílulas. A gerência havia decidido que não faria mal algum aproveitar ao máximo toda a publicidade que conseguissem com aquela situação, e as coisas aconteceram rápido depois disso. Em nome de todas as amigas, ela aceitara a entrevista no *Good Morning America*, apesar de não entender por que um noticiário matinal estaria interessado naquilo quando não poderia mencionar os itens mais picantes. Talvez fosse apenas a necessidade de sair na frente das outras emissoras. Jaine conseguia entender por que a mídia impressa se interessaria — como a *Cosmopolitan*, por exemplo, ou talvez alguma revista masculina. Mas o que a *People* poderia publicar além de uma nota pessoal sobre as quatro mulheres e o impacto que a Lista causara em suas vidas?

Era evidente que sexo vendia mesmo quando não podia ser discutido.

O quarteto deveria estar na afiliada da emissora ABC em Detroit no supostamente razoável horário de quatro da manhã, e a entrevista seria gravada. Elas já deveriam chegar bem-vestidas, com os cabelos feitos e a maquiagem pronta. Uma correspondente da ABC, não um dos âncoras, vinha até a cidade para conduzir a entrevista, em vez de as deixarem sentadas num set vazio com fones minúsculos nos ouvidos, conversando com o ar enquanto alguém em Nova York fazia as perguntas. Obviamente, ser entrevistada por uma pessoa de verdade era uma grande honra. Jaine tentou se sentir honrada, mas só conseguia estar cansada em antecipação por ter de acordar às duas da manhã para se arrumar, fazer um penteado e se maquiar.

Não havia nenhum Pontiac diante da casa vizinha, nem sinal de vida lá dentro.

Que droga!

O bigode de BooBoo estava cheio de estofado de almofada quando veio cumprimentá-la. Jaine nem se deu ao trabalho de olhar o estado da sala. A única coisa que podia fazer agora para proteger o que restava do sofá era fechar a porta para o gato não entrar lá, mas então ele iria transferir sua frustração para outro móvel. O sofá já precisava ser estofado novamente; BooBoo podia ficar com ele.

Uma súbita suspeita e uma viagem ao banheiro lhe contaram que sua menstruação havia descido, exatamente na hora certa. Ela soltou um suspiro aliviado. Por alguns dias, estaria segura de seu inexplicável vício por Sam. Talvez pudesse parar de raspar as pernas; de jeito nenhum ela começaria a ter um caso com pernas cabeludas. Sua vontade era mantê-lo a distância por mais algumas semanas, só para deixá-lo frustrado. Ela gostava da ideia de frustrar Sam.

Ao entrar na cozinha, Jaine espiou pela janela. Ainda não havia sinal do Pontiac, embora fosse possível que ele estivesse usando a picape, como fizera no dia anterior. As cortinas da janela da cozinha estavam fechadas.

Era difícil frustrar um homem que não estava presente.

Um carro parou em frente à sua casa, estacionando ao lado do Viper. Duas pessoas saltaram, um homem e uma mulher. O homem trazia uma câmera pendurada no pescoço e carregava um monte de sacolas. A mulher tinha uma bolsa comprida e vestia blazer, apesar do calor.

Não fazia mais sentido tentar evitar os jornalistas, mas em hipótese alguma ela permitiria que alguém entrasse na sua sala cheia de espuma. Então, Jaine foi para a cozinha, abriu a porta e saiu para a varanda.

— Entrem — convidou ela, cansada. — Querem café? Vou fazer um fresco.

Corin encarou o rosto no espelho. Às vezes, ele desaparecia por semanas, meses, mas, agora, estava de volta ao reflexo, como se nunca tivesse partido. Ele não conseguira ir trabalhar hoje, temendo o que poderia acontecer se as visse ao vivo. As quatro vagabundas. Como elas ousavam zombar dele, provocá-lo com sua Lista? Quem achavam que eram? Elas podiam achar que ele não era perfeito, mas Corin sabia a verdade.

Afinal de contas, sua mãe o treinara.

Galan estava em casa quando T.J. chegou. Por um instante, seu estômago se embrulhou de náusea, mas ela não se permitiu hesitar. Seu amor-próprio estava em jogo.

Ela fechou o portão da garagem e entrou na casa pela área de serviço, como sempre. A área dava na cozinha, sua bela cozinha, com armários e eletrodomésticos brancos e panelas de cobre reluzentes penduradas sobre uma ilha. O ambiente parecia saído de um livro de decoração, e era seu cômodo favorito na casa — não porque T.J. gostasse de cozinhar, mas porque adorava o clima do lugar. Havia uma pequena alcova cheia de samambaias, ervas e florezinhas, enchendo o ar de perfume e frescor. Ela acomodara duas cadeiras e uma mesa ali, além de um banco bem macio para apoiar pés doloridos e pernas cansadas. A maior parte da alcova era de vidro fumê, permitindo a entrada de luz, mas repelindo o frio e o calor. T.J. adorava se aconchegar ali com um bom livro e uma xícara de chá, especialmente durante o inverno, quando o chão lá fora estava coberto de neve, mas, lá dentro, ela permanecia quentinha e confortável, cercada por seu jardim eterno.

Galan não estava na cozinha. T.J. deixou a bolsa e as chaves no lugar de sempre, sobre a ilha, tirou os sapatos e pôs uma panela de água no fogo para fazer chá.

Ela não chamou o nome do marido, nem foi procurá-lo. Supôs que ele estivesse no escritório, assistindo à televisão e acalentando seu rancor. Se quisesse conversar, Galan teria de sair da toca.

T.J. trocou de roupa, colocando um short e uma blusa de alça justa. Seu corpo continuava bonito, embora mais musculoso do que ela gostaria, resultado de anos num time de futebol feminino. Se pudesse escolher, teria optado pelo porte alto e magro de Luna, ou pelas curvas mais delicadas de Jaine, mas, no geral, estava satisfeita consigo mesma. Porém, como a maioria das mulheres casadas, ela perdera o hábito de usar roupas que valorizassem seu corpo, geralmente vestindo moletons durante o inverno e camisetas largas no verão. Talvez fosse hora de começar a valorizar sua beleza, da forma como fazia quando ainda namorava Galan.

Ela não estava acostumada a jantar com o marido. Sua refeição noturna geralmente era uma entrega de restaurante ou algo que colocava no micro-ondas. Adivinhando que ele não comeria nem mesmo se ela cozinhasse algo — nossa, isso realmente seria um sinal de que ele estava com fome, não seria? —, T.J. voltou para a cozinha e pegou uma de suas refeições congeladas. O prato tinha baixo teor de gorduras e calorias, então poderia se permitir um picolé de sobremesa.

Galan saiu do escritório enquanto ela lambia o último pedaço do picolé no palito. Ele ficou a observando, como se esperasse a esposa começar a se desculpar para poder iniciar sua reclamação ensaiada.

T.J. não entrou nesse jogo. Em vez disso, comentou:

— Você deve estar doente, já que não foi trabalhar.

Os lábios dele se estreitaram. Galan ainda era bonito, pensou ela com frieza. Era magro, bronzeado, seu cabelo só um pouco mais ralo do que quando tinha dezoito anos. E sempre se vestia bem, com cores estilosas, tecidos vistosos e mocassins de couro caros.

— Precisamos conversar — disse ele, emburrado.

Ela levantou as sobrancelhas, questionando-o educadamente, como Jaine teria feito. Jaine era capaz de conseguir mais resultados erguendo uma sobrancelha do que muita gente conseguiria com um porrete.

— Você não precisava faltar ao trabalho só por causa disso.

Pela expressão do marido, T.J. notou que aquela não era a resposta esperada. Ela deveria dar mais importância ao relacionamento — e aos humores dele. Bem, paciência.

— Acho que você não entendeu quanto me prejudicou no trabalho — começou Galan. — Não sei se algum dia vou conseguir te perdoar por me fazer virar uma piada. Mas vou lhe dizer uma coisa: não teremos chance alguma de resolver isso se você continuar a sair com aquelas três vacas que chama de amigas. Não quero que você fale mais com elas, está me entendendo?

— Ah, então é isso — disse T.J., subitamente entendendo tudo. — Você acha que pode usar essa situação para decidir com quem eu posso falar ou não. Tudo bem. Vamos ver... Se eu abrir mão de Marci, você pode abrir mão de Jason. Quanto a Luna... ah, que tal Curt? E Jaine... Bem, se eu tiver que parar de falar com Jaine, você tem que parar de falar com Steve, pelo menos; embora, pessoalmente, eu nunca tenha gostado muito de Steve, então talvez seja melhor adicionar mais um amigo, para sermos justos.

Galan a encarava como se ela tivesse duas cabeças. Ele e Steve Rankin eram melhores amigos desde pequenos. Assistiam juntos a jogos de beisebol no verão, e de futebol americano no inverno. Os dois eram unha e carne.

— Você ficou doida! — gritou ele.

— Por ter pedido para você parar de falar com seus amigos? Mas que coisa! Se eu preciso fazer isso, você também precisa.

— Não sou eu quem está destruindo o nosso casamento com listas idiotas sobre quem você acha que seria o homem perfeito! — gritou Galan.

— Não "quem" — corrigiu ela. — "O quê." Sabe, coisas como ter consideração. E ser fiel.

T.J. observou com atenção quando pronunciou a última palavra, subitamente se perguntando se a ausência de afeição do marido nos últimos dois anos tinha um motivo mais básico do que os dois simplesmente terem se afastado.

Ele desviou o olhar.

T.J. recebeu o impacto do golpe fulminante. Enfiou a dor numa caixinha e a escondeu bem lá no fundo, para conseguir seguir adiante com os próximos minutos, e dias, e semanas.

— Quem é ela? — perguntou T.J., num tom tão despreocupado que poderia muito bem estar perguntando se Galan tinha ido buscar a roupa na lavanderia.

— Quem é quem? Que ela?

— A outra. Aquela com quem você sempre me compara na sua cabeça.

Galan corou e enfiou as mãos nos bolsos.

— Eu nunca te traí — murmurou ele. — Você só está tentando mudar de assunto...

— Mesmo que você não tenha me traído fisicamente, o que não sei bem se acredito, ainda tem alguém por quem sente atração, não tem?

Ele ficou ainda mais vermelho.

T.J. foi até o armário e pegou uma xícara e um saquinho de chá. Depois de colocar o saquinho dentro da xícara, serviu a água. Depois de um minuto, disse:

— Acho que você devia ir para um hotel.

— T.J...

Ela ergueu uma das mãos, sem olhar para o marido.

— Não estou tomando uma decisão no calor do momento sobre nos divorciarmos ou nos separarmos. Quis dizer que é melhor você passar a noite num hotel hoje, para que eu possa pensar sem você ficar tentando virar o jogo e colocar a culpa de tudo em cima de mim.

— Mas e aquela porcaria de lista...

Ela acenou uma mão.

— A lista não importa.

— Como não?! Todos os caras do trabalho estão me sacaneando sobre como você gosta de paus gigantes e...

— E tudo o que você tinha que dizer era que, pois é, eu tinha ficado mal-acostumada com o seu — rebateu T.J., impaciente. — A lista acabou ficando em evidência. E daí? Eu acho que ela é bem engraçada, e é óbvio que a maioria das pessoas concorda. Nós vamos ser entrevistadas pelo *Good Morning America* amanhã cedo. A *People* quer nos entrevistar. Nós decidimos falar com todo mundo que pedir, para fazer o assunto morrer logo. Alguma outra história vai aparecer daqui a pouco, mas, até lá, vamos nos divertir.

Galan a encarou, balançando a cabeça.

— Você não é a mulher com quem eu me casei — disse ele, cheio de acusações.

— Não tem problema, porque você também não é o homem com quem *eu* me casei.

Ele se virou e saiu da cozinha. T.J. ficou fitando a xícara de chá em suas mãos, piscando para afastar as lágrimas. Bem, agora tudo fora posto em pratos limpos. Ela devia ter entendido o que estava acontecendo havia muito tempo. Afinal de contas, sabia melhor do que ninguém como Galan agia quando estava apaixonado.

Brick não estava dormindo no sofá, como sempre fazia, quando Marci chegou em casa, apesar de sua caminhonete velha estar parada na frente da casa. Ela entrou no quarto e o encontrou fazendo as malas.

— Vai a algum lugar? — perguntou Marci.

— Vou — respondeu ele, mal-humorado.

Ela o observou arrumando as coisas. Brick era bonito de um jeito desleixado, com cabelo escuro comprido demais, barba por fazer, traços levemente pesados e as costumeiras calça jeans e camiseta justas, com botas gastas. Dez anos mais jovem que ela, péssimo em manter um emprego, indiferente a tudo que não envolvesse esportes — verdade seja dita, ele não era o melhor dos partidos. Marci não estava apaixonada, graças a Deus. Fazia anos que não se apaixonava por ninguém. Tudo o que queria era companhia e sexo. Brick fornecia a parte do sexo, mas era fraco no quesito companhia.

Ele fechou a mala, pegou as alças e passou por ela.

— Você vai voltar? — perguntou Marci. — Ou vou precisar enviar o restante das suas coisas pelo correio para sua casa nova?

Brick a encarou.

— Por que quer saber? Talvez já tenha alguém em vista para ficar no meu lugar, não é? Alguém com um pau de vinte e cinco centímetros, do jeito que você gosta.

Marci revirou os olhos.

— Ai, ai — murmurou ela. — Não mereço aguentar um homem com o ego ferido.

— Você não entenderia — disse ele, e, para sua surpresa, Marci detectou um sinal de mágoa naquela voz grave.

Ela ficou parada, piscando, enquanto Brick saía irritado da casa e batia a porta da caminhonete. Ele derrapou nos cascalhos ao dar partida no carro.

Marci estava chocada. Brick, magoado? Quem imaginaria uma coisa dessas?

Bem, ou ele voltaria, ou não. Ela deu de ombros mentalmente e abriu a caixa que abrigava sua nova secretária eletrônica, instalando-a com destreza. Enquanto gravava uma mensagem, perguntou-se quantas ligações teria perdido por Brick ter jogado a secretária antiga contra a parede. Mesmo que ele tivesse se dado ao trabalho de atender ao telefone, não teria anotado recado algum para ela, não emburrado daquele jeito.

Se fosse alguma coisa importante, ligariam de volta.

Marci mal pensou isso e o telefone tocou. Ela pegou o fone.

— Alô?

— *Qual delas é você?* — sussurrou uma voz fantasmagórica.

Treze

Jaine abriu um olho e encarou o relógio, que emitia um apito agudo extremamente irritante. Finalmente reconhecendo que era o despertador — afinal de contas, nunca na vida o ouvira às duas da manhã —, esticou a mão e deu um tapa nele. Aconchegando-se no novo silêncio, perguntou-se por que diabos o alarme tocaria naquela hora horrorosa.

Porque ela o programara para tocar naquela hora horrorosa.

— Não — gemeu Jaine para o quarto escuro. — Não posso acordar. Só estou dormindo há quatro horas!

Mas ela se levantou. Tivera a presença de espírito de deixar a cafeteira pronta, programada para ligar à uma e cinquenta. O cheio de café a guiou, aos trancos e barrancos, até a cozinha. Ela acendeu a luz, mas então precisou apertar os olhos contra o brilho ofuscante.

— Esse povo da televisão é de outro planeta — murmurou Jaine, pegando uma xícara. — Humanos de verdade não conseguem fazer isso todo dia.

Com uma dose de café dentro dela, foi mais fácil chegar ao chuveiro. Enquanto a água caía por sua cabeça, ela lembrou que não pretendia lavar o cabelo. Como não contabilizara o tempo para lavar e secar o cabelo quando calculara a hora de acordar, estava oficialmente atrasada agora. Ela gemeu e se recostou na parede.

— Não consigo fazer isso.

Logo depois, Jaine se convenceu a tentar. Ela rapidamente passou xampu, se esfregou com uma esponja e, três minutos depois, saiu do banho. Com outra xícara de café fumegante à mão, secou o cabelo e passou uma gotinha de brilho capilar para ajeitar os fios rebeldes. Quando se acordava tão cedo, maquiagem era indispensável para disfarçar a automática aparência horrorizada e chocada; ela aplicou os produtos com rapidez e generosidade, almejando um look glamoroso, tipo acabei-de-sair-da-festa. No fim das contas, acabou ficando com cara de quem estava de ressaca, mas não ia perder tempo com uma causa perdida.

A moça da televisão tinha alertado para não usarem branco nem preto. Jaine optou por uma saia preta longa e justa, concluindo que a moça quisera dizer para evitarem a cor na parte de cima, que era o que apareceria. Adicionou um suéter vermelho com gola canoa e manga três-quartos, passou um cinto preto pela cintura e colocou os saltos pretos ao mesmo tempo que prendia argolas douradas clássicas nas orelhas.

Jaine olhou para o relógio. Três da manhã. Puxa vida, ela era boa mesmo nisso!

Mas morderia a língua antes de admitir uma coisa dessas.

Tudo bem, o que estava faltando? Comida e água para BooBoo, que estava escondido. Gatinho esperto, pensou ela.

Depois de cumprir essa tarefa, Jaine saiu de casa às três e cinco. A vaga da casa ao lado continuava vazia. Nem sinal do Pontiac marrom, e ela não ouvira nenhum veículo chegar durante a noite. Sam não voltara para casa.

Ele provavelmente tinha namorada, pensou Jaine, trincando os dentes. *Dã!* Ela se sentia uma idiota. É claro que ele tinha namorada. Homens como Sam sempre tinham uma ou duas mulheres, talvez três, no seu pé. Como não conseguira nada com ela, graças à ausência do anticoncepcional, ele simplesmente passara para a próxima da fila.

— Babaca — resmungou ela, entrando no Viper.

Ela devia ter mantido em mente suas últimas experiências na guerra dos relacionamentos e não ter ficado tão empolgada. Era evidente que os hormônios passaram na frente do seu bom senso, e ela se embriagara de vinho ovariano, a substância mais potente e destruidora de sanidade do universo. Em resumo, após uma olhada no corpo nu de Sam, Jaine entrara no cio.

A ideia de desistir daquela ereção de dar água na boca, tão impressionante, quando ainda nem tivera a chance de prová-la, era suficiente para fazê-la querer chorar, mas seu orgulho era maior. Jaine se recusava a ser mais uma na legião de seguidoras de um homem, que dirá de suas parceiras de cama!

A única desculpa válida que ele tinha seria estar numa cama de hospital em algum lugar, machucado demais para pegar num telefone. Ela sabia que Sam não levara um tiro nem nada; se um policial fosse ferido, isso apareceria no jornal. A Sra. Kulavich teria avisado se ele tivesse sofrido um acidente de carro. Não, Sam estava são e salvo em algum lugar. O problema era onde esse lugar seria.

Apenas por precaução, Jaine tentou se preocupar um pouquinho com ele, mas tudo o que conseguiu foi desenvolver o desejo sincero de mutilá-lo.

Ela sabia que não devia perder a cabeça por causa de um homem. Essa era a parte mais humilhante: ela *sabia*. Três noivados rompidos lhe ensinaram que uma mulher precisava ficar esperta ao lidar com seres do sexo masculino, ou poderia acabar profundamente magoada. Sam não a magoara — não tanto, de toda forma —, mas ela chegara bem perto de cometer um erro muito estúpido, e odiava pensar que era tão ingênua assim.

Mas que idiota, ele não podia ter pelo menos ligado?

Se Jaine tivesse uma mecha do cabelo dele, poderia fazer uma bruxaria para amaldiçoá-lo, mas estava disposta a apostar que Sam jamais a deixaria se aproximar com um par de tesouras.

Ela se divertiu bolando maldições criativas para o caso de conseguir a mecha. Sua favorita foi a que causaria uma impotência profunda. Rá! Ele aprenderia a lição quando visse que reação as mulheres teriam ao perceber que sua cobra se transformara numa minhoquinha murcha.

Por outro lado, talvez ela estivesse exagerando. Um beijo não equivalia a um relacionamento. Jaine não tinha direito algum sobre ele, seu tempo ou suas ereções.

Imagine se não tinha.

Tudo bem, era melhor esquecer a lógica. Ela precisava seguir sua intuição nesse caso, porque nada mais ajudaria. Seus sentimentos por Sam eram fora do comum, compostos por partes quase iguais de fúria e paixão. O vizinho a deixava mais irritada, com mais rapidez, do que qualquer outra pessoa que já conhecera. E ele também não estava muito errado ao dizer que, quando a beijasse, os dois terminariam pelados. Se Sam tivesse escolhido um lugar melhor, se os dois não estivessem no quintal dela, Jaine não teria recuperado a sanidade a tempo de interrompê-lo.

Já que estava sendo sincera consigo mesma, ela podia muito bem admitir que gostava das brigas. Com todos os seus três noivos — na verdade, com a maioria das pessoas —, Jaine sempre tivera de se conter, editar seus golpes verbais. Ela sabia que tinha a língua afiada; Shelley e David sempre fizeram questão de lhe dizer isso. A mãe tentara ensiná-la a ser mais gentil em suas respostas e, em parte, fora bem-sucedida. Quando estava na escola, Jaine se esforçava para ficar de boca calada, porque a rapidez do seu cérebro deixava os colegas confusos, incapazes de acompanhar seus processos mentais. E ela também não queria ferir os sentimentos de ninguém, o que logo descobrira que fazia simplesmente ao falar o que pensava.

Jaine valorizava a amizade com Marci, T.J. e Luna porque, por mais diferentes que todas fossem, as três aceitavam suas observações mais ácidas e não se deixavam intimidar. Ela sentia o mesmo tipo de alívio em seus embates com Sam, porque a língua dele era tão afiada quanto a sua, com a mesma agilidade e a mesma rapidez verbal.

Ela não queria desistir disso. Com essa admissão, Jaine percebeu que tinha duas escolhas: podia se afastar, o que fora sua primeira tendência, ou podia ensinar a ele uma lição sobre... sobre brincar com seus sentimentos, droga! Se havia uma coisa com que ela não queria que ninguém brincasse era com seus sentimentos. Bem, está certo, havia duas coisas — também não queria que ninguém brincasse com o Viper. Mas Sam... valia a pena lutar por Sam. Se ele tinha outras mulheres em mente e na cama, então Jaine simplesmente teria de expulsá-las e fazê-lo pagar por ter lhe dado trabalho.

Pronto. Ela se sentia melhor agora. Seu plano de ação estava resolvido.

Jaine chegou à emissora mais rápido do que imaginara, mas, por outro lado, não havia muito trânsito nas estradas e nas ruas tão cedo na manhã. Luna já estava lá, saindo do Camaro branco, parecendo tão arrumada e descansada quanto se fossem nove da manhã em vez de quatro. A amiga usava um vestido de seda dourada que tornava sua pele morena radiante.

— Isso é meio assustador, não é? — disse ela quando Jaine se aproximou e as duas seguiram para a porta dos fundos, como tinham sido instruídas.

— É estranho — concordou Jaine. — Não é normal que as pessoas estejam acordadas e funcionando a esta hora.

Luna riu.

— Tenho certeza de que todo mundo no caminho estava aprontando alguma. Por que outro motivo alguém estaria na rua agora?

— São todos traficantes de drogas e pervertidos.

— Prostitutas.

— Ladrões de banco.

— Assassinos e espancadores de mulher.

— Personalidades da televisão.

As duas ainda riam quando Marci chegou. Assim que se aproximou das amigas, ela disse:

— Vocês viram como a rua está cheia de gente esquisita? Esse povo só deve sair de casa depois de meia-noite.

— Já tivemos essa conversa — disse Jaine, sorrindo. — Acho que é seguro dizer que nenhuma de nós é muito festeira, arrastando-se para casa no meio da madrugada.

— Eu já me arrastei muito por aí — comentou Marci, alegre. — Mas fiquei cansada de sujar minhas mãos. — Ela olhou ao redor. — Não acredito que cheguei antes de T.J.; ela sempre está adiantada, e eu, atrasada.

— Talvez Galan tenha tido um chilique, proibindo-a de vir — sugeriu Luna.

— Não, ela teria ligado para avisar que não viria — respondeu Jaine. Ela verificou o relógio: cinco para as quatro. — Vamos entrar. Talvez eles tenham café, e preciso de um suprimento constante para me manter coerente.

Como já estivera numa emissora antes, Jaine não se surpreendeu com o espaço cavernoso, escuro, cheio de cabos pelo chão. Câmeras e luzes pareciam sentinelas pelo set, enquanto monitores observavam tudo. Havia pessoas ao redor, vestidas de calça jeans e tênis, e uma mulher com um terninho chique cor de pêssego. Ela veio na direção das amigas com um sorriso radiante e profissional estampado no rosto, a mão estendida.

— Olá, eu sou Julia Belotti, da GMA. Imagino que vocês sejam as Líderes da Lista? — Ela riu da própria piada e apertou a mão de cada uma. — Vou entrevistar vocês. Mas não eram quatro?

Jaine se controlou para não contar as cabeças espalhafatosamente, e respondeu:

— Não, acho que só há três de nós aqui. — Isso era cortesia da língua afiada, o tipo de coisa que ela geralmente evitava dizer.

— T.J. está atrasada — explicou Marci.

— T.J. Yother, certo? — A Srta. Belotti queria mostrar que fizera o dever de casa. — Sei que você é Marci Dean; assisti à matéria que saiu no telejornal local. — Ela fitou Jaine com um olhar avaliador. — E você é...?

— Jaine Bright.

— A câmera vai amar esse rostinho — disse a Srta. Belotti, e então se virou para Luna com um sorriso. — Você deve ser Luna Scissum. Puxa, se a Sra. Yother for tão bonita quanto vocês, isso vai ser um sucesso estrondoso. Já ficaram sabendo de como a Lista conquistou Nova York?

— Na verdade, não — respondeu Luna. — Estamos surpresas com a atenção que estão dando a ela.

— Não se esqueça de dizer algo assim na frente das câmeras — instruiu a Srta. Belotti, olhando para o relógio.

Sua testa franziu um pouco com irritação; então, a porta se abriu, e T.J. entrou, o cabelo e a maquiagem impecáveis, o vestido de um tom de azul forte que valorizava sua pele.

— Desculpem pelo atraso — disse ela, juntando-se ao grupinho.

T.J. não ofereceu nenhuma explicação, apenas o pedido de desculpas, e Jaine lhe lançou um olhar afiado, vendo a fadiga por trás da maquiagem. Todas tinham um bom motivo para parecer cansadas, considerando o horário, mas T.J. tinha mais razão para o estresse.

— Onde fica o banheiro? — perguntou Jaine. — Quero dar uma retocada no batom, se tiver tempo, e então encontrar uma xícara de café, se houver.

A Srta. Belotti riu.

— Sempre tem café numa emissora de televisão. O banheiro fica por aqui. — Ela as guiou por um corredor.

Assim que a porta se fechou atrás delas, todas se viraram para T.J.

— Você está bem? — perguntou Jaine.

— No que se refere a Galan, sim, estou bem. Eu o mandei para um hotel ontem à noite. É claro que ele talvez tenha chamado a namorada para lhe fazer companhia, mas isso é escolha dele.

— Namorada! — repetiu Luna, os olhos arregalados pelo choque.

— Filho da puta — disse Marci, deixando T.J. decidir se o xingamento era direcionado a Galan ou se era apenas um modo de a amiga expressar indignação.

— Agora, ele não tem muita moral para agir de modo superior sobre esse negócio da Lista, não é? — observou Jaine.

T.J. riu.

— Não, e ele sabe bem disso. — Ela olhou para os rostos preocupados das amigas. — Ah, eu estou bem. Se Galan quiser sair do casamento, prefiro saber agora a perder meu tempo tentando melhorar as coisas. Depois que tomei essa decisão, parei de me preocupar.

— Há quanto tempo ele tem um caso? — quis saber Marci.

— Ele jura que não tem caso algum, que não me traiu fisicamente. Como se eu fosse acreditar nisso!

— Ah, claro — disse Jaine. — E eu acredito em Papai Noel.

— Talvez ele esteja falando a verdade — disse Luna.

— É possível, mas não é provável — opinou Marci, a voz da experiência. — Qualquer coisa que eles admitam sempre é a ponta do iceberg. É da natureza humana.

T.J. deu uma olhada no batom.

— Não acho que faça muita diferença. Galan está apaixonado por outra pessoa, então o que importa se ele dormiu com ela ou não? Mas vamos deixar isso pra lá. Não estou preocupada; se alguém tem que se redimir, esse alguém é ele. Vou aproveitar essa história da Lista o máximo possível. E, se alguém nos fizer alguma proposta para escrevermos um livro, acho que devíamos aceitar. Podemos muito bem fazer dinheiro com o tanto de aborrecimento que isso causou.

— É isso aí — disse Marci, e acrescentou: — Brick foi embora. Ele ficou magoado.

Todas ficaram boquiabertas ao tentar imaginar Brick sentindo alguma coisa.

— Se ele não voltar — reclamou ela —, vou ter que começar a sair à caça de novo. Nossa, como eu detesto pensar nisso! Sair para dançar, deixar que homens me paguem bebidas... que coisa horrorosa!

As quatro saíram do banheiro rindo. A Srta. Belotti estava à espera delas. Ela as levou até a mesinha do café, onde alguém havia providenciado quatro xícaras para as convidadas.

— O set já está pronto para gravarmos depois que vocês terminarem aqui — disse ela, subitamente insinuando que deveriam calar a boca e sentar. — O responsável pelo áudio precisa instalar os microfones e testá-los, e a iluminação tem que ser ajustada. Venham por aqui...

Com as bolsas guardadas fora de vista e os cafés em punho, as amigas se acomodaram num set decorado como uma sala de estar confortável, com um sofá e duas poltronas, algumas samambaias falsas e uma luminária discreta que estava apagada. Um cara que parecia ter uns vinte anos começou a prender os microfones nelas. A Srta. Belotti prendeu o dela próprio na lapela do terninho.

Nenhuma das garotas tivera a presença de espírito de usar um blazer. O vestido dourado de Luna não foi um problema, assim como o decote fechado de T.J. Marci vestia um suéter sem mangas, com gola rulê, o que significava que seu microfone só poderia ser preso na garganta. Ela teria de tomar muito cuidado ao mexer a cabeça; caso contrário, o som resultante do movimento bloquearia todo o áudio. E então o homem olhou para o suéter de gola canoa de Jaine e disse:

— Xi.

Ela sorriu e virou a palma da mão para cima.

— Eu prendo. Coloco na lateral ou bem no meio?

Ele devolveu o sorriso.

— Prefiro que fique bem no meio, obrigado.

— Pare de dar em cima de mim — repreendeu ela enquanto passava o microfone sob o suéter e o prendia na gola, entre os seios. — Está cedo demais para isso.

— Vou me comportar. — Piscando, ele prendeu o fio na lateral do corpo dela, e então voltou para o equipamento. — Certo, preciso que todas vocês falem, uma de cada vez, para verificar o som.

A Srta. Belotti começou a puxar assunto, perguntando se elas eram de Detroit. Depois que o som foi devidamente verificado e as câmeras estavam prontas, a jornalista olhou para o produtor, que começou uma contagem regressiva e apontou de volta para ela, que começou tranquilamente a introduzir a entrevista, com comentários sobre a famosa — "ou infame, dependendo do ponto de vista" — Lista que se tornara sensação nacional, sendo discutida nas mesas de café da manhã em todos os estados. Então, ela apresentou cada uma das amigas, e perguntou:

— Vocês têm um homem perfeito nas suas vidas?

Todas riram. Ah, se ela soubesse!

Luna bateu com o joelho no de Jaine. Aceitando a deixa, ela disse:

— Ninguém é perfeito. Na hora que estávamos escrevendo, brincamos que a Lista, na verdade, é ficção científica.

— Pode até ser, mas as pessoas a estão levando a sério.

— Isso fica a critério delas — comentou Marci. — As qualidades que listamos são as *nossas* ideias do que o homem ideal teria. Um grupo de quatro mulheres diferentes provavelmente pensaria em coisas diferentes, ou listaria os itens em outra ordem.

— Vocês sabem que alguns grupos feministas estão revoltados com os requisitos físicos e sexuais na Lista. Depois que as mulheres passaram tanto tempo lutando para não ser julgadas por sua aparência ou o tamanho de seu busto, houve alguns comentários sobre como julgar os homens por seus atributos físicos prejudica esse posicionamento.

Luna ergueu uma sobrancelha perfeita.

— Achei que parte do movimento feminista fosse dar às mulheres a liberdade de serem sinceras sobre o que desejam. Nós listamos o que desejamos. Fomos sinceras. — Esse tipo de pergunta era a especialidade dela; Luna abominava pessoas politicamente corretas e nunca hesitava em deixar clara a sua opinião.

— Nós também nunca pensamos que a Lista viria a público — disse T.J. — Ela foi publicada acidentalmente.

— Vocês teriam sido menos sinceras se soubessem que a Lista ficaria famosa?

— Não — brincou Jaine. — Nós teríamos aumentado os requisitos.

— Que se danasse! Por que não se divertir com aquilo, como T.J. havia sugerido?

— E vocês disseram que não têm um homem perfeito nas suas vidas — disse a Srta. Belotti, impassível. — Mas têm um homem normal?

Bem, aquela provocação tinha surgido com a sutileza de um especialista, pensou Jaine, perguntando-se se o objetivo da entrevista era pintá-las como encalhadas. Abrindo um pequeno sorriso, ela precisava admitir que, diante das circunstâncias, isso não estava muito longe da realidade.

— Na verdade, não — disse ela. — A maioria dos homens não é avantajado o suficiente.

Marci e T.J. riram. Luna se contentou com um sorriso. Uma risada rapidamente abafada soou fora da câmera.

A Srta. Belotti se virou para T.J.

— Fiquei sabendo que você é a única casada do grupo. O que o seu marido acha da Lista?

— Ele não gostou muito — admitiu ela, alegre. — Mas eu também não gosto quando ele fica babando por causa de seios enormes.

— Então vocês ficaram pau a pau?

Tarde demais, a entrevistadora percebeu que suas palavras não foram as mais adequadas.

— Pau sendo a palavra-chave — comentou Marci, séria. Que bom que a entrevista não estava sendo exibida ao vivo!

— A questão é que — disse Luna — a maioria dos requisitos são qualidades que as pessoas deveriam ter. O primeiro item era fidelidade, lembra? Se você está num relacionamento, deveria ser fiel. Ponto-final.

— Eu li o artigo inteiro sobre a Lista e, se vamos ser sinceras, podemos admitir que a maior parte da conversa de vocês não tratou de como é bom ser fiel ou confiável. A discussão mais intensa foi sobre as características físicas de um homem.

— Nós estávamos nos divertindo — disse Jaine, calmamente. — E não somos loucas; é claro que queremos homens que sejam atraentes para nós.

A Srta. Belotti deu uma olhada em suas anotações.

— No artigo, vocês não foram identificadas pelo nome. São listadas como *A*, *B*, *C* e *D*. Quem é *A*?

— Não vamos divulgar isso — disse Jaine. Ao seu lado, ela sentiu Marci enrijecer.

— As pessoas estão muito interessadas em quem disse o quê — comentou Marci. — Já recebi telefonemas anônimos perguntando quem eu sou.

— Eu também — acrescentou T.J. — Mas não vamos dizer. Nossas opiniões não foram unânimes; uma de nós talvez tivesse mais convicção sobre determinado item do que as outras três. Queremos que nossa privacidade seja a maior possível.

Outra péssima escolha de palavras. Quando todas pararam de rir, a Srta. Belotti voltou para o lado pessoal.

— Você está saindo com alguém? — perguntou à Luna.

— Não exclusivamente. — Tome essa, Shamal.

Ela olhou para Marci.

— E você?

— Não no momento. — Tome essa, Brick.

— Então, apenas a Sra. Yother está num relacionamento. Vocês não acham que talvez sejam exigentes demais?

— Por que deveríamos atenuar nossos critérios? — questionou Jaine, os olhos soltando faíscas, e, a partir daí, a entrevista foi ladeira abaixo.

— Meu Deus, que sono — disse T.J., bocejando, quando elas saíram do estúdio às seis e meia.

A Srta. Belotti tinha bastante material para editar para a pequena matéria que iria ao ar. Em determinado momento, ela deixara as anotações de lado e discutira passionalmente o ponto de vista feminista. Jaine duvidava de que qualquer programa de televisão matutino pudesse usar sequer uma fração do que fora dito, mas a equipe da emissora ficara fascinada.

Independentemente do que fosse usado, a matéria iria ao ar na segunda-feira seguinte. Até lá, talvez ninguém mais estivesse interessado. Afinal de contas, por quanto tempo ainda a Lista seria discutida? As pessoas tinham vidas para viver, e a Lista já tivera bem mais do que seus quinze minutos de fama.

— Aqueles telefonemas estão me deixando um pouco preocupada — disse Marci, franzindo a testa para o céu brilhante e sem nuvens. — As pessoas são estranhas. Você nunca sabe a quem está incomodando.

Jaine sabia de uma pessoa a quem queria incomodar. Se parte do que dissera fosse ao ar, Sam provavelmente encararia aquilo como um desafio pessoal. Ela com certeza esperava que sim — porque fora exatamente isso que planejara.

Catorze

— Vamos lá — disse Marci depois que todas receberam suas bebidas e fizeram os pedidos na lanchonete na qual foram tomar café —, conte o que aconteceu com Galan.

— Não há muito o que contar — respondeu T.J., dando de ombros. — Quando cheguei em casa ontem, ele estava lá. Começou a exigir que eu parasse de falar com as minhas amigas. Três amigas específicas, e vocês podem imaginar *quem* são. Eu rebati dizendo que ele teria que abrir mão de um amigo para cada uma das minhas. E aí... Acho que foi intuição feminina, porque, de repente, comecei a questionar se ele não havia passado os últimos dois anos sendo tão frio por causa de outra mulher.

— Qual é o problema dele? — esbravejou Luna, indignada. — Será que Galan não sabe como é sortudo por ter você?

T.J. sorriu.

— Obrigada. Não vou desistir, sabem? Talvez a gente consiga dar um jeito nas coisas, mas, caso não dê certo, não vou deixar isso me destruir. Pensei bastante ontem à noite, e Galan não é o único culpado. Ele pode não ser o homem perfeito, mas eu também não sou a mulher perfeita.

— *Você* não está tendo um caso com outro homem — observou Jaine.

— Eu não disse que somos culpados da *mesma forma*. Se ele quiser salvar o casamento, vai ter que melhorar muito. Mas eu também terei.

— Em que sentido? — perguntou Marci.

— Ah... Não é que eu tenha ficado largada, mas também não me esforço em nada para atraí-lo. E também faço todas as vontades dele para agradá-lo, o que, convenhamos, aparentemente, é bom para ele, mas, se Galan quer ter um casamento em que os parceiros são iguais, isso deve ser enlouquecedor. Eu divido minhas opiniões com vocês da mesma forma como costumava fazer com ele, mas, agora, parece que, quando estou em casa, escondo tudo de interessante que tenho em mim. Eu sou a cozinheira e a empregada, nunca a amante e a parceira, e isso não faz bem para o casamento. Não é de se espantar que ele tenha perdido o interesse.

— Você sabe como isso é clichê? — indagou Jaine num tom cheio de indignação. — Independentemente do que aconteça, as mulheres se sentem culpadas. — Ela mexeu o café, encarando a xícara. — Eu sei, eu sei, às vezes a culpa é mesmo nossa. Mas que merda, odeio estar errada!

— Vinte e cinco centavos — disseram três vozes.

Ela revirou a bolsa atrás de trocados, mas só encontrou quarenta e seis centavos. Acabou colocando um dólar sobre a mesa.

— Alguma de vocês pode trocar o dinheiro para as outras. Preciso arrumar mais trocados. Sam acabou com as minhas moedas.

Houve uma longa pausa, com três pares de olhos focados nela. Finalmente, Luna perguntou com delicadeza:

— Sam? Quem é Sam?

— Vocês sabem. Sam. Meu vizinho.

Marci apertou os lábios.

— Esse seria o mesmo vizinho que é policial, apesar de você tê-lo descrito várias vezes como um babaca, alcoólatra, traficante de drogas e filho da puta vagabundo, um desleixado que não via uma lâmina de barbear e um chuveiro há milênios...

— Certo, certo — disse Jaine. — Sim, esse cara mesmo.

— E você agora o chama pelo nome? — perguntou T.J., maravilhada.

O rosto de Jaine ficou quente.

— Mais ou menos.

— Ah, meu Deus. — Os olhos de Luna estavam esbugalhados. — Ela ficou vermelha.

— Que medo — disse Marci, e os três pares de olhos piscaram, chocados. Jaine se remexeu no banco, seu rosto ficando cada vez mais quente.

— A culpa não é minha — soltou ela, na defensiva. — Ele tem uma picape vermelha. Quatro por quatro.

— Entendo por que isso faria uma diferença incrível — disse T.J., analisando o teto.

— O fato é que ele não é *tão* babaca assim — murmurou Jaine. — E daí? Na verdade, ele é babaca, mas tem lados bons.

— E o melhor deles é o que está dentro da calça, não é? — zombou Marci, partindo direto para um golpe baixo.

Luna, numa surpreendente falta de decoro, soltou um gritinho e começou a ecoar, "*Conta! Conta! Conta!*", como se estivessem num filme.

— Pare com isso! — sussurrou Jaine. — Eu não fiz nada de mais!

— Ih! — T.J. se inclinou para mais perto. — E o que foi que você *fez*?

— Foi só um beijo, espertinha, só isso.

— Um beijo não é motivo para corar desse jeito — disse Marci, sorrindo. — Ainda mais se tratando de *você*.

Jaine fungou.

— É óbvio que Sam nunca te beijou. Caso contrário, você não faria um comentário tão incorreto.

— Foi tão bom assim, é?

Ela não conseguiu reprimir o suspiro que saiu de seus pulmões, nem a forma como seus lábios se curvaram.

— Foi. Foi tão bom assim.

— Quanto tempo durou?

— Eu acabei de dizer que não transamos! Foi só um beijo. — Da mesma forma que o Viper era só um carro, e o monte Everest, só um morro.

— Eu perguntei do beijo — disse Marci, impaciente. — Quanto tempo durou?

Jaine não sabia o que responder. Ela não cronometrara o evento, e, além do mais, havia um monte de coisas acontecendo ao mesmo tempo, como o clímax iminente mas posteriormente negado.

— Não sei. Uns cinco minutos, acho.

Todas a encararam, piscando.

— Cinco minutos? — perguntou T.J., com a voz fraca. — Um beijo durou cinco minutos?

Lá vinha aquela vermelhidão de novo; Jaine a sentia subindo pelo pescoço.

Luna lentamente balançou a cabeça, incrédula.

— Espero que esteja tomando anticoncepcional, porque você está na zona do perigo. Ele pode dar o bote a qualquer momento.

— É isso o que *ele* pensa também — disse Jaine, e fez uma careta. — Por acaso, abasteci meu estoque ontem.

— Pelo visto, não é só ele que pensa assim — brincou T.J., e abriu um sorriso enorme. — Ah, isso é digno de comemoração!

— Vocês todas estão agindo como se eu fosse uma causa perdida.

— Vamos colocar as coisas da seguinte forma: a sua vida social era uma porcaria — disse Marci.

— Não era, não.

— Quando foi a última vez que você saiu com um cara?

Marci tinha razão nesse ponto, porque Jaine sabia que fazia muito tempo; tanto tempo que ela já nem lembrava mais.

— E daí que eu não saio muito? É por escolha própria, não por falta de opção. Não esqueçam que meu histórico em escolher homens não é dos melhores.

— E o que esse Sam policial tem de diferente?

— Muita coisa — disse Jaine distraída, pensando nele sem roupa. Depois de um momento de devaneio, ela balançou a cabeça para voltar à realidade. — Na metade do tempo, quero torcer o pescoço dele.

— E na outra metade?

Ela sorriu.

— Quero arrancar as roupas dele.

— Para mim, essa é a base de um bom relacionamento — disse Marci. — Com certeza é mais do que eu tinha com Brick, e passei um ano com ele.

Jaine ficou aliviada com o fato de o assunto se desviar de Sam. Como ela podia explicar o que não entendia? Aquele homem era enlouquecedor, os dois soltavam faíscas juntos, e ele não voltara para casa na noite anterior. Ela devia estar correndo na direção oposta, não planejando formas de tê-lo só para si.

— O que ele disse?

— Não muito, o que foi uma surpresa. Quando Brick fica irritado, ele é tão razoável quanto uma criança de dois anos fazendo pirraça. — Marci apoiou o queixo nas mãos dobradas. — Admito que ele me pegou desprevenida. Eu tinha me preparado para gritos e xingamentos, mas não para sentimentos de mágoa.

— Talvez ele se importe mais do que você pensa — disse Luna, mas até ela parecia duvidar disso.

Marci soltou uma risada irônica.

— O que nós tínhamos era conveniente para os dois, mas não era o romance do século. E você? Shamal deu sinal de vida?

A mudança de assunto de Marci indicava que ela estava tão pronta para parar de falar de Brick quanto Jaine estivera desesperada para discutir qualquer coisa que não fosse Sam.

— Na verdade, deu. — Luna parecia pensativa. — Ele parecia... não sei... um pouco impressionado com toda a atenção. Como se eu tivesse passado a ter mais valor de repente, se isso faz sentido. E me convidou para jantar, em vez de dizer que passaria lá em casa, como sempre fez.

Uma bolha de silêncio cobriu a mesa. Todas trocaram olhares, desconfiadas com a mudança de atitude de Shamal.

A expressão de Luna continuava pensativa.

— Mas eu recusei. Se eu não era interessante o suficiente para ele antes, não sou interessante o suficiente agora.

— Isso aí — disse Jaine, muito aliviada. Todas trocaram batidas de mão em comemoração. — E agora? Shamal foi deixado oficialmente para trás, ou você está esperando por alguma coisa?

— Estou esperando. Mas não vou ligar de volta para ele; se Shamal quiser me ver, sabe usar o telefone.

— Mas você o dispensou — argumentou Marci.

— Eu não disse para ele sumir da minha vida; só falei que não podia jantar, que tinha outro compromisso. — Ela deu de ombros. — Se nós vamos ter qualquer tipo de relacionamento, as regras precisam mudar, o que significa que preciso criar algumas, em vez de fazer tudo do jeito dele.

— Nós somos bastante problemáticas — disse Jaine, suspirando e buscando consolo em sua xícara de café.

— Nós somos normais — corrigiu T.J.

— Foi isso que eu disse.

As quatro estavam rindo quando a garçonete trouxe os pedidos, servindo os pratos diante de cada uma. Suas vidas amorosas eram, coletivamente, um desastre, mas e daí? Elas tinham ovos mexidos e batatas fritas para tornar tudo melhor.

Como era sexta-feira, o grupo manteve a tradição de jantar no Ernie's depois do expediente. Jaine achava difícil acreditar que só se passara uma semana desde que tinham criado a Lista com tanta tranquilidade. Em uma semana, muita coisa mudara. A primeira fora o clima no restaurante: a entrada das amigas foi acompanhada de uma onda de aplausos e um coral de vaias. Algumas mulheres, sem dúvida parte das feministas indignadas, juntaram-se às vaias.

— Dá para acreditar numa coisa dessas? — murmurou T.J. quando se sentaram. — Se nós fossemos profetas, diria que estávamos prestes a ser apedrejadas.

— Eram as mulheres perdidas que recebiam pedradas — disse Luna.

— Nós também somos dessas — brincou Marci, e riu. — Pelo visto, agora as pessoas reagem à nossa presença. E daí? Se alguém quiser dizer algo na nossa cara, acho que podemos suportar o tranco.

O garçom de sempre apareceu com as bebidas de sempre.

— Ei, vocês estão famosas agora — disse ele, alegre. Se estava chateado com certos elementos da Lista, não demonstrou. É claro que havia a possibilidade de ele nem saber quais *eram* os elementos.

— Só de pensar que bolamos tudo na sexta passada, sentadas àquela mesa ali — disse Jaine.

— É mesmo? Uau! — Ele olhou para a mesa em questão. — O chefe vai adorar saber disso.

— É, talvez ele possa encapar a mesa ou coisa assim.

O garçom balançou a cabeça lentamente, parecendo incerto.

— Acho difícil. Não é isso que fazem com cavalos?

Ela estava cansada, cortesia de ter acordado no meio da madrugada, então demorou um pouco até ligar os pontos.

— Isso é *capar*, não "encapar".

— Ah. — O alívio ficou óbvio na cara dele. — Eu estava me perguntando como se faz isso com uma mesa.

— Bem, é necessário ter quatro pessoas — disse Jaine. — Cada uma segura uma perna.

T.J. botou a cabeça embaixo da mesa, os ombros chacoalhando enquanto ela tentava controlar o riso. O olhar de Marci parecia um pouco descontrolado, mas ela conseguiu fazer o pedido apenas com um leve tremor na voz. Luna, a mais comportada de todas, esperou até todas pedirem e o garçom desaparecer na cozinha antes de cobrir a boca com as mãos e rir até chorar.

— Uma para cada perna — repetiu ela, arfando, e começou a rir mais.

O jantar não foi tranquilo como sempre, porque as pessoas ficavam indo até a mesa delas para fazer comentários, tanto maldosos como elogiosos. Quando a comida chegou, estava queimada; era óbvio que o cozinheiro fazia parte dos críticos.

— Vamos embora — finalmente disse Marci, enojada. — Mesmo que conseguíssemos comer esse carvão, seria impossível com essa gente toda interrompendo.

— Pagamos pela comida? — perguntou Luna, examinando o disco de hóquei que devia ser um hambúrguer.

— Normalmente, eu diria que não — respondeu Jaine. — Mas, se criarmos caso hoje, é provável que isso acabe nos jornais amanhã.

Suspirando, todas concordaram. Sem praticamente terem tocado nos pratos, elas pagaram a conta e foram embora. O normal era ficarem conversando depois de comer, mas, dessa vez, passava pouco das seis quando saíram; o sol de verão ainda brilhava no céu, e o calor era escaldante.

Cada uma seguiu para seu respectivo carro. Jaine ligou o motor do Viper e ficou parada por um instante, ouvindo o ronronar retumbante de uma máquina poderosa e bem-cuidada. Ela ligou o ar-condicionado no máximo e ajustou o vento para bater em seu rosto.

Jaine não queria ir para casa e assistir ao jornal, no caso de a Lista aparecer de novo. Decidindo, por fim, ir ao mercado logo em vez de deixar para o dia seguinte, ela seguiu para o Norte pela Van Dyke, passando como um foguete pela fábrica da General Motors à esquerda e resistindo à vontade de virar à direita, que a levaria até a delegacia de Warren. Ela não queria ver se havia uma picape vermelha ou um Pontiac surrado no estacionamento. Só precisava comprar comida e voltar para BooBoo; já fazia tanto tempo que ela estava fora que ele provavelmente começara a atacar uma almofada nova.

Jaine não era do tipo que demorava no mercado. Ela odiava comprar comida, então encarava aquilo como se fosse uma corrida. Guiando o carrinho em alta velocidade, ela voou pelos legumes e verduras, pegando repolho, alface e algumas frutas, e então seguindo adiante para os outros corredores. Apesar de não cozinhar com frequência, já que era trabalho demais para uma pessoa só comer, às vezes ela fazia um assado ou algo assim, e então passava a semana montando sanduíches com os restos. Mas BooBoo precisava comer...

Um braço a envolveu pela cintura, e uma voz grave disse:

— Sentiu a minha falta?

Jaine conseguiu reprimir o berro, de modo que ele acabou soando como um gritinho, mas deu um pulo e quase acertou uma pilha de comida de gato. Virando, ela rapidamente posicionou o carrinho entre os dois, arregalando os olhos com uma expressão apreensiva.

— Desculpe — disse ela —, mas não te conheço. Acho que você me confundiu com alguém.

Sam fez cara feia. Os outros clientes os observavam, obviamente curiosos; pelo menos uma senhora parecia disposta a ligar para a polícia se ele desse um passo em falso.

— Muito engraçado — resmungou ele.

Sam deliberadamente tirou o blazer, revelando o coldre em seu cinto e a grande pistola preta alojada ali. Como seu distintivo estava preso ao lado, a tensão do grupo de olhos arregalados no corredor sete se dissipou enquanto murmúrios de "Ele é policial" alcançavam os ouvidos da dupla.

— Vá embora — disse Jaine. — Estou ocupada.

— Já percebi. Você está participando de alguma competição? Já faz uns cinco minutos que estou tentando te alcançar pelos corredores.

— Não faz, não — rebateu ela, olhando para o relógio. — Não estou aqui há cinco minutos.

— Tudo bem, três. Eu vi um rastro vermelho passando pela Van Dyke e resolvi segui-lo, imaginando que seria você.

— Seu carro tem radar?

— Estou com a picape, não com o carro da delegacia.

— Então, você não pode provar que eu estava indo rápido demais.

— Mas que droga, não vim te multar — disse Sam, irritado. — Mas, se você não começar a ir mais devagar, vou chamar uma viatura para fazer as honras.

— Então você veio aqui só para me encher o saco?

— Não — disse ele com uma paciência exagerada —, eu vim porque estive fora e queria te dar notícias.

— Você esteve fora? — repetiu Jaine, arregalando os olhos o máximo possível. — Eu nem percebi.

Sam trincou os dentes. Ela sabia disso porque viu sua mandíbula travando.

— Tudo bem, eu devia ter ligado. — As palavras soavam como se tivessem sido arrancadas, dolorosamente, de suas entranhas.

— É mesmo? Por quê?

— Porque nós somos...

— Vizinhos? — completou ela quando Sam não pareceu encontrar a palavra que queria.

Ela estava começando a se divertir, pelo menos tanto quanto podia enquanto tentava não dormir em pé.

— Porque nós estamos envolvidos. — Ele lhe lançou um olhar irritado, não parecendo nem um pouco feliz por estar "envolvido".

— *Envolvidos*? Eu não me *envolvo*.

— Mas vai se envolver — disse ele, baixinho, só que Jaine o ouviu de toda forma.

Assim que ela abriu a boca para reclamar, um garoto, talvez com uns oito anos de idade, se aproximou correndo e lhe deu um cutucão na costela com uma arma a laser de plástico, fazendo barulhos de disparos elétricos enquanto apertava o gatilho várias vezes.

— Você morreu — disse ele, vitorioso.

A mãe do garoto surgiu correndo, parecendo irritada e impotente.

— Damian, pare com isso! — Ela abriu um sorriso que mais parecia uma careta. — Não incomode as pessoas.

— Fique quieta — respondeu o garoto mal-educado. — Você não está vendo que eles são alienígenas de Vaniot?

— Desculpe — disse a mãe, tentando arrastar o filho para longe. — Damian, venha comigo ou vai ficar de castigo quando chegar em casa.

Jaine teve de se controlar para não revirar os olhos. O garoto lhe deu outro cutucão nas costelas.

— Ai!

Ele começou a fazer os barulhos de tiro de novo, divertindo-se com o desconforto dela.

Abrindo um grande sorriso e se abaixando para se aproximar do querido Damian, forçando a voz para parecer o mais alienígena possível, Jaine disse:

— Ah, veja só, um pequeno terráqueo. — Ela se esticou e lançou um olhar de comando para Sam. — Mate-o.

Damian ficou boquiaberto. Seus olhos se arregalaram quando ele notou a pistola no cinto do detetive. Uma série de sons agudos, que soavam como um alarme de incêndio, começaram a sair de sua boca.

Sam xingou baixinho, agarrou Jaine pelo braço e começou a puxá-la na direção da saída. Ela conseguiu pegar a bolsa do carrinho enquanto era arrastada.

— Ei, as minhas compras! — reclamou ela.

— Você pode passar mais três minutos aqui dentro amanhã e pegar tudo de novo — disse ele com uma violência reprimida. — Agora, estou tentando evitar que você seja presa.

— Pelo quê? — perguntou Jaine, indignada, enquanto ele a arrastava para o outro lado das portas automáticas. As pessoas se viravam para encará-los, mas a maioria seguia os sons dos gritos de Damian no corredor sete.

— Que tal por ameaçar matar aquele fedelho e criar tumulto?

— Eu não ameacei matá-lo! Só mandei você fazer isso. — Ela estava tendo dificuldade em acompanhá-lo; sua saia longa não fora feita para correr.

Sam a virou contra a lateral do prédio, fora do campo de visão, e a pressionou contra a parede.

— Não acredito que senti falta disso — disse ele, provocando-a.

Jaine o encarou, mas não disse nada.

— Eu estava em Lansing — resmungou ele, inclinando-se tanto que seus narizes praticamente se tocavam. — Fazendo uma entrevista para um cargo estadual.

— Você não me deve explicações.

Sam se empertigou e olhou para o céu, como se buscasse ajuda do Todo-Poderoso. Ela decidiu ceder um pouco.

— Tudo bem, um telefonema não faria você parecer carente *demais*.

Sam murmurou alguma coisa. Jaine fazia ideia do que tinha sido, mas, infelizmente, ele não precisava pagar por cada palavrão que dizia. Se precisasse, ela teria ganhado uma grana.

Jaine agarrou as orelhas dele, puxou sua cabeça para baixo e o beijou.

De repente, ela estava presa contra a parede, os braços de Sam tão apertados ao seu redor que era difícil respirar, mas aquela não era sua prioridade no momento. Tê-lo contra seu corpo, sentir o gosto dele — essas coisas eram importantes. A pistola estava no cinto, então Jaine sabia que não era isso o que sentia contra o seu estômago. Ela se remexeu para ter certeza. Não, aquilo definitivamente não era uma pistola.

Sam arfava quando afastou a cabeça.

— Você escolhe os piores lugares — disse ele, olhando ao redor.

— *Eu* escolho? Eu estava cuidando da minha vida, fazendo compras, quando fui atacada não só por um, mas por *dois* maníacos...

— Você não gosta de crianças?

Jaine piscou.

— O quê?

— Você não gosta de crianças? Você queria que eu matasse o garoto.

— Eu gosto da maioria das crianças — respondeu ela, impaciente —, mas não daquela. Ele me deu um cutucão na costela.

— Eu estou te cutucando no estômago.

Jaine abriu um sorriso doce, que o fez estremecer.

— Sim, mas você não está fazendo isso com uma arma de plástico.

— Vamos embora — disse Sam, parecendo desesperado, e a acompanhou até o carro.

Quinze

— Quer café? — perguntou Jaine ao destrancar a porta da cozinha e deixá-lo entrar. — Ou chá gelado? — continuou ela, pensando que um copo grande e gelado seria ideal agora, com aquele calor escaldante lá fora.

— Chá — respondeu Sam, arruinando a imagem de que policiais vivem à base de café e rosquinhas. Ele observava a cozinha. — Por que sua casa parece mais habitada que a minha, sendo que você só mora aqui há algumas semanas?

Ela fingiu refletir sobre o assunto.

— Acho que foi uma questão de desempacotar minhas coisas.

Sam olhou para o teto.

— Eu senti falta disso? — murmurou ele para o gesso, ainda buscando uma luz.

Jaine deu várias espiadas nele enquanto pegava dois copos do armário e os enchia de gelo. Seu sangue borbulhava nas veias, da forma como sempre acontecia quando ele estava por perto, fosse de raiva, empolgação ou desejo, ou uma combinação das três coisas. Confinado na cozinha aconchegante,

Sam parecia ainda maior, seus ombros preenchendo o espaço da porta, sua altura fazendo a mesinha para quatro pessoas, com tampo de azulejos de cerâmica, parecer minúscula.

— Você fez entrevista para que cargo?

— Polícia estadual, departamento de investigação.

Jaine tirou a jarra de chá da geladeira e encheu os dois copos.

— Quer limão?

— Não, puro está bom. — Sam aceitou o copo oferecido, os dedos roçando os de Jaine. Isso foi o suficiente para deixar seus mamilos duros e em estado de alerta. O olhar dele se concentrou na boca de Jaine. — Parabéns.

Ela piscou.

— Eu fiz alguma coisa?

Jaine torceu para ele não estar se referindo à popularidade da Lista — ah, meu Deus, a Lista. Ela havia se esquecido disso. Será que ele lera tudo? É claro que sim.

— Você não xingou nem uma vez, e já faz meia hora que estamos juntos. Quando te arrastei para fora do mercado, você não disse um palavrão.

— Sério?

Jaine sorriu, satisfeita consigo mesma. Talvez o pagamento de multas estivesse surtindo efeito em seu subconsciente. Ela continuava *pensando* vários palavrões, mas só precisava pagar se os dissesse em voz alta. Estava fazendo progresso.

Sam inclinou o copo e bebeu. Hipnotizada, Jaine observou a garganta forte se mover. E lutou contra aquela necessidade violenta de arrancar as roupas dele. O que havia de errado com ela? Passara a vida inteira vendo homens beberem, mas isso nunca a afetara assim, nem mesmo com os três ex-noivos.

— Quer mais? — ofereceu ela quando Sam esvaziou o copo e o colocou sobre a bancada.

— Não, obrigado. — Aquele olhar sensual e malicioso a analisou, parando nos seus seios. — Você parece mais arrumadinha do que o normal hoje. Houve algum evento especial?

Jaine não ia evitar o assunto, independentemente de quão desconfortável fosse.

— Fomos gravar uma entrevista para o *Good Morning America* mais cedo. Às quatro da manhã! Dá para acreditar? Precisei acordar às duas — reclamou ela — e passei o dia inteiro como um zumbi.

— A Lista está tão famosa assim? — perguntou ele, surpreso.

— Infelizmente — respondeu ela, desanimada, sentando à mesa.

Sam, em vez de se acomodar na cadeira oposta, escolheu a que estava ao seu lado.

— Eu a encontrei na internet. Ela é bem engraçada... *Sra. C.*

Jaine ficou boquiaberta.

— Como você descobriu? — quis saber ela.

Sam soltou uma risada irônica.

— Como se eu não fosse reconhecer essa sua língua afiada, mesmo por escrito. "Qualquer coisa além de vinte centímetros só serve para ficar se vangloriando" — citou ele.

— Eu devia ter imaginado que você só se lembraria da parte do sexo.

— Tenho pensado bastante em sexo estes dias. E, só para deixar bem claro: eu não tenho nada que só sirva para me vangloriar.

Se ele não tinha, era por pouco, pensou Jaine, lembrando-se com grande carinho da visão de Sam de perfil.

— Só fico feliz por não estar numa categoria digna de risadas — continuou ele.

Jaine soltou uma gargalhada e se jogou contra o encosto da cadeira com tanta força que acabou caindo no chão. Ela ficou sentada lá, segurando as costelas. A dor, em sua maior parte, havia passado, mas, agora, diante de um desleixo tão grande, dava sinais de vida. Apesar disso, ela não conseguia parar de rir. BooBoo se aproximou com cautela, mas decidiu que não queria chegar perto demais, buscando abrigo sob a cadeira de Sam.

Ele se inclinou para baixo e pegou o gato, colocando-o no colo e acariciando o corpo longo e magro. BooBoo fechou os olhos e começou a emitir um zumbido. O gato ronronava, e Sam a observava, esperando até a onda de risadas se transformar em risinhos e arquejos.

Jaine sentou-se no chão, os braços agarrando as costelas e os olhos cheios de lágrimas. Se ainda havia rímel em seus cílios, com certeza estavam escorrendo por suas bochechas, pensou ela.

— Precisa de ajuda para se levantar? — perguntou Sam. — Mas já vou logo avisando que, se eu botar minhas mãos em você, talvez não consiga te soltar de novo.

— Não precisa, obrigada.

Com cuidado, e com um pouco de dificuldade por causa da saia longa, Jaine se levantou e secou os olhos com um guardanapo.

— Ótimo. Eu não quero incomodar o... como é mesmo o nome dele? BooBoo? Que tipo de pessoa chama um gato de BooBoo?

— A culpa não é minha, mas da minha mãe.

— Um gato devia ter um nome que ele possa honrar. Chamá-lo de BooBoo é como batizar seu filho de Alice. BooBoo devia ter se chamado Tigre ou Romeu...

Jaine balançou a cabeça.

— *Romeu* não seria uma boa opção.

— Você quer dizer que ele foi...?

Ela fez que sim com a cabeça.

— Nesse caso, acho que BooBoo é um bom nome para ele, apesar de Bobo ser mais apropriado.

Ela precisou segurar as costelas com muita, muita firmeza para se controlar e não cair na gargalhada de novo.

— Sua mente é bem *masculina*.

— E como você queria que ela fosse, como a de uma bailarina?

Não, Jaine não queria que a mente dele fosse nada além do que era. Nenhum outro homem já fizera a excitação borbulhar em suas veias como champanhe, e isso era um feito e tanto, considerando que, até a semana anterior, eles não haviam trocado uma palavra que não fosse um insulto. Só dois dias haviam se passado desde aquele primeiro beijo, dois dias que pareciam uma eternidade, já que não houvera mais nenhum contato físico até ela agarrá-lo pelas orelhas no mercado e o puxar para baixo.

— Como vai o seu óvulo? — perguntou Sam, as pálpebras pesadas sobre os olhos sensuais, e Jaine sabia que os pensamentos dele não diferiam muito dos seus.

— Já se foi — respondeu ela.

— Então vamos para a cama.

— Você acha que só precisa dizer "Vamos para a cama", e eu vou partir pros finalmentes?

— Não, eu estava imaginando que íamos fazer mais algumas coisas antes de partirmos pros finalmentes.

— Eu não vou partir para nada.

— Por que não?

— Porque estou menstruada. — Que engraçado, Jaine não se lembrava de já ter dito isso para um homem antes, ainda mais sem sentir uma gota de vergonha.

As sobrancelhas do vizinho se ergueram.

— Você está *o quê?* — perguntou ele, num rosnado raivoso.

— Menstruada. Naqueles dias. Talvez você já tenha ouvido falar. É quando...

— Eu tenho duas irmãs; acho que sei um pouco sobre menstruação. E uma das coisas que sei é que o óvulo fica fértil no meio do ciclo, não no fim!

Ele descobriu. Jaine apertou os lábios.

— Certo, eu menti. Sempre existe a chance de o ciclo atrasar, e eu não estava disposta a me arriscar, está bem?

Era óbvio que nada estava bem.

— Você me afastou — gemeu ele, fechando os olhos como se estivesse sofrendo uma dor aguda. — Eu estava quase morrendo, e você me *afastou.*

— Quando você fala assim, parece que cometi uma traição.

Sam abriu os olhos, fitando-a com irritação.

— E agora?

O homem era tão romântico quanto uma pedra, pensou Jaine, então por que ela estava tão excitada?

— Sua ideia de preliminares deve ser perguntar: "Você está acordada?" — resmungou ela.

Ele fez um gesto impaciente.

— *E agora?*

— Não.

— Meu Deus! — Ele se recostou na cadeira e fechou os olhos novamente. — Qual é o problema agora?

— Já disse, estou menstruada.

— E daí?

— E daí... que não.

— Por que não?

— Porque eu não quero! — gritou ela. — Pare de me encher o saco!

Sam suspirou.

— Já entendi. TPM.

— TPM é *antes*, seu idiota.

— Isso é o que vocês dizem. Qualquer homem te contaria uma versão diferente.

— Como se vocês fossem os especialistas — zombou Jaine.

— Querida, os *únicos* especialistas em TPM são os homens. É por isso que somos tão bons em lutar nas guerras; aprendemos as táticas de evasão em casa.

Jaine pensou em jogar uma frigideira nele, mas BooBoo ficaria no meio do fogo cruzado, e, de toda forma, teria de encontrar uma frigideira antes.

Sam sorriu da expressão no rosto dela.

— Você sabe por que TPM se chama TPM?

— Não ouse fazer isso — ameaçou ela. — Só as mulheres têm direito de fazer piadas sobre TPM.

— Porque "doença da vaca louca" já estava sendo usado.

Esqueça a frigideira. Jaine foi atrás de uma faca.

— Saia da minha casa.

Sam colocou BooBoo no chão e levantou, obviamente pronto para tentar as técnicas de evasão.

— Pare com isso — disse ele, colocando uma cadeira entre os dois.

— Não vou parar com porra nenhuma! Mas que merda, onde está a minha faca grande?

Jaine olhou ao redor, frustrada. Se morasse ali há mais tempo, saberia onde guardava as coisas!

Sam saiu de trás da cadeira, deu a volta na mesa e a segurou com firmeza pelos pulsos antes de Jaine conseguir lembrar em qual gaveta colocara as facas.

— Você me deve cinquenta centavos — disse ele, sorrindo, enquanto a puxava para perto.

— Pode esperar sentado! Eu te disse que não vou pagar quando a culpa for sua.

Ela soprou a franja para longe dos olhos, de modo que seu olhar de irritação causasse mais impacto.

Ele inclinou a cabeça e a beijou.

O tempo parou novamente. Sam deve ter soltado os pulsos de Jaine, porque os braços dela envolveram seu pescoço. A boca dele era ardente e ávida, e nenhum homem devia ter permissão para beijar daquele jeito e ficar fora das grades. O cheiro dele era quente e almiscarado como o sexo, inundando os pulmões dela, cobrindo sua pele. Sam colocou uma mão grande na bunda dela e a tirou do chão, alinhando seus corpos de uma forma mais completa, virilha com virilha.

A saia longa a restringia, impedindo que enroscasse as pernas ao redor dele. Jaine arqueou o corpo em frustração, quase pronta para começar a chorar.

— Não podemos — sussurrou ela quando Sam afastou a boca por um milésimo de segundo.

— Podemos fazer outras coisas — respondeu ele num murmúrio, sentando com Jaine em seu colo, as costas dela apoiadas no seu braço.

Habilidoso, Sam enfiou uma mão no decote canoa do suéter.

Ela fechou os olhos em êxtase quando a palma grossa passou por um mamilo. Ele soltou o ar num som prolongado, como um suspiro; então, foi como se os dois prendessem a respiração quando a mão dele se moldou contra o seio, decorando seu tamanho e sua maciez, a textura da pele dela.

Em silêncio, Sam afastou a mão e tirou o suéter. Depois, soltou o sutiã com habilidade e empurrou as alças dos ombros, deixando-o cair no chão.

Jaine estava quase pelada no colo dele, sua respiração rápida e ofegante enquanto o via observando-a. Ela conhecia os próprios seios, mas como pareceriam sob o ponto de vista de um homem? Eles não eram grandes, mas eram firmes e empinados. Os mamilos eram pequenos e claros, quase rosados, macios como veludo e delicados contra o dedo áspero que Sam usava para circular um deles com suavidade, fazendo o bico se contrair ainda mais.

O prazer se espalhou por Jaine, fazendo-a apertar as pernas com força para contê-lo.

Ele a ergueu, arqueando-a ainda mais sobre seu braço, e baixou a cabeça na direção dos seios.

Sam foi gentil, sem pressa alguma. Jaine ficou surpresa com seu cuidado nesse momento, em comparação com os beijos frenéticos. Ele aninhou o rosto entre a lateral dos seios, beijando as curvas, lambendo suavemente os mamilos até que ficassem avermelhados e tão duros que seria impossível se contraírem mais. Quando ele finalmente começou a sugá-la com uma pressão lenta porém firme, Jaine estava tão pronta para aquilo que foi como se tivesse sido tocada com um cabo elétrico. Ela era incapaz de controlar o corpo, não conseguia parar de se contorcer loucamente nos braços dele; seu coração martelava no peito, sua pulsação era tão rápida que estava tonta.

Jaine estava completamente desamparada; ela teria feito praticamente qualquer coisa que Sam pedisse. Quando ele parou, foi pela própria força de vontade, não pela dela. Jaine o sentia tremendo, o corpo forte e poderoso estremecendo contra o seu como se tivesse calafrios, embora a pele estivesse quente ao toque. Sam se empertigou e pressionou a testa na de Jaine, os olhos fechados e as mãos acariciando grosseiramente seu quadril, suas costas nuas.

— Se algum dia eu entrar em você — disse ele num tom exausto —, vou durar uns dois segundos. Talvez.

Jaine estava doida. Só podia estar, porque dois segundos de Sam pareciam bem melhor do que qualquer coisa em que conseguisse pensar naquele momento. Ela o encarou com olhos vítreos e a boca inchada, pronta. Como queria aqueles dois segundos. Ela os queria mais do que tudo.

Sam olhou para os seus seios e emitiu um som que era a mistura de lamento e gemido. Murmurando um palavrão, ele se inclinou para baixo e pegou o suéter do chão, pressionando-o ao peito dela.

— Talvez seja melhor você vestir isto.

— Talvez seja — respondeu Jaine, e, até para si mesma, sua voz parecia drogada. Seus braços não pareciam funcionar; eles continuaram entrelaçados ao redor do pescoço de Sam.

— Ou você coloca o suéter, ou nós vamos para o quarto.

Essa não era a pior das ameaças, pensou Jaine, quando todas as células do seu corpo gritavam "Sim! Sim! Sim!". Contanto que sua boca não dissesse aquilo, ela se manteria firme, mas estava começando a duvidar seriamente das vantagens de enrolar Sam por dois dias, que dirá por duas semanas, como era seu plano original. A ideia de torturá-lo não parecia mais tão divertida quanto antes, porque, agora, Jaine sabia que também estaria torturando a si mesma.

Ele colocou os braços dela dentro das mangas do suéter e o passou por sua cabeça, arrumando o tecido no lugar. Jaine notou que o suéter estava ao contrário, mas quem se importava? Não ela.

— Você está tentando me matar — acusou Sam. — Também vou te fazer pagar.

— Como? — perguntou ela, interessada, apoiando-se nele. Sua coluna estava com o mesmo problema dos seus braços; era impossível mantê-la firme.

— Em vez daquela meia hora de ação que você diz que quer, vou te dar vinte e nove minutos.

Jaine riu.

— Achei que você só fosse durar dois segundos.

— Isso é só na primeira vez. Na segunda, vamos botar fogo nos lençóis.

Ocorreu a ela que seria melhor sair do colo dele. A ereção de Sam parecia uma barra de ferro contra seu quadril, e conversar sobre sexo não ajudava naquela situação. Se Jaine não quisesse mesmo ir para a cama com ele agora, deveria se levantar. O problema é que ela queria *mesmo* ir para a cama com ele, e só uma pequena parte do seu cérebro ainda hesitava.

Aquela pequena parte, no entanto, era insistente. Ela havia aprendido do modo mais difícil que não podia presumir que a vida teria um final feliz, e só porque os dois tinham tesão um pelo outro não significava que havia alguma coisa entre eles além de sexo.

Jaine pigarreou.

— É melhor que eu me levante, não é?

— Se você precisar mesmo se mexer, vá devagar.

— Está ruim assim, é?

— Pode me chamar de vulcão Etna.

— Quem é essa tal de Edna?

Sam riu, como fora a intenção dela, mas o som parecia tenso. Com cuidado, Jaine saiu do seu colo. Ele fez uma careta e se levantou, desajeitado.

A parte da frente da sua calça parecia deformada, com toda aquela ereção. Jaine tentou não ficar encarando.

— Me conte sobre a sua família — disse ela, de súbito.

— O quê? — Sam parecia não entender a mudança de assunto.

— Sua família. Me conte sobre ela.

— Por quê?

— Para te distrair de... você sabe. — Ela gesticulou para o "você sabe" em questão. — Você disse que tem duas irmãs.

— E quatro irmãos.

Jaine piscou.

— Sete. Uau!

— Pois é. Infelizmente, minha irmã mais velha, Dorothy, foi a terceira a nascer. Meus pais ficaram tentando ter outra menina para ela não ser a única. Eles tiveram mais três garotos antes de conseguirem uma irmã para Doro.

— E onde você está na fila?

— Sou o segundo mais velho.

— E você é próximo da sua família?

— Bastante. Todos nós moramos no mesmo estado, tirando Andie, a mais nova. Ela faz faculdade em Chicago.

A distração tinha funcionado; Sam parecia mais relaxado do que antes, apesar de seu olhar ainda apresentar uma tendência a se focar nos seios sem sutiã. Para dar a ele algo que fazer, Jaine serviu outro copo de chá gelado e lhe entregou.

— Você já foi casado?

— Já, uns dez anos atrás.

— O que aconteceu?

— Mas como você é fofoqueira! — disse Sam. — Ela não gostava de ser casada com um policial; eu não gostava de ser casado com uma megera. Fim da história. Ela se mudou para a Costa Oeste assim que assinamos o divórcio. E você?

— Mas como você é fofoqueiro! — rebateu Jaine, mas então hesitou. — Você acha que sou uma megera?

Deus era testemunha de que ela não tinha sido muito legal com ele. Parando para pensar, ela *nunca* fora legal com ele.

— Não. Você é bem assustadora, mas não é uma megera.

— Nossa, obrigada — murmurou Jaine; e então, já que ele respondera à sua pergunta, disse: — Não, nunca casei, mas já fui noiva três vezes.

Sam parou o copo quase chegando à boca e lhe lançou um olhar chocado.

— *Três* vezes?

Ela assentiu.

— Acho que não sou muito boa nessas coisas de homem-mulher.

O olhar dele voltou para seus seios.

— Ah, não sei, não. Você está sendo ótima em me deixar interessado.

— Talvez você seja um mutante. — Ela deu de ombros, incerta. — Meu segundo noivo resolveu que ainda estava apaixonado pela ex-namorada, que suponho que não fosse tão ex assim, mas não sei bem o que aconteceu com os outros dois.

Sam soltou uma risada irônica.

— Eles devem ter ficado com medo.

— *Com medo!* — Por algum motivo, aquilo doeu, mas só um pouco. Jaine sentiu o lábio inferior tremer. — Eu não sou tão ruim assim, sou?

— Pior — disse Sam, alegre. — Você é o diabo em pessoa. A sua sorte é que eu gosto de um tormento. Agora, se você colocar sua roupa do lado certo, quero te levar para jantar. Que tal um hambúrguer?

— Prefiro comida chinesa — disse ela enquanto percorria o curto corredor até o quarto.

— Que previsível!

Sam havia murmurado a resposta, mas Jaine escutara de toda forma, e estava sorrindo quando fechou a porta do quarto e tirou o suéter vermelho. Como o vizinho gostava de um tormento, ela ia mostrar quanto poderia atazaná-lo. O único problema era que ele teria de aguentar firme.

Dezesseis

Corin não conseguia dormir. Ele saiu da cama, acendeu a luz do banheiro e se olhou no espelho, só para garantir que continuava ali. O rosto que o encarava de volta era desconhecido, mas os olhos permaneciam familiares. Durante a maior parte da vida, aqueles olhos o fitavam no reflexo, mas, às vezes, Corin ia embora, e eles não o viam.

Frascos amarelos de remédio estavam alinhados de acordo com o tamanho na penteadeira, de modo que ele os visse todos os dias quando acordasse e se lembrasse de tomá-los. Já fazia alguns dias — Corin não sabia exatamente quantos — que não tomava os comprimidos. Conseguia ver a si mesmo agora; porém, quando estava sob o efeito dos remédios, seus pensamentos se turvavam, e ele se perdia na neblina.

Haviam lhe dito que era melhor que ele permanecesse obscurecido pela névoa, escondido. Os comprimidos funcionavam tão bem que, em certas ocasiões, Corin até se esquecia de si mesmo. Mas sempre havia aquela sensação de errado, como se o universo estivesse meio torto, e, agora, ele sabia o motivo. Os remédios eram capazes de escondê-lo, mas não podiam fazê-lo desaparecer.

Desde que parara com a medicação, Corin não conseguia dormir. Ah, ele havia tirado algumas sonecas, mas sono de verdade não tinha. Às vezes, parecia que um terremoto o destroçava por dentro, mas, quando ele esticava as mãos, elas estavam firmes. Será que os remédios eram viciantes? Teriam mentido para ele? Corin não queria ser um viciado; sua mãe sempre lhe dissera que vício é um sinal de fraqueza. Corin não podia ser um viciado, porque não podia ser fraco. Ele tinha de ser forte, tinha de ser perfeito.

Um eco da voz da mãe soou em sua cabeça. "Meu homenzinho perfeito", dizia ela, acariciando sua face.

Sempre que Corin a decepcionava, sempre que era menos do que perfeito, a fúria dela era tão esmagadora que o mundo parecia prestes a acabar. Ele faria qualquer coisa para não desapontar a mãe, mas tinha guardado um segredo horrível dela: às vezes, cometia transgressões de propósito, transgressõezinhas, só para ser punido. Mesmo agora, a lembrança das punições o deixava animado. A mãe teria ficado muito decepcionada se soubesse daquele prazer secreto, então Corin sempre se esforçara para disfarçar.

Às vezes, ele sentia bastante falta dela. Mamãe sempre sabia exatamente o que fazer.

A mãe saberia, por exemplo, o que fazer com aquelas quatro vagabundas que zombavam dele com a tal lista sobre o homem perfeito. Como se elas soubessem alguma coisa sobre perfeição! Corin sabia. Mamãe sabia. Ele sempre se esforçara tanto para ser seu homenzinho perfeito, seu filho perfeito, mas sempre fracassava, mesmo nos momentos em que não cometia aquelas transgressõezinhas, de propósito, só para ser punido. Corin nunca tivera dúvidas de que havia uma imperfeição *nele* que nunca seria capaz de corrigir, que sempre decepcionaria a mãe no nível mais básico, simplesmente por existir.

Elas achavam que eram tão espertas, aquelas quatro vagabundas — ele gostava de como o nome soava, as Quatro Vagabundas, como alguma divindade romana pervertida. As Fúrias, as Cárites, as Vagabundas. Elas tentaram fazer uma gracinha, escondendo suas identidades por trás de *A, B, C* e *D*, no lugar de seus nomes. Havia uma que ele odiava em especial, a que dissera: "Se um homem não é perfeito, ele devia se esforçar mais."

O que elas sabiam sobre isso? Por acaso já tinham tentado alcançar um padrão tão impossivelmente alto que só a perfeição bastaria, e tinham fracassado todos os dias de suas vidas? *Tinham?*

Por acaso sabiam como era para ele estar sempre tentando e tentando, mas sabendo lá no fundo que ia falhar, até que finalmente aprendera a gostar das punições, pois essa era a única forma de conseguir suportar aquilo tudo? *Sabiam?*

Vagabundas como elas não mereciam viver.

Corin sentiu o terremoto interior começar de novo, e envolveu os braços em torno de si mesmo, segurando-se. Se ele não conseguia dormir, a culpa era daquelas mulheres. Era impossível parar de pensar nelas, no que haviam dito.

Quem seria ela? Talvez a loura oxigenada, Marci Dean, que rebolava o traseiro na frente de todos os homens como se fosse uma deusa e eles não fossem nada além de cachorros que viriam correndo quando chamados. Corin ouvira falar que ela dormia com qualquer um que pedisse, mas, na maioria das vezes, se oferecia antes de receber uma proposta. Mamãe teria ficado horrorizada com um comportamento assim tão vulgar.

— *Algumas pessoas não merecem viver.*

Corin conseguia ouvi-la sussurrando dentro de sua mente, da forma como ela sempre fazia quando ele ficava sem os remédios. Ele não era o único que desaparecia quando tomava a medicação como prescrita; mamãe também sumia. Talvez os dois fossem embora juntos. Ele não sabia, mas esperava que fosse assim. Talvez ela o punisse por tomar os remédios e fazê-la desaparecer. Talvez fosse por isso que tomava os comprimidos, para que ele e mamãe fossem embora e... Não, isso não estava certo. Quando Corin tomava os remédios, era como se parasse de existir.

Ele sentiu o pensamento se afastando. Tudo o que sabia era que não queria mais tomar nada. Queria descobrir quem era aquela vagabunda imunda. Isso soou engraçado, então ele repetiu a frase para si mesmo, e riu baixinho. Vagabunda imunda. Essa foi boa.

Corin sabia onde todas moravam. Conseguira o endereço delas nos arquivos do trabalho. Era tão fácil fazer isso se você soubesse como, e é claro que ninguém o questionara.

Ele faria uma visita e descobriria se fora ela quem fizera aquele comentário horroroso, burro. Tinha quase certeza de que fora Marci. E queria ensinar uma lição àquela vagabunda burra, maldosa. Mamãe ficaria muito orgulhosa.

Marci gostava de dormir tarde, até em dias de semana. Ela não precisava de muito descanso, então, mesmo que não saísse para a farra com tanta frequência como fazia quando era nova — com seus trinta anos —, era raro que fosse para a cama antes de uma da manhã. Ela assistia a filmes antigos na televisão, lia três ou quatro livros na semana; até mesmo desenvolvera gosto por ponto de cruz. Tinha de rir de si mesma sempre que pegava seu bastidor, porque aquilo era prova de que a garota festeira estava ficando velha. Mas o bordado lhe permitia esvaziar a mente. Quem precisava de remédios para alcançar serenidade interior quando dava para conseguir o mesmo efeito com agulha e linha para duplicar um padrão de Xs coloridos? Pelo menos, quando ela terminava um bordado, tinha algo para mostrar.

Marci já tentara muitas coisas que as pessoas provavelmente não esperariam dela. Meditação. Ioga. Auto-hipnose. No fim das contas, acabara decidindo que cerveja funcionava tão bem quanto o restante das coisas, e que seu interior estava tão sereno quanto poderia ficar. Ela era daquele jeito. E que se danasse quem não gostava disso.

Geralmente, nas noites de sexta, ela e Brick iriam para alguns bares, dançariam, tomariam umas cervejas. Brick dançava bem, o que era surpreendente, já que ele parecia alguém que preferia a morte a entrar numa pista de dança, tipo uma mistura de caminhoneiro com motoqueiro. Ele não era muito bom de papo, mas se movia bem.

Marci considerou a ideia de sair sozinha, mas não se animou muito. Com todo o rebuliço que a Lista causara naquela semana, ela estava cansada. Tudo o que queria era se aconchegar com um livro. Talvez saísse no dia seguinte, à noite.

Ela sentia falta de Brick. Da sua presença, de toda forma, não dele especificamente. Quando não estava na cama ou na pista de dança, Brick era bem tedioso. Ele dormia, tomava cerveja e assistia à televisão. Só isso. E também não era um amante genial, mas gostava de agradar. Nunca estava cansado demais, sempre disposto a tentar tudo que Marci sugeria.

Mesmo assim, Brick era mais uma prova de que ela não tinha talento para escolher homens. Pelo menos não era mais burra o bastante para continuar casando com eles. Três vezes tinham sido o suficiente, muito obrigada. Jaine se martirizava por ter noivado três vezes, mas pelo menos não se *casara* três vezes. Além do mais, Jaine ainda não conhecera ninguém que fosse páreo para ela. Quem sabe o policial...

Diabos, era bem provável que não. A vida ensinara a Marci que as coisas raramente davam certo. Sempre havia um buraco na estrada, um erro no software.

Já passava de meia-noite quando a campainha tocou. Ela colocou um marcador no livro para não se perder e se levantou do sofá onde estava jogada. Quem poderia ser? Com certeza não era Brick voltando, porque ele tinha a chave.

Isso a fez lembrar: precisava trocar a fechadura. Ela era cuidadosa demais para simplesmente pegar a chave de volta e presumir que ele não fizera uma cópia. Por enquanto, Brick não mostrara sinais de ser ladrão, mas era impossível saber o que um homem faria quando estava fulo de raiva com uma mulher.

Por ser cuidadosa, Marci usou o olho mágico. Ela franziu a testa e deu um passo para trás para destrancar a porta e abrir o ferrolho.

— Oi — disse ela, abrindo a porta. — Aconteceu alguma coisa?

— Não — respondeu Corin, e lhe deu um golpe na cabeça com o martelo que segurava ao lado da perna.

Dezessete

Na segunda-feira, o cartaz do elevador dizia: A XEROX E A WURLITZER ANUNCIARAM QUE VÃO SE UNIR PARA COMERCIALIZAR ÓRGÃOS REPRODUTORES.

Jaine ainda estava rindo quando as portas do elevador se abriram. Ela sentia como se estivesse borbulhando por dentro, resultado direto de um fim de semana preenchido por Sam. *Ela* ainda não fora preenchida por Sam, mas começara a tomar o anticoncepcional naquela manhã. Não que tivesse contado a ele que faria isso, é claro. A frustração a deixava louca, mas a antecipação parecia iluminar seu mundo. Ela não conseguia se lembrar de já ter se sentido tão viva, como se cada célula de seu corpo estivesse alerta e cantarolando.

Derek Kellman saiu do elevador enquanto Jaine entrava.

— Oi, Kellman — cumprimentou ela, alegre. — Como vão as coisas?

Ele ficou vermelho como um tomate, e seu pomo de adão se moveu na garganta.

— Ah... bem — murmurou ele, baixando a cabeça e saindo correndo do elevador.

Jaine balançou a cabeça, sorrindo, e apertou o botão do terceiro andar. Era impossível imaginar Kellman criando coragem para apertar a bunda de Marci; ela e todo mundo no prédio pagariam uma grana preta para ter visto a cena.

Como de costume, Jaine foi a primeira a chegar à sua sala; ela gostava de começar cedo nas segundas, com todos os cartões de ponto para cuidar. Se conseguisse manter o foco no trabalho, o dia iria bem.

A situação da Lista estava começando a ser esquecida, talvez. Todo mundo que queria uma entrevista conseguira, exceto a *People*. Jaine não assistira à televisão naquela manhã, então não fazia ideia de que partes da entrevista de sexta tinham ido ao ar. Alguém faria questão de lhe contar, sem dúvida, e, se ela sentisse necessidade de assistir, o que não era provável, com certeza uma das outras três teria gravado o programa.

Era engraçado como ela estava pouco se importando com aquilo. Como poderia se preocupar com a Lista quando Sam ocupava tanto de seu tempo e de seus pensamentos? Ele era enlouquecedor, mas também era engraçado e sexy, e Jaine o queria.

Depois de jantarem juntos na sexta-feira, ele a acordara às seis e meia da manhã de sábado, jogando água na sua janela com a mangueira e, então, convidando-a para lavar a picape. Chegando à conclusão de que estava em dívida por ele ter lavado o Viper, Jaine logo se vestiu, tomou café e saiu de casa. Sam não queria simplesmente lavar o carro; ele o queria encerado e polido, todas as partes cromadas limpas e lustradas, o interior limpo com aspirador de pó, todas as janelas lavadas. Depois de duas horas de muito trabalho, a picape reluzia. Sam, então, a guardara na garagem e perguntara a Jaine o que ela faria para ele de café da manhã.

Os dois passaram o dia juntos, brigando e rindo, assistindo a um jogo na televisão, e estavam se arrumando para sair, para jantar, quando o pager dele apitara. Sam tinha usado o telefone dela para ligar para a delegacia, e, antes que Jaine se desse conta do que estava acontecendo, ele saía pela porta com um beijo rápido e um "Não sei a que horas eu volto".

Sam era policial, lembrou Jaine a si mesma. E, enquanto fosse policial — e ele parecia estar fazendo sua carreira na área, considerando a entrevista para o cargo estadual —, sua vida seria uma série de interrupções e chamados urgentes. Encontros interrompidos vinham no pacote. Jaine pensara no assunto e decidira que, dane-se, ela era forte, conseguia lidar com isso. Mas, se ele estivesse em perigo, Jaine não sabia se seria capaz de lidar tão bem. Será que Sam ainda estava na força-tarefa? Será que isso era um esquema permanente, ou casos assim são temporários? Ela sabia muito pouco sobre o sistema policial, mas, com certeza, aprenderia mais.

Sam havia voltado na tarde de domingo, cansado, rabugento e sem vontade nenhuma de conversar sobre o que estivera fazendo. Em vez de enchê-lo de perguntas, Jaine o deixara cochilar na poltrona enquanto ela lia, aconchegada entre as duas últimas almofadas restantes do sofá.

Estar com ele daquele jeito, sem ser um encontro ou nada assim, simplesmente *estar*, parecia... certo, de alguma forma. Observá-lo dormir. Apreciar o som da respiração dele. E não tendo a coragem, ainda não, de usar aquela palavrinha que começava com A para descrever seus sentimentos. Era cedo demais, e as experiências anteriores dela ainda a deixavam receosa em confiar cegamente em que aquela empolgação quando estavam juntos duraria para sempre. Seu receio também era a base real para a relutância em dormir com Sam. Sim, frustrá-lo era divertido, e Jaine gostava de ver o desejo nos olhos dele quando a fitava, mas, lá no fundo, ela ainda tinha medo de deixá-lo se aproximar demais.

Talvez na semana que vem.

— Oi, Jaine!

Ela olhou para cima quando Dominica Flores enfiou a cabeça na porta, as sobrancelhas erguidas como quem faz uma pergunta.

— Assisti a uma parte do negócio na televisão hoje cedo. Precisei sair de casa antes do final, mas deixei gravando. Foi bem legal! Você estava gata, gatíssima. Todas estavam bonitas, sabe, mas, uau, você estava ótima.

— Eu não assisti — disse Jaine.

— Sério? Puxa, se eu aparecesse em rede nacional, faltaria ao trabalho para assistir.

Não se você estivesse tão de saco cheio do assunto quanto eu, pensou Jaine. De toda forma, ela se esforçou para abrir um sorriso.

Às oito e meia, Luna ligou.

— Você tem notícias de Marci? — perguntou a amiga. — Ela ainda não chegou, e ninguém atendeu quando liguei para a casa dela

— Não, não falo com ela desde sexta.

— Não é normal que ela falte ao trabalho. — Luna parecia preocupada. Ela e Marci eram muito próximas, o que era surpreendente, considerando a diferença de idade entre as duas. — E ela não ligou para avisar que estava doente ou ia se atrasar.

Isso realmente não parecia algo que Marci faria. A amiga não conquistara o cargo de chefe de contabilidade sendo imprevisível. Jaine franziu a testa; agora *ela* estava preocupada.

— Você tentou o celular?

— Está desligado.

A primeira hipótese que veio à mente de Jaine foi um acidente de carro. O trânsito de Detroit era terrível na hora do rush.

— Vou dar uns telefonemas e ver se consigo encontrá-la — disse ela, sem deixar que Luna percebesse sua súbita preocupação.

— Tudo bem. Me avise se descobrir alguma coisa.

Quando desligou o telefone, Jaine ficou pensando para quem deveria ligar para descobrir se houvera um acidente de carro em algum lugar entre Sterling Heights e a Hammerstead. Será que Marci pegava a Van Dyke para entrar na I-696 ou evitava esse caminho e pegava uma das estradas até Troy, onde podia seguir pela I-75?

Sam saberia para quem ligar.

Rapidamente, ela procurou o telefone da delegacia de Warren, discou o número e pediu para falar com o detetive Donovan. E então a deixaram esperando. Jaine ficou na linha, impaciente, batendo uma caneta contra a mesa, por vários minutos. Finalmente, a voz voltou para informar que o detetive Donovan não estava disponível, e se ela gostaria de deixar um recado.

Jaine hesitou. Detestava incomodá-lo com algo que muito provavelmente não resultaria em nada, mas achava que ninguém mais na delegacia a levaria a sério. E daí que uma amiga estava meia hora atrasada para o trabalho; isso, em geral, não seria motivo suficiente para ligar para a polícia. Talvez Sam também não a levasse a sério, mas pelo menos faria um esforço para descobrir alguma coisa.

— Você pode me informar o número do pager dele? — perguntou finalmente Jaine. — É importante. — Era importante para ela, embora houvesse a possibilidade de não ser para a polícia.

— Do que se trata?

Irritada, Jaine se perguntou se era normal que mulheres ligassem para a delegacia atrás de Sam.

— Sou informante dele — disse ela, cruzando os dedos para a mentira colar.

— Então, você devia ter o número do pager dele.

— Ah, pelo amor de Deus! Alguém pode estar ferido ou morto... — Jaine se interrompeu. — Tudo bem, eu estou grávida, e achei que ele gostaria de saber.

A voz riu.

— É Jaine quem está falando?

Ah, meu Deus, ele tinha falado dela! Seu rosto ficou em chamas.

— Hum... sim — murmurou ela. — Desculpe.

— Não tem problema. Ele me pediu para te ajudar caso você ligasse.

Sim, mas como ele a descrevera? Jaine se controlou para não perguntar isso e anotou o número do pager.

— Obrigada — disse ela.

— De nada. Ah... sobre esse negócio de gravidez...

— Mentirinha — interrompeu Jaine, e tentou inserir um pouco de vergonha no seu tom.

A tentativa não pareceu ser bem-sucedida, porque a mulher riu.

— Boa, garota — disse a mulher, e desligou, deixando Jaine na dúvida sobre o que exatamente ela quisera dizer com aquilo.

Depois de desconectar a ligação, ela ligou para o pager de Sam. O aparelho era daqueles que só transmitem mensagens numéricas, então Jaine deixou seu telefone. Como não era um número que ele reconheceria, ela se perguntou quanto tempo levaria até que a ligação fosse retornada. Enquanto isso, decidiu ligar para o setor de contabilidade.

— Marci já chegou?

— Não — foi a resposta preocupada. — Não temos notícias dela.

— Aqui é Jaine, ramal três, seis, dois, um. Se ela chegar, peça para me ligar imediatamente.

— Pode deixar.

Eram nove e meia quando seu telefone voltou a tocar. Jaine o arrancou do fone, torcendo para Marci finalmente ter aparecido.

— Jaine Bright.

— Fiquei sabendo que vamos ser pais. — A voz grave de Sam ronronou pela linha do telefone.

Maldita fofoqueira!, pensou ela.

— Eu tinha que dizer alguma coisa. A moça não acreditou que eu fosse uma informante.

— Sorte sua que eu avisei todo mundo sobre você — disse ele, e então perguntou: — O que houve?

— Nada, espero. Minha amiga Marci...

— Marci Dean, uma das infames Líderes da Lista?

Jaine devia ter imaginado que ele saberia detalhes sobre todas elas.

— Ela não veio trabalhar, não ligou, não atende ao telefone de casa nem ao celular. Estou com medo de ela ter sofrido um acidente no caminho, mas não sei a quem perguntar. Você pode me ajudar?

— Sem problema. Entro em contato com o setor de tráfego e peço para checarem os boletins de ocorrência. Vejamos, ela mora em Sterling Heights, não é?

— Isso. — Jaine rapidamente lhe passou o endereço, mas então fez uma pausa quando outro pensamento terrível surgiu. — Sam, o namorado dela ficou bem chateado com a Lista. Ele saiu de casa na noite de quinta, mas pode ter voltado.

Houve uma pausa breve; então, o tom dele se tornou brusco e formal.

— Vou entrar em contato com o departamento do xerife e com a delegacia de Sterling Heights e pedir para alguém verificar a casa dela. Não deve ter acontecido nada, mas não custa ter certeza.

— Obrigada — sussurrou Jaine.

Sam não gostava do que estava pensando, mas já era policial havia tempo demais para considerar a preocupação de Jaine um exagero. Um namorado nervoso — ainda mais alguém com o ego ferido por causa daquela porcaria de Lista — e uma mulher desaparecida eram ingredientes muito comuns em casos de violência. Talvez o carro da Srta. Dean tivesse quebrado, talvez não. Jaine não era do tipo que entrava em pânico por nada, e ela definitivamente parecia estar apreensiva.

Quem sabe se tratasse de algum tipo de intuição feminina, mas ele também não desvalorizava isso. Ora, sua própria mãe parecia ter olhos nas costas e sempre, sem exceção, ficava esperando acordada por ele e os irmãos toda vez que os filhos estavam aprontando alguma coisa na rua. Até hoje, Sam não fazia ideia de como ela sabia, mas aceitava o fato.

Ele fez duas ligações, primeiro para a delegacia de Sterling Heights e depois para um amigo no setor de tráfego que verificaria a eventual existência de vítimas em acidentes de carro naquela manhã. O sargento da delegacia disse que enviariam uma viatura imediatamente para verificar a casa da Srta. Dean, então ele resolveu não ligar para o departamento do xerife por enquanto. E passou o número do seu celular para os dois contatos.

O amigo no setor de tráfego retornou primeiro.

— Não tivemos nenhum acidente grande esta manhã — disse ele. — Algumas batidas leves, e um cara largou a moto no meio da Gratiot Avenue, mas só isso.

— Obrigado pela ajuda — disse Sam.

— Disponha.

Às dez e quinze, o celular tocou de novo. Era o sargento de Sterling Heights.

— Você tinha razão, detetive — disse o homem, soando cansado.

— Ela foi morta?

— Sim. Foi bem violento. Você sabe o nome do namorado? Não encontramos nenhum vizinho em casa a quem pudéssemos perguntar, e acho que precisamos ter uma conversinha com ele.

— Posso descobrir. Minha amiga é... era a melhor amiga da Srta. Dean.

— Agradeço a ajuda.

Sam sabia que estava se metendo no território alheio, mas partiu do princípio de que, como fora ele quem dera a dica sobre o ocorrido, o sargento seria mais leniente.

— Pode me dar algum detalhe?

O sargento fez uma pausa.

— Que tipo de celular você está usando?

— Digital.

— Seguro?

— Até os hackers descobrirem uma forma de invadirem o sinal.

— Tudo bem. Ele usou um martelo. E o deixou na cena do crime. Talvez seja possível conseguir impressões digitais, mas pode ser que não.

Sam se retraiu. Um martelo podia fazer um estrago bem grande.

— Não resta muito do rosto da vítima, e ela foi apunhalada várias vezes. E sofreu abuso sexual.

Se o namorado tivesse deixado sêmen, já era.

— Algum sêmen?

— Ainda não sei. O legista precisa examinar o corpo. Ele... hum... a estuprou com o martelo.

Jesus Cristo. Sam respirou fundo.

— Certo. Obrigado, sargento.

— Agradeço pela ajuda. A sua amiga... é a ela que você pretende perguntar sobre o namorado?

— Sim. Ela me ligou porque ficou preocupada quando a Srta. Dean não apareceu no trabalho hoje.

— Pode perguntar a ela sobre o namorado, mas não dar detalhes sobre o resto?

Sam soltou uma risada irônica.

— Seria mais fácil atrasar o pôr do sol.

— Então ela faz esse tipo... Será que você pode pedir sigilo? Temos quase certeza de que a vítima é a Srta. Dean, mas ainda não a identificamos, e a família não foi notificada.

— Vou dar um jeito de ela sair do trabalho. Ela vai ficar bem nervosa. — E, de toda forma, ele queria estar lá quando Jaine recebesse a notícia.

— Tudo bem. E, detetive, se não conseguirmos encontrar algum familiar próximo, talvez tenhamos que pedir para a sua amiga identificar o corpo.

— Você tem o meu telefone — disse ele, calmo.

Depois de desligar, Sam ficou parado por um instante. Não era necessário imaginar os detalhes sórdidos; já vira sua cota de cenas de crimes com toda a sua realidade sangrenta. Ele sabia muito bem o que um martelo ou um taco de beisebol podiam fazer com uma cabeça humana. Sabia como era a aparência de um corpo que sofrera múltiplas punhaladas. E, assim como o sargento, sabia que o assassinato fora cometido por algum conhecido da vítima, já que o ataque fora pessoal; o rosto fora atacado. As punhaladas eram sinal de raiva. E, como a maioria das vítimas mulheres é morta por alguém que conhecem, normalmente o marido ou o namorado, ou o ex, havia muitas chances de o namorado da Srta. Dean ser o assassino.

Sam respirou fundo e discou o número de Jaine novamente. Quando ela atendeu, ele disse:

— Você sabe o nome do namorado de Marci?

Jaine inalou audivelmente.

— Ela está bem?

— Ainda não sei de nada — mentiu ele. — O namorado...?

— Ah. O nome dele é Brick Geurin. — Ela soletrou o sobrenome.

— "Brick" é o nome de verdade ou um apelido?

— Não sei. Ela sempre o chama de "Brick".

— Tudo bem, isso basta. Ligo de volta quando descobrir alguma coisa. Ah... quer ir almoçar comigo?

— Claro. Onde?

Jaine ainda soava assustada, mas estava se controlando, como ele sabia que ela faria.

— Posso te buscar, se você autorizar a minha entrada no prédio.

— Sem problema. Meio-dia?

Sam olhou para o relógio. Dez e trinta e cinco.

— Podemos ir mais cedo, tipo umas onze e quinze? — Isso lhe daria tempo suficiente para chegar à Hammerstead.

Talvez ela já soubesse, talvez tivesse entendido naquele momento.

— Eu te encontro lá embaixo.

Quando o guarda autorizou a entrada dele, Jaine o estava esperando na frente do prédio. Ela estava usando outra daquelas saias longas e justas que a deixavam espetacular, o que significava que precisaria de ajuda para subir na picape. Sam saiu do carro e deu a volta para abrir a porta do carona. Enquanto analisava a expressão dele, os olhos dela pareciam ansiosos. Ele sabia que exibia sua cara de policial, tão impassível quanto uma máscara, mas Jaine empalideceu.

Sam segurou a cintura fina dela e a levantou até o banco da picape, então deu a volta para sentar atrás do volante.

Uma lágrima escorria pelo rosto de Jaine.

— Me conte — disse ela, a voz embargada.

Sam suspirou, então esticou os braços e a puxou num abraço.

— Sinto muito — disse ele contra o cabelo dela.

Jaine agarrou sua camisa. Ele podia senti-la tremendo, e a abraçou ainda mais forte.

— Marci morreu, não foi? — disse ela em um sussurro trêmulo, e não era uma pergunta.

Ela sabia.

Dezoito

Jaine tinha chorado tanto que seus olhos estavam quase fechados de tão inchados. Sam apenas a abraçara durante a primeira crise de choro, no estacionamento diante da Hammerstead; então, quando ela conseguiu se controlar um pouco, ele perguntou:

— Você consegue comer alguma coisa?

Ela negou com a cabeça.

— Não. — Sua voz soou tensa. — Preciso contar para Luna... e T.J...

— Ainda não, querida. Quando você contar a elas, o prédio inteiro vai ficar sabendo; alguém vai acabar ligando para o jornal, para alguma emissora de rádio ou de televisão, e a notícia vai se espalhar. A família dela ainda não foi informada, e eles não merecem descobrir assim.

— Marci não tinha muitos parentes. — Jaine pegou um lenço de papel da bolsa, então secou os olhos e assoou o nariz. — Tem uma irmã em Saginaw, e acho que um casal de tios idosos na Flórida. Ela só mencionava essas pessoas.

— Você sabe o nome da irmã?

— Cheryl. Não sei o sobrenome.

— Provavelmente deve estar numa agenda pela casa. Vou avisar para procurarem por uma Cheryl em Saginaw.

Sam discou o número no celular e, com calma, passou as informações sobre a irmã de Marci para a pessoa que atendeu.

— Preciso ir para casa — disse Jaine, encarando o para-brisa.

Ela fez menção de puxar a maçaneta da porta, mas Sam a impediu, mantendo-a no lugar com a mão firme sobre seu ombro.

— De jeito nenhum você vai dirigir agora — disse ele. — Se quiser ir para casa, eu te levo.

— Mas o meu carro...

— Vai ficar aqui. Ele está num lugar seguro. Se você precisar sair de casa, eu te levo.

— Mas talvez você tenha que ir para o trabalho.

— Vou dar um jeito — disse ele. — Você não vai dirigir.

Se Jaine não estivesse tão arrasada, teria discutido, mas as lágrimas vieram de novo, e ela sabia que não seria capaz de enxergar o suficiente para dirigir. E também não podia voltar para o escritório; seria impossível encarar os colegas agora e enfrentar as perguntas inevitáveis sem desabar.

— Preciso avisar que não vou voltar para o trabalho — disse ela.

— Você consegue fazer isso, ou quer que eu ligue?

— Eu consigo — respondeu ela, com a voz trêmula. — Mas... não agora.

— Tudo bem. Coloque o cinto.

Obediente, Jaine prendeu o cinto de segurança e ficou completamente imóvel enquanto Sam dava partida na picape e manobrava pelo tráfego das autoestradas. Ele dirigia em silêncio, sem se intrometer no seu luto, ao mesmo tempo que ela tentava aceitar que Marci se fora.

— Você... você acha que Brick é o culpado, não é?

— Ele vai ser interrogado — disse Sam, em um tom neutro.

A essa altura, Geurin seria o principal suspeito, mas as provas teriam de apoiar essa teoria. Mesmo sendo pouco provável, sempre havia a chance de a verdade ir contra as estatísticas. Quem poderia dizer? Talvez descobrissem que a Srta. Dean estava saindo com outra pessoa.

Jaine começou a chorar de novo. Ela cobriu o rosto com as mãos e se inclinou para a frente, os ombros trêmulos.

— Não acredito que isso está acontecendo — conseguiu dizer ela, e então se perguntou, letárgica, quantos milhões de pessoas falavam exatamente a mesma coisa durante uma crise.

— Eu sei, meu bem.

E ele sabia mesmo, percebeu Jaine. No seu trabalho, Sam devia ver muitas cenas daquele tipo.

— C-como foi...? Quero dizer, o que aconteceu?

Sam hesitou, relutante em contar que Marci sofrera golpes de martelo e de faca. Ele não sabia exatamente qual fora a causa da morte, não vira a cena do crime, então não sabia se ela sucumbira ao golpe na cabeça ou às punhaladas.

— Não sei de todos os detalhes — finalmente respondeu ele. — Mas sei que ela foi esfaqueada. Não me disseram a hora da morte nem nada assim. — Aquelas três afirmações eram verdadeiras, mas não chegavam nem perto de toda a verdade.

— Esfaqueada — repetiu Jaine, e fechou os olhos, como se tentasse visualizar o crime.

— Não faça isso — disse ele.

Ela abriu os olhos e o fitou com questionamento no olhar.

— Você estava tentando imaginar o que aconteceu, como ela estava, se doeu — disse Sam, mais ríspido do que pretendera. — Não faça isso.

Jaine respirou fundo, e ele esperava ouvir alguma resposta atravessada, tornar-se o novo foco de sua raiva e sofrimento, mas, em vez disso, ela assentiu com a cabeça, confiando em seu conselho.

— Vou tentar, mas... como não pensar nisso?

— Pense apenas nela — disse Sam, porque sabia que ela faria isso de toda forma. Fazia parte do processo do luto.

Jaine tentou dizer alguma coisa; sua garganta se moveu, mas as lágrimas vieram de novo. Ela se deu por satisfeita com um aceno de cabeça errático. E ficou em silêncio até chegarem a Warren.

Ao atravessar os quintais dos dois até chegar à sua casa, Jaine se sentiu velha. Sam a acompanhou, o braço ao seu redor, e ela ficou grata pelo apoio enquanto subia os degraus até a cozinha com passos pesados. Boo-Boo veio miando, o rabo balançando, como se perguntasse por que ela voltara tão cedo. Jaine se inclinou para baixo para fazer um carinho no gato, confortando-se com o calor do corpo sinuoso e a maciez dos pelos.

Ela colocou a bolsa sobre a mesa e afundou numa das cadeiras da cozinha, pegando BooBoo no colo e o acariciando enquanto Sam ligava para o chefe dele e falava baixinho. Por enquanto, ela tentaria não pensar em Marci. Mas tinha de pensar em Luna e T.J. e na ansiedade que as amigas deviam estar sentindo por ainda não terem notícias. Jaine torceu para entrarem em contato com a irmã de Marci logo, porque, quando avisasse que não ia voltar ao trabalho, as amigas iriam saber que havia algo errado. Se ligassem para saber dela, Jaine não sabia o que diria ou se teria a capacidade de falar com as duas.

Sam colocou um copo de chá diante dela.

— Beba — disse ele. — Você perdeu água o suficiente para estar desidratada.

Era impossível, mas isso a fez abrir um sorriso trêmulo. Ele beijou o topo da cabeça dela e depois se sentou ao seu lado com o próprio copo de chá.

Jaine soltou BooBoo, fungou e secou os olhos.

— O que foi exatamente que você falou de mim para o pessoal da delegacia? — perguntou ela, em busca de assunto.

Sam tentou parecer inocente. Era uma expressão que não colava muito naquele rosto durão.

— Nada de mais. Só pedi para te ajudarem a entrar em contato comigo, caso você ligasse. Eu devia ter te dado o número do meu pager, de toda forma.

— Bela tentativa — comentou Jaine.

— Funcionou?

— Não.

— Tudo bem. Eu disse que você tem a boca suja...

— Não tenho, não!

— ... e a bunda mais maravilhosa destas bandas, e que, se você ligasse, deviam me passar a ligação na mesma hora, porque estou tentando te levar para a cama, e podia ser que você tivesse telefonado para dizer que sim.

Ele estava tentando animá-la, pensou Jaine, sentindo o queixo tremer.

— Que fofo — conseguiu dizer ela, e voltou a se debulhar em lágrimas.

Jaine abraçou a si mesma, balançando-se para a frente e para trás. Aquela crise de choro foi forte porém breve, como se ela não tivesse mais capacidade mental para suportar tanta angústia por muito tempo.

Sam a puxou para o colo e apoiou sua cabeça no ombro dele.

— Eu disse que você é especial — murmurou ele — e que, se você ligasse, eu iria querer falar contigo independentemente de onde ou do que estivesse fazendo.

Isso também devia ser mentira, pensou ela, mas era uma mentira tão fofa quanto a outra. Jaine engoliu em seco e se forçou a dizer:

— Mesmo se você estiver fazendo as coisas da força-tarefa?

Sam fez uma pausa.

— Nesse caso, talvez não.

A cabeça dela doía de tanto chorar, e seu rosto estava quente. Jaine queria muito pedir a ele para fazerem amor naquele momento, mas engoliu as palavras. Por mais que precisasse de consolo e de proximidade, da afirmação da vida, aquilo não iria parecer certo; a primeira vez deles não deveria acontecer naquelas circunstâncias. Em vez disso, ela aconchegou o rosto no pescoço de Sam e inalou seu aroma masculino e quente, consolando-se tanto quanto podia com a proximidade.

— O que exatamente a força-tarefa faz?

— Depende. Forças-tarefas são formadas por motivos diferentes.

— O que a *sua* força-tarefa faz?

— São vários setores reunidos para lidar com crimes violentos. Nós prendemos criminosos agressivos.

Jaine não gostou dessa ideia. Ela ficava mais confortável quando pensava em Sam fazendo perguntas, escrevendo coisas em um bloquinho; em resumo, sendo um detetive. Prender criminosos agressivos fazia parecer como se ele estivesse arrombando portas e coisas assim, enfrentando pessoas ruins que provavelmente lhe dariam um tiro.

— Quero te fazer algumas perguntas sobre isso — disse ela, levantando a cabeça e franzindo a testa para ele. — Mas não agora. Mais tarde.

Sam soltou um suspiro aliviado.

Ele a manteve no colo por bastante tempo. E a abraçou apertado enquanto Jaine ligava para o escritório e avisava que estaria fora pelo restante do dia. Ela conseguiu manter a voz estável, mas o Sr. deWynter não estava lá, e foi Gina quem atendeu ao telefone, cheia de perguntas e avisando que Luna e T.J. haviam ligado várias vezes.

— Vou ligar para elas — disse Jaine, e desligou. Arrasada, ela voltou a esconder o rosto no ombro de Sam. — Por quanto tempo tenho que fugir das duas?

— Até elas saírem do trabalho, pelo menos. Vou falar com o sargento de Sterling Heights para descobrir se a irmã já foi avisada. E não atenda ao telefone; qualquer um que precise falar comigo pode mandar mensagem pelo pager ou ligar para o celular.

Depois de um tempo, Jaine deixou o conforto do colo dele e foi até o banheiro, para lavar o rosto com água fria. Ela se encarou no espelho. Seus olhos estavam vermelhos, seu rosto inteiro inchado de tanto chorar; sua aparência era horrorosa, mas ela não se importava. Cansada, vestiu uma calça jeans e uma camiseta, e tomou duas aspirinas para a dor de cabeça lancinante.

Ela estava sentada num dos lados da cama quando Sam veio procurá--la. Ele se agigantou na porta, grande, viril e bem confortável, mesmo nas imediações femininas do quarto. Ele sentou ao seu lado.

— Você parece cansada. Por que não dorme um pouco?

Ela estava *mesmo* cansada, quase desabando de exaustão, mas, ao mesmo tempo, não achava que conseguiria dormir.

— Pelo menos deite um pouco — sugeriu ele, vendo a dúvida em seu semblante. — E não se preocupe; se você dormir e eu descobrir alguma coisa. Eu te acordo na mesma hora.

— Palavra de escoteiro?

— Palavra de escoteiro.

— Você foi escoteiro?

— Claro que não. Estava ocupado demais arrumando confusão.

Sam estava sendo tão gentil que ela queria abraçá-lo e não soltá-lo nunca mais. Em vez disso, deu-lhe um beijo e disse:

— Obrigada, Sam. Não sei o que eu teria feito hoje sem você.

— Você teria dado um jeito — disse ele, e retribuiu o beijo com interesse, parando antes de as coisas esquentarem demais. — Tente dormir. — Ele saiu do quarto em silêncio, fechando a porta atrás de si.

Jaine deitou e fechou os olhos, que ardiam. Depois de um tempo, a aspirina começou a fazer efeito na dor de cabeça, e, quando ela abriu os olhos, percebeu que já estava no fim da tarde. Chocada, olhou para o relógio; três horas se haviam passado. Ela conseguira dormir, no fim das contas.

Como tinha algumas compressas para tratar olhos cansados e inchados, Jaine as colocou sobre as pálpebras e descansou mais um pouco, tentando reunir forças para os próximos dias, que, com certeza, sugariam sua energia. Quando sentou e removeu as compressas, o inchaço parecia bem menor. Ela penteou o cabelo e escovou os dentes, então saiu do quarto e viu Sam assistindo à televisão e BooBoo dormindo em seu colo.

— Alguma notícia?

Ele sabia de mais detalhes agora do que antes, mas nenhum que quisesse contar a ela.

— A irmã foi informada, e a imprensa já sabe a identidade de Marci. A notícia provavelmente vai sair no jornal da noite.

O rosto de Jaine se contraiu de sofrimento.

— Luna? T.J.?

— Eu desliguei seus telefones quando você foi dormir. Mas elas deixaram algumas mensagens na secretária eletrônica.

Jaine olhou para o relógio novamente.

— Elas devem estar indo para casa agora. Vou tentar ligar daqui a pouco. Não quero que descubram pela televisão.

As palavras mal haviam saído de sua boca quando dois carros estacionaram na frente da casa: o Camaro de Luna e o Buick de T.J. Jaine fechou os olhos por um instante, tentando se preparar para os próximos minutos, e foi descalça até a varanda, para encontrar as amigas. Sam a seguiu.

— O que está acontecendo? — praticamente gritou T.J., seu rosto bonito cheio de tensão. — Não conseguimos encontrar Marci, você saiu mais cedo do trabalho e não atende o telefone... Mas que droga, Jaine...

Jaine sentiu o rosto começar a desmoronar. Ela cobriu a boca com uma das mãos, tentando segurar os soluços que se amontoavam em seu peito.

Luna ficou imóvel, os olhos enchendo de lágrimas.

— Jaine? — chamou ela numa voz hesitante. — O que aconteceu?

Jaine respirou fundo algumas vezes, lutando para recuperar o controle.

— É... é a Marci — conseguiu dizer ela.

T.J. parou com um pé no primeiro degrau. Ela fechou as mãos, já começando a chorar antes mesmo de perguntar:

— O que houve? Ela se machucou?

Jaine fez que não com a cabeça.

— Não. Ela... ela morreu. Alguém a matou.

Luna e T.J. vieram ao seu encontro no mesmo instante, e as três se agarraram, chorando pela amiga que haviam amado e perdido para sempre.

Corin estava diante da televisão, balançando-se para a frente e para trás enquanto esperava, esperava. Por três dias, ele assistira a todos os noticiários, mas, até agora, ninguém tinha descoberto o que ele fizera, e sua sensação era de que iria explodir. Ele queria que o mundo soubesse que a primeira das quatro vagabundas estava morta.

Mas Corin não sabia se ela era a certa. Não sabia se ela era *A*, *B*, *C* ou *D*. Ele esperava que fosse *C*. *C* era quem tinha dito aquela coisa horrorosa sobre se esforçar para ser perfeito. *C* era quem precisava mesmo morrer.

Mas como ele poderia ter certeza? Havia ligado para as quatro, mas uma delas nunca atendia ao telefone, e as outras não lhe contavam nada.

Pelo menos não precisava mais se preocupar com uma delas. Uma já era, agora só faltavam três.

Agora! O apresentador, com uma expressão muitíssimo séria no rosto, disse:

— Um assassinato chocante em Sterling Heights tirou a vida de uma das celebridades mais recentes da região de Detroit. Mais detalhes após o comercial.

Corin se balançou para a frente e para trás, cantarolando baixinho para si mesmo.

— Uma já era, agora faltam três. Uma já era, agora faltam três...

Dezenove

Não demorou muito para encontrarem Meldon Geurin, conhecido como "Brick". Algumas perguntas levaram a polícia ao seu bar favorito, que levara ao nome de seus amigos, o que, por sua vez, levou a declarações como:

— Pois é, Brick, hum, ele e a namorada, hum, brigaram e coisa e tal, e fiquei sabendo que ele está passando um tempo na casa de Victor.

— E qual é o sobrenome desse tal de Victor? — perguntou o detetive Roger Bernsen com tranquilidade, mas, mesmo quando ele parecia tranquilo, suas frases tendiam a soar, de alguma forma, como uma ameaça, porque o detetive Bernsen era um homem de cento e quinze quilos compactados em um metro e oitenta, com um pescoço de cinquenta centímetros de circunferência, voz grave e rouca, e uma expressão que indicava que estava prestes a perder a paciência. Ele não podia fazer nada sobre a sua voz, não ligava para o peso e aperfeiçoara a expressão. O pacote completo era bem intimidador.

— Hum... Ables. Victor Ables.

— E você sabe onde Victor mora?

— No centro, cara.

Então, o detetive de Sterling Heights entrou em contato com a delegacia de Detroit, e Meldon "Brick" Geurin foi levado para o interrogatório.

O humor do Sr. Geurin não era dos melhores quando Bernsen se sentou diante dele para conversarem. Seus olhos estavam injetados, e o aroma que exalava era de bebida rançosa; talvez o mau humor pudesse ser atribuído à ressaca.

— Sr. Geurin — disse o detetive num tom educado que, mesmo assim, fez o outro homem se retrair —, quando foi a última vez que viu a Srta. Marci Dean?

A cabeça do Sr. Geurin se voltou para cima de supetão, um movimento do qual ele pareceu se arrepender. Quando conseguiu falar, respondeu, ranzinza:

— Na noite de quinta.

— Quinta-feira? Tem certeza?

— Sim, por quê? Ela disse que eu roubei alguma coisa? Marci estava lá quando eu fui embora, e, se ela está dizendo que levei alguma coisa da casa dela, é mentira.

O detetive Bernsen não respondeu a essa declaração. Em vez disso, perguntou:

— E onde o senhor esteve desde a noite de quinta?

— Na cadeia — respondeu o Sr. Geurin, ainda mais rabugento do que antes.

O detetive se recostou na cadeira, o único sinal externo de sua surpresa.

— Em qual cadeia?

— Na delegacia de Detroit.

— Quando o senhor foi preso?

— Na noite de quinta, em algum momento.

— E quando foi solto?

— Ontem à tarde.

— Então o senhor passou três dias hospedado na delegacia de Detroit?

O Sr. Geurin abriu um sorriso irônico.

— Hospedado. Isso aí.

— Quais eram as acusações?

— Dirigir embriagado, e dizem que resisti à prisão.

Tudo isso poderia ser confirmado com facilidade. O detetive Bernsen ofereceu café ao suspeito, mas não se surpreendeu quando ele recusou. Deixando o Sr. Geurin sozinho, ele saiu da sala para telefonar para a delegacia de Detroit.

O homem não mentira. Das onze e trinta e quatro da noite de quinta até as três e quarenta e um da tarde de domingo, o Sr. Geurin estivera preso.

Era difícil encontrar um álibi melhor do que aquele.

A Srta. Dean fora vista com vida pela última vez quando ela e as três amigas saíram do Ernie's na noite de sexta. Considerando as condições do corpo e a progressão do *rigor mortis*, junto com a temperatura da casa climatizada, ela fora morta em algum momento entre a noite de sexta e a manhã de sábado.

E o Sr. Geurin não era o assassino.

Esse simples fato dava ao detetive um enigma mais difícil do que ele imaginara a princípio. Se o namorado não era o assassino, quem seria? Por enquanto, não haviam descoberto qualquer outro envolvimento romântico, nenhum amante frustrado por ela não abandonar o namorado oficial. E, como a vítima e o Sr. Geurin tinham, de fato, terminado o relacionamento na noite de quinta, essa teoria também não fazia sentido.

Mas o ataque fora bastante pessoal, caracterizado por raiva, uso excessivo de força e a tentativa de apagar a identidade da vítima. As punhaladas aconteceram depois da morte; os golpes de martelo a mataram, mas o assassino permanecera num surto de fúria e recorrera ao uso da faca. Os ferimentos sangraram bem pouco, indicando que o coração já havia parado de bater quando ela recebera os golpes. O ataque sexual também ocorrera *post-mortem*.

Marci Dean conhecia o assassino, provavelmente o deixara entrar na casa, já que não havia sinais de arrombamento. Com o Sr. Geurin fora da lista de suspeitos, o detetive voltara à estaca zero.

Ele teria de rastrear os passos da vítima na noite de sexta. Começaria no Ernie's. Para onde ela fora depois? Será que seguira para um bar ou dois, talvez tivesse conhecido algum homem e o levado para casa?

Pensativo e com a testa franzida, o detetive voltou para o Sr. Geurin, que estava jogado na cadeira, com os olhos fechados. Ele se empertigou quando o viu entrar na sala.

— Obrigado por cooperar — disse o detetive Bernsen, educado. — Caso precise, posso conseguir uma carona para o senhor.

— Acabou? Era só isso que você queria me perguntar? Qual o motivo disso tudo?

O detetive hesitou. Se havia uma coisa que ele detestava fazer, era notificar as pessoas sobre uma morte. Ele se lembrava de um capelão do Exército batendo à sua porta em 1968 e contando à sua mãe que o marido dela não voltaria vivo do Vietnã. A memória daquele sofrimento permanecia grudada em sua mente.

Mas o Sr. Geurin fora incomodado pela investigação e merecia um esclarecimento.

— A Srta. Dean foi atacada em casa...

— Marci? — O Sr. Geurin se empertigou na cadeira, subitamente alerta, seu comportamento completamente transformado. — Ela se machucou? Ela está bem?

O detetive Bernsen hesitou de novo, pego de surpresa por um daqueles vislumbres desconfortáveis de emoção humana.

— Sinto muito — disse ele, o mais gentilmente possível, sabendo que a notícia seria mais desconcertante do que imaginara a princípio. — A Srta. Dean não sobreviveu ao ataque.

— Não sobreviveu? Você está me dizendo que ela... morreu?

— Sinto muito — repetiu o detetive.

Brick Geurin permaneceu em choque por um instante, e então, lentamente, começou a desabar. Ele enterrou entre as mãos o rosto com a barba por fazer e chorou.

No dia seguinte, Shelley, sua irmã, estava diante da porta de Jaine antes das sete da manhã.

— Eu queria te encontrar antes de você sair para o trabalho — disse ela assim que a porta da cozinha abriu.

— Não vou trabalhar hoje.

Jaine automaticamente pegou outra xícara do armário e a encheu de café, passando-a para a irmã. E agora? Ela não estava disposta a lidar com um episódio de indignação fraternal.

Shelley colocou a xícara sobre a mesa e a envolveu com os braços, apertando-a.

— Só fiquei sabendo de Marci quando assisti ao noticiário hoje cedo, e vim direto para cá. Você está bem?

As lágrimas arderam nos olhos de Jaine de novo, justamente quando ela achava que seria impossível chorar mais. Já devia ter acabado com seu estoque de lágrimas.

— Eu estou bem — respondeu.

Ela não dormira muito, não comera muito, e sentia como se só metade do seu corpo estivesse funcionando, mas estava lidando com a situação. Por mais que a morte de Marci doesse agora, Jaine sabia que sobreviveria. Aquela velha história sobre o tempo ser o melhor remédio era perpetuada porque era verdadeira.

Shelley a afastou, analisando seu rosto pálido e os olhos vermelhos e inchados.

— Eu trouxe um pepino — disse ela. — Sente-se.

Um pepino?

— Por quê? — perguntou Jaine, desconfiada. — O que você vai fazer com ele?

— Vou colocar fatias nos seus olhos, sua boba — respondeu Shelley, exasperada. Ela geralmente soava assim quando falava com a irmã. — Isso vai diminuir o inchaço.

— Eu estou usando umas compressas para isso.

— Pepino funciona melhor. Sente-se.

Por estar tão cansada, Jaine obedeceu. Ela observou a irmã tirar um pepino enorme da bolsa, lavá-lo e, então, olhar ao redor.

— Onde ficam as facas?

— Não sei. Em alguma das gavetas.

— Você não sabe onde estão as facas?

— Fala sério. Não faz nem um mês que eu moro aqui. Quanto tempo você e Al levaram para arrumar as coisas depois que se mudaram?

— Bem, vejamos, faz oito anos que moramos lá, então... oito anos. — Os olhos de Shelley brilhavam com humor enquanto ela começou a abrir e fechar as gavetas da bancada uma por uma.

Houve uma batida forte à porta da cozinha; então, ela se abriu antes de Jaine conseguir levantar. Sam entrou.

— Vi um carro estranho e achei melhor vir para garantir que não havia nenhum repórter te incomodando — disse ele para Jaine. Um monte de jornalistas tinha ligado na noite anterior, incluindo representantes dos quatro maiores canais de rede nacional.

Shelley se virou com o pepino enorme nas mãos.

— Quem é você? — perguntou ela, direta.

— O vizinho policial — disse Sam. Ele olhou para o pepino. — Interrompi alguma coisa?

Jaine queria bater nele, mas não tinha forças. Ainda assim, algo nela parecia se acender com a sua presença.

— Ela vai colocá-lo nos meus olhos.

Sam lhe lançou um olhar de soslaio, como quem diz que ela devia estar de brincadeira.

— Ele vai sair rolando.

Jaine decidiu que iria, sim, dar um tapa nele. Mais tarde.

— *Fatias* de pepino.

A expressão do vizinho se tornou cética, com um ar de quem queria ver aquilo. Sam foi até o armário, pegou outra xícara e se serviu de café. Apoiado na bancada com as longas pernas cruzadas na frente, ele esperou.

Shelley se virou para Jaine, parecendo muito confusa.

— Quem *é* esse sujeito? — quis saber ela.

— Meu vizinho — respondeu Jaine. — Shelley, esse é Sam Donovan. Sam, minha irmã, Shelley.

Ele ofereceu uma das mãos.

— É um prazer.

Shelley apertou a mão dele, mas parecia contrariada. Então voltou a procurar pela faca.

— Você mora aqui há três semanas e já tem um vizinho que entra na sua casa quando quer e sabe onde suas xícaras estão?

— Eu sou detetive — disse Sam, sorrindo. — Faz parte do meu trabalho descobrir coisas.

Shelley lhe lançou seu olhar imperioso, aquele que dizia que não estava achando graça.

Jaine pensou em se levantar e abraçá-lo, só porque Sam a fazia sentir-se melhor. Não sabia o que teria feito sem ele no dia anterior. Ele fora seu porto seguro, criando uma barreira entre ela e todos aqueles telefonemas, e quando Sam dizia para alguém parar de ligar, havia um tom em sua voz que fazia as pessoas obedecerem a ele.

Mas naquele dia seria diferente, percebeu Jaine. Ele estava vestido para o trabalho, numa calça marrom-clara e uma camisa branca bem-passada. O pager estava preso ao cinto, a pistola se acomodava contra o rim direito. Shelley ficava lhe lançando olhares como se ele fosse alguma espécie exótica, seu foco na busca pela faca dispersado.

Porém, ela finalmente abriu a gaveta certa e encontrou o que queria.

— Ah — disse Jaine, quase desinteressada. — Então é aí que elas estão.

Shelley se virou para encarar Sam, a faca numa mão e o pepino na outra.

— Vocês estão dormindo juntos? — perguntou ela num tom hostil.

— Shelley! — disse Jaine, irritada.

— Ainda não — respondeu Sam, cheio de confiança.

A cozinha foi tomada pelo silêncio. Shelley começou a descascar o pepino com golpes curtos e raivosos.

— Vocês não parecem irmãs — observou Sam, como se ele não tivesse dado a conversa por encerrada.

As duas passaram a vida escutando esse comentário, ou pelo menos alguma versão dele.

— Shelley parece com papai, mas tem o cabelo e os olhos de mamãe, e eu pareço com mamãe, mas tenho o cabelo e os olhos de papai — respondeu Jaine, automaticamente.

Shelley era alta, quase treze centímetros maior que Jaine, magra e loura. Os fios claros eram da farmácia, mas ficavam ótimos com os olhos castanhos da irmã.

— Você vai ficar com ela hoje? — perguntou Sam a Shelley.

— Não preciso que ninguém fique comigo — disse Jaine.

— Sim — respondeu Shelley.

— Preste atenção e não deixe os jornalistas chegarem perto dela, está bem?

— Não preciso que ninguém fique comigo — repetiu Jaine.

— Tudo bem — disse Shelley para Sam.

— Ótimo — retrucou Jaine. — Vocês só estão na minha casa. Não precisam prestar atenção no que eu digo.

Shelley cortou dois pedaços de pepino.

— Incline a cabeça para trás e feche os olhos.

Jaine obedeceu.

— Achei que eu deveria deitar.

— Tarde demais. — Shelley colocou as fatias verdes e geladas sobre as pálpebras doloridas da irmã.

Ah, como aquilo era bom, gelado, molhado e calmante. Provavelmente iria precisar de uma sacola cheia de pepinos até o enterro de Marci, pensou Jaine, e, subitamente, a tristeza voltou. Sam e Shelley a haviam afastado da tristeza por alguns instantes, e ela era grata pela folga.

— O detetive que está investigando o caso me ligou — disse Sam. — O namorado de Marci, Brick, estava na cadeia, em Detroit, desde a noite de quinta até a tarde de domingo. Ele foi liberado.

— Um estranho invadiu a casa e a matou? — perguntou Jaine, tirando os pepinos e levantando a cabeça para encará-lo.

— Seja lá quem foi, não havia sinais de arrombamento.

Ela ficara sabendo disso pelo jornal da manhã.

— Você sabe mais do que está me contando, não é?

Sam deu de ombros.

— Policiais sempre sabem mais do que contam.

E ele não iria divulgar os detalhes; Jaine sabia disso pela forma como sua expressão se transformou na máscara de policial. Ela tentou não imaginar quais detalhes eram esses.

Sam terminou o café e lavou a xícara, colocando-a de cabeça para baixo no escorredor. Então se inclinou e a beijou, a pressão em sua boca quente e rápida.

— Você sabe o número do meu pager e do meu celular, então, se precisar de alguma coisa, me ligue.

— Eu estou bem — disse ela, e falava sério. — Ah... Você sabe se a irmã de Marci está aqui?

Ele fez que não com a cabeça.

— Ela voltou para Saginaw. Ainda não há muito o que fazer. A casa está fechada para a investigação, e uma autópsia é necessária em casos de assassinato. A rapidez disso depende da carga de trabalho do legista. O enterro talvez tenha que esperar até o fim de semana.

Esse era outro detalhe sobre o qual ela não queria pensar: o corpo de Marci numa gaveta refrigerada por vários dias.

— Então vou trabalhar amanhã. Eu queria ajudar a irmã com os preparativos, se ela quisesse, mas acho que ainda não há muito a ser feito.

— Por enquanto, não. — Sam a beijou de novo, depois levantou as mãos dela, que ainda seguravam os pepinos, e as reposicionou sobre as pálpebras. — Deixe as fatias aí. Você está horrorosa.

— Puxa, obrigada — respondeu Jaine, seca, e o ouviu rir enquanto saía.

Fez-se silêncio novamente. E então Shelley disse:

— Ele é diferente. — Diferente dos três ex-noivos de Jaine, a irmã queria dizer. — Não brinca.

— É — concordou ela.

— Isso parece bem sério. Vocês não se conhecem há muito tempo.

Se Shelley soubesse! Ela provavelmente estava contando todas as três semanas que Jaine morava ali. Não havia como prever o que a irmã diria se soubesse que ela passara as primeiras duas semanas pensando que Sam era alcoólatra ou traficante de drogas.

— Eu não sei se é sério — respondeu Jaine, sabendo que mentia. — Não quero apressar as coisas.

Da parte dela, as coisas não poderiam ser mais sérias do que já eram. Jaine estava apaixonada pelo babacão. Exatamente como, ou o que ele sentia, isso ainda era uma incógnita.

— Que bom — disse Shelley. — A última coisa de que você precisa é outro noivado rompido.

A irmã podia ter passado o dia inteiro sem mencionar o péssimo histórico dela, mas Shelley nunca fora conhecida por seu tato. Por outro lado,

Jaine nunca duvidava de que a irmã a amava, o que compensava boa parte de sua falta de noção.

O telefone tocou. Jaine tirou as fatias de pepino e pegou o aparelho sem fio ao mesmo tempo que Shelley.

— Sam disse para eu atender o telefone — sibilou a irmã, como se a pessoa que estava ligando pudesse ouvi-la.

Trim.

— Desde quando você obedece a alguém sobre quem acabou de me advertir? — perguntou Jaine, seca.

Trim.

— Eu não te *adverti...*

Trim.

Sabendo que a minidiscussão poderia prolongar-se por meia hora, Jaine apertou o botão para atender antes que a secretária eletrônica ligasse.

— Alô?

— *Qual delas é você?*

— O quê? — perguntou ela, chocada.

— *Qual delas é você?*

Jaine desligou e soltou o telefone, franzindo a testa.

— Quem era? — perguntou Shelley.

— Um trote. Marci, T.J. e Luna receberam ligações assim desde que a Lista ficou famosa. — A voz dela soou um pouco embargada à menção de Marci. — É o mesmo cara, e ele sempre fala a mesma coisa.

— Você avisou à empresa de telefonia que está recebendo ligações obscenas?

— Elas não são obscenas. Ele diz "Qual delas é você?", sussurrando de um jeito estranho. Acho que é um cara, porque fica difícil ter certeza quando alguém está sussurrando.

Shelley revirou os olhos.

— Um trote sobre a Lista? Com certeza é um cara. Al diz que todos os homens do trabalho dele ficaram bem irritados com algumas partes dela. Você pode adivinhar de que partes eles não gostaram.

— As partes que falam das partes deles? — Como se fosse difícil adivinhar!

— Homens são tão previsíveis, não são? — Shelley ficou andando pela cozinha, abrindo portas e gavetas.

— O que você está fazendo?

— Descobrindo onde as coisas estão, para eu não precisar ficar procurando o que quero quando começar a cozinhar.

— Você vai cozinhar? O quê?

Por um breve momento, Jaine se perguntou se Shelley havia trazido os ingredientes para preparar o jantar da família naquela noite. Afinal de contas, a irmã havia tirado um pepino enorme da bolsa; sabe-se Deus lá o que mais havia ali dentro. Um assado, talvez?

— Café da manhã — disse Shelley. — Para nós duas. E você vai comer.

Na verdade, Jaine estava com fome naquela manhã, já que pulara o jantar na noite anterior. Será que Shelley achava que ela era louca? De jeito nenhum iria discutir sobre comida.

— Vou tentar — disse ela, dócil, e trocou as fatias de pepino nos olhos enquanto a irmã começava a preparar panquecas.

Corin ficou encarando o telefone, sentindo as ondas de decepção inundá-lo. Ela também não lhe contara. Mas pelo menos não dera uma resposta desaforada como as outras. Ele tinha achado que isso aconteceria, se preparara para o que poderia ouvir. Aquela mulher tinha a boca suja, como a mãe diria. Corin geralmente não gostava da forma como ela falava no trabalho, cheia de palavrões. Mamãe não teria gostado nem um pouco dela.

Ele não sabia o que fazer agora. Matar a primeira vagabunda tinha sido... extraordinário. A onda intensa, selvagem, de alegria e o êxtase foram bem inesperados. Corin ficara extasiado com aquilo, mas, depois, fora tomado pelo medo. O que mamãe faria se soubesse que suas ações o fizeram se sentir bem? Ele sempre tivera tanto medo de que ela descobrisse seu prazer secreto pelas punições.

Mas a morte... ah, a morte. Corin fechou os olhos, levemente se balançando para a frente e para trás enquanto revivia cada momento em sua mente. O choque nos olhos da vagabunda no instante antes de ser atingida pelo martelo, os sons ensopados das batidas, então a alegria que correra por suas veias e a sensação de ser todo-poderoso, de saber que ela era incapaz de impedi-lo porque ele era muito forte... Lágrimas brotaram em seus olhos, porque ele gostara tanto daquilo, e, agora, havia acabado.

Não se divertia tanto desde o dia em que matara mamãe.

Não — não pense nisso. Eles disseram que era melhor não pensar nisso. Mas também tinham dito que ele devia tomar os remédios, e estavam errados sobre isso, não estavam? A medicação o fazia ir embora. Então, talvez ele *devesse* pensar na mamãe.

Corin foi ao banheiro e se olhou no espelho. Sim, ele continuava ali.

Ele trouxera um batom da casa da vagabunda. Não sabia por quê. Depois que ela morrera, Corin andara pelo lugar, olhando para as suas coisas, e então fora ao banheiro checar a si mesmo, notara a quantidade absurda de maquiagem espalhada lá dentro, cobrindo todas as superfícies. A vagabunda com certeza gostava de se embelezar, não era? Bem, ela não precisaria mais de nada daquilo, pensara Corin, e colocara o batom no bolso. Desde aquela noite, o objeto estava na penteadeira no banheiro.

Corin abriu a embalagem e girou o fundo. Uma obscena protuberância vermelha surgiu, como o pênis de um cachorro. Ele sabia como era o pênis de um cachorro porque tinha... não, não pense nisso.

Inclinando-se para a frente, Corin cuidadosamente cobriu os lábios de vermelho-vivo. Ele se empertigou e encarou a si mesmo no espelho. E, sorrindo, os lábios vermelhos se esticando sobre os dentes, disse:

— Olá, mamãe.

Vinte

Era surreal, pensou Jaine na manhã seguinte, ao entrar no elevador do trabalho, como seu mundo podia estar tão diferente do da maioria das pessoas que não fora afetada pela morte de Marci na Hammerstead. É claro que Luna e T.J. estavam tão arrasadas quanto ela, e o pessoal do departamento de Marci estava triste e em choque, mas boa parte dos funcionários por quem passara não mencionara o ocorrido nem dissera algo como: "Pois é, fiquei sabendo do que aconteceu. Que coisa chata, né?"

Os nerds da computação, é claro, permaneciam inabalados por tudo o que não envolvesse gigabytes. O cartaz do elevador naquela manhã dizia: NOVA DECLARAÇÃO DA ANVISA: CARNE VERMELHA NÃO FAZ MAL. RESULTADOS DE TESTES COMPROVAM QUE É A CARNE VERDE E MOFADA QUE É PREJUDICIAL À SAÚDE.

Como carne verde e mofada parecia algo que estaria presente com frequência na geladeira do nerd de computação médio, aquele cartaz provavelmente tinha um significado profundo para a maioria deles, pensou Jaine. Em qualquer outro dia, ela teria rido. Hoje, não conseguia nem abrir um sorriso.

Luna e T.J. também não tinham ido trabalhar no dia anterior. As duas chegaram à sua porta pouco depois das oito da manhã, os olhos nas mesmas condições dos dela. Shelley havia cortado mais fatias de pepino e, depois, fizera mais panquecas, que ajudaram tanto as amigas como Jaine.

A irmã não tinha conhecido Marci, mas ouvira pacientemente enquanto o grupo falava da amiga, algo que passaram o dia fazendo. Todas tinham chorado muito, rido um pouco e perdido tempo demais bolando teorias sobre o que tinha acontecido, já que, obviamente, Brick era inocente. Elas sabiam que não iriam encontrar a verdade, mas falar sobre aquilo ajudava. A morte de Marci era tão inacreditável que o incansável debate dos fatos era a única forma de gradualmente aceitarem que a haviam perdido.

Dessa vez, para variar, Jaine não chegara cedo. O Sr. deWynter já estava lá e, imediatamente, a chamou para a sala dele.

Jaine suspirou. Ela podia ser chefe do setor de pagamentos, mas, infelizmente, o cargo não lhe dava nenhum poder, só responsabilidades. Ao sair do escritório mais cedo e não aparecer na terça, ela os deixara com menos um funcionário. DeWynter devia ter suado bicas, perguntando-se se conseguiriam terminar tudo a tempo; as pessoas tinham a tendência a ficar irracionais quando seus pagamentos não eram feitos conforme o cronograma.

Ela estava preparada para aceitar as críticas do gerente, mas fora pega de surpresa quando ele disse:

— Quero lhe dar meus pêsames por sua amiga. O que aconteceu foi horrível.

Jaine tinha jurado que não choraria no trabalho, mas a compaixão inesperada de deWynter quase a fez perder o controle. Ela piscou para controlar as lágrimas.

— Obrigada — disse ela. — *Está* sendo horrível. E eu quero me desculpar por ter deixado o departamento na mão na segunda...

Ele balançou a cabeça.

— Eu compreendo. Nós fizemos hora extra, mas ninguém reclamou. Quando será o enterro?

— Ainda não tem data. A autópsia...

— Ah, é claro, é claro. Por favor, me avise quando souber; muitos funcionários querem comparecer.

Jaine assentiu com a cabeça e fugiu para sua mesa e uma pilha de trabalho.

Ela sabia que o dia seria difícil, mas não tinha imaginado quanto. Gina e todo o pessoal do departamento tinham oferecido suas condolências, é claro, o que quase a fez chorar de novo. Como não tinha trazido pepinos para o trabalho, ela teria de passar o dia lutando contra as lágrimas.

Sem planejarem nada, T.J. e Luna apareceram na hora do almoço.

— Railroad Pizza? — sugeriu T.J., e elas seguiram no carro da amiga até o restaurante próximo.

Assim que pediram suas pizzas vegetarianas, Jaine lembrou que não tinha contado sobre o trote do dia anterior, pouco antes de elas chegarem.

— Finalmente recebi uma daquelas ligações perguntando quem eu sou.

— Não é assustador? — Luna deu uma mordida desanimada na pizza. Seu belo rosto parecia ter envelhecido dez anos em dois dias. — Como todas nós recebemos pelo menos dois trotes, é meio surpreendente ele ter demorado tanto para falar com você.

— Bem, eu recebi um monte de recados mudos na minha secretária eletrônica, mas achei que fossem de jornalistas.

— É provável. Deus é testemunha de que recebemos vários desses também. — T.J. esfregou a testa. — Minha cabeça está estourando. Acho que minha ficha finalmente caiu ontem à noite, e chorei até passar mal. Galan...

Jaine olhou para cima.

— Sim, como é que está a situação com Galan? Ele continua no hotel?

— Não. Na segunda, quando ficamos sabendo, ele estava no trabalho, é claro, mas tinha me ligado várias vezes e deixado mensagens, e voltou para casa ontem à noite. Depois do que aconteceu com Marci, não quero brigar. Ele anda bem quieto, mas... atencioso também. Talvez ache que vou me esquecer do que aconteceu. — T.J. deu uma mordida raivosa na pizza.

— Acho que não tem muita chance de isso acontecer — comentou Jaine, seca, e Luna sorriu.

— Não num futuro próximo — respondeu T.J. — Mas vamos falar sobre algo interessante, como Sam. — Havia um brilho travesso em seus olhos. — Não acredito que você achou que aquele homem delicioso era um alcoólatra, traficante de drogas.

Jaine descobriu que ela também era capaz de sorrir naquela manhã.

— O que eu posso fazer? Ele fica bonito limpinho. Vocês deviam vê-lo usando roupas velhas e rasgadas, com a barba por fazer e emburrado.

— Aqueles olhos escuros... Uau! — Luna se abanou com uma das mãos. — Além do mais, ele tem ombros maravilhosos, caso você não tenha notado.

Jaine evitou dizer que já tinha notado tudo em Sam. As amigas não precisavam saber do episódio da janela da cozinha. Era engraçado que ela tivesse contado todos os detalhes das discussões entre os dois enquanto ainda pensava que Sam era um bêbado babaca, mas, depois que as coisas começaram a ficar mais pessoais entre eles, ela não fizera mais qualquer menção ao vizinho.

— Ele também está doido por você — acrescentou T.J. — Aquele homem te quer. Acredite em mim.

— Talvez — disse Jaine vagamente. Ela não queria discutir quanto o queria de volta, ou quão perto os dois já tinham chegado de fazer amor.

— Não é preciso ter nenhum poder psíquico para saber disso — disse Luna a T.J., o tom seco. — Ele falou isso com todas as palavras.

T.J. riu.

— É verdade. Ele não é nada tímido, não é?

Não, tímido era uma coisa que Sam Donovan com certeza não era. Abusado, metido, arrogante, inteligente, sensual, gentil — essas palavras o descreviam perfeitamente. Jaine duvidava de que houvesse um pingo de timidez nele, graças a Deus.

O telefone de T.J. tocou.

— Deve ser Galan — disse ela, suspirando ao pegar o aparelho na bolsa. Ela o abriu e apertou o botão para atender. — Alô?

Jaine observou o rosto da amiga corar.

— Como você conseguiu este número? — perguntou ela, irritada, e desligou. — Idiota — murmurou enquanto guardava o telefone na bolsa.

— Imagino que não tenha sido Galan — disse Jaine.

— Foi aquele cara esquisito. — A voz de T.J. tremia de raiva. — Eu adoraria saber como ele conseguiu o número do meu celular, porque não é muita gente que sabe.

— Talvez a operadora dê esse tipo de informação? — sugeriu Luna.

— A conta está no nome de Galan, não no meu, então como ele saberia quem usa o telefone?

— O que ele disse? — perguntou Jaine.

— A mesma porcaria de sempre de querer saber quem eu sou. E então disse: "Marci." Só o nome dela. Que desgraçado, isso é uma coisa doentia de se fazer!

Jaine deixou a fatia de pizza de lado. De repente, seu corpo ficara gelado, os fios de cabelo na nuca se arrepiaram. Meu Deus, e se aqueles telefonemas tivessem alguma coisa a ver com o assassinato de Marci? Talvez fosse forçar a barra, mas talvez não. O culpado podia ser algum maluco que ficara com muito, muito ódio delas por causa da Lista, e agora viria atrás de cada uma...

Ela estava sem ar. Tanto T.J. como Luna a encaravam.

— O que houve? — perguntou Luna, assustada.

— Acabei de ter um pensamento horrível — sussurrou Jaine. — E se tiver sido ele quem matou Marci? E se ele estiver atrás de todas nós?

Expressões idênticas de puro choque surgiram nos rostos das duas.

— Que viagem — disse Luna, instantaneamente rejeitando a ideia.

— Por quê?

— Porque sim! Isso é loucura. Coisas assim não acontecem. Bem, talvez com gente famosa, mas não com pessoas normais.

— Marci foi assassinada — disse Jaine, ainda incapaz de acrescentar muito volume à voz. — Isso é normal? — Ela estremeceu. — Eu não dei muita atenção para as ligações de casa, mas você tem razão, T.J., como ele conseguiu o número do seu celular? Tenho certeza de que há como descobrir, mas a maioria das pessoas não saberia fazer isso. Estamos sendo perseguidas?

As duas a encararam de novo.

— Agora, *eu* estou assustada — disse Luna depois de um instante. — Você mora sozinha, eu moro sozinha, Galan só chega em casa quase à meia-noite, e Marci estava sozinha.

— Mas como ele saberia disso? Quer dizer, Brick morava com ela até o dia anterior — protestou T.J.

A intuição deu outro chute na barriga de Jaine. Ela achava que ia vomitar.

— Estava no jornal... "Sem sinais de arrombamento." Ouvi Sam falando no telefone. Eles achavam que tinha sido Brick, porque ele era o namorado e tinha a chave, mas não era, então a teoria atual é que o culpado foi alguém que Marci conhecia. Ela o deixou entrar, e ele a matou. — Jaine engoliu. — É alguém que *todas* nós conhecemos.

— Ah, meu Deus! — Luna colocou as duas mãos sobre a boca, os olhos arregalados de medo.

T.J. também deixou de lado a fatia de pizza. A amiga também parecia prestes a vomitar, e subitamente assustada. Ela tentou soltar uma risada trêmula.

— Estamos aterrorizando a nós mesmas, como criancinhas contando histórias de fantasmas ao redor de uma fogueira.

— Ótimo. Se nós estivermos assustadas, teremos mais cuidado. Vou ligar para Sam assim que voltarmos ao escritório...

T.J. tirou o celular da bolsa e o ligou.

— Aqui — disse ela, esticando-o até Jaine, do outro lado da mesa. — Ligue agora.

Jaine revirou a bolsa até encontrar o pedaço de papel onde anotara os dois números dele. Suas mãos tremiam quando tentou o celular primeiro. A ligação foi conectada, e um toque soou em seu ouvido. Dois. Três...

— Donovan.

Ela agarrou o telefone com as duas mãos, com força.

— Aqui é Jaine. Sam... nós estamos com medo. Desde que a Lista foi divulgada, temos recebido trotes, mas não falei nada porque não eram ameaçadores nem nada assim, o cara só pergunta quem somos. Sabe, *A, B, C* ou *D*. Mas T.J. acabou de receber uma ligação dessas no celular, e ele disse o nome de Marci. A linha está no nome do marido dela, então como alguém saberia que é T.J. quem usa o aparelho, e não Galan? Eu ouvi você dizendo que Marci provavelmente conhecia o assassino e o deixou entrar na casa, e seja lá quem ligou para T.J. a conhece, porque, caso contrário, como teria o número dela? E eu sei que estou parecendo histérica, mas estou com medo, e queria que você me dissesse que é só minha imaginação...

— Onde vocês estão? — perguntou ele, calmamente.

— Na Railroad Pizza. Por favor, me diga que é só a minha imaginação.

— Acho que você precisa de um identificador de chamadas — disse Sam, o tom ainda tranquilo demais. — Se T.J. e Luna também não tiverem, diga a elas para arrumarem um. Hoje. Ligue para a companhia telefônica quando chegarem ao trabalho para fazer a solicitação, e comprem os aparelhos quando forem para casa.

Jaine respirou fundo.

— Tudo bem. Identificador de chamadas.

— Você tem um celular? Ou Luna?

— Não, só T.J.

— Vocês duas precisam comprar um, e carregá-lo sempre, para poderem pedir ajuda se não tiverem acesso a uma linha fixa. E, quando digo carregá-lo, quero dizer carregá-lo com *você*, no bolso, e não no carro ou na bolsa.

— Celulares. Está na lista. — Elas teriam de fazer várias paradas no caminho para casa, pensou Jaine.

— Alguma coisa na voz dele pareceu familiar?

— Não, ele sussurra, mas é tipo um sussurro alto. É um som estranho.

— Algum barulho ao fundo que vocês tenham identificado?

Jaine repassou a pergunta para T.J. e Luna. As duas fizeram que não com a cabeça.

— Não, nada.

— Tudo bem. Onde T.J. e Luna moram?

Ela deu os endereços. T.J. morava em Mount Clemens, Luna, em Royal Oak, ambos os lugares ao norte de Detroit.

Sam xingou.

— Royal Oak fica no condado de Oakland. São quatro departamentos diferentes, em dois condados diferentes, que precisam ser notificados sobre isso.

— Você devia me dizer que estou doida — disse Jaine com a voz trêmula, apesar de saber, de alguma forma, que ele não faria isso.

— Marci morreu — respondeu Sam, em um tom direto. — Vocês quatro receberam o mesmo trote. Quer mesmo apostar sua vida no fato de que isso pode ser coincidência?

Vendo a situação nesses termos, talvez ela não fosse doida. Jaine respirou fundo.

— O que devemos fazer?

— Diga a T.J. e Luna que, até descobrirmos quem está passando os trotes, elas não devem deixar ninguém entrar nas suas casas nem nos seus carros além de suas famílias, nem mesmo se o carro quebrar e alguém oferecer uma carona. As portas e as janelas devem ficar trancadas, e, se alguma delas tiver garagem automática, deve certificar-se de que ninguém entre na casa quando o portão abrir.

— Quanto tempo vai levar até encontrarem esse maluco?

— Depende. Se ele for só um merdinha dando telefonemas, o identificador de chamadas pode pegá-lo, ou a companhia telefônica. Caso contrário, vamos ter que grampear suas linhas.

— Mas, se ele fosse só um merdi... — Jaine se interrompeu antes de dizer a palavra. — Mas, se ele fosse só um você-sabe-o-quê, como teria conseguido o número de T.J.?

— Do jeito que você disse. Ele a conhece.

Quando T.J. estacionou diante da Hammerstead, todas olharam para o grande prédio de tijolos.

— Deve ser alguém que trabalha aqui — disse Jaine.

— Essa é quase a única possibilidade — disse Luna. — Algum babaca que acha engraçado nos assustar.

— Sam falou que não devíamos apostar nossas vidas no fato de que isso seja uma coincidência. Até descobrirmos mais, temos que presumir que a pessoa que está passando os trotes é a mesma que matou Marci.

— Não acredito que trabalhamos com um assassino — disse T.J., fraca. — Não acredito. É inacreditável demais. Babacas, sim. É só pensarmos em Bennett Trotter. Marci o detestava.

— E nós também. — Bennett Trotter era o canalha de plantão. Uma lembrança vaga fez Jaine franzir a testa enquanto tentava recordar os pormenores. — Na noite em que criamos a Lista... vocês lembram que Marci nos contou sobre como Kellman apertou sua bunda? Não foi Bennett que comentou alguma coisa?

— Acho que sim — disse T.J., mas sem convicção. — Não lembro direito.

— Eu lembro — disse Luna. — Bennett disse algo sobre tomar o lugar de Kellman se Marci estava tão desesperada.

— Ele é nojento, mas não acho que mataria alguém — comentou T.J., balançando a cabeça.

— A questão é que não *sabemos*, então temos que presumir que todos são culpados. Quando Sam descobrir quem está passando os trotes, se essa pessoa tiver um álibi, podemos relaxar. Até lá, temos que tomar cuidado com todo mundo.

Jaine queria sacudir T.J.; a amiga simplesmente não parecia captar que todas podiam estar em perigo. Era provável que não estivessem; ela esperava que não estivessem. Mas aquele telefonema havia elevado os trotes a outro nível, e Jaine ficara bastante preocupada. Parte dela concordava com T.J.; toda aquela ideia era fantasiosa demais, inacreditável demais. Sua imaginação simplesmente estava correndo solta. Mas a outra parte, mais primitiva, dizia que Marci fora morta, assassinada, e que o culpado continuava solto por aí. Isso parecia ainda mais inacreditável, só que era verdade.

Ela tentou outra tática.

— Se Sam acha que devemos tomar mais cuidado que o normal, isso me basta. Ele sabe bem mais sobre essas coisas do que nós.

— É verdade — disse T.J. — Se ele está preocupado, é melhor seguirmos suas orientações.

Jaine revirou os olhos mentalmente. Depois de seu primeiro contato com Sam, T.J., Luna e até Shelley começaram a agir como se ele fosse um grande sábio. Bem, esse argumento havia funcionado; tudo que importava era que tomassem cuidado.

As três entraram juntas no prédio, mas se separaram para seguir para os respectivos setores. Pensando nas instruções de Sam, Jaine ligou para a companhia telefônica para solicitar a identificação de chamadas e todos os outros serviços, incluindo encaminhamento de chamadas. Ocorreu a ela que isso seria útil caso decidisse atender seus telefonemas na casa de Sam, por exemplo.

Sam ligou para o detetive Bernsen.

— Roger, meus instintos estão dizendo que temos um problema maior do que pensávamos.

— Como assim?

— Você sabe que a Srta. Dean era uma das Líderes da Lista, certo?

— Sim, e o que tem isso, além de dar mais matéria para os jornalistas?

— Parece que todas as quatro mulheres receberam trotes do mesmo cara. Ele pergunta quem elas são.

— Quem elas são?

— É. Você leu a Lista?

— Ainda não tive esse prazer. Minha esposa mencionou algumas partes, infelizmente.

— As quatro são identificadas como *A*, *B*, *C* e *D*. Então, esse cara pergunta quem elas são, como se isso fosse importante. Hoje, enquanto estavam almoçando, ele ligou para o telefone de T.J. e fez a mesma pergunta de sempre, e então disse o nome da Srta. Dean. Não houve ameaças nem nada assim, só o nome dela.

— Hum — disse Roger, o que significava que estava pensando.

— A linha de T.J. está em nome do marido dela, então a maioria das pessoas presumiria que é ele quem usa o telefone. O cara não só sabia o número, como também sabia quem estaria com o aparelho.

— Então ele conhece as mulheres ou o marido.

— Por que o marido daria o número de telefone da esposa a outro homem?

— Bom argumento. Certo, a pessoa que passa os trotes conhece as mulheres. Hum.

— Há muitas chances de o assassino ser conhecido de Marci Dean. Ela abriu a porta e o deixou entrar, não foi?

— Certo. E a porta tinha olho mágico. Ela poderia ter visto quem era.

— O sujeito que passa os trotes disfarça a voz, só fala sussurrando.

— O que quer dizer que elas poderiam reconhecer a voz se ele falasse normalmente. Você acha que esse cara e o assassino são a mesma pessoa?

— Se não for isso, seria uma coincidência enorme.

— Puta merda! — Como a maioria dos policiais, Roger não acreditava muito em coincidências. — De onde esse cara as conhece? Elas trabalham juntas ou coisa assim?

— Trabalham, na Hammerstead Technology, logo na saída da I-696, em Southfield. Ele deve trabalhar lá também.

— E deve ser alguém com acesso às informações pessoais delas. Isso deve diminuir o rol de suspeitos.

— A Hammerstead desenvolve tecnologia computacional. Muita gente lá saberia o que fazer para acessar os arquivos pessoais.

— Não podia ser uma coisa fácil, podia? — perguntou Roger, cansado.

— Minha intuição diz que algo na Lista o irritou, e ele pretende ir atrás das três.

— Jesus Cristo! Pode ser isso mesmo. Você sabe o nome e o endereço delas?

— T.J. Yother, Mount Clemens, o nome do marido é Galan. Luna Scissum, Royal Oak, solteira e mora sozinha. — Sam passou os endereços. — Jaine Bright, a terceira, é minha vizinha de porta. Também é solteira.

— Hum. Ela é a sua amiga? É mais do que amiga, não?

— É.

— Então você está saindo com uma das Líderes da Lista? Cara, é preciso ter colhões para fazer uma coisa dessas. — Roger percebeu a própria piada e riu.

— Você não faz ideia.

Sam sorriu, pensando em Jaine, em sua teimosia, no queixo com aquela curvinha fofa, nas quase covinhas e nos olhos azuis brilhantes. Ela atacava a vida em vez de simplesmente deixá-la acontecer; nunca conhecera uma mulher tão irritante, divertida e esperta. Ele tinha grandes planos para Jaine, sendo o mais imediato levá-la para a cama. De jeito nenhum iria deixar que alguma coisa acontecesse a ela, mesmo que tivesse de pedir demissão e virar seu guarda-costas em tempo integral.

— Tudo bem, se você tiver razão, pelo menos temos por onde começar — disse Roger, voltando ao assunto com eficiência. — Hammerstead Technology. Vou solicitar acesso aos arquivos pessoais, ver no que dá, mas, se você estiver certo sobre os maníacos por computador, isso pode levar algum tempo. Oficialmente, não sei o que podemos fazer para proteger essas mulheres. Estamos falando de quatro cidades diferentes...

— E dois condados, eu sei. — A burocracia disso seria um pé no saco. Sam ficou com dor de cabeça só de imaginar.

215

— Não oficialmente, vamos dar um jeito. Podemos pedir uns favores, talvez conseguir uns voluntários para ficarem de babá. Elas sabem que devem tomar cuidado, não sabem?

— Eu disse para comprarem identificadores de chamadas e celulares hoje. Talvez tenhamos sorte se ele ligar de novo. Eu também falei para não deixarem ninguém entrar nas suas casas além da família, e para não aceitarem caronas. É melhor esse filho da puta não chegar perto delas.

Vinte e um

Jaine se pegou analisando todos os homens por quem passava no trabalho naquele dia, perguntando-se se ele era o culpado. O fato de existir a possibilidade de um deles ser o assassino era algo difícil de acreditar. Todos pareciam tão normais, ou pelo menos tão normais quanto um grupo grande de homens que trabalhava com informática. Alguns, ela conhecia e gostava; outros, ela conhecia e não gostava. Mas não conseguia imaginar nenhum deles matando alguém. E havia muitos, principalmente no primeiro andar, que ela conhecia de vista, mas não sabia o nome. Será que Marci conhecera um deles bem o bastante para deixá-lo entrar na sua casa?

Jaine tentou pensar no que faria se alguém que reconhecesse batesse à sua porta à noite, talvez alegando ter um carro enguiçado. Até aquele dia, ela provavelmente o teria deixado entrar sem hesitação, querendo apenas ajudar. O assassino, mesmo que, no fim das contas, fosse um desconhecido, roubara para sempre essa confiança, esse senso interior de segurança. Ela gostava de pensar que era inteligente e atenta, que não se arriscava, mas quantas vezes abrira a porta de casa sem perguntar quem estava do outro lado? Jaine estremeceu só de pensar nisso.

Sua porta da frente nem mesmo tinha um olho mágico. Só dava para ver quem estava do outro lado se ela subisse no sofá, afastasse as cortinas e, então, se inclinasse bem para a direita. E a metade superior da porta da cozinha tinha nove quadradinhos de vidro, facilmente quebráveis; depois disso, tudo o que um intruso teria de fazer seria enfiar a mão pelo buraco e destrancar a fechadura. Jaine não tinha um alarme, nenhuma forma de se proteger — nada! A única esperança que tinha caso alguém invadisse sua casa enquanto ela estivesse lá dentro seria pular a janela, presumindo que conseguiria abri-la.

Havia muito a se fazer, pensou ela, antes que pudesse se sentir segura em casa novamente.

Jaine trabalhou meia hora a mais que o normal, diminuindo a pilha de papéis que se acumulara na mesa durante a sua ausência. Enquanto atravessava o estacionamento, ela notou que só restava uma meia dúzia de carros e, pela primeira vez, percebeu como sair da empresa àquela hora, sozinha, a deixava vulnerável. Todas as três, ela, Luna e T.J., deveriam começar a chegar e sair no horário de maior fluxo, perdendo-se na multidão. Jaine nem contara às amigas que ficaria ali até tarde.

Havia tanto sobre o que refletir agora, tantos perigos inerentes em coisas em que ela nunca pensara antes.

— Jaine!

Enquanto ela seguia pelo estacionamento, o som de seu nome interrompeu as reflexões, deixando-a ciente de que alguém a chamara pelo menos duas vezes, talvez mais. Jaine se virou, ficando um pouco surpresa ao encontrar Leah Street correndo em sua direção.

— Desculpe — disse ela, apesar de não entender o que Leah queria. — Eu estava pensando numas coisas e não te ouvi. Aconteceu alguma coisa?

A outra mulher parou, as mãos elegantes agitadas, uma expressão desconfortável no rosto.

— Eu só... Eu queria dizer que sinto muito sobre o que aconteceu com Marci. Quando será o enterro?

— Ainda não sei. — Ela não estava com disposição para explicar sobre a autópsia. — A irmã de Marci está organizando tudo.

Leah assentiu com a cabeça na mesma hora.

— Por favor, me avise quando souber. Eu quero ir.

— Sim, pode deixar.

Leah parecia querer falar mais alguma coisa, ou talvez não soubesse o que dizer; qualquer uma das hipóteses era desconfortável. Finalmente, ela inclinou a cabeça e se virou, seguindo apressada para o próprio carro. Sua saia rodada se embolava nas pernas. O vestido que ela usava hoje era especialmente triste, com uma estampa lilás que não ficava bem nela e um pequeno babado ao redor da gola. Parecia uma peça esquecida de brechó, apesar de Leah ganhar um bom salário — Jaine sabia exatamente quanto — e provavelmente comprar roupas em lojas caras. A mulher apenas não tinha qualquer senso de estilo.

— Por outro lado — murmurou Jaine para si mesma enquanto abria o Viper —, eu não tenho qualquer senso em relação às pessoas.

Seus instintos deviam estar bem desregulados, porque as duas pessoas de quem ela jamais esperaria receber compaixão ou sensibilidade — o Sr. deWynter e Leah Street — foram aquelas que fizeram questão de lhe dizer que sentiam muito pelo que acontecera com Marci.

Seguindo as instruções de Sam, ela dirigiu até uma loja de eletrônicos e comprou um identificador de chamadas, adquiriu uma linha de telefone celular, preencheu toda a papelada e então escolheu um aparelho. As opções a distraíram; será que queria um daqueles que se abria ou não? Decidiu-se pelo que não abria, concluindo que, se estivesse fugindo de um assassino maluco, não iria querer ter o trabalho de abrir o telefone antes de discar o número.

Depois, precisou escolher uma cor. Ela imediatamente descartou o preto, por ser básico demais. Amarelo-fluorescente? Esse seria difícil de perder. O azul era bonitinho; era raro encontrar telefones azuis por aí. Por outro lado, não havia como competir com o vermelho.

Depois de decidir pelo celular vermelho, Jaine precisou esperar até que ele fosse programado. Quando, finalmente, saiu da loja de eletrônicos, o sol do fim da tarde estava quase se pondo, nuvens atravessavam o céu, vindo do sudoeste, e ela estava faminta.

Como o vento frio fazia as nuvens se aproximarem, prometendo chuva, e ela ainda tinha de fazer mais duas paradas antes de ir para casa, comprou um hambúrguer e um refrigerante numa lanchonete e comeu enquanto dirigia. O hambúrguer não estava lá essas coisas, mas era comida, e isso era tudo de que seu estômago precisava.

A próxima parada foi uma empresa que instalava sistemas de alarme, onde ela respondeu a algumas perguntas, escolheu o pacote que queria e preencheu um cheque generoso. O aparelho seria instalado uma semana depois do próximo sábado.

— Mas são dez dias de espera! — disse Jaine, franzindo a testa.

O homem grande consultou uma agenda.

— Sinto muito, mas não temos horário antes.

Com destreza, Jaine esticou a mão até o outro lado da mesa e pegou o cheque que estava diante dele.

— Vou procurar outras empresas e ver se alguém consegue ir lá em casa antes. Desculpe por ter desperdiçado seu tempo.

— Espere, espere — disse o homem, apressado. — É uma emergência? Se a senhora estiver com algum problema, podemos colocá-la no início da lista. Eu devia ter dito isso antes.

— É uma emergência — disse ela com firmeza.

— Certo, deixe-me ver o que posso fazer. — Ele analisou a agenda novamente, coçou a cabeça, bateu o lápis contra o caderno, e disse: — Posso encaixá-la no sábado, já que há urgência.

Tomando cuidado para não deixar o triunfo aparecer em seu rosto, Jaine devolveu o cheque.

— Obrigada — disse ela com sinceridade.

Sua próxima parada foi a loja de material de construção. O lugar era enorme, com tudo que alguém precisaria para construir uma casa, com exceção do dinheiro. Ela comprou um olho mágico para a porta da frente — as instruções diziam "Fácil de instalar" —, uma porta nova que não fosse metade de vidro para a cozinha e dois ferrolhos. Depois de agendar a entrega da porta para sábado e pagar uma taxa extra pelo serviço, Jaine suspirou de alívio e seguiu para casa.

A chuva começou a bater no para-brisa assim que ela entrou na sua rua. A escuridão havia caído, tornando-se ainda mais densa pela cobertura das nuvens. Um raio brilhou rapidamente a oeste, iluminando as entranhas da tempestade, e um trovão soou.

A casa estava escura. Geralmente, ela chegava bem antes de escurecer, então não deixava nenhuma luz acesa. Num dia normal, entrar numa casa escura não seria problema, mas, naquele dia, sentiu um calafrio diante da ideia. Ela estava nervosa, mais ciente de como era vulnerável.

Jaine passou um instante no carro, relutante em desligar o motor e entrar. Não havia qualquer veículo estacionado em frente à casa de Sam, mas a luz da cozinha estava acesa; talvez ele estivesse em casa. Ela desejou que a picape ficasse fora da garagem, para que pudesse saber quando ele estava lá e quando estava fora.

Assim que apagou o farol e desligou a ignição, Jaine viu um movimento à sua esquerda. Seu coração foi parar na garganta, mas então ela percebeu que era Sam, saindo de casa.

Seu corpo foi inundado de alívio. Ela pegou a bolsa e as sacolas de plástico e saiu do carro.

— Onde você estava? — gritou ele, agigantando-se às suas costas enquanto ela trancava o carro.

Jaine não esperava que ele começasse a berrar; assustada, derrubou uma das sacolas.

— Mas que merda! — disse ela enquanto se abaixava para pegá-la. — Você precisa fazer questão de sempre me assustar?

— Alguém precisa te assustar. — Sam agarrou seus antebraços e a trouxe para perto. Ele estava sem camisa, e Jaine se viu encarando o peitoral musculoso. — Já são oito horas, um assassino pode estar te perseguindo, e você não se dá ao trabalho de ligar e avisar aos outros onde está? Você merece bem mais do que ficar assustada!

Jaine estava cansada, nervosa, a chuva ficava cada vez mais pesada, e não se sentia no clima de escutar gritos. Ela ergueu a cabeça para fitá-lo, irritada, e a água escorreu por seu rosto.

— Foi *você* quem me disse para comprar um identificador de chamadas e um celular, então, se cheguei tarde, foi por causa da sua ideia!

— Você levou três horas para fazer o que uma pessoa normal faz em trinta minutos?

Ele estava dizendo que ela não era normal? Irada, Jaine colocou as duas mãos no peito de Sam e o empurrou o mais forte que conseguiu.

— Desde quando eu te devo satisfação?

Ele se afastou uns dois centímetros, talvez.

— Desde a semana passada — rebateu ele, furioso, e a beijou.

A boca de Sam era dura e raivosa, e seu coração martelava contra as mãos dela. Como sempre acontecia quando se beijavam, era como se o tempo tivesse parado, deixando apenas o momento presente. O gosto dele a invadiu; a pele nua estava quente ao toque, apesar da chuva que caía sobre os dois. Sam a prendeu contra seu corpo, os braços tão apertados que Jaine não conseguia respirar fundo, e, contra a barriga, ela sentiu o movimento da ereção dele.

Sam tremia, e, de repente, Jaine percebeu quanto ele sentira medo por ela. O homem era grande e tinha cara de durão, era forte o suficiente para lutar contra um touro; todos os dias, ele devia ver, sem nem mesmo piscar, coisas que fariam uma pessoa normal se contorcer de horror. Mas, hoje, ele sentira medo — medo por ela.

Subitamente, Jaine sentiu uma dor no peito, como se seu coração ficasse apertado. Seus joelhos perderam a força, e ela se jogou contra ele, derretendo, ficando na ponta dos pés para retribuir o beijo com a mesma força, com a mesma paixão. Sam gemeu no fundo da garganta; o beijo mudou, a raiva se dissipando, substituída por uma ânsia violenta. Ela havia se rendido por completo, mas isso não parecia ser suficiente, porque Sam enfiou a mão no seu cabelo e puxou sua cabeça para trás, arqueando seu pescoço e expondo a garganta para a boca dele. A chuva bateu no rosto de Jaine, e ela fechou os olhos, indefesa entre o aperto de aço dele, sem querer estar em nenhum outro lugar.

Depois do desgaste emocional dos últimos três dias, ela precisava se perder num ato físico, afastar todo o sofrimento e o medo e sentir apenas Sam, pensar apenas em Sam. Ele a levantou do chão e começou a andar, e Jaine só reclamou quando ele parou de beijá-la, só lutou para se aproximar ainda mais.

— Droga, você pode parar de se remexer? — resmungou ele num tom tenso, afastando-a para um lado enquanto subia os degraus.

— Por quê? — A voz dela soava rouca, sensual. Jaine não sabia que era capaz de falar assim.

— Porque vou gozar na minha calça se você não parar — praticamente gritou ele, cheio de frustração.

Jaine refletiu sobre aquele problema por, talvez, meio segundo. Como a única forma de ter certeza de que não estava excitando-o demais seria se afastar dele e parar de tocá-lo, isso significava que teria de se privar também.

— Sofra — disse ela.

— *Sofra?*

Sam parecia indignado. Ele abriu a porta da frente com força e a carregou para dentro. A sala de estar estava escura, e a única luz vinha da cozinha. Ele cheirava a calor, chuva e cabelo molhado. Jaine tentou passar as mãos por aqueles ombros largos, mas se viu limitada pela bolsa e as sacolas de compras. Impaciente, atirou tudo no chão e se agarrou a ele como um carrapato.

Com um palavrão, Sam cambaleou um pouco e a imprensou contra a parede. Ele puxou a calça dela com agressividade, atacando o botão e o zíper até o botão sair voando e a braguilha ceder. A calça escorregou pelas pernas dela e ficou presa aos seus pés. Jaine chutou os sapatos fora, e Sam a retirou do círculo de tecido. Na mesma hora, ela envolveu as pernas ao redor do quadril dele, fervorosamente tentando se aproximar ainda mais, fundir seus corpos e acalmar aquele fogo de desejo que a queimava por dentro.

— Ainda não!

Arfando, Sam usou o peso para mantê-la no lugar contra a parede e desenroscou as pernas de seu quadril. Com as costelas pressionadas, Jaine só conseguiu emitir o primeiro gemido de protesto antes de ele prender os dedos no elástico de sua calcinha e puxá-lo até as suas coxas.

Ah.

Ela tentou pensar no motivo pelo qual iria fazê-lo esperar mais duas semanas, pelo menos, quem sabe até um ciclo menstrual inteiro. Nenhum argumento razoável lhe veio à mente, não quando fazê-lo esperar também significava fazer a si mesma esperar — não quando estava morrendo de medo de o assassino de Marci também estar perseguindo as outras amigas, e ela se odiaria se morresse sem saber como era fazer amor com ele. Naquele momento, não havia nada mais importante do que provar aquele homem.

Jaine chutou a calcinha para longe, foi erguida novamente e passou as pernas ao redor dele. As juntas dos dedos de Sam roçaram entre as pernas dela enquanto ele abria a calça jeans e a deixava cair. Jaine arfou quando a última barreira entre os dois foi removida e o pênis dele a pressionou, nu e quente, incisivo. O prazer pulsou em seu corpo, fazendo suas terminações nervosas chamuscarem. Ela se arqueou, descontrolada, buscando mais, precisando de mais.

Sam xingou baixinho e a levantou um pouco, ajustando sua posição. Jaine sentiu a cabeça do pênis a sondando, lisa, dura e quente, e então uma pressão quase inacreditável quando ele diminuiu seu apoio e a deixou descer. Seu corpo resistiu a princípio, mas logo depois começou a se estender e deixá-lo entrar, centímetro por centímetro, ardente. Tudo nela parecia se apertar à medida que a sensação a invadia...

Ele parou, respirando pesado, o rosto quente aninhado no pescoço dela. Com a voz abafada, Sam perguntou, com selvageria:

— Você começou a tomar a pílula?

Jaine enfiou as unhas nos ombros desnudos dele, quase chorando de desejo. Como Sam podia parar *agora*? Apenas a cabeça grossa do pênis estava dentro dela, e isso não era suficiente, nem de perto. Os músculos internos de Jaine se contraíram ao redor dele, tentando atraí-lo para dentro, e Sam soltou um palavrão explosivo.

— *Droga, Jaine, você começou a tomar a pílula?*

— Sim — finalmente conseguiu dizer, e seu tom de voz era tão selvagem quanto o dele.

Sam a apoiou contra a parede e, com uma estocada violenta, entrou completamente nela.

Jaine se ouviu gritar, mas o som era distante. Cada célula no seu corpo estava concentrada no membro grosso que entrava e saía dela, o ritmo forte e rápido, e o clímax veio da mesma forma. A sensação explodiu dentro de Jaine, e ela caiu contra ele, gritando, o quadril contraindo e o corpo todo estremecendo. O resto do mundo desapareceu por completo.

Sam gozou um segundo depois, movendo-se contra ela com uma força quase brutal. Jaine batia na parede a cada estocada poderosa, escorregando para baixo e fazendo com que ele fosse ainda mais fundo, tão fundo que ela endureceu de forma convulsiva e chegou ao clímax novamente.

Depois, Sam se apoiou pesadamente nela, sua pele úmida de suor e chuva. Ele tinha a respiração pesada, o peito subindo e descendo conforme puxava o ar. A casa estava escura e silenciosa; os únicos sons vinham da chuva batendo no telhado e da respiração pesada dos pulmões exaustos dos dois. A parede estava fria contra as costas dela, dura e desconfortável.

Jaine tentou pensar em alguma bobagem para dizer, mas sua mente se recusava a funcionar. Aquele momento era muito sério, mais do que muito importante, para brincadeiras. Então, ela fechou os olhos e apoiou a face no ombro de Sam enquanto seus batimentos cardíacos estrondosos lentamente começavam a se acalmar e suas entranhas relaxavam ao redor do membro dele.

Sam murmurou alguma coisa ininteligível e a apertou, segurando-a com um braço ao redor de suas costas e outro sob a sua bunda enquanto se desvencilhava da calça jeans aos seus pés e seguia para o quarto, cambaleante. Ele continuava dentro de Jaine, seus corpos ancorados, quando os deitou na cama e se acomodou sobre ela.

O quarto estava escuro e frio, a cama era grande. Sam tirou a blusa de seda dela e abriu seu sutiã, jogando as duas peças no chão. Agora, ambos estavam completamente nus, e os pelos do seu peito roçaram os seios dela quando ele começou a se mover novamente. Dessa vez, o ritmo era mais lento mas não menos poderoso, com cada estocada indo até o fim.

Para a surpresa de Jaine, a febre começou a arder de novo. Ela achava que estava cansada demais para se excitar novamente, mas descobriu que se enganara. Prendendo as pernas ao redor dele, levantando a pélvis para receber cada estocada, agarrada a ele, fazendo-o aprofundar-se ainda mais, o clímax dessa vez, quando veio, foi ainda mais frenético que os outros. Sam emitiu um som gutural, gozando enquanto Jaine ainda tremia sob ele.

Muito tempo depois, quando seus batimentos cardíacos haviam se acalmado, o suor, secado, e os músculos quase começavam a obedecer novamente, Sam se levantou de cima dela e rolou para o lado, deixando um braço sobre os olhos.

— Merda — disse ele, baixinho.

Como o quarto estava silencioso, Jaine o ouviu. Uma pequena fagulha de irritação fez seus olhos se estreitarem. Seu corpo ainda parecia mole, então uma pequena fagulha era o máximo que conseguia sentir.

— Nossa, que romântico! — disse ela, sarcástica.

O homem passara uma semana a perseguindo, e, agora que finalmente tinham transado, "merda" era o melhor comentário que ele conseguia fazer, como se a experiência toda tivesse sido um erro?

Sam levantou o braço que cobria os olhos e se virou para encará-la.

— Desde a primeira vez que te vi, sabia que você seria um problema.

— Como assim, problema? — Jaine se sentou, encarando-o de volta. — Eu não sou um problema! Sou uma pessoa muito legal, exceto quando tenho que lidar com babacas!

— Você é o pior tipo de problema — respondeu ele, irritado. — Você é o tipo de problema com o qual a gente se *casa*.

Levando em consideração que três homens já tinham encontrado coisa melhor para fazer do que casar com ela, esse não era o melhor comentário para ser feito no momento. E era algo especialmente triste quando vinha de um homem que acabara de lhe dar três orgasmos. Jaine pegou o travesseiro e o jogou em cima dele, saindo da cama logo depois.

— Posso resolver esse inconveniente para você — disse ela, fumegando de raiva enquanto buscava pelo sutiã e a camisa no quarto escuro. Droga, onde ficava o interruptor? — E onde fica a merda do interruptor?

— Pare com isso! — disse Sam, num tom suspeito de quem estava se dobrando de tanto rir.

Ele estava *rindo* dela. Lágrimas surgiram em seus olhos.

— Não, não vou parar porra nenhuma! — gritou Jaine, e se apressou na direção da porta. — Pode ficar com as merdas das roupas, porque eu prefiro ir para casa *pelada* a continuar com você por mais um minuto, seu babaca insensível...

Um braço musculoso envolveu a cintura dela e a tirou do chão. Jaine gritou, os braços no ar; então, quicou sobre a cama, e o ar saiu de seus pulmões com uma bufada.

Ela só teve tempo de inspirar antes de Sam cobri-la com seu corpo, o peso dele a esmagando e a forçando a puxar o ar de novo. Ele ria enquanto a dominava com uma facilidade ridícula; em cinco segundos, ela já era incapaz de se mover.

Para seu choque e raiva, Jaine descobriu que ele já tinha outra ereção; o membro latejava contra as suas coxas fechadas. Se ele achava que ela abriria as pernas novamente depois de...

Sam se moveu, pressionou seu joelho de forma experiente, e as pernas de Jaine se abriram de toda forma. Outro movimento, e ele entrou nela com facilidade, fazendo-a querer gritar, porque a sensação era tão boa, ela o amava, e ele era um *babaca*. Seu azar com homens continuava a todo vapor.

Jaine começou a chorar.

— Ah, querida, não chore — disse Sam, tentando acalmá-la, movendo--se gentilmente dentro dela.

— Eu posso chorar se quiser — soluçou ela enquanto o agarrava.

— Eu te amo, Jaine Bright. Quer se casar comigo?

— De jeito nenhum!

— Você não tem outra escolha. Depois de todos os palavrões que disse hoje, está me devendo seu salário inteiro. Não vai precisar me pagar se nos casarmos.

— Essa regra não existe.

— Acabei de inventá-la.

Sam emoldurou o rosto dela com as mãos grandes e acariciou suas bochechas com os dedões, secando as lágrimas.

— Você disse *merda*.

— E o que mais um homem deveria dizer quando percebe que seus gloriosos dias de solteiro chegaram a um fim definitivo e repentino?

— Você já foi casado.

— Sim, mas aquilo não contou. Eu era novo demais para saber o que estava fazendo. Achei que trepar fosse como amar.

Jaine queria que Sam ficasse parado. Como ele podia ter uma conversa coerente enquanto fazia aquilo com ela? Não... ela queria que ele calasse a boca e continuasse fazendo exatamente o que estava fazendo, talvez um pouco mais rápido. E mais forte.

Sam beijou sua testa, seu queixo, a quase covinha.

— Eu sempre ouvi as pessoas dizerem que sexo era diferente com uma mulher a quem se ama, mas não acreditava nisso. Sexo era sexo. Então, entrei em você, e foi como enfiar meu pau numa tomada elétrica.

— Ah. Foi por isso que você tremeu e gritou tanto?

Jaine fungou, mas estava prestando atenção.

— Espertinha. Sim, foi por causa disso, e não era como se eu fosse o único tremendo e gritando. Foi *diferente*. Mais intenso. Mais forte. E, quando acabou, eu queria começar tudo de novo.

— Você começou tudo de novo.

— Isso prova o que eu disse, então. Pelo amor de Deus, gozei duas vezes e já estou de pau duro de novo. Se isso não for uma porra milagrosa, sem querer fazer trocadilho, é amor. — Ele beijou a boca de Jaine, lenta e profundamente, usando a língua. — Sempre fico excitado só de ver você dando chilique.

— Eu não dou chiliques. Por que, quando um homem se irrita, ele fica *fuuulo da vida*, mas, quando é uma mulher, ela dá chilique? — Jaine fez uma pausa, assimilando o que Sam dissera. — Sempre?

— Sempre. Como o dia em que você derrubou minha lata de lixo, veio gritar comigo e me cutucou no peito.

— Você ficou excitado? — perguntou ela, chocada.

— Meu pau ficou duro como uma pedra.

— Put... puxa vida — disse Jaine, pensativa.

— Então, responda à minha pergunta.

Ela abriu a boca para dizer que sim, mas a cautela a fez lembrá-lo:

— Eu não dou sorte com noivados. Eles dão tempo demais para o cara pensar.

— Vou pular a parte do noivado. Não vamos noivar, vamos nos casar direto.

— Nesse caso, sim, aceito casar com você.

Jaine virou o rosto para o pescoço dele e inalou o calor e o aroma de seu corpo, pensando que, se perfumistas do mundo todo conseguissem colocar num frasco o que Sam tinha, toda a população feminina mundial viveria num cio eterno.

Sam gemeu, frustrado.

— Porque você me ama? — sugeriu ele.

Ela sorriu, os lábios se movendo contra a pele dele.

— Estou louca, perdida, completa e insanamente apaixonada por você — afirmou ela.

— Vamos nos casar na semana que vem.

— Não posso fazer isso! — respondeu Jaine, horrorizada, afastando-se para encará-lo enquanto ele se agigantava sobre seu corpo, indo para a frente e para trás, como uma alga marinha seguindo a maré.

— E por que não?

— Porque meus pais só voltam de viagem daqui a... já perdi as contas. Daqui a três semanas, acho.

— E não podem voltar antes? Para onde eles foram, a propósito?

— Estão passeando pela Europa. E é a viagem dos sonhos da minha mãe, porque meu pai tem Parkinson, e, mesmo que os remédios estejam ajudando, ele piorou um pouco ultimamente, e ela acha que essa pode ser a última chance de fazerem isso. Antes de se aposentar, ele sempre estava ocupado demais para ficar fora por muito tempo, então a viagem é especial para os dois, sabe?

— Tudo bem, tudo bem. A gente se casa no dia seguinte ao que eles chegarem.

— Minha mãe não vai ter nem desfeito as malas!

— Paciência. Como não vamos noivar, não podemos fazer uma cerimônia enorme na igreja...

— Graças a Deus — disse Jaine, satisfeita.

Ela já passara por essa experiência com o noivo número dois, o idiota, com todos os gastos, planos e problemas, apenas para que ele desistisse no último minuto.

Sam soltou um suspiro de alívio, como se temesse que ela dissesse que *queria* um casamento grande.

— Vamos deixar tudo pronto. Tudo o que seus pais terão que fazer é aparecer.

Jaine estava fazendo um ótimo trabalho ao se concentrar na conversa enquanto Sam prosseguia com as atividades, e tinha se impressionado bastante com o fato de que *ele* era capaz de falar coerentemente naquelas circunstâncias, mas, de repente, seu corpo atingiu o ápice.

— Podemos conversar depois! — disse ela, rouca, agarrando a bunda dele e o puxando para si.

Os dois ficaram sem conversar por um bom tempo.

Jaine se espreguiçou, bocejando. Ela teria achado ótimo passar a noite toda nos braços dele, mas um pensamento súbito a fez sentar de um salto.

— BooBoo!

Sam emitiu um som que era metade rosnado, metade gemido.

— O quê?

— BooBoo. Ele deve estar morrendo de fome! Não acredito que me esqueci dele. — Ela cambaleou para fora da cama. — Onde fica o interruptor? E por que você não tem nem um abajur?

— Do lado da porta, à direita. Por que eu teria um abajur?

— Para ler.

Ela tateou pela parede, encontrou o interruptor e o ligou. Uma luz forte invadiu o cômodo.

Sam cobriu os olhos, piscando, então deitou de barriga para baixo.

— Eu leio na sala.

Os olhos de Jaine também levaram um instante para se ajustar. Quando o fizeram, suas pupilas se arregalaram diante do estrago que tinham feito na cama. As cobertas estavam emboladas e caindo do colchão, os travesseiros — onde *estavam* os travesseiros? —, e o lençol tinha soltado num canto e ficara amontoado no meio da cama.

— Caramba — disse ela, chocada, mas então balançou a cabeça e começou a procurar suas roupas.

Sam abriu os olhos e se apoiou num cotovelo, os olhos escuros ao mesmo tempo sonolentos e atentos enquanto a observavam andar pelo quarto. Jaine encontrou a blusa embolada nas cobertas. Ajoelhando-se, ela espiou embaixo da cama para buscar o sutiã; Sam chegou mais perto para ter uma visão melhor do traseiro balançando no ar.

— Como é que meu sutiã foi parar embaixo da cama? — reclamou ela, tirando a peça de seu esconderijo.

— Deve ter se arrastado — sugeriu Sam.

Ela abriu um sorriso rápido e olhou ao redor.

— E minha calça está...?

— Na sala.

Jaine seguiu para a sala, acendeu um abajur e estava no processo de desembolar a calça quando Sam surgiu, nu em pelo e carregando um par de tênis. Ela não se deu ao trabalho de colocar o sutiã, mas vestiu a calcinha, a camisa e a calça. Sam enfiou a calça jeans, puxando-a para cima, e sentou para calçar os tênis.

— O que você está fazendo? — perguntou ela.

— Vou te levar em casa.

Jaine abriu a boca para dizer que isso não seria necessário; então, lembrou-se de que *era*, sim, pelo menos por enquanto. Ela calçou os sapatos, guardou o sutiã na bolsa e juntou as sacolas de compras. Sam tirou a pistola do coldre, segurando-a na mão direita.

— Me dê a sua chave e fique atrás de mim — disse ele.

Ela tirou o chaveiro da bolsa, separou a chave de casa e lhe entregou.

A chuva havia parado, deixando a noite quente e úmida. Grilos cantavam, e, no fim da rua, a luz do poste da esquina tinha uma aura enevoada. Os dois atravessaram os quintais e chegaram à porta da cozinha dela. Sam enfiou a pistola na cintura da calça enquanto abria a fechadura; então, devolveu as chaves para Jaine e pegou a arma novamente. Depois, escancarou a porta, esticou a mão e acendeu a luz.

Ele soltou um palavrão explosivo. Jaine piscou diante da destruição iluminada pela lâmpada no teto, e então, tentando passar por Sam, gritou:

— BooBoo!

Ele a bloqueou com um braço esticado, virando para ela e usando o corpo grande para barrar a entrada.

— Volte para a minha casa e ligue para a emergência — ordenou ele. — Agora!

— Mas BooBoo...

— Agora! — gritou Sam, dando-lhe um empurrão que quase a fez cair do degrau. Então, deu-lhe as costas e entrou na casa.

Ele era policial; Jaine precisava confiar em sua capacidade de lidar com aquilo. Com os dentes batendo, ela voltou para a casa vizinha e entrou na cozinha, onde sabia que havia um telefone sem fio. Agarrando o aparelho, ligou para a emergência.

— De onde a senhora está ligando? — A voz era impessoal e quase desinteressada.

— Ah... da casa ao lado. — Jaine fechou os olhos. — Quero dizer, estou ligando do telefone do vizinho. Minha casa foi invadida. — Ela informou o endereço. — Meu vizinho é policial e está revistando a casa agora. — Carregando o telefone, ela foi até a varanda da frente, seus olhos atravessando os dois quintais até a sua casinha, onde agora havia luzes acesas em duas janelas. Enquanto observava, a luz do quarto foi acesa. — Ele está armado...

— Quem? — A atendente subitamente parecia preocupada.

— Meu vizinho! Diga à polícia para não atirarem se virem um homem seminu com uma arma, que é um deles! — Jaine respirou fundo, seu coração batendo tão forte que ela achava que iria vomitar. — Eu vou até lá.

— Não! Senhora, não vá. Se o seu vizinho é policial, é melhor deixá-lo fazer seu trabalho. Senhora, está ouvindo?

— Estou aqui. — Ela não disse que estava ouvindo. Sua mão tremia, batendo o telefone contra os dentes.

— Fique na linha, senhora, para eu continuar atualizando os policiais sobre a situação. Já enviamos viaturas para o seu endereço; elas vão chegar daqui a pouco. Seja paciente, por favor.

Jaine não conseguia ser paciente, mas podia ser sensata. Ela esperou na varanda, com lágrimas escorrendo pelo rosto enquanto encarava, sem piscar, a própria casa, onde Sam fazia buscas metódicas e arriscava sua vida sempre que entrava num cômodo. Ela não ousou pensar em BooBoo. A atendente disse mais alguma coisa, mas Jaine tinha parado de escutar, apesar de fazer um barulho para sinalizar à mulher que continuava na linha. Ao longe, o barulho das sirenes era audível.

Sam saiu da cozinha com BooBoo aconchegado em seu braço direito.

— BooBoo!

Jaine jogou o telefone no chão e saiu correndo na direção deles. Sam lhe passou o gato e prendeu a pistola na cintura.

— A pessoa que fez isso não quis ficar esperando — disse ele, passando um braço ao redor dela e guiando-a de volta para a casa vizinha.

Com BooBoo seguro e ranzinza em seus braços, Jaine se recusou a se mover.

— Eu quero ver...

— Ainda não. Deixe os peritos investigarem primeiro; talvez eles encontrem algo que nos ajude a descobrir quem é esse desgraçado.

— *Você* entrou...

— E tomei cuidado para não mexer em nada — disse Sam, exasperado. — Venha sentar aqui. O pessoal já está chegando.

Jaine lembrou que tinha jogado o telefone no chão. Ela pegou o aparelho e passou para ele.

— A emergência ainda está na linha.

Sam pôs o fone no ouvido, mas continuou agarrado a ela enquanto fazia um resumo sucinto da situação e dizia que a casa estava vazia. Então, desligou. Ele passou os dois braços ao redor de Jaine — e BooBoo — e a abraçou bem apertado.

— Onde você encontrou BooBoo?

— Ele estava escondido debaixo da estante no corredor.

Jaine acariciou a cabeça do gato, tão grata por ele estar bem que quase começou a chorar de novo. A mãe nunca a perdoaria se alguma coisa tivesse acontecido com BooBoo.

— Você acha que foi ele? — perguntou ela, a voz baixa.

Sam ficou em silêncio por um instante. As sirenes soavam próximas agora, o som aumentando cada vez mais no ar parado da noite. Quando dois carros viraram a esquina da rua, ele disse:

— Não posso me dar ao luxo de achar outra coisa.

Vinte e dois

Luzes brilhavam de uma ponta a outra da rua e cabeças espiavam das portas quando Sam e Jaine foram falar com os policiais.

— Detetive Donovan — disse um dos homens, sorrindo. — Então, você é o homem seminu em quem não devemos atirar.

Sam olhou de cara feia para Jaine. Ela apertou BooBoo ainda mais.

— Você estava carregando uma arma — explicou ela. — Não queria que te dessem um tiro por engano.

Sadie e George Kulavich vieram do seu lado da calçada e ficaram observando as luzes que piscavam. Os dois vestiam robes por cima dos pijamas; o Sr. Kulavich calçava chinelos, mas a Sra. Kulavich colocara galochas. A mulher esticou o pescoço, depois se aproximou. Do outro lado da rua, Jaine viu a Sra. Holland sair de casa.

Sam suspirou.

— Eu verifiquei a casa — disse ele aos policiais. — Está tudo quebrado, mas não tem ninguém lá dentro. Vocês assumam enquanto eu visto uma camisa.

A Sra. Kulavich tinha chegado perto o suficiente para ouvi-lo. Ela abriu um sorriso radiante.

— Por mim, não precisa — disse ela.

— Sadie! — reclamou o Sr. Kulavich.

— Ah, que bobagem, George! Eu estou velha, não morta!

— Vou te lembrar disso da próxima vez que eu assistir ao canal da Playboy — resmungou ele.

Sam tossiu e entrou na casa, mantendo a pistola junto à perna, para que os curiosos vizinhos idosos não a vissem e se empolgassem.

Jaine percebeu a especulação no olhar dos vizinhos enquanto a observavam. Ela lembrou que não pusera o sutiã, e sua blusa de seda provavelmente deixava isso óbvio. Achando melhor não olhar para baixo para verificar, ela apenas manteve BooBoo agarrado ao peito. Também não ergueu uma das mãos para checar o cabelo, pois tinha certeza de que estava um ninho de rato. A chuva o molhara, ela passara algumas horas rolando com Sam na cama; os fios provavelmente estavam apontando um para cada lado. E dado o estado de seminudez de Sam... pois é. Ela imaginava que a conclusão a que todos chegavam devia ser bem próxima da verdade.

Pensar nos vizinhos era mais fácil do que pensar na casa.

Depois da primeira visão horripilante da cozinha, Jaine não tinha certeza de que queria ver os outros cômodos. Aquilo, logo depois do trauma da morte de Marci, a levara quase ao limite, então ela se concentrou em outras coisas, como a forma como a Sra. Kulavich lhe deu uma piscadela quando Sam voltou vestindo uma camisa de botões para dentro da calça jeans, com o distintivo preso ao cinto. Ela se perguntou se ele colocara cueca.

— Você está trabalhando? — perguntou Jaine, olhando para o distintivo.

— Por que não? Já estou na cena do crime, e todos nós ficamos de plantão depois das onze.

Jaine ficou boquiaberta.

— Depois das on... que horas são?

— Quase meia-noite.

— Pobre BooBoo — disse ela, horrorizada. — Você pode tentar encontrar a comida dele e me trazer uma lata para eu alimentá-lo?

Sam a fitou, a expressão em seus olhos escuros dizendo que ele sabia que ela estava evitando encarar a realidade sobre a sua casa, mas também transmitindo que compreendia.

— Tudo bem, vou trazer alguma coisa para BooBoo. — Ele olhou para a Sra. Kulavich. — Sadie, você e Eleanor podem levar Jaine para a minha casa e fazer um café?

— É claro, querido.

Ladeada pela Sra. Kulavich e a Sra. Holland, Jaine voltou para a cozinha de Sam. Ela soltou BooBoo e analisou seus arredores com curiosidade, já que aquela era a primeira vez que prestava atenção na casa. Antes de ela começar a se vestir, os dois não tinham se dado ao trabalho de acender as luzes, então os únicos lugares que vira foram o quarto e a sala, ambos mobiliados apenas com o básico. A cozinha, como a dela, tinha uma mesa pequena e quatro cadeiras ao redor, e o fogão devia ter uns vinte anos. A geladeira, por outro lado, parecia novinha em folha, assim como a cafeteira. Sam tinha as suas prioridades.

A Sra. Kulavich, cheia de eficiência, foi preparar o café. Jaine se tornou ciente de uma necessidade urgente.

— Hum... as senhoras sabem onde fica o banheiro?

— É claro, querida — respondeu a Sra. Holland. — O maior fica na segunda porta à esquerda, no corredor, e tem um menor no quarto de Sam.

Era engraçado que as vizinhas soubessem disso quando Jaine não tinha a menor ideia, mas era difícil explorar uma casa quando se estava jogada numa cama, esmagada por um homem de noventa quilos.

Ela escolheu o banheiro maior, por ser mais perto, e levou a bolsa. Rapidamente, Jaine tirou as roupas, usou o lavatório, encontrou uma toalha de mão e limpou todas as provas das quatro horas de sexo. Passou o desodorante dele, penteou o cabelo — que estava mesmo um ninho de rato — e, dessa vez, colocou o sutiã por baixo da roupa.

Sentindo-se mais no controle da situação, ela voltou para a cozinha, para tomar uma necessária xícara de café.

— Que tragédia o que aconteceu com a sua casa, querida — disse a Sra. Holland —, mas fico feliz sobre Sam. Imagino que venham novidades por aí, não é?

— Eleanor — ralhou a Sra. Kulavich. — As coisas são diferentes hoje em dia. Os jovens não se casam só porque estão caindo de amores uns pelos outros.

— Isso não significa que não devessem fazer isso — respondeu a Sra. Holland com um ar de severidade.

Jaine limpou a garganta. Ela mal conseguia entender tudo o que havia acontecido naquela noite, mas as horas que passara na cama de Sam estavam bem claras em sua mente.

— Ele me pediu em casamento — contou ela. — E eu aceitei. — A azarada palavra "noivado" não foi mencionada.

— Puxa vida! — A Sra. Kulavich parecia radiante.

— Que maravilha! Quando será a cerimônia?

— Daqui a três semanas, quando meus pais voltarem de viagem. — Jaine tomou uma decisão impulsiva. — E todo mundo na rua está convidado.

Então, a cerimônia íntima tinha ficado um pouco maior; e daí?

— Você vai ter que fazer um chá de panela — disse a Sra. Holland. — Será que tem um papel e uma caneta por aqui? Precisamos planejar as coisas.

— Mas eu não preciso de... — começou Jaine, mas então viu a expressão nos rostos das vizinhas e se interrompeu. Tarde demais, ela percebia que um chá de panela seria mesmo necessário, já que teria de substituir todas as coisas que perdera.

O queixo dela tremeu. Jaine rapidamente o firmou quando um dos policiais entrou na cozinha com duas latas de comida de gato.

— O detetive Donovan pediu para eu trazer isso — explicou ele.

Feliz com a distração, Jaine olhou ao redor, tentando encontrar BooBoo. Ele havia sumido. O gato devia estar se escondendo, nervoso por ser largado num ambiente desconhecido. Ela conhecia todos os esconderijos favoritos na sua casa, mas não fazia ideia de onde ele se esconderia ali.

Como isca, ela abriu uma das latas de comida e, então, seguiu engatinhando pela casa, chamando BooBoo baixinho, levando a lata diante de si. Finalmente o encontrou atrás do sofá, porém, mesmo com a atração da comida, foram necessários quinze minutos para convencê-lo a sair do esconderijo. O gato se esgueirou até a lata e começou a comer com delicadeza enquanto ela fazia carinho e usava o corpo quente e sinuoso dele para se acalmar.

BooBoo teria de ir para a casa de Shelley, pensou ela. Não poderia arriscar deixá-lo ali.

Lágrimas surgiram em seus olhos, e Jaine baixou a cabeça para escondê-las, concentrando-se no gato. Ao descobrir que ela estava fora, o maníaco descontara a raiva nos seus pertences. Apesar de se sentir mais do que aliviada por ter estado na cama de Sam, e não na sua própria, ela não poderia arriscar BooBoo e o carro do pai de novo...

O carro. Ah, meu Deus, o carro!

Jaine se levantou num pulo, dando um susto tão grande em BooBoo que ele voltou como um raio para trás do sofá.

— Já volto — gritou ela para a Sra. Kulavich e a Sra. Holland, e saiu correndo. — Sam! O carro! Você viu o carro?

Tanto o quintal dela como o de Sam eram ocupados por vizinhos. Como o Viper estava estacionado diante de todos, rostos chocados se viraram na sua direção. Jaine nem tinha pensado em verificar o Viper, mas, por mais que amasse o próprio carro, o do pai era cinco vezes mais valioso, pelo menos, e completamente insubstituível.

Sam apareceu na escada da cozinha. Ele olhou para a garagem e pulou até o chão. Juntos, os dois correram até o portão.

O cadeado continuava no lugar.

— Ele não poderia ter entrado aí, não é? — perguntou Jaine num sussurro agoniado.

— Talvez nem tenha tentado, já que seu carro está lá fora. Ele provavelmente achou que a garagem estava vazia. Tem alguma outra forma de entrar?

— Não, não sem abrir um buraco na parede.

— Então o carro está bem. — Sam passou um braço ao redor dela e a guiou de volta para a casa. — Você não quer abrir o portão com essa plateia, quer?

Jaine fez que não com a cabeça, enfática.

— Vou ter que tirar o carro daqui — disse ela, já fazendo planos. — David terá que cuidar dele. E Shelley vai ficar com BooBoo. Meus pais vão entender, levando em conta as circunstâncias.

— Podemos colocar o carro na minha garagem se você quiser.

Jaine pensou no assunto. Pelo menos ele ficaria por perto. A pessoa que estava fazendo aquelas coisas nem sabia do carro, para início de conversa, então essa parecia uma opção segura.

— Tudo bem. Vamos tirá-lo de lá quando todo mundo for embora.

Ela não olhou para o Viper quando passou por ele, mas então parou. Encarando as luzes azuis em cima das viaturas, ela perguntou para Sam:

— Meu carro está bem? Não consigo olhar.

— Parece estar. Não há arranhões nem amassados, e nada está quebrado.

Jaine deu um suspiro de alívio e meio que desmoronou contra ele. Sam a abraçou e então a mandou de volta para sua cozinha e para os cuidados de Sadie e Eleanor.

O dia já estava amanhecendo quando permitiram que ela entrasse em casa. Jaine ficou surpresa com o tanto de atenção que a polícia dera ao que parecia ser basicamente vandalismo, mas imaginava que Sam fosse responsável por isso. Ele, é claro, não pensava que aquilo era obra de um vândalo.

Nem ela.

Não podia se dar ao luxo de não pensar assim. Ao caminhar pela casa, observando a destruição, Jaine imediatamente notou como o ataque fora *pessoal*. A televisão estava intocada — o que era estranho, considerando como era cara —, mas todos os vestidos e roupas íntimas foram retalhados. As calças jeans e sociais, no entanto, continuavam inteiras.

No quarto, os lençóis, os travesseiros e o colchão foram estraçalhados; os vidros de perfume, quebrados. Na cozinha, tudo feito de vidro fora jogado no chão, todos os pratos e tigelas, copos, xícaras, até mesmo as pesadas bandejas de cristal de chumbo que ela nunca usava. E, no banheiro, as toalhas permaneciam intactas, mas toda a maquiagem fora destruída. Tubos foram esmagados, pós foram espalhados e todos os recipientes de sombras e blush pareciam ter sido pisados e esmigalhados.

— Ele destruiu tudo o que era feminino — sussurrou Jaine, olhando ao redor.

A cama era genérica, mas os lençóis eram delicados, em tons pastel, com bordas rendadas.

— Ele odeia mulheres — concordou Sam, parando ao lado dela. Seu rosto tinha uma expressão sisuda. — Os psiquiatras iriam se fartar com um caso assim.

Jaine suspirou, exausta pela falta de sono e pela enormidade do trabalho que teria. Ela o fitou; Sam também dormira a mesma quantidade de tempo, nada mais do que duas sonecas curtas.

— Você vai trabalhar hoje?

Ele lhe lançou um olhar surpreso.

— Claro. Preciso me encontrar com o detetive encarregado do caso de Marci e explicar o que aconteceu aqui.

— Nem vou tentar ir trabalhar. Vai levar uma semana para eu conseguir arrumar toda essa bagunça.

— Não vai, não. Contrate uma empresa de limpeza. — Sam colocou o dedo sob o queixo dela e inclinou seu rosto para cima, analisando as marcas de exaustão que cercavam seus olhos. — Depois, vá dormir na *minha* cama e deixe a Sra. Kulavich supervisionar o trabalho. Ela vai adorar.

— Se a Sra. Kulavich adora esse tipo de coisa, acho que ela precisa de terapia — disse Jaine, analisando mais uma vez a pilha de destroços que uma vez fora a sua casa. Ela bocejou. — Também preciso fazer compras, substituir minhas roupas e a maquiagem.

Sam sorriu.

— As coisas da cozinha podem esperar, não é?

— Ei, eu tenho prioridades.

Ela se apoiou em Sam, passando os braços pela cintura dele, deleitando--se com a liberdade de fazê-lo, também com a forma como os braços dele automaticamente envolveram a sua cintura.

Jaine subitamente se retesou. Ela não conseguia acreditar que não pensara nem uma única vez em Luna e T.J. naquela noite. Seu cérebro devia estar começando a dar defeito. Era a única explicação.

— Eu me esqueci de Luna e T.J.! Meu Deus, devia ter ligado para elas na mesma hora, avisado...

— Eu fiz isso — disse Sam, trazendo-a de volta para os seus braços. — Liguei para as duas ontem à noite, do meu celular. Elas estão bem, só preocupadas com você.

Jaine bocejou e relaxou contra ele mais uma vez, deixando a cabeça se aconchegar em seu peito. O coração de Sam fazia *tum-tum* contra o ouvido dela. Apesar da exaustão, era impossível fazer seus pensamentos pararem de girar como moscas sobre um cadáver fresco. Se ela não conseguisse mudar o foco, não dormiria nunca.

— O que você acha de sexo terapêutico? — perguntou ela.

Os olhos escuros brilharam de interesse.

— Isso envolve engolir?

Jaine riu encostada na camisa de Sam.

— Ainda não. Quem sabe hoje à noite? Nesse momento, isso envolve me deixar relaxada o suficiente para eu conseguir dormir. Você está interessado?

Como resposta, Sam tomou sua mão e a posicionou sobre a braguilha da calça jeans. Sob o zíper, um monte longo e grosso crescia. Ela emitiu um som de prazer enquanto passava os dedos para cima e para baixo do comprimento, sentindo os movimentos leves, espasmódicos e incontroláveis do corpo dele.

— Meu Deus, como você é fácil — disse Jaine.

— Pensar em você engolindo sempre me deixa duro.

De mãos dadas, os dois seguiram para a casa dele, onde Sam a relaxou.

— Os peritos não encontraram impressões digitais — contou Sam a Roger Bernsen algumas horas depois. — Mas encontraram uma pegada parcial. Parece ter vindo de um tênis de corrida; estou tentando descobrir a marca pelo padrão da sola.

O detetive Bernsen disse o que Sam já sabia:

— Ele invadiu a casa com a intenção de matá-la, e, quando não a encontrou, destruiu tudo. Você tem um horário aproximado da invasão?

— Entre oito horas e meia-noite, aproximadamente.

A Sra. Holland mantinha vigilância constante da rua, e ela não vira nenhum carro estranho ou pessoas desconhecidas antes de Sam voltar para casa. Depois que anoiteceu, todo mundo fora para dentro de casa.

— Que sorte ela não estar lá!

— Pois é. — Sam não queria pensar nessa alternativa.

— Precisamos começar a análise dos arquivos pessoais da Hammerstead.

— A próxima pessoa para quem eu vou ligar é o presidente da empresa. Não quero que mais ninguém saiba que estamos verificando os arquivos. Ele pode sumir com alguma coisa sem ser questionado. Talvez nós possamos passá-los para os nossos computadores sem precisarmos ir até lá.

Roger resmungou.

— Aliás, o legista liberou o corpo da Srta. Dean. Já entrei em contato com a irmã.

— Obrigado. Alguém vai ter que filmar o enterro.

— Você acha que o assassino vai estar lá?

— Eu apostaria dinheiro nisso — disse Sam.

Vinte e três

Corin não tinha conseguido dormir, mas não se sentia cansado. A frustração o corroía. *Onde ela estava?*

Ela teria lhe contado, pensou ele. Às vezes, na maior parte do tempo, ele não gostava nem um pouco da mulher, mas ela era legal em alguns momentos. Se aquele tivesse sido um dos dias legais, a vagabunda teria lhe contado.

Corin não sabia o que pensar daquela mulher. Ela não se vestia como uma piranha, como Marci Dean fazia, porém, ainda assim, os homens sempre a olhavam, mesmo quando usava calça. E, nos dias legais, ele gostava dela, mas, quando vinha a língua afiada, Corin queria bater naquela cara até não poder mais, queria continuar batendo até sua cabeça ficar toda macia e ela se tornar incapaz de fazer aquelas coisas com ele... Mas isso era ela ou mamãe? Corin franziu a testa, tentando lembrar. Às vezes, as coisas ficavam meio confusas. Os remédios ainda deviam estar surtindo efeito.

Os homens também olhavam para Luna. Ela sempre era gentil com ele, mas usava muita maquiagem, e mamãe achava que suas saias eram curtas demais. Saias curtas provocavam pensamentos libidinosos nos homens, dizia mamãe. Uma mulher correta não usava saias curtas.

Talvez Luna só fingisse ser gentil. Talvez fosse má. Talvez tivesse sido ela quem dissera aquelas coisas, que zombara dele, que fizera mamãe machucá-lo.

Corin fechou os olhos e pensou em como a mãe o machucara, e um tremor de alegria o atravessou. Ele passou uma das mãos pela frente do corpo, da forma como não devia fazer, mas a sensação era tão boa que, às vezes, fazia assim mesmo.

Não. Aquilo era feio. E, quando mamãe o machucara, ela só quisera mostrar quanto o ato era feio. Ele não devia gostar de uma coisa dessas.

Mas a noite não fora um fracasso completo. Corin tinha um batom novo. Ele tirou a tampa e girou a base, colocando a extremidade vulgar para fora. Aquele não era vermelho-vivo como o de Marci, era um tom mais rosado, e ele não gostou tanto assim. Corin pintou os lábios, fez uma careta diante do seu reflexo no espelho e então esfregou a cor fora, enojado.

Talvez uma das outras tivesse um batom que combinasse mais.

Laurence Strawn, presidente da Hammerstead Technology, era um homem com uma risada escandalosa e a tendência a ver o quadro geral das coisas. Ele não tinha talento para lidar com detalhes, e nem precisava ter.

Naquela manhã, recebeu um telefonema de um detetive de Warren chamado Donovan. O detetive Donovan fora muito persuasivo. Não, a polícia não tinha um mandado para analisar os arquivos pessoais da Hammerstead e preferia manter o máximo de sigilo possível sobre as suas atividades. Ele queria que a empresa cooperasse para que encontrassem o assassino antes que outra morte ocorresse, e os investigadores achavam que o sujeito trabalhava ali.

Por quê?, perguntara o Sr. Strawn, e fora informado sobre a ligação para o celular de T.J. Yother, cujo número só poderia ter sido descoberto por alguém com acesso a certos dados. Como a polícia tinha quase certeza de que Marci Dean conhecia seu assassino e que fora esse mesmo homem quem ligara para T.J., era fácil concluir que *ambas* o conheciam e que, de fato, todas as quatro amigas tinham contato com ele. Isso tornava muito provável que o assassino fosse funcionário da Hammerstead, assim como elas.

A reação imediata do Sr. Strawn foi pensar que aquilo não poderia vazar para a imprensa. Afinal de contas, ele era presidente da companhia. O segundo pensamento, uma reação mais racional, foi que faria de tudo, dentro de suas possibilidades, para impedir que aquele maníaco matasse mais algum de seus funcionários.

— Como posso ajudar? — perguntou ele.

— Se precisarmos, iremos a Hammerstead para analisar os dados, mas achamos melhor não alertar ninguém de que estamos procurando. O senhor pode acessar os arquivos e enviá-los por e-mail?

— Os arquivos ficam num sistema separado, fora da rede. Vou solicitar uma cópia em CD para o meu registro, e então lhe envio. Qual é o seu e-mail? — Ao contrário de muitos presidentes e membros do alto escalão corporativo, Laurence Strawn entendia de computadores. Fora um aprendizado necessário para compreender o que os malucos dos dois primeiros andares faziam. — T.J. Yother trabalha no RH — esclareceu ele enquanto anotava o e-mail do detetive Donovan, outro talento que tinha: fazer duas coisas ao mesmo tempo. — Vou pedir a ela para fazer isso. Assim, teremos certeza de que a informação não irá vazar.

— Boa ideia — disse Sam.

Com essa tarefa concluída com uma facilidade surpreendente — Lawrence Strawn parecia alguém de quem ele gostaria —, a atenção do detetive agora se voltava para a pegada parcial que os peritos haviam encontrado no banheiro de Jaine, onde o desgraçado pisara na maquiagem destroçada e deixara uma bela marca para trás. Sam esperava que fosse o suficiente para identificar o estilo. Independentemente do que acontecera com O.J. Simpson, quando pegassem aquele cara, seria bom se pudessem provar que ele possuía o tipo de sapato que deixara aquela impressão, no mesmo tamanho. Seria ainda melhor se a sola tivesse pedacinhos de maquiagem presos nas ranhuras.

Ele passou a maior parte da manhã ao telefone. Quem disse que a vida de um detetive não era perigosa e cheia de emoções?

A noite anterior tinha sido mais perigosa e cheia de emoções do que o ideal, pensou Sam, sério. Ele não gostava de ficar pensando em tudo o que poderia ter acontecido, mas não conseguia evitar. E se ele estivesse trabalhando? E se Jaine não tivesse chegado tarde, se ele não tivesse se preocupado e se os dois não tivessem se beijado? A despedida poderia ter sido um beijo de boa-noite, com Jaine indo para casa sozinha. Considerando a destruição do local, Sam não queria nem pensar no que teria acontecido se o assassino a tivesse encontrado. Marci Dean era mais alta e mais pesada que Jaine, e não conseguira se desvencilhar do atacante, então a probabilidade de Jaine ser capaz disso era praticamente nula.

Sam se recostou na cadeira e entrelaçou os dedos atrás da cabeça, encarando o teto e pensando. Havia algo lhe incomodando, apesar de não saber bem o que era. Ainda não, pelo menos; mais cedo ou mais tarde, ele perceberia, porque seria incapaz de parar de se preocupar até descobrir a verdade. Sua irmã Doro dizia que ele era uma mistura de tartaruga raivosa com um terrier roedor: quando fincava os dentes em alguma coisa, não largava nunca. Mas é claro que Doro não queria que isso fosse interpretado como um elogio.

Pensar em sua Doro fez Sam se lembrar do restante da família e da notícia que tinha de dar. Ele escreveu no bloquinho: *Contar à minha mãe sobre Jaine*. Aquilo seria uma surpresa e tanto, porque, até onde sua família sabia, ele não estava namorando ninguém. Sam sorriu; bem, ele continuava sem namorar. Ia pular essa parte, assim como o noivado, direto para o casamento, o que provavelmente era a melhor forma de convencer Jaine a se comprometer.

Mas toda essa coisa de família teria de esperar. No momento, ele tinha duas prioridades: pegar o assassino e manter Jaine em segurança. E essas duas tarefas ocupariam todo o seu tempo.

Jaine acordou na cama de Sam pouco depois de uma da tarde, não completamente descansada, mas com as baterias recarregadas o suficiente para se sentir disposta a enfrentar a próxima crise. Depois de colocar uma calça jeans e uma camiseta, ela foi até a casa ao lado para ver como ia a limpeza. A Sra. Kulavich estava ali, inspecionando cômodo por cômodo para garantir que tudo era feito com primor. As duas mulheres arrumando as coisas não pareciam se incomodar com a supervisão.

Elas eram bem eficientes, pensou Jaine. O quarto e o banheiro já estavam limpos; o colchão destroçado e a estrutura da cama haviam sumido, as tiras de pano foram varridas e colocadas num saco de lixo gordo, que aguardava ao lado dos degraus da cozinha. Antes de dormir, Jaine telefonara para o agente de seguros e descobrira que sua apólice de proprietária, tão recentemente convertida de uma apólice de locatária, cobriria parte dos custos para substituir móveis e eletrodomésticos. As roupas estavam fora da cobertura.

— Não faz nem uma hora que seu agente de seguros esteve aqui — contou a Sra. Kulavich. — Ele deu uma olhada na casa, tirou fotos e falou que ia à delegacia pegar uma cópia do boletim de ocorrência. E disse que acha que não vai ter nenhum problema.

Ainda bem. Jaine estava gastando muito dinheiro ultimamente, e sua conta bancária havia encolhido bastante.

O telefone tocou. O aparelho era um dos objetos não femininos que permaneceram intactos, então ela atendeu. O identificador de chamadas acabou não sendo instalado, pensou ela, e sentiu um frio na barriga diante da ideia de atender sem saber quem estava do outro lado da linha.

Mas poderia ser Sam, então ela apertou o botão e levou o fone ao ouvido.

— Alô?

— É Jaine quem está falando? Jaine Bright?

Era uma voz de mulher, vagamente familiar.

Aliviada, ela respondeu:

— Sim, sou eu.

— Aqui é Cheryl... Cheryl Lobello, a irmã de Marci.

A dor a atravessou. Era por isso que a voz lhe soava familiar; era parecida com a de Marci. Cheryl não tinha a rouquidão dos anos de fumante, mas o tom era o mesmo. Jaine apertou o fone.

— Marci sempre falava de você — disse ela, piscando para afastar as lágrimas, que pareciam de prontidão desde segunda-feira, quando Sam lhe contara sobre a morte da amiga.

— Eu ia te dizer a mesma coisa — comentou Cheryl, dando uma risadinha triste. — Ela sempre me ligava para me contar de alguma coisa engraçada que você tinha dito. E também falava muito de Luna. Meu Deus, isso não parece ser real, não é?

— Não — sussurrou Jaine.

Depois de um tempo de silêncio em que as duas tentavam não chorar, Cheryl reuniu todo o seu autocontrole e disse:

— Bem, o legista liberou o corpo dela, e eu estou cuidando dos preparativos para o enterro. Nossos pais estão sepultados em Taylor, e eu acho que Marci gostaria de ficar perto deles. O que você acha?

— Sim, é claro. — A voz daquela mulher não parecia com a da irmã, pensou Jaine; estava pesada demais pelas lágrimas.

— Eu organizei uma cerimônia ao lado do túmulo no sábado, às onze horas.

Cheryl passou o nome da funerária e explicou como chegar ao cemitério. Taylor ficava ao sul de Detroit e a leste do aeroporto. Jaine não conhecia a região, mas era boa em seguir mapas e pedir orientações na rua.

Ela tentou pensar em algo que pudesse dizer para minimizar a dor de Cheryl, mas como poderia fazer isso quando era impossível diminuir seu próprio sofrimento?

E então a resposta veio, e ficou óbvio o que ela, Luna e T.J. deveriam fazer. Marci teria adorado.

— Nós vamos fazer um velório festivo para ela — soltou Jaine. — Você quer vir?

— Um velório festivo? — Cheryl parecia surpresa. — Tipo um velório irlandês?

— Mais ou menos, apesar de nenhuma de nós ser irlandesa. Vamos sair para beber e fazer brindes em homenagem a Marci, contar histórias sobre ela.

Cheryl riu, uma risada de verdade dessa vez.

— Ela ia adorar uma coisa dessas. Eu quero ir. Quando vai ser?

Como Jaine ainda não falara com T.J. e Luna a esse respeito, não tinha certeza de quando o velório começaria, mas tinha de ser na noite de sexta.

— Amanhã à noite — disse ela. — Mais tarde eu te passo o local e o horário. A menos que você ache que a funerária nos deixaria beber lá...

— Imagino que não — respondeu Cheryl, soando tanto como a irmã que Jaine ficou com um bolo na garganta de novo.

Depois de anotar o telefone de Cheryl, Jaine voltou para a casa de Sam e pegou a sacola onde estavam o identificador de chamadas e o celular novo, que ainda não tinha ligado.

Então, sentou-se à mesa, leu as instruções minuciosamente, franziu a testa, amassou o papel numa bolinha e a jogou no lixo.

— Não pode ser tão complicado assim — murmurou ela. — Basta prender o negócio entre a linha e o telefone. Só pode ser desse jeito.

Pensando logicamente, a tarefa parecia fácil. Ela soltou o telefone da parede, tirou o cabo preso no aparelho, prendeu-o ao identificador e então o conectou ao telefone. Muito bem. Depois, foi até a casa de Sam e discou o próprio número para ver se estava funcionando.

Estava. Quando ela apertou o botão de exibir, o nome de Sam surgiu na telinha, seu número de telefone embaixo. Nossa, a tecnologia era uma coisa maravilhosa.

Jaine tinha uma lista de ligações para fazer, e a primeira era para Shelley.

— Preciso que você fique com BooBoo até mamãe e papai voltarem de férias — disse ela.

— Por quê? — perguntou a irmã com hostilidade, sua mágoa evidente.

— Porque minha casa foi invadida ontem à noite, e eu estou com medo de machucarem BooBoo.

— O quê? — Shelley praticamente gritava. — Alguém entrou na sua casa? Onde você estava? O que aconteceu?

— Eu estava com Sam — respondeu Jaine, e deixou por isso mesmo. — E quebraram um monte de coisas.

— Graças a Deus você não estava aí! — Então ela fez uma pausa, e Jaine conseguia ouvir a mente da irmã se revirando. Shelley não era burra. — Espere um pouco. A casa já foi invadida, e BooBoo *não* se machucou, não é?

— Não, mas estou com medo de que ele possa se machucar.

— Você acha que a pessoa que fez isso pode invadir sua casa de novo? — Shelley gritava de novo. — É por causa daquela Lista, não é? Agora tem um monte de malucos atrás de você!

— Só um, eu acho — disse Jaine, e sua voz embargou.

— Ah, meu Deus! Você acha que o assassino de Marci entrou na sua casa? É isso que você acha, não é? Jaine, meu Deus, o que vamos fazer? Você precisa sair daí. Venha para cá. Fique num hotel. Qualquer coisa!

— Obrigada pela oferta, mas Sam passou na sua frente, e eu me sinto segura lá. Ele tem uma arma. Uma arma bem grande.

— Eu sei, eu vi. — Shelley ficou quieta por um instante. — Estou assustada.

— Eu também — admitiu Jaine. — Mas Sam está cuidando do caso, e ele tem alguns palpites. Ah, aliás, nós vamos nos casar.

Shelley começou a berrar de novo. Jaine tirou o fone do ouvido. Quando o silêncio voltou a reinar, ela se aproximou de novo do aparelho e disse:

— Estamos pensando em fazer a cerimônia no dia seguinte ao da chegada de mamãe e papai.

— Mas isso é daqui a três semanas! Não vamos conseguir organizar tudo! E a igreja? E a festa? *E o seu vestido?*

— Nada de igreja, nada de festa — disse Jaine com firmeza. — E eu vou arrumar um vestido. Não preciso de um feito sob medida; qualquer coisa serve. Preciso fazer compras de toda forma, porque o maluco picotou a maioria das minhas roupas.

Mais gritos. Ela esperou até a indignação de Shelley diminuir.

— Ah, eu vou te passar o número do meu celular novo — disse ela. — Você é a primeira.

— Sou, é? — A irmã parecia cansada de tanto berrar. — E Sam?

— Nem ele tem.

— Uau, quanta honra! Você se esqueceu de dar o número a ele, não foi?

— Esqueci.

— Tudo bem, vou pegar uma caneta. — Jaine ouviu um som farfalhante. — Não consigo encontrar uma. — Mais sons. — Pronto, pode falar.

— Encontrou uma caneta?

— Não, mas achei uma bisnaga de molho de queijo. Vou anotar seu número na bancada, encontrar uma caneta e passar para o papel.

Jaine recitou o número e ouviu o som dos espirros enquanto Shelley anotava os dígitos com queijo.

— Você está em casa ou no trabalho?

— Em casa.

— Então já, já, passo aí para buscar BooBoo.

— Obrigada — disse Jaine, aliviada por ter menos essa preocupação.

Em seguida, ela ligou para Luna e T.J. no trabalho, fazendo uma chamada com as duas. As amigas também tinham se preocupado, e Jaine conseguia ouvir em suas vozes que estavam cientes de que aquilo poderia ter acontecido com elas. Como esperado, as duas adoraram a ideia do velório festivo para Marci. Luna imediatamente ofereceu seu apartamento, e um horário foi combinado. Jaine também aproveitou para passar o número do celular.

— Eu tenho uma coisa para contar a vocês — disse T.J., mantendo a voz baixa. — Mas não enquanto estou aqui.

— Venha para cá quando sair do trabalho — ofereceu Jaine. — Luna, você pode vir?

— Claro. Shamal ligou de novo, mas não estou no clima de sair com ele, não com Marci... — Ela se interrompeu, audivelmente engolindo em seco.

— De toda forma, você não devia sair com ele — disse Jaine. — Não se esqueça do que Sam falou: só família. O que significa nada de encontros.

— Mas Shamal não... — Luna se interrompeu novamente. — Que coisa horrível! Não posso ter certeza de nada, posso? Não posso me arriscar.

— Não, não pode — disse T.J. — Nenhuma de nós pode.

Assim que Jaine desligou o telefone, o aparelho começou a tocar. O nome de Al apareceu na janelinha. Ela atendeu e disse:

— Oi, Shelley.

— Você finalmente comprou um identificador — disse a irmã. — Escute, acho que devemos ligar para mamãe e papai.

— Se você quiser contar a eles que vou me casar, tudo bem, mas preferia dar eu mesma a notícia. Mas nem *pense* em pedir para os dois voltarem por causa desse maluco.

— Esse maluco é um assassino que está te perseguindo! Você não acha que eles gostariam de estar aqui?

— E o que eles poderiam fazer? Não pretendo deixar esse cara me pegar. Já pedi para instalarem um alarme, e tenho ficado na casa de Sam. Mamãe e papai só ficariam preocupados, e você sabe como ela queria essa viagem.

— Eles deviam estar aqui — insistiu Shelley.

— Não deviam, não. Deixe os dois aproveitarem. Você acha que eu deixaria um maluco impedir meu casamento, que vai acontecer, nem que eu tenha que amarrar Sam e arrastá-lo pelo altar. Ou qualquer coisa parecida — acrescentou ela, lembrando que não se casaria na igreja.

— Você quer me distrair, mas não está dando certo. Quero ligar para mamãe e papai.

— Não faça isso. O problema é meu, sou eu que resolvo.

— Vou contar para o David.

— Você pode contar para ele, mas ninguém, absolutamente ninguém, pode contar qualquer coisa para mamãe e papai. Prometa, Shel. Ninguém na sua família, ninguém na família de David, nenhum amigo ou conhecido pode contar a eles sobre o que está acontecendo. Nem mandar uma carta. Nem um telegrama, e-mail ou qualquer outra forma de comunicação, incluindo mandar um avião para escrever a mensagem no ar. Eu mencionei todas as possibilidades?

— Infelizmente — disse Shelley.

— Ótimo. Deixe os dois aproveitarem as férias. Prometo que vou tomar cuidado.

Sam recebeu um telefonema de Laurence Strawn no início da tarde.

— Isso vai abrir precedente para um processo por invasão de privacidade — disse ele. — Mas um mandado levaria tempo e talvez alertasse o sujeito, então que se dane! Se eu puder ajudar, isso vale mil processos.

Sam gostava mesmo desse cara.

— Veja seu e-mail — continuou Strawn. — É um anexo enorme, e provavelmente vai demorar até baixar tudo.

— Isso que é eficiência.

— A Sra. Yother tem um incentivo a mais — disse Strawn, e desligou.

Sam voltou para o computador e abriu o e-mail. Quando viu quantos Ks de RAM o arquivo anexado ocupava, fez uma careta.

— Espero ter memória suficiente — murmurou ele, clicando no anexo e abrindo o arquivo.

Meia hora mais tarde, o arquivo ainda não tinha sido baixado. Ele tomou café, liberou uma papelada, ligou para Bernsen e avisou que tinha recebido os documentos do RH, bebeu mais café. Bernsen estava a caminho para pegar uma cópia, e Sam torceu para aquela porcaria ter terminado de baixar antes de o colega chegar.

Finalmente, tinha acabado. Ele colocou papel na impressora e mandou imprimir. Quando as folhas acabaram, ele colocou mais. Droga, levaria uma eternidade para analisar tantos arquivos, mesmo que ele e Bernsen não tivessem outros casos e pudessem se concentrar apenas naquilo. Pelo visto, teria de passar suas noites lendo.

A tinta da impressora acabou. Xingando, Sam interrompeu a tarefa, foi atrás de mais um cartucho, e estava brigando com ele quando um dos auxiliares administrativos se apiedou e o ajudou a botá-lo no lugar. A impressora voltou a cuspir as folhas.

Bernsen chegou, e os dois sentaram juntos para observar a impressora.

— Já estou cansado só de olhar para isso — disse o outro detetive, observando a enorme pilha de papel.

— Cada um fica com uma metade. Vamos colocar os nomes no sistema, ver se o computador encontra alguma coisa.

— Ainda bem que só precisamos investigar os homens.

— Sim, mas o mercado da informática é predominantemente masculino. Poucos arquivos são de mulheres; não é uma divisão igualitária.

Bernsen suspirou.

— Eu queria assistir ao jogo hoje. — Ele fez uma pausa. — Recebi o laudo do legista sobre a Srta. Dean. Sem esperma.

A informação não surpreendeu Sam. Não havia esperma presente em muitos casos de abuso sexual, ou porque o culpado usara camisinha — alguns faziam isso —, ou porque não ejaculara. Teria sido bom ter DNA para fazer uma identificação, caso precisassem.

— Mas o legista encontrou um fio de cabelo que não era da vítima. Fiquei impressionado com esse fato, porque a Srta. Dean era loura, e esse cara também é.

Um sorriso predatório surgiu no rosto de Sam. Um fio de cabelo. Um único fio de cabelo, mas que lhes dava o DNA de que precisavam. O caso lentamente tomava forma. Uma pegada parcial, um fio de cabelo; não era muito, mas estavam fazendo progresso.

Vinte e quatro

Quando Sam chegou em casa naquela tarde, T.J. e Luna entravam por sua porta da frente. Isso queria dizer que Jaine estava na casa dele, e não na dela. Sam gostou disso. Era melhor que ela se sentisse à vontade lá, pois ele só a deixaria voltar a dormir na própria casa depois que o assassino de Marci fosse capturado. Talvez nem assim. Ele se divertia demais com ela por perto para abrir mão de sua presença, ainda que temporariamente.

O dia tinha sido um horror de quente, e o suor escorria por suas costas quando Sam entrou em casa. Depois de colocar a pesada pilha de papel, metade dos arquivos pessoais da Hammerstead impressos, sobre uma mesinha, ele ficou um instante parado, inalando o maravilhoso ar frio. Agora que seus pulmões não estavam mais em risco de ser prejudicados pelo calor, ele tirou a jaqueta e seguiu o barulho até a cozinha.

Jaine servia quatro copos de chá gelado, o que significava que o vira estacionar o carro.

— Você chegou bem na hora — disse ela.

Sam tirou a pistola e o distintivo do cinto, e os depositou sobre a bancada, ao lado da cafeteira.

— Para quê? — Ele pegou um dos copos de chá e deu um longo gole, sua garganta mexendo.

— Estamos planejando um velório festivo para Marci. A irmã dela, Cheryl, vai vir.

— Amanhã à noite, no meu apartamento — disse Luna.

— Tudo bem. Eu posso ir.

Parecendo surpresa, Jaine disse:

— Mas, se estivermos todas juntas, não ficaremos seguras?

— Não necessariamente. Essa pode ser uma oportunidade perfeita para ele encontrar todas ao mesmo tempo. Não vou me meter, mas quero estar lá.

Jaine soltou uma risada irônica. Se Sam estivesse por perto, ele se meteria. Não havia como ignorá-lo.

T.J. lançou um olhar expressivo para ele.

— Antes de começarmos, tenho uma novidade.

— Eu também tenho uma novidade — disse Jaine.

— Eu também — comentou Sam.

Todos ficaram esperando. Ninguém falou. Luna finalmente interferiu.

— Como eu sou a única que *não* tem novidades, vou organizar a fila. — Ela apontou para T.J. — Você começa. Estou curiosa desde que nos falamos pelo telefone.

T.J. levantou as sobrancelhas para Sam, e ele soube que ela perguntava se havia problema em contar às outras o que estivera fazendo. Como a informação teria sido passada adiante para as amigas de toda forma antes da sua chegada, ele disse:

— Pode contar.

— Eu fiz cópias dos arquivos pessoais para o Sr. Strawn — disse ela. — Ele disse que deu permissão para um detetive analisá-los.

Três pares de olhos se viraram para Sam.

Ele fez uma careta.

— Eu trouxe bastante trabalho para casa. Vamos jogar todos os nomes no sistema para buscar antecedentes ou mandados em aberto.

— Quanto tempo isso vai levar? — quis saber Jaine.

— Se nada no computador nos levar na direção certa, vamos ter que analisar cada arquivo e ver se alguma coisa chama a atenção, algo que talvez precise ser investigado mais a fundo.

— Um dia? Dois? — insistiu ela.

— Você é chatinha com essa coisa de otimismo, não é? — Ele tomou um longo gole no chá.

Luna sinalizou com as mãos para os dois darem um tempo e se virou para Sam.

— Sua vez.

— O legista encontrou um fio de cabelo louro em Marci que não era dela.

As três mulheres ficaram imóveis, e ele sabia que seus cérebros estavam a toda, pensando em todos os homens louros na Hammerstead.

— Alguém veio à mente? — perguntou ele.

— Não — disse Jaine. — E o que você chama de louro, podemos chamar de castanho-claro. — Ela olhou para as outras, que deram de ombros. — Tem vários caras no trabalho que se encaixam nessa categoria.

— Não relaxem — alertou Sam. — O cabelo pode ter se prendido a ela em outro lugar. É uma pista, e, quando o pegarmos, se o DNA bater, não vai ter escapatória. Só tenham mais cuidado com caras louros.

— Isso é animador — disse Luna, abatida. — Acho que sou a única morena no departamento de vendas.

— Vou analisar os arquivos por setor, começando pela contabilidade, já que Marci foi o primeiro alvo. Aliás — disse ele para T.J. —, obrigado por passá-los separados por área.

Ela lhe lançou um olhar sarcástico.

— Tudo o que eu puder fazer para ajudar.

Luna voltou a organizar a conversa, apontando para Jaine.

— É a sua vez.

Jaine respirou fundo. Depois de três noivados fracassados, ela precisava se preparar psicologicamente para anunciar que pretendia... mais uma vez... se casar. Ela olhou para Sam, que piscou.

— EueSamvamosnoscasar — disse ela rápido, juntando as palavras, como se isso chamasse menos atenção. Era melhor não dar folga para o destino.

Sam apertou as orelhas para bloquear os sons de gritos que vieram. T.J. abraçou Jaine. Luna abraçou Sam. Então, de alguma forma, os quatro acabaram se abraçando. O círculo ficava pequeno demais sem Marci, pensou Jaine, mas se recusava a deixar que as lágrimas atrapalhassem aquela pequena comemoração. A vida continuava. Era mais triste sem Marci, mais vazia, porém continuava mesmo assim.

— Como? Quer dizer, quando? — perguntou T.J.

— Em três semanas, quando os pais dela voltarem — respondeu Sam. — Eu pensei que a cerimônia podia ser só no cartório, mas a minha família nunca iria caber lá dentro, e todos vão querer ir.

— Talvez num parque — sugeriu Jaine.

— Por que num parque? A casa de alguém deve ser suficiente. A dos meus pais é bem grande; tinha que ser, com sete filhos.

Jaine pigarreou.

— Bem, tem a minha família, a sua família, T.J. e Luna, seus amigos policiais, e eu meio que... hum... convidei todo mundo da rua.

— Bem, sim — disse Sam. — George e Sadie teriam que vir, e Eleanor e... e, porra, nosso casamento pequeno já tem cem convidados, não tem? — terminou ele num tom frustrado.

— Pelo visto, sim, meu camarada.

— Isso significa comida e tal.

— Pois é.

— E quem é que vai organizar isso tudo? — A expressão de Sam dizia claramente que não seria *ele*.

— Shelley. Ela adora essas mer... coisas. Mas nada muito sofisticado. Meu orçamento está apertado com as parcelas da casa, o alarme novo, o celular e agora tenho que comprar roupas, um colchão e uma cama...

— Você não precisa de um colchão e uma cama — argumentou ele.

T.J. e Luna começaram a gargalhar. T.J. tirou cinco pratas da bolsa e depositou com um tapa na mão de Luna.

— Eu disse — provocou a amiga.

Jaine estreitou os olhos para as duas.

— Vocês fizeram uma aposta sobre a minha vida amorosa — acusou ela.

— Sim, e tenho que dizer que estou decepcionada — admitiu T.J., tentando usar um tom de voz severo. Ela continuava rindo, então isso não deu muito certo. — Achei que você fosse enrolá-lo por mais umas duas semanas.

— Ela não conseguiu resistir — disse Sam, convencido, servindo-se de mais chá.

— Fiquei com pena — corrigiu Jaine. — Ele estava reclamando e implorando tanto. Era patético.

O sorriso de Sam prometia que aquilo teria volta. Ela sentiu uma onda de ansiedade. Talvez tivesse de fazer amor com ele por, ah, três ou quatro horas, para acalmar seu orgulho ferido. Que sacrifício!

Jaine adorava a forma como ele se sentia confortável com as amigas dela. Sam sentou à mesa e ajudou com os planos para o velório, apesar de sua contribuição ser: "Cerveja e pipoca. Do que mais alguém precisa num velório festivo?" O que provava que ele não sabia nada sobre mulheres e comida.

Depois de T.J. e Luna irem embora, os dois saíram para transferir o carro do pai dela de uma garagem para outra. Enquanto a ajudava a dobrar a lona e descobrir o jatinho prateado que era o veículo, Sam disse:

— Você trouxe a chave?

Ela a tirou do bolso e balançou o chaveiro no ar.

— Quer dirigir?

— Você está tentando puxar meu saco, para compensar aquela piadinha sobre eu reclamar e implorar?

— Não, eu planejava compensar isso mais tarde.

Sam riu e tirou as chaves da mão dela.

— Puxa vida — suspirou ele ao tirar os sapatos e passar uma perna sobre a porta, depois a outra, e sentar no banco do motorista. Ele cabia no carrinho como uma luva. Sam acariciou o volante. — Como foi mesmo que seu pai conseguiu este carro?

— Ele o comprou em 1964, mas tinha contatos. Você sabe: "Construído pela Shelby, Motorizado pela Ford." Meu pai estava na equipe de produção que desenvolveu o motor. Ele se apaixonou. Mamãe ficou furiosa por ele ter gasto tanto dinheiro em um carro quando tinham um bebê, Shelley, e precisavam comprar uma casa maior. Só montaram mil unidades. Mil e onze, para ser mais exata. Então, meu pai agora tem um Cobra original, e ele vale mais do que pagaram pela casa.

Sam olhou por cima do ombro para o Viper parado na calçada.

— Seu pai não é o único que gasta uma fortuna com carros.

— Eu tenho a quem puxar. Mas comprei o Viper usado, então não é como se tivesse desembolsado os sessenta e nove mil que ele vale. Passei três anos vivendo à base de miojo e atum para quitar a dívida.

Sam estremeceu.

— Mas ele está pago, não está?

— Completamente. Eu não conseguiria bancar a casa se ainda tivesse as prestações do carro. E é culpa do meu pai que eu o tenha comprado.

— Como assim?

Jaine acenou com a cabeça para o Cobra.

— Em que carro você acha que ele me ensinou a dirigir?

Sam parecia horrorizado.

— Ele deixou alguém que *não sabia dirigir* tocar neste carro?

— Foi assim que todos nós aprendemos. Papai dizia que, se conseguíssemos dirigir o Cobra, dirigiríamos qualquer coisa. Mas Shelley e David não tinham muito jeito para a coisa, e preferiam o Lincoln de mamãe. Algumas pessoas preferem conforto a velocidade, acho. — A expressão no rosto de Jaine dizia que ela não entendia isso, mas aceitava.

— Jesus Cristo! — Ele ficara pálido de verdade só de pensar em três adolescentes sem supervisão atrás do volante daquele carro.

— Papai odeia o Viper — confidenciou ela, e então sorriu. — Em parte porque não é um Ford, mas ele realmente detesta o fato de o Viper ter uma velocidade máxima maior. O Cobra acelera mais rápido, mas eu consigo alcançá-lo a qualquer distância.

— *Vocês apostam corrida?* — berrou Sam, parecendo que ia pular para fora do carro.

— Só para ver como é o desempenho dos cavalos do motor — garantiu Jaine. — E não é como se estivéssemos correndo pelas ruas. Vamos a uma pista de testes.

Ele fechou os olhos.

— Você e seu pai são bem parecidos, não são? — perguntou ele, seu tom tão horrorizado quanto se tivesse acabado de descobrir que os dois estavam com tifo.

— Somos. Você vai gostar dele.

— Mal posso esperar.

Quando Luna chegou ao seu apartamento, ficou chocada ao encontrar Shamal King sentado ao lado da porta, no chão. Ele se levantou quando a viu, e ela parou de imediato, tomada por um medo irracional. Shamal era grande e musculoso. Por um segundo aterrorizante, ela pensou que ele... Mas era impossível. O assassino era louro, branco. Luna engoliu em seco, fraca de medo e alívio, um sentimento seguindo o outro.

— O que você está fazendo aqui? — perguntou ela, o instinto a tornando direta, e viu surpresa nos olhos dele pela ausência de uma recepção calorosa.

— Já faz um tempo que não te vejo — ronronou Shamal na voz aveludada que fazia as mulheres caírem aos seus pés, apesar de os milhões adquiridos com os jogos de futebol americano também colaborarem. Ele geralmente era seguido por uma pequena legião de fãs e adorava a fama e a atenção, aproveitando ao máximo.

— As últimas duas semanas foram uma loucura — disse ela. — Primeiro com a Lista, depois com Marci... — Luna se interrompeu, sua garganta apertou. Ainda não conseguia acreditar que Marci se fora. Não, ela acreditava. Só não aceitava.

— Pois é, meus pêsames. Vocês duas eram próximas, não eram?

Shamal não sabia muito sobre ela, pensou Luna. O foco do relacionamento dos dois, se é que aquilo poderia ser classificado dessa forma, sempre fora ele.

— Ela era a minha melhor amiga — respondeu Luna, e seus olhos se encheram de lágrimas. — Olhe, Shamal, não estou no clima para...

— Ei, não vim aqui para isso — disse ele, franzindo a testa enquanto enfiava as mãos nos bolsos da calça de seda feita sob medida. — Se eu só quisesse transar, podia ter feito isso com... — Shamal se interrompeu, obviamente percebendo que aquela não era a coisa mais inteligente a dizer. — Eu estava com saudade de *você* — continuou ele, desamparado, desconfortável. Aquele não era o tipo de coisa que Shamal King dizia para as mulheres.

Luna passou por ele e abriu a porta.

— É mesmo? — disse ela num tom seco.

Que engraçado! Por quase um ano, desde o momento em que conhecera Shamal, Luna sonhara em ouvi-lo dizer algo assim, que indicasse que ela era especial de alguma forma. Agora que isso acontecera, ela não sentia vontade de ceder em nada. Talvez já tivesse dado a ele tudo o que podia, indo tão longe quanto possível.

Shamal apoiou o peso num pé, depois no outro. Ele não sabia o que dizer, percebeu ela. Tendo sempre sido bonito demais, talentoso demais e, agora, rico demais, eram as mulheres que o abordavam. Ele fora disputado, idolatrado e mimado desde o Ensino Fundamental, quando seu talento para correr se tornara óbvio. Aquele era um novo mundo para Shamal King.

— Você quer entrar? — finalmente perguntou ela.

— Sim, claro.

Ele olhou ao redor do pequeno apartamento como se o visse pela primeira vez. Foi até a estante para examinar os livros guardados lá, as fotos de família.

— Seu pai? — perguntou ele, pegando uma fotografia de um belo e sério major dos Fuzileiros Navais.

— Sim, antes de se aposentar.

— Então ele era do Exército?

— *Fuzileiro naval* — corrigiu ela, escondendo uma careta diante da falta de capacidade dele de reconhecer o uniforme.

Shamal parecia desconfortável de novo.

— Não sei nada sobre militares. A única coisa que fiz na vida foi jogar futebol americano. Imagino que você tenha viajado pelo mundo todo, não é?

— Por algumas partes.

— Dá para notar que você é sofisticada. — Ele devolveu a foto ao lugar, alinhando-a precisamente na posição em que Luna a deixava. — Você entende de vinhos e tal.

Luna sentiu uma pontada de surpresa. Shamal soava um pouco inseguro, uma emoção que ela jamais associaria a ele. Normalmente, era convencido e abusado, como se achasse normal receber toda aquela atenção. Ele morava numa mansão, pensou Luna, mas sentia-se intimidado porque ela viajara um pouco e participara de muitos jantares formais.

— Quer beber alguma coisa? — ofereceu ela. — A coisa mais forte que tenho é cerveja. Também tenho suco e leite.

— Cerveja — disse ele, aliviado. Talvez estivesse com medo de que ela lhe passasse uma carta de vinhos brancos.

Luna tirou duas cervejas da geladeira, abriu as garrafas e lhe entregou uma. Shamal observou fascinado enquanto ela tomava o primeiro gole.

— Nunca te vi bebendo cerveja.

Ela deu de ombros.

— É quase uma regra nas vilas militares. Eu gosto.

Ele sentou e girou a garrafa gelada nas mãos. Depois de um momento reunindo coragem, disse:

— Luna... o motivo para eu vir aqui... — Ele parou e girou a garrafa mais um pouco.

Ela sentou diante de Shamal e cruzou as longas pernas. Ele olhou para o pedaço elegante de pele exposta, como planejado.

— Sim?

Shamal pigarreou.

— Quando você parou de aparecer, eu... bem, foi meio que uma surpresa. Achei que nós... isto é...

— A gente transava — disse Luna gentilmente, decidindo ajudá-lo. Naquele ritmo, Shamal ainda estaria tentando se explicar quando desse meia-noite. — Era só isso que você queria, tudo o que parecia querer. Eu tinha outros planos, mas acho que isso acontece com todas as suas outras namoradas.

Mais desconforto.

— Foi... ah... foi mais do que só sexo.

— Aham. É por isso que você tem umas três garotas para cada dia da semana, uma festa em cada cidade aonde vai. Shamal, eu não sou idiota. Acordei pra vida. Eu queria ser especial para você, mas não é o caso.

— Sim, é, sim — insistiu ele. Shamal examinou a garrafa de cerveja, o rosto enrubescendo. — Não quero te perder. O que preciso fazer?

— Esqueça as outras garotas — disse Luna na mesma hora. — Se você não for capaz de ser fiel, não estou interessada.

— É, eu sei. — Ele abriu um meio sorriso. — Eu li a Lista. Umas partes, eu não consigo cumprir.

Ela sorriu.

— Algumas partes eram uma piada. Mas os primeiros cinco itens, não.

— Então, se eu... esquecer as outras garotas, você volta?

Luna pensou no assunto, pensou por tanto tempo que ele começou a suar, mesmo no ar-condicionado do apartamento. Ela percebeu que já o havia descartado, mesmo que seu coração não estivesse de todo convencido. Voltar atrás exigiria esforço.

— Posso tentar — finalmente disse ela, e Shamal se recostou no sofá com um "ufa" aliviado. — *Mas*, se você me trair, o que inclui dar em cima de uma garota qualquer numa festa, como já te vi fazer, estou fora no mesmo segundo. Nada de segundas chances, porque você já teve todas.

— Eu juro — disse ele, levantando a mão esquerda. — Vou parar com a putaria.

— Pegação — corrigiu Luna.

— O quê?

— Você vai parar com a pegação.

— Foi o que eu disse. É a mesma coisa.

— Não, seus termos podiam ser mais educados. Foi isso que eu quis dizer.

— Meu bem, eu sou jogador de futebol americano. Nós falamos palavrão.

— E isso não tem problema quando você estiver em campo, mas não é o que está acontecendo agora.

— Caramba — reclamou Shamal, mas de um jeito bem-humorado. — Você já está tentando me mudar.

Luna deu de ombros de um jeito inflexível.

— Meu pai é capaz de xingar até não poder mais, só que sempre mede as palavras quando está com a minha mãe, porque ela não gosta. E eu também não. Minha amiga Jaine está tentando parar, e tem feito um ótimo trabalho. Se ela conseguiu, qualquer um consegue.

— Tudo bem, tudo bem. — De repente, Shamal abriu um sorriso. — Ei, isso é meio caseiro, não é? Doméstico. Você me enche o saco, eu prometo melhorar. Tipo um casal.

Luna riu e se jogou nos braços dele.

— Sim. Tipo um casal.

Vinte e cinco

Ao amanhecer de sábado, sonolento, Sam bocejou e sentou-se no sofá de Luna. Por volta de meia-noite, as mulheres resolveram que a vigilância do apartamento poderia ser feita tão bem do lado de dentro quanto do de fora, e insistiram para que ele entrasse. Como estava cansado, Sam concordara. Ele não dormira muito nos últimos dois dias e noites — teria conseguido mais horas de sono se não fosse por certa encrenqueira que insistia em rebolar aquela bunda bonita —, e estava irritado depois de ter passado o dia atrás de pistas inúteis para um de seus outros casos, além de não conseguir descobrir nada nos arquivos da Hammerstead. Por enquanto, todos os nomes inseridos no sistema não apresentavam nada além de eventuais multas não pagas e alguns casos de brigas domésticas.

À meia-noite, abastecidas de cerveja e chocolate, as quatro mulheres ainda estavam empolgadas. Cheryl era uma versão mais tranquila de Marci, similar na aparência e na voz, com o mesmo senso de humor escrachado. Elas conversaram até perder a voz, riram, choraram, tomaram cerveja e comeram tudo o que conseguiram encontrar. Fora bonito de se ver.

O velório festivo fora então transferido para a cozinha, e Sam se esticara no sofá. Ele tinha dormido, mas ficara atento aos barulhos que vinham da cozinha. Nada preocupante havia acontecido, tirando o fato de que ele descobrira que Jaine gostava de cantar quando ficava alegrinha.

Ao acordar, Sam notou, na mesma hora, que o barulho havia diminuído. Na verdade, tudo estava em silêncio. Com cuidado, ele abriu a porta da cozinha e deu uma espiada. Todas dormiam, a respiração pesada pelo cansaço e pelo álcool. T.J. ressonava um pouco, um som delicado que não podia ser classificado como um ronco de verdade. Sam crescera numa casa com quatro irmãos e o pai; ele sabia o que era um ronco.

Jaine estava embaixo da mesa. Encolhida, com as mãos unidas servindo de travesseiro, ela parecia um anjo. Ele soltou uma risada irônica; mas que mentira! Ela provavelmente passara a vida inteira treinando dormir assim.

Luna apoiava a cabeça nos braços cruzados, como uma criança na classe de alfabetização. Ela era boazinha, pensou Sam, mas também devia ser uma mulher forte, considerando as amigas que tinha. A cabeça de Cheryl também estava sobre a mesa, mas ela usava um descanso de panela como travesseiro duro. Várias coisas estranhas geralmente faziam sentido depois que uma pessoa bebia o suficiente.

Sam fez uma busca, encontrou o café e o filtro, e ligou a cafeteira, sem tentar fazer silêncio. Elas continuaram dormindo. Quando o café ficou pronto, ele revirou os armários atrás de xícaras e pegou cinco. Encheu quatro pela metade, para o caso de alguém estar com as mãos trêmulas, mas completou a sua. E, então, anunciou:

— Muito bem, moças, está na hora de acordar.

Sua declaração foi tão eficaz que ele poderia estar falando com a parede.

— Moças! — tentou ele, mais alto.

Nada.

— Jaine! Luna! T.J.! Cheryl!

Luna ergueu um pouquinho a cabeça, lançou-lhe um olhar sonolento e, então, voltou a se acomodar entre os braços. As outras três nem se mexeram.

Um sorriso se abriu no rosto dele. Sam poderia sacudi-las até acordarem, mas isso não seria muito divertido. Divertido era pegar uma panela, uma colher de metal, bater uma contra a outra e observar as quatro mulheres levantarem de um pulo, com os olhos arregalados. Jaine bateu com a cabeça na mesa e gritou:

— Puta merda!

Tendo cumprido sua missão, Sam distribuiu as xícaras de café, abaixando-se para entregar a de Jaine; ela estava sentada sob a mesa, esfregando a cabeça e fazendo cara feia. Meu Deus, como ele amava aquela mulher!

— Vamos lá, é hora de acordar — anunciou para o grupo. — O enterro é daqui a cinco horas.

— Cinco horas? — gemeu Luna. — Você tem certeza?

— Tenho. Isso significa que vocês precisam estar na funerária em cinco horas.

— Não acredito — disse T.J., mas deu um gole no café.

— Vocês precisam ficar sóbrias...

— Nós não estamos bêbadas — veio um resmungo de baixo da mesa.

— ... comer alguma coisa, se conseguirem, tomar banho, lavar o cabelo, ou seja lá o que mais tiverem que fazer. Mas não há tempo para ficarem resmungando embaixo da mesa.

— Não estou resmungando.

Não, aquilo soava mais como um rosnado. Talvez um pouco de sexo terapêutico melhorasse o humor dela — se ele sobrevivesse. Naquele momento, Sam meio que sabia como o louva-a-deus macho se sentia quando dava em cima da senhora louva-a-deus, sabendo que o sexo seria ótimo, mas que, no final, sua cabeça seria arrancada fora.

Ah, bem! Valia a pena perder a cabeça por algumas coisas.

Cheryl se levantou, toda dura. Seu rosto estava marcado com um círculo do descanso de panela. Ela bebeu um pouco do café, pigarreou e disse:

— Ele tem razão. Vamos nos atrasar se não começarmos a nos mexer.

Um braço esbelto surgiu de debaixo da mesa, erguendo uma xícara vazia. Sam pegou o bule de café e serviu novamente. O braço foi baixado.

Se Deus quisesse, ele teria mais quarenta ou cinquenta anos com ela. Isso era assustador. Ainda mais porque ele gostava da ideia.

T.J. terminou o café e levantou para pegar mais, sinal de que estava funcional.

— Certo. Eu estou bem — disse ela. — Só preciso fazer xixi e lavar o rosto, e aí posso pegar o carro e ir para casa. — Ela seguiu cambaleando pelo corredor, e um súbito lamento chegou até a cozinha: — *Meu Deus*, não acredito que eu disse a Sam que preciso fazer xixi!

Quinze minutos depois, Sam enfileirara as quatro, até mesmo Jaine, e elas o fitavam de cara feia.

— Não acredito que você está nos obrigando a isto! — reclamou ela, mas soprou no bafômetro, obediente.

— Sou policial. De jeito nenhum eu ia deixar vocês pegarem o carro sem garantir que estão bem. — Ele olhou para o visor e sorriu, balançando a cabeça. — Sorte sua que estou aqui, querida, porque seu carro não vai a lugar algum. Você está um pouco acima do limite.

— Não estou, não!

— Está, sim. Agora, beba mais café e fique quietinha enquanto eu testo as outras.

Cheryl passou no teste. T.J. passou. Luna passou, por pouco.

— Você roubou! — acusou Jaine, a expressão irada.

— E como é que eu poderia roubar? Foi você quem soprou!

— Então esse negócio está errado! Ele quebrou. Todas nós bebemos a mesma coisa, então como é que eu passei do limite quando todo mundo está bem?

— Elas pesam mais do que você — respondeu Sam, paciente. — Luna está por um fio, mas passou. Você, não. Vou te levar para casa.

Agora, Jaine parecia uma criança emburrada.

— E que carro vamos deixar aqui, o seu ou o meu?

— O seu. É melhor fazer parecer que Luna está recebendo uma visita, caso alguém olhe o estacionamento.

Aquele argumento a convenceu. Ela ainda estava emburrada, mas, depois de um minuto, disse:

— Tudo bem.

Sam quase não teve trabalho para levar Jaine até a picape, e ela voltou a dormir na mesma hora.

Jaine acordou o suficiente para entrar na casa dele por conta própria, mas ficou encarando, carrancuda, o chuveiro enquanto Sam ligava a água e tirava a própria roupa, depois a dela.

— Você vai lavar o cabelo? — perguntou ele.

— Sim.

— Que bom! Então não vai fazer diferença se eu fizer isto.

Ele a pegou e a colocou embaixo do chuveiro, sob o jato de água. Jaine engasgou e tossiu, mas não se debateu. Em vez disso, soltou um longo suspiro, como se gostasse da sensação da água contra a pele.

Depois de ter lavado e condicionado o cabelo, ela disse:

— Não estou com o melhor dos humores.

— Já percebi.

— Sempre fico mal-humorada quando não durmo o suficiente.

— Ah, esse é o problema? — perguntou Sam, seco.

— Em grande parte. Geralmente fico bem feliz depois de algumas cervejas.

— Você estava bem feliz ontem à noite. Hoje de manhã, nem tanto.

— Você acha que estou de ressaca. Não é isso. Bem, a minha cabeça está doendo, mas só um pouco. Só mantenha isso em mente caso decida não me deixar dormir de novo esta noite.

— Eu não deixei você dormir? *Eu* não deixei *você* dormir? — repetiu Sam, incrédulo. — Não foi *você* a mulher que me sacudiu às duas da manhã até eu acordar?

— Eu não te sacudi. Eu pulei em você, mas não te sacudi.

— Pulou — repetiu ele.

— Você tinha uma ereção. Como é que eu ia desperdiçar uma coisa dessas?

— Você podia ter me acordado *antes* de começar a não desperdiçar.

— Olhe só — disse Jaine, exasperada —, se você não quer que as suas ereções sejam usadas, não fique deitado de costas, deixando-as à mostra daquele jeito. Se isso não é um convite, não sei o que poderia ser.

— Eu estava dormindo. Meu corpo funciona por conta própria.

Como estava funcionando agora, por sinal. A ereção a cutucou na barriga.

Jaine olhou para baixo... e sorriu. Foi um sorriso que fez os testículos de Sam se encolherem de medo.

Fungando, ela deu as costas para ele e o ignorou enquanto terminava o banho.

— Ei! — disse Sam, tentando recuperar sua atenção. Seu tom soava preocupado. — Você não vai desperdiçar esta, vai?

Os dois chegaram a tempo à cerimônia, mas foi por pouco. Sam levou Jaine para buscar o carro na casa de Luna, para que, caso o assassino estivesse no enterro, ninguém a visse sair da picape dele no cemitério e descobrisse onde ela estava hospedada. Com o Cobra na sua garagem, ele só podia estacionar a picape diante de casa ou na garagem de Jaine, o que era um saco, já que o portão dela não tinha controle remoto.

Sam estava relaxado, e o humor de Jaine também tinha melhorado bastante. Sexo terapêutico funcionava bem à beça. Depois de passar cinco minutos inteiros resistindo, quando ele estava começando a se preocupar de verdade, ela se aproximara com um brilho naqueles olhos azuis e sussurrara: "Estou tensa. Acho que preciso relaxar."

Jaine estava linda, pensou ele, observando-a do outro lado da sala. Ela vestia um terninho azul-marinho elegante que ia até os joelhos, e saltos altos sensuais. E o deixara observar enquanto aplicava o que chamara de "maquiagem de enterro". Era óbvio que as mulheres tinham uma estratégia de maquiagem para cada ocasião. O delineador e o rímel eram à prova d'água, para evitar borrões. Nada de blush nem base, apenas pó compacto, porque ela abraçaria um monte de gente, e não queria deixar manchas na roupa dos outros. E um batom à prova de beijos num tom que Jaine chamava de "malva discreto", apesar de Sam não ter a menor ideia do que diabos era malva. O batom parecia rosado, mas as mulheres eram incapazes de dizer "cor-de-rosa".

Mulheres eram de uma espécie diferente. Alienígenas. Essa era a única explicação.

Cheryl vestia preto e parecia muito contida. Seu marido a acompanhava, parado ao seu lado, segurando sua mão. T.J. usava um terninho verde-escuro e trouxera o marido. O Sr. Yother era o típico homem americano, bem-arrumado, com cabelo castanho penteado e traços comuns. O casal não estava de mãos dadas, e Sam notou que T.J. não olhava para o marido com frequência. Os dois deviam estar passando por problemas, pensou ele.

Luna usava um vestido vermelho reto que ia até a panturrilha. A mulher estava linda, simplesmente. Ela foi até Jaine, e Sam se aproximou para ouvir o que diziam.

— Marci adorava vermelho — disse Jaine, sorrindo para Luna e pegando a mão da amiga. — Queria ter pensado nisso.

Os lábios de Luna tremiam.

— Eu queria me despedir dela com estilo. Você não acha que cometi uma gafe, acha?

— Você está falando sério? Eu adorei. Todo mundo que conhecia Marci vai entender, e o resto não importa.

Roger Bernsen estava lá, tentando desaparecer na multidão. Isso não estava dando muito certo, mas era melhor do que nada. Ele não veio cumprimentar Sam; os dois não estavam ali para conversar. Eles ficaram andando pelo local, observando os convidados, ouvindo as conversas.

Vários homens louros haviam comparecido, mas Sam analisou cada um deles minuciosamente, e nenhum parecia prestar muita atenção em Jaine ou nas outras. A maioria estava ali com as esposas. O assassino podia ser casado, Sam sabia, e ter uma vida aparentemente normal, mas, a menos que ele fosse um *serial killer* frio como gelo, o sujeito demonstraria alguma emoção ao deparar com sua obra e seus alvos.

Sam não achava que estivessem lidando com esse tipo de criminoso; os ataques eram pessoais demais, emocionais demais, como se executados por alguém que perdera o controle.

Durante o enterro propriamente dito, ele continuou a observar, apesar de essa parte ter sido breve. O calor já era arrasador, ainda que Cheryl tivesse marcado a cerimônia o mais cedo possível, para evitar a pior parte do dia.

Sam encontrou o olhar de Bernsen, que lentamente fez que não com a cabeça. Ele também não notara nada fora do normal. Tudo estava sendo gravado, e os dois assistiriam à fita mais tarde, para ver se haviam perdido alguma coisa, mas Sam achava que não era o caso. Droga, ele tinha certeza de que o assassino viria ao enterro.

Cheryl chorava um pouco, mas, no geral, mantinha o controle. Sam viu Jaine secar os cantos dos olhos com um lenço dobrado: mais uma estratégia feminina para preservar a maquiagem. Ele não achava que suas irmãs soubessem de todos esses truques.

Uma mulher alta e magra, num vestido preto, se aproximou de Cheryl. De repente, enquanto oferecia seus pêsames, ela desabou nos braços chocados da irmã da falecida, aos prantos.

— Eu não consigo acreditar — choramingou ela. — A empresa não é a mesma sem Marci.

T.J. e Luna se aproximaram de Jaine, ambas observando a mulher sem entender o que acontecia. Sam também chegou mais perto. As pessoas se juntavam em grupos, educadamente ignorando a explosão emocional, então não pareceria estranho se ele fizesse a mesma coisa.

— Eu devia ter imaginado que Leah tiraria proveito disso — murmurou T.J., enojada. — Ela é dramática — acrescentou para Sam. — Trabalha no meu setor, e sempre faz isso. Se qualquer coisinha triste acontece, Leah a transforma numa tragédia.

Jaine observava, incrédula, aquela cena, os olhos arregalados. Ela balançou a cabeça e disse, com ar de lamento:

— É como se as antenas dela estivessem ligadas, mas o Tico e o Teco tivessem morrido.

T.J. engasgou com uma risada, que tentou transformar em tosse. Ela se virou de costas na mesma hora, o rosto vermelho, enquanto tentava se controlar. Luna mordia o lábio inferior, mas uma gargalhada conseguiu atravessar a barreira, e ela também precisou dar as costas para a cena. Sam cobriu a boca com uma das mãos, mas os ombros tremiam. Talvez as pessoas pensassem que ele estava chorando.

Um vestido vermelho! A vagabunda estava usando vestido vermelho. Corin não conseguia acreditar no que via. Aquilo era tão vergonhoso, tão vulgar. Ele não teria imaginado uma coisa dessas vindo dela, e estava tão chocado que mal conseguia se controlar para não lhe dar um tabefe. Mamãe ficaria horrorizada.

Mulheres como aquela não mereciam viver. Nenhuma delas merecia. Eram vadias libertinas, depravadas, e ele estaria fazendo um favor ao mundo quando as matasse.

Luna soltou um suspiro de alívio quando finalmente entrou no apartamento e tirou os saltos. Seus pés doíam muito, mas estar bonita para Marci compensava a dor. Ela faria tudo de novo se precisasse, mas estava feliz por não precisar.

Agora que já passara pelo enterro, Luna se sentia anestesiada, exausta. O velório festivo tinha ajudado bastante; conversar sobre Marci, rir, chorar, tudo isso fora uma catarse que a ajudara a enfrentar o dia. O enterro em si, aquele ritual, era reconfortante à sua maneira. Seu pai lhe contara que os funerais militares, com toda aquela pompa e circunstância e os movimentos precisamente coordenados, serviam para consolar as famílias. Os rituais diziam: Essa pessoa era importante. Essa pessoa era respeitada. E o momento era um tipo de marca emocional, um ponto em que aqueles que sofriam podiam homenagear seus mortos e, ao mesmo tempo, definir um recomeço para o restante de suas vidas.

Era engraçado como todas haviam criado uma conexão com Cheryl. Era como ter Marci de volta, mas havia algumas diferenças, porque Cheryl tinha personalidade bem própria. Seria bom manter contato com ela.

Luna esticou os braços para trás para abrir o zíper nas costas do vestido, e o abrira pela metade quando alguém tocou a campainha.

Ela congelou, o pânico súbito gelando em suas veias. Ah, meu Deus! *Ele* estava lá fora, não havia dúvida. Ele a seguira até a casa. Ele sabia que ela estava sozinha.

Luna foi de fininho até o telefone, como se o assassino pudesse enxergar através da porta e ver o que ela fazia. Será que ele a arrombaria? Ele havia arrombado a porta de Jaine, quebrando o vidro, mas seria forte o suficiente para destruir madeira? Ela nunca tinha parado para pensar se sua porta era reforçada ou apenas uma lâmina.

— Luna? — A voz do outro lado soava confusa, baixa. — Sou eu, Leah. Leah Street. Você está bem?

— Leah? — repetiu Luna, fraca, ficando tonta de alívio. Ela dobrou o corpo, respirando fundo, para afastar a tremedeira.

— Eu tentei te alcançar, mas você saiu correndo — disse a outra mulher.

Sim, ela saíra correndo. Estava desesperada para chegar em casa e tirar aqueles sapatos.

— Espere um pouco, eu estava trocando de roupa.

Por que é que Leah estava ali?, perguntou-se Luna enquanto ia até a porta e a destrancava. Porém, antes de fazer isso, usou o olho mágico para garantir que era mesmo ela, apesar de ter reconhecido a voz.

Era Leah, com uma aparência triste e cansada, e Luna subitamente se sentiu culpada por ter rido daquela mulher no enterro. Ela não conseguia imaginar por que a colega estava ali; o máximo de interação que as duas tinham fora trocar algumas palavras no corredor da empresa. Mas destrancou a porta.

— Entre — convidou Luna. — Estava tão quente no enterro, não estava? Quer beber alguma coisa gelada?

— Sim, por favor — respondeu Leah.

Ela carregava uma bolsa grande, e tirou o peso do ombro, segurando-a nos braços como se fosse um bebê.

Quando Luna se voltou para a cozinha, notou como o cabelo louro de Leah brilhava na luz. Um lampejo, sua testa franziu delicadamente, e ela começou a se virar.

Era tarde demais.

Vinte e seis

Na manhã de domingo, Jaine acordou às dez e meia. E foi só porque o telefone tocava. Ela começou a tatear em busca do fone, lembrou que estava na casa de Sam e se aconchegou de novo no travesseiro. E daí que o aparelho estava do seu lado da cama? O telefone era dele, e a responsabilidade também.

Sam se mexeu ao seu lado, todo calorento, duro e com aquele cheiro almiscarado masculino.

— Pode atender o telefone? — disse ele, sonolento.

— É para você — respondeu ela.

— Como você sabe?

— O telefone é seu. — Jaine odiava ter de dizer o óbvio.

Resmungando algo baixinho, Sam se apoiou em um cotovelo e se inclinou sobre ela para pegar o fone, esmagando-a contra o colchão.

— Pronto — disse ele. — Donovan. — Houve uma pausa. — Sim. Ela está aqui. — Sam soltou o fone no travesseiro diante dela e sorriu. — Shelley quer falar com você.

Jaine pensou em alguns palavrões, mas ficou quieta. Sam ainda não a fizera pagar pelo "puta merda" que ela gritara quando batera com a cabeça na mesa, e seria melhor que não se lembrasse disso.

— Alô? — disse ela, aconchegando o fone contra a sua orelha enquanto Sam deitava ao seu lado.

— A noite foi longa? — perguntou Shelley, sarcástica.

— Durou umas doze, treze horas. O tempo normal para esta época do ano.

Suas costas foram pressionadas por um corpo duro e quente, e uma mão dura e quente acariciou sua barriga, subindo lentamente para os seios. Outra coisa dura e quente pressionou sua bunda.

— Rá, rá — disse Shelley. — Você precisa vir buscar esse gato. — Ela não parecia estar disposta a negociar.

— BooBoo? Por quê?

Como se ela não soubesse por quê. Sam agora acariciava seus mamilos, e Jaine colocou a mão sobre a dele para interrompê-lo. Agora era o momento de se concentrar; caso contrário, o gato acabaria voltando.

— Esse bicho está acabando com os meus móveis! Ele sempre pareceu tão bonzinho, mas é um demônio destruidor!

— A mudança de ambiente o deixou nervoso, só isso.

Privado dos mamilos, Sam desceu a mão para outro lugar interessante. Jaine apertou as pernas para interromper o caminho dos dedos.

— Ele não está mais nervoso do que eu! — Shelley parecia mais do que nervosa; ela parecia indignada. — Olhe só, não posso planejar o seu casamento se tiver que ficar vigiando esse gato demoníaco o tempo todo.

— Você prefere arriscar que ele seja morto? Quer ter que contar à mamãe que o gato dela foi mutilado por um assassino maluco porque você se importa mais com os seus móveis do que com os sentimentos dela? — Nossa, esse tinha sido um golpe de mestre, pensou ela. Magistral.

A respiração de Shelley estava pesada.

— Isso foi um golpe baixo — reclamou ela.

Sam soltou a mão presa entre as coxas e escolheu outro ângulo de ataque: o traseiro. Aquela mão destruidora de pensamentos acariciou sua bunda e então desceu mais um pouco e passou para a frente, encontrando exatamente o que queria e inserindo dois dedos nela. Jaine arfou e quase soltou o telefone.

Shelley também escolheu outro ângulo de ataque.

— Você não está na sua casa, está na de Sam. BooBoo vai ficar bem aí.

Ah, não. Ela não conseguia se concentrar. Aqueles dedos grandes e calejados a estavam deixando louca. Aquela era a vingança dele por ter sido obrigado a atender o telefone, mas, se Sam não parasse, teria de abrigar um gato raivoso que arranharia tudo na casa.

— Só faça bastante carinho nele — disse Jaine, com esforço. — BooBoo vai se acalmar. — É, dali a umas duas semanas. — Ele gosta bastante que cocem suas orelhas.

— Venha buscá-lo.

— Shel, não posso trazer um gato para a casa dos outros!

— Claro que pode. Sam aturaria uma horda de gatos demoníacos enlouquecidos por você. Use seu poder agora, enquanto pode! Daqui a alguns meses, ele não vai nem se dar ao trabalho de fazer a barba antes de ir para a cama.

Que ótimo! Shelley estava transformando aquilo numa guerra dos sexos. O nó do dedo de Sam esfregou o clitóris, e Jaine quase miou.

— Não posso — forçou-se ela a dizer, apesar de não saber ao certo se falava com Sam ou Shelley.

— Pode, sim — rebateu Sam numa voz baixa, rouca.

Shelley deu um grito em seu ouvido.

— Ah, meu Deus, vocês estão transando, não é? Eu ouvi o que ele disse! Você está falando comigo no telefone enquanto trepa com Sam!

— Não, não — balbuciou Jaine, e Sam imediatamente a transformou numa mentirosa ao tirar os dedos e substituí-los por uma estocada forte de sua ereção matinal. Ela mordeu o lábio, mas um som abafado escapuliu mesmo assim.

— Já percebi que estou perdendo meu tempo — disse Shelley. — Ligo de novo quando você não estiver *ocupada*. Quanto tempo ele geralmente leva? Cinco minutos? Dez?

Agora ela queria marcar um horário. Como morder o lábio não tinha adiantado, Jaine tentou morder o travesseiro. Desesperadamente buscando um momento de controle, só um, ela conseguiu dizer:

— Umas duas horas.

— *Duas horas!* — Shelley voltara a gritar. Ela fez uma pausa. — Ele tem irmãos?

— Q-quatro.

— Puxa! — Houve outra pausa enquanto Shelley considerava as vantagens e desvantagens de trocar Al por um dos Donovan. Por fim, ela suspirou. — Vou ter que repensar a minha estratégia. Acho que você deixaria BooBoo destruir cada centímetro da minha casa antes de fazer qualquer coisa para estragar essa bênção, não é?

— Isso mesmo — concordou Jaine, e fechou os olhos.

Sam mudou de posição, ajoelhando-se entre a perna esquerda dela e prendendo a direita no seu braço. Penetrando-a por trás dessa maneira, suas estocadas eram profundas e diretas, e sua coxa esquerda se esfregava bem no melhor ponto. Ela queria morder o travesseiro de novo.

— Tudo bem, vou parar de te perturbar. — Shelley soava derrotada. — Eu tentei.

— Tchau — disse Jaine, a voz grave, atrapalhando-se para devolver o fone ao gancho, sem conseguir alcançá-lo.

Sam se inclinou para a frente para ajudá-la, e o movimento o empurrou ainda mais fundo; Jaine gritou e chegou ao clímax.

Quando ela conseguiu falar de novo, tirou o cabelo do rosto e disse:

— Você é mau. — Sua respiração era pesada, e ela estava fraca, incapaz de fazer qualquer coisa além de ficar deitada ali.

— Não, querida, eu sou bom — rebateu Sam.

E provou que estava certo.

Mais tarde, deitado ao lado dela, suado e cansado, ele disse, sonolento:

— Pelo que entendi, quase tivemos que pegar BooBoo de volta.

— É, e você não ajudou — resmungou Jaine. — E ela sabia o que estava acontecendo. Nunca vou me livrar das piadas.

O telefone tocou de novo.

— Se for Shelley, eu não estou — disse ela.

— Como se ela fosse acreditar nisso — respondeu Sam enquanto pegava o fone.

— Não me importa, contanto que eu não precise falar com ela agora.

— Alô? — disse ele. — Sim, ela está aqui.

Sam estendeu o telefone, e Jaine o pegou, fazendo cara feia. Ele articulou "Cheryl" com os lábios, e ela deu um suspiro de alívio.

— Oi, Cheryl.

— Oi. Escute, estou tentando falar com Luna. Ela me pediu cópias de umas fotos que tenho de Marci, e eu queria saber o endereço para enviá-las. Sei que a gente estava lá ontem, mas quem presta atenção em nomes de rua e números? De toda forma, ela não atende ao telefone, então eu queria saber se você pode me passar o endereço.

Jaine se sentou na cama, um calafrio percorrendo sua pele nua.

— Ela não atende? Há quanto tempo você está tentando ligar?

— Acho que desde as oito. Umas três horas. — Cheryl subitamente entendeu, e disse: — Ah, meu Deus!

Sam já estava fora da cama, botando a calça.

— Quem? — perguntou ele com rispidez, ligando o celular.

— Luna — respondeu Jaine, a garganta apertada. — Escute, Cheryl, talvez não seja nada. Talvez ela tenha ido à igreja ou saído para tomar café com Shamal. Talvez os dois estejam juntos. Vou descobrir e te aviso assim que falar com ela. Está bem?

Sam digitava os números no telefone enquanto tirava uma camisa limpa do armário e a vestia. Pegando meias e sapatos, ele saiu do quarto, falando tão baixo no aparelhinho que Jaine não conseguia ouvir o que era dito.

— Sam está dando uns telefonemas — explicou ela para Cheryl. — Ele vai encontrá-la.

Jaine desligou sem se despedir, levantou-se da cama de um salto e começou a vasculhar ao redor, em busca de suas roupas. Ela tremia cada vez mais. Fazia apenas alguns minutos que seu mundo era maravilhoso, mas agora aquele medo absurdo e nauseante tomara conta de tudo; o contraste quase a paralisava.

Ela foi cambaleando até a sala de estar, fechando a calça jeans, ao mesmo tempo que Sam saía pela porta da frente. Ele carregava a pistola e o distintivo no cinto.

— Espere! — gritou ela, em pânico.

— Não. — Ele parou com a mão na maçaneta. — Você não pode ir.

— Posso, sim. — Ela procurou desesperada pelos sapatos. Droga, eles estavam no quarto! — Espere por mim!

— Jaine. — Sam usava a voz de policial. — Não. Se alguma coisa tiver acontecido, você só vai atrapalhar. Não iriam deixá-la entrar, e está quente demais para ficar esperando na picape. Vá para a casa de T.J. e fique lá. Eu te ligo assim que descobrir alguma coisa.

Ela ainda tremia, e, agora, estava chorando. Não era de se espantar que Sam não quisesse levá-la. Ela passou uma das mãos pelo rosto.

— P-promete?

— Prometo. — A expressão no rosto dele se tornou menos severa. — Tome cuidado no caminho até a casa de T.J. E, querida... Não deixe ninguém entrar, está bem?

Ela assentiu com a cabeça, sentindo-se mais do que inútil.

— Está bem.

— Eu te ligo — repetiu Sam, e foi embora.

Jaine desmoronou no sofá e desabou em lágrimas descontroladas, sofridas. Ela não podia fazer aquilo de novo; simplesmente não podia. Não com Luna. A amiga era tão jovem e bonita; o desgraçado não podia tê-la machucado. Luna tinha de estar com Shamal; ela ficara tão radiante com a súbita reviravolta no relacionamento deles que os dois provavelmente estavam passando todos os segundos juntos. Sam a encontraria. O número de Shamal não estava na lista telefônica, mas a polícia podia descobrir esse tipo de coisa. Luna estaria com o namorado, e Jaine veria como fora boba por se preocupar tanto.

Ela finalmente parou de chorar e secou o rosto. Precisava ir à casa de T.J. e esperar o telefonema de Sam. Ela fez menção de seguir para o quarto, mas mudou de rumo de repente, trancando a porta da frente.

Vinte minutos mais tarde, Jaine estava na porta da amiga sem ter feito nada além de pentear o cabelo, escovar os dentes e terminar de se vestir. Ela apertou a campainha com força.

— T.J., é a Jaine! Depressa!

Ela ouviu passos correndo, a cocker spaniel latindo; então, a porta foi escancarada e o rosto preocupado de T.J. surgiu.

— O que houve? — perguntou a amiga, puxando-a para dentro.

Mas Jaine não conseguia contar, não conseguia se forçar a dizer as palavras. Ainda latindo histericamente, Trilby, a cocker spaniel, pulou em suas pernas.

— Trilby, fique quieta! — disse T.J. Seu queixo tremia, e ela engoliu em seco. — Luna?

Jaine fez que sim com a cabeça, ainda incapaz de falar. A amiga cobriu a boca com a mão enquanto gritos horríveis, atormentados, saíam de sua garganta, e caiu contra a parede.

— Não, não! — conseguiu dizer Jaine, abraçando T.J. — Desculpe, desculpe, não quis dar a entender... — Ela respirou fundo. — Ainda não sabemos. Sam está indo para lá, e ele vai ligar quando descobrir...

— O que está acontecendo? — perguntou Galan, assustado, entrando no vestíbulo. Ele trazia uma seção do jornal de domingo. Trilby correu até o dono, o rabinho balançando loucamente.

Aquela maldita tremedeira começara de novo. Jaine tentou se controlar.

— Luna sumiu. Cheryl não consegue falar com ela.

— Ela deve ter ido ao mercado — disse Galan, dando de ombros.

T.J. olhou para o marido com tanta fúria que era de se espantar que ele não tivesse entrado em combustão.

— Galan acha que estamos histéricas e que Marci foi assassinada por um criminoso qualquer.

— Isso faz muito mais sentido do que vocês todas serem perseguidas por um maníaco — rebateu ele. — Parem de fazer drama por tudo.

— Se nós estamos fazendo drama — disse Jaine —, então a polícia também está.

Ela imediatamente mordeu o lábio. Não queria se meter na briga do casal. T.J. e Galan já tinham problemas suficientes sem que ela se envolvesse.

Galan deu de ombros novamente.

— T.J. disse que você vai se casar com um policial, então ele deve estar querendo te agradar. Vamos, pulguenta. — Ele deu as costas e voltou para o escritório e o jornal, Trilby rondando seus pés.

— Deixe ele pra lá — disse T.J. — Me conte o que aconteceu.

Jaine repetiu o que Cheryl dissera e falou sobre o intervalo de tempo. T.J. olhou para o relógio; já passava de meio-dia.

— Quatro horas, pelo menos. Ela não está no mercado. Alguém ligou para Shamal?

— O número dele não está na lista telefônica, mas Sam vai cuidar disso.

As duas foram para a cozinha, onde T.J. estivera lendo. O livro aberto ficara na alcova. Ela ligou a cafeteira. Quando estavam na segunda xícara, o telefone sem fio perto do cotovelo de T.J. finalmente tocou. Ela o pegou de imediato.

— Sam?

A amiga ouviu por um momento, e, observando o rosto dela, Jaine sentiu toda a esperança se esvair. T.J. parecia em choque, empalidecendo por completo. Seus lábios se moviam, mas o som não saía.

Jaine pegou o fone.

— Sam? Me conte.

A voz dele era grave.

— Querida, sinto muito. Parece que aconteceu ontem à noite, provavelmente no momento em que ela chegou em casa do enterro.

T.J. apoiou a cabeça na mesa, chorando. Jaine tocou o ombro da amiga, tentando consolá-la, mas sentiu que começava a se retrair, dando espaço para o sofrimento, e não sabia se seria capaz de ajudar alguém mais.

— Fique aí — disse Sam. — Não vá a lugar algum. Vou te buscar assim que estiver livre. Esta não é a minha jurisdição, mas todos nós estamos em busca de uma solução. Pode ser que isso leve algumas horas, mas fique aí — repetiu ele.

— Tudo bem — sussurrou Jaine, e desligou.

Galan entrou na cozinha e parou à porta, olhando para T.J. como se ainda esperasse que a esposa estivesse exagerando, mas algo em seu rosto dizia que, dessa vez, ele sabia que não era o caso. Ele estava pálido.

— O quê? — perguntou com a voz estridente.

— Era Sam no telefone — disse Jaine. — Luna morreu.

Então, seu tênue controle foi perdido, e levou muito tempo antes de ela conseguir fazer outra coisa além de chorar e abraçar T.J.

O sol já havia se posto quando Sam chegou. Ele parecia cansado e irritado. Como Jaine e T.J. não o fizeram, ele se apresentou a Galan.

— Você estava no enterro — disse Galan de repente, seu olhar ficando mais atento.

Sam assentiu com a cabeça.

— Um detetive de Sterling Heights também estava. Nós tínhamos esperança de encontrar o assassino, mas, ou ele é muito esperto, ou não compareceu.

Galan olhou para a esposa. T.J. estava sentada em silêncio, acariciando distraidamente a cocker spaniel branca e preta. Na véspera, o olhar do homem era indiferente, mas não havia indiferença nenhuma na forma como ele a observava agora.

— Alguém está mesmo atrás delas. É tão difícil acreditar nisso!

— Pois acredite — respondeu Sam, breve, suas entranhas se remoendo de raiva ao se lembrar do que haviam feito com Luna.

Ela sofrera o mesmo tipo de ataque raivoso, pessoal, seu rosto tão destroçado que seria impossível identificá-la, várias punhaladas, abuso sexual. Ao contrário de Marci, ela ainda estava viva quando fora esfaqueada; o piso do apartamento estava coberto de sangue. Suas roupas também foram rasgadas, como as de Jaine. Quando Sam pensava em quão perto Jaine chegara de ter morrido, na forma como ela teria sofrido se estivesse em casa na noite de quarta, mal conseguia conter sua fúria.

— Você falou com os pais dela? — perguntou Jaine, rouca.

Os dois moravam em Toledo, então não estavam muito longe dali.

— Sim, eles já chegaram — disse Sam. Ele se sentou e a abraçou, apoiando a cabeça dela em seu ombro.

Seu pager apitou. Ele pegou o aparelho e desligou o som, mas xingou ao ver o número na mensagem, esfregando o rosto.

— Preciso ir.

— Jaine pode ficar aqui — disse T.J. antes de ele pedir.

— Eu não trouxe roupa alguma — disse Jaine, mas não estava reclamando, apenas constatando um problema.

— Eu levo você até em casa — ofereceu Galan. — T.J. vai junto. Você pode pegar tudo de que precisa, e ficar por quanto tempo quiser.

Sam assentiu com a cabeça, aprovando.

— Eu te ligo — disse ele, e foi embora.

Corin se balançava para a frente e para trás. Ele não conseguia dormir, não conseguia dormir, não conseguia dormir. Cantarolava para si mesmo, da forma como fazia quando era pequeno, mas a canção mágica não parecia surtir efeito. Ele se perguntou quando ela parara de funcionar. Não conseguia lembrar.

A vagabunda de vermelho estava morta. Mamãe tinha ficado muito satisfeita. Agora só faltavam duas.

Ele se sentia bem. Pela primeira vez na vida, estava agradando mamãe. Nada do que fizera antes era bom o suficiente porque Corin sempre tivera defeitos, independentemente de quanto ela tentasse torná-lo perfeito. Ele estava livrando o mundo das vagabundas, uma a uma. Não. Havia "umas" demais aí. Ele ainda não matara três. Tinha tentado, mas ela não estava em casa.

De qualquer forma, Corin se lembrava de tê-la visto no enterro. Ela rira. Ou tinha sido a outra? Ele se sentia confuso, pois os rostos mudavam em sua memória.

Era errado rir em enterros. Isso magoava as pessoas de luto.

Mas qual delas tinha rido? Por que ele não conseguia lembrar?

Não importava, pensou ele para si mesmo, e se sentiu melhor. As duas tinham de morrer, e então não faria diferença quem tinha rido ou quem era a "Sra. C". Não faria diferença porque mamãe finalmente — finalmente — ficaria feliz e nunca, nunca mais o machucaria de novo.

Vinte e sete

Na manhã de segunda, Sam estava sentado na delegacia de Warren com a cabeça apoiada nas mãos, vasculhando os arquivos da Hammerstead pela enésima vez. O sistema da polícia não encontrara nada no registro de nenhum dos nomes, então ele e Bernsen estavam simplesmente lendo e relendo, procurando por algo que chamasse atenção e lhes desse a pista de que tanto precisavam.

A resposta estava ali; Sam sabia disso. Só não tinham encontrado ainda. Ele suspeitava de que já sabia qual era, por causa daquela sensação inquietante de que não estava vendo alguma coisa. Não sabia exatamente o que era, mas estava ali, e, mais cedo ou mais tarde, encontraria a resposta. Ele só esperava que fosse mais cedo, tipo no próximo minuto.

O sujeito odiava mulheres. Não conseguiria se dar bem com elas, não gostaria de trabalhar com elas. Talvez tivesse alguma queixa de alguém em seu arquivo, quem sabe até um registro de assédio. Algo assim teria chamado a atenção deles na primeira análise, mas talvez as palavras usadas não tivessem deixado a reclamação óbvia.

Jaine e T.J. não tinham ido trabalhar naquele dia. As duas continuavam juntas, mas tinham se mudado para a casa de Shelley, junto com a cocker spaniel estridente, que soaria um alarme contra qualquer intruso, fosse um passarinho no quintal ou alguém aparecendo à porta. Sam ficara com medo de Jaine querer passar o dia em casa, já que o sistema de alarme fora instalado — sob os olhos de águia da Sra. Kulavich, que estava levando seus deveres de guardiã muito a sério — no sábado, enquanto estavam no enterro de Marci. Era ótimo que ela tivesse um alarme, embora isso não fosse empecilho para um assassino determinado.

Mas Jaine não quisera ficar sozinha. Ela e T.J. estavam grudadas, em choque e atordoadas pelo que acontecera com seu pequeno grupo de amigas. Ninguém duvidava de que a Lista fora o gatilho para toda aquela violência, e as delegacias locais haviam montado uma força-tarefa para coordenar e trabalhar nos casos, já que as duas amigas não moravam na mesma jurisdição.

As emissoras de televisão não paravam de noticiar a história. "Quem está matando as Líderes da Lista?", perguntara um apresentador. "A região de Detroit está em choque com os assassinatos violentos de duas mulheres que criaram a engraçada e controversa Lista do Homem Perfeito, que conquistou a nação semanas atrás."

Os jornalistas voltaram a fazer plantão na frente da Hammerstead, querendo entrevistar qualquer um que conhecesse as vítimas. A força-tarefa conseguira convencê-los a lhe dar uma cópia de qualquer entrevista que tivessem, para o caso de o sujeito se render ao ego e querer assistir a si mesmo em rede nacional, lamentando a morte das duas "amigas".

Os repórteres também estiveram na casa de Jaine, mas foram embora quando descobriram que não havia ninguém lá. Sam imaginava que também tinham ido visitar T.J., e fora por isso que ligara para Shelley e pedira para que convidasse a irmã e a amiga para passarem o dia com ela. Shelley prontamente obedecera. Era de se supor que os jornalistas falariam com pessoas que conheciam pessoas e logo descobririam onde as duas estavam, mas, por ora, Jaine e T.J. não seriam incomodadas.

Sam esfregou os olhos. Se tinha dormido duas horas na noite anterior, isso era muito. A chamada que recebera tinha sido para a cena de outro homicídio, de um adolescente. O que rapidamente levara à prisão do ex-namorado da atual do garoto, que tinha levado para o lado pessoal quando a vítima o mandara à merda. A papelada resultante, no entanto, sempre era um saco.

Onde estava o relatório sobre a pegada que haviam encontrado na casa de Jaine? Os resultados geralmente não demoravam tanto. Ele vasculhou a mesa, mas ninguém deixara o papel ali na sua ausência. Talvez tivesse ido para Bernsen, já que os dois eram mencionados em todos os documentos sobre o caso. Antes da morte de Luna, nem todo mundo acreditava que a invasão da casa de Jaine estava conectada à morte de Marci, mas ele e Bernsen tinham certeza. Agora, é claro, não restava mais dúvida na cabeça de ninguém.

Sam ligou para Roger.

— Alguém te entregou o relatório sobre a pegada?

— Não que eu tenha visto. Quer dizer que você ainda não recebeu nada?

— Não. O laboratório deve ter perdido o papel. Vou pedir de novo.

Droga, pensou ele ao desligar. A última coisa de que precisavam era um atraso. Talvez a pegada não fosse importante, mas talvez o sapato fosse raro, tão diferente que alguém na Hammerstead diria: "Ah, é, fulano tem um par. Gastou uma fortuna naquilo."

Sam voltou para os arquivos, tão frustrado que seria capaz de quebrar alguma coisa. A resposta estava bem debaixo do seu nariz; ele sabia. Só precisava descobrir qual era.

Galan saiu do trabalho mais cedo. Os eventos do dia anterior o haviam deixado tão abalado que ele não conseguia fazer nada. A única coisa que queria era buscar T.J. na casa da irmã de Jaine e levá-la para casa, onde *ele* poderia tomar conta dela.

Ele não sabia como os dois haviam se afastado. Não — ele sabia muito bem. A paquera inocente no trabalho com Xandrea Conaway tinha começado a ganhar importância, e, talvez, nunca tivesse sido inocente. Quando fora mesmo que ele começara a comparar T.J. e tudo o que ela fazia ou dizia com Xandrea, que estava sempre arrumada e nunca reclamava?

É claro que T.J. não se arrumava em casa, pensou Galan. Nem ele. Era para isso que serviam as casas, para se relaxar e ficar confortável. E daí se ela reclamava que ele nunca levava o lixo para fora? Ele reclamava se ela deixava maquiagem espalhada sobre a cômoda. Era inevitável que duas pessoas que moravam juntas se irritassem mutuamente às vezes. Isso fazia parte de um casamento.

Galan amava T.J. desde que tinha catorze anos de idade. Como fora capaz de se esquecer disso e de tudo o que tinham juntos? Por que fora necessário o pavor de descobrir que um assassino estava perseguindo a esposa e as amigas para perceber que se sentiria destroçado se a perdesse?

Ele não sabia como poderia se redimir. Nem sabia se T.J. permitiria. Na última semana, desde que adivinhara sua paixonite por Xandrea, ela se afastara. Talvez acreditasse que ele a traíra de verdade, apesar de Galan nunca ter deixado que a situação com Xandrea saísse de controle. Os dois tinham se beijado, sim, mas nada além disso.

Ao imaginar como se sentiria se outro homem beijasse T.J., seu estômago pareceu embrulhar. Talvez beijos não fossem tão perdoáveis assim.

Galan se arrastaria aos pés da esposa se isso a fizesse voltar a sorrir para ele com carinho.

A irmã de Jaine morava numa casa enorme da era colonial, de dois andares, em St. Clair Shores. O portão da garagem de três carros estava fechado, mas a picape vermelha de Sam Donovan estava parada diante dela. Galan estacionou ao lado e percorreu um caminho sinuoso até as portas duplas da frente; ele tocou a campainha e esperou.

Donovan atendeu. Galan notou que Sam ainda carregava a pistola no cinto. Se ele tivesse uma, provavelmente faria o mesmo, sendo isso ilegal ou não.

— Como elas estão? — perguntou ele baixinho, entrando.

— Exaustas. Ainda em choque. Shelley disse que passaram o dia dormindo, então acho que não descansaram muito durante a noite.

Galan fez que não com a cabeça.

— As duas ficaram conversando até tarde. Foi curioso; elas não comentaram sobre o desgraçado que fez aquilo ou sobre como Jaine escapou por pouco quando ele invadiu sua casa na outra noite. Só falaram de Luna e Marci.

— É como se tivessem perdido dois parentes num intervalo curto de tempo. Vai demorar um pouco até elas se recuperarem.

Sam lidava com sofrimento regularmente; ele sabia que Jaine *com certeza* se recuperaria, porque sua personalidade espevitada seria incapaz de se acalmar, mas também sabia que levaria semanas, talvez até meses, antes de a sombra da dor se extinguir de seus olhos.

Em uma parte da casa, as coisas seguiam normalmente. O marido de Shelley, Al, assistia à televisão. A filha adolescente, Stefanie, estava no andar de cima, falando ao telefone, enquanto Nicholas, de onze anos, jogava no computador. As mulheres tinham se reunido na cozinha — por que era sempre na cozinha? — para conversar, tomar refrigerantes diet e comer qualquer coisa reconfortante que Shelley tivesse para oferecer.

A desolação da tristeza empalidecera tanto Jaine como T.J., mas seus olhos estavam secos. T.J. pareceu chocada ao deparar com o marido.

— O que você está fazendo aqui? — Ela não parecia muito feliz por vê-lo.

— Eu queria estar com você — respondeu Galan. — Sei que está cansada, então achei melhor que não tivesse que esperar até a meia-noite para voltar para casa. Além do mais, Shelley e a família devem ir dormir bem antes disso.

Shelley acenou uma das mãos, despreocupada.

— Não se preocupem com isso. Nós geralmente ficamos acordados até tarde quando as crianças estão de férias.

— E os jornalistas? — perguntou T.J. — Não vamos ter paz se eles ainda estiverem lá.

— Duvido que ficariam esperando para sempre — respondeu Sam. — Eles queriam uma entrevista, sem dúvida, mas podem conseguir declarações de outras pessoas. Como vocês não estavam em casa hoje, é mais provável que liguem em vez de começarem a acampar no seu quintal.

— Então, eu quero ir para casa — disse T.J., levantando-se. Ela abraçou Shelley. — Muito obrigada. Você salvou nossas vidas hoje.

Shelley a abraçou de volta.

— Disponha. Volte amanhã se não quiser ir trabalhar. Seja lá o que você decida fazer, não fique sozinha em casa!

— Obrigada. Talvez eu aceite a oferta, mas... acho que vou para o escritório amanhã. Voltar à rotina pode ser bom para eu me distrair.

— Acho que Sam e eu também vamos para casa — disse Jaine. — Ele parece tão cansado quanto eu me sinto.

— Você vai trabalhar amanhã? — perguntou T.J.

— Não sei. Talvez. Eu te ligo para avisar.

— Trilby — chamou T.J., e a cadela se levantou num pulo, os olhos alertas brilhando e o corpo inteiro se balançando de entusiasmo. — Venha, garota, vamos para casa.

A cocker spaniel latiu e se enroscou nas pernas da dona. Galan se inclinou para acariciá-la, e ela lambeu sua mão.

— Onde está a sua coleira? — perguntou ele, e ela saiu em disparada para achá-la.

Normalmente, as gracinhas da cadela faziam T.J. rir, mas, naquele dia, até mesmo abrir um sorriso era difícil.

No caminho para casa, ela ficou olhando pela janela.

— Você não precisava ter saído mais cedo do trabalho — disse ela. — Estou bem.

— Eu queria estar com você — repetiu Galan, e respirou fundo. Ele preferia ter esta conversa quando já estivessem em casa, onde poderia abraçá-la, mas talvez agora fosse melhor. Pelo menos ela não poderia fugir. — Desculpe — disse, baixinho.

T.J. não o encarou.

— Pelo quê?

— Por eu ser um babaca; por eu ser um babaca idiota. Eu te amo mais do que tudo ou qualquer um no mundo, e não consigo suportar a ideia de te perder.

— E a sua namorada?

Ela fazia a palavra parecer tão imatura quanto se ele fosse um adolescente cheio de tesão que não conseguia pensar em nada mais naquele momento.

Galan se retraiu.

— Sei que você não acredita em mim, mas eu juro que não fui *tão* idiota assim.

— E exatamente *quão* idiota você foi?

T.J. nunca deixava que ele se esquivasse de nada, lembrou Galan. Mesmo na época da escola, se ele tentasse fugir do assunto, ela o pressionava até descobrir tudo o que queria saber.

Mantendo os olhos na estrada, porque estava com medo de olhar para a esposa, Galan disse:

— Fui idiota de ter dado em cima dela. E idiota de beijá-la. Mas nada além disso. Nunca.

— Não teve nem uma mão-boba? — O tom dela soava incrédulo.

— Nunca — repetiu Galan, firme. — Eu... Droga, T.J., não parecia certo, e não quero dizer no aspecto físico. Ela não era você. Não sei; talvez eu tenha me deixado levar pelo meu ego, porque a situação era um pouco emocionante, mas era errado, e eu sabia.

— Quem exatamente é "ela"? — perguntou T.J.

Dizer aquele nome exigiu toda a coragem de Galan, porque nomear a mulher tornava aquilo mais personalizado; tornava aquilo real.

— Xandrea Conaway.

— Eu a conheço?

Ele fez que não com a cabeça, mas então percebeu que T.J. continuava olhando pela janela.

— Não, acho que não.

— Xandrea — repetiu ela. — Parece o nome de um drinque.

Galan sabia muito bem que não deveria dizer nada nem remotamente gentil sobre Xandrea. Em vez disso, falou:

— Eu te amo de verdade. Ontem, quando você soube da morte de Luna e eu percebi... — Sua voz falhou. Ele teve de engolir em seco antes de conseguir continuar. — Quando eu percebi que você está em perigo, foi como se tivesse tomado um tapa na cara.

— Ser caçada por um assassino psicopata chama mesmo a atenção — disse T.J., seca.

— Pois é. — Galan decidiu apostar todas as fichas e perguntou: — Você pode me dar outra chance?

— Não sei — respondeu ela, e o coração dele se apertou. — Eu te disse que não tomaria nenhuma decisão precipitada nem faria nada drástico, e isso ainda está valendo. Meu foco está um pouco dividido no momento, então acho que temos que deixar esta discussão para depois.

Tudo bem, pensou Galan. Ele tinha dado com os burros n'água, mas ainda teria outra chance.

— Posso dormir com você?

— Você quer transar?

— Não. Quero só dormir com você. Na nossa cama. E claro que gostaria de fazer amor, mas, se você não quiser, podemos pelo menos dormir juntos?

T.J. ficou pensando na resposta por tanto tempo que ele começou a achar que tinha dado outra bola fora. Finalmente, ela disse:

— Tudo bem.

Galan soltou um suspiro de alívio. Ela não estava dando pulinhos de alegria, mas também não o rejeitara de vez. Era uma chance. Os dois tinham passado muitos anos juntos, e isso os unia. Na mesma situação, outros casais com um passado mais curto já poderiam ter desistido. Ele não podia esperar que os danos que causara nos últimos dois anos fossem desfeitos em apenas uma noite.

Mas T.J. se mantinha ao seu lado, então Galan não desistiria ainda, independentemente de quanto ela ficasse mal-humorada ou de quanto tempo levasse para que ele a convencesse de que a amava. O mais importante era mantê-la viva, mesmo que ela o abandonasse depois. Ele não sabia se suportaria perdê-la, mas tinha certeza absoluta de que seria incapaz de enterrá-la.

— Estou tão cansada — disse Jaine. — Você deve estar exausto.

— Passei o dia inteiro à base de café — respondeu Sam. — Mas o efeito está passando. O que você acha de irmos dormir cedo?

Ela bocejou.

— Acho que não tenho opção. Sinto que não conseguiria ficar acordada nem mesmo se eu quisesse. — Jaine esfregou a testa. — Passei o dia inteiro com uma dor de cabeça horrorosa, e remédio nenhum surtiu efeito.

— Droga — disse ele, calmo. — Nós ainda nem nos casamos, e você já vem com essa de dor de cabeça.

A declaração causou um sorriso pequeno.

— Shelley arrumou outro pepino gigante hoje?

O sorriso aumentou um pouco, embora apresentasse sinais de tristeza.

— Sim. Toda vez que fechávamos os olhos, ela vinha com fatias de pepino. Não sei se funcionam mesmo, mas a sensação é ótima. — Jaine fez uma pausa. — Você descobriu alguma coisa?

Ele resmungou, irritado.

— Tudo o que fiz hoje deu em nada. O sistema não encontrou coisa alguma, então Bernsen e eu estamos revendo os arquivos para garantir que não perdemos algum detalhe. Você se lembra de alguma queixa de assédio, ou talvez de alguma briga entre os funcionários?

— Lembro que Sada Whited descobriu que o marido tinha um caso com Emily Hearst, e as duas se engalfinharam no estacionamento, mas acho que isso não te ajuda muito. — Ela bocejou de novo. — Queixas de assédio? Não consigo me lembrar de nenhuma. Bennett Trotter provavelmente deveria receber uma todo dia, mas acho que ninguém nunca fez isso. E ele é moreno.

— Nós não descartamos os morenos. Não descartamos ninguém. Aquele cabelo pode ter grudado em Marci quando ela esbarrou em alguém no mercado. Fale mais sobre Bennett Trotter.

— Ele é um babaca, vive fazendo comentários que pensa que são sedutores, mas com os quais ninguém concorda. Você conhece o tipo.

Sam conhecia. Ele se perguntou se Bennett Trotter tinha um álibi para os dois dias em questão.

— Tem um monte de gente que todo mundo detesta — continuou Jaine. — Meu chefe, Ashford deWynter, por exemplo. Ele ficou todo irritadinho com a Lista, mas, quando a empresa decidiu que era bom receber publicidade de graça, ficou mais tranquilo.

Sam acrescentou Ashford deWynter à sua lista mental.

— Mais alguém?

— Não conheço todo mundo. Vejamos. Ninguém gosta de Leah Street, mas acho que ela não conta.

O nome era familiar. Sam só levou um segundo para se lembrar da mulher.

— Ela é a dramática.

— E um pé no saco. Que bom que ela não é do meu setor! T.J. precisa aguentar aquela chata todo dia.

— Mais alguém além de Trotter e deWynter?

— Não que eu me lembre. Teve um cara chamado Gary ou coisa assim que ficou bem irritado quando a Lista saiu, porque estava sendo provocado por umas mulheres. Mas ele não ficou violento nem nada assim, só emburrado.

— Pode descobrir o nome dele?

— Claro. Dominica Flores era uma das mulheres. Vou ligar para ela amanhã.

Era estranho como tudo estava diferente, pensou T.J. na manhã seguinte, ao entrar na Hammerstead. Marci e Luna não estavam mais ali. Elas nunca mais estariam ali. Por mais que fosse difícil aceitar a morte de Marci, a de Luna era impossível. T.J. não conseguia acreditar. A amiga era tão inteligente e doce; como alguém poderia querer matá-la por causa de uma lista idiota?

O assassino estava no prédio, pensou ela. Os dois podiam se cruzar no corredor. Talvez ir trabalhar não tivesse sido a melhor das ideias, mas, por algum motivo estranho, ela queria estar ali *porque* ele estava ali. Quem sabe ele diria algo, apesar de T.J. saber que essa possibilidade era remota? Quem sabe ela conseguisse perceber uma expressão em seu rosto — alguma coisa, qualquer coisa, que as ajudasse a descobrir quem era o culpado. T.J. não estava nem perto de ser uma aspirante a Sherlock Holmes, embora também não fosse uma idiota.

Jaine sempre fora a mais corajosa do grupo, mas T.J. sabia que também conseguia ser um pouco ousada. Ir ao trabalho hoje fora ousado. A amiga não viria; a dor de cabeça do dia anterior não passara, e ela ficaria com Shelley de novo, sendo paparicada.

T.J. tinha de admitir que também gostava da ideia de Galan estar preocupado com ela. Era uma besteira, talvez até mesmo estupidez, ter vindo trabalhar quando ela sabia que isso deixava o marido nervoso, mas ele passara tanto tempo sem lhe dar valor que sua apreensão atual era como um bálsamo para o orgulho ferido dela. Galan a surpreendera com o que dissera na noite anterior. Talvez os dois *conseguissem* dar a volta por cima. T.J. não seria precipitada ao aceitar aquele pedido de desculpas, da mesma forma que não se precipitara em pedir o divórcio quando seu casamento começara a ter problemas, mas ela o amava e, pela primeira vez em muito tempo, acreditava que o sentimento fosse recíproco.

Luna e Shamal finalmente tinham resolvido seus problemas também, pouco antes de ela morrer. Os dois tiveram dois dias felizes juntos. Dois dias, quando a amiga deveria ter tido uma vida inteira.

T.J. subitamente sentiu um calafrio. Será que ela teria apenas dois dias com Galan para resolverem aquela trégua tão frágil?

Não. O assassino *não* a pegaria, não como fizera com Marci e Luna. Ela não conseguia imaginar como Luna o deixara entrar no apartamento, segundo a versão da polícia. Talvez o sujeito já estivesse lá dentro, à sua espera. Sam dissera que não encontraram sinais de arrombamento, mas talvez ele soubesse abrir fechaduras ou algo assim. Talvez tivesse conseguido uma chave. T.J. não sabia como isso seria possível, mas ele certamente dera um jeito de entrar.

Se Galan estivesse no trabalho quando ela chegasse em casa à tarde, seria melhor não entrar sozinha. Chamaria um vizinho para inspecionar os cômodos com ela. E Trilby também lhe daria mais segurança; a cadelinha não deixava passar nada. Cockers são muito protetores. Às vezes, os latidos eram irritantes, mas, agora, ela era grata pelo fato de a cadela ser tão alerta.

Leah Street a encarou com surpresa quando T.J. entrou na sala.

— Achei que você não viria hoje — disse ela.

T.J. escondeu a própria surpresa. As roupas de Leah nunca eram bonitas, mas pelo menos a mulher era arrumada. Hoje, parecia ter rolado no chão. Ela usava uma blusa e uma saia, mas a saia estava embolada de um lado, e a bainha da anágua estava para fora. T.J. nem sabia que ainda se usavam anáguas quando não era estritamente necessário, ainda mais no calor do fim do verão. A blusa de Leah estava amassada, e havia uma mancha na frente. Até mesmo o cabelo, que geralmente era imaculado, parecia não ter sido penteado.

Percebendo que Leah a encarava, à espera de uma resposta, T.J. se forçou a pensar no que a colega dissera.

— Achei que trabalhar me ajudaria. Você sabe, seguir a rotina.

— Rotina. — Leah assentiu com a cabeça, como se a palavra fosse muito profunda.

Que estranho! Mas, por outro lado, Leah sempre tivera um parafuso a menos. Nada drástico, só um pouco... esquisito.

Pelo que T.J. estava vendo, Leah parecia mais esquisita que o normal hoje, perdida em seu mundinho. Ela cantarolava, lixava as unhas, atendia a algumas ligações. E pelo menos *soava* racional, embora não muito eficiente. "Não sei, vou tentar descobrir e te retorno", parecia ser a frase do dia.

Pouco depois das nove, ela desapareceu, voltando dez minutos mais tarde com a blusa cheia de manchas de poeira. Leah se aproximou de T.J., se inclinou e sussurrou:

— Não estou conseguindo pegar umas pastas. Pode me ajudar a mover algumas caixas?

Que pastas? Que caixas? Quase todos os arquivos estavam no computador. T.J. começou a perguntar do que ela estava falando, mas Leah deu uma olhada rápida e envergonhada para a sala ao redor, como se o problema não tivesse nada a ver com pastas, mas ela não quisesse que os outros soubessem.

Por que eu?, pensou T.J., mas suspirou e disse:

— Claro.

Ela seguiu Leah até o elevador.

— Onde estão essas pastas?

— Lá embaixo. No depósito.

— Eu não sabia que guardavam coisas no depósito — brincou T.J., mas Leah não pareceu entender a piada.

— Claro que guardam — disse ela, soando confusa.

O elevador estava vazio, e as duas não encontraram ninguém no corredor do primeiro andar, o que não era de se surpreender, considerando a hora. Todo mundo estava em suas salas, os nerds da computação provavelmente competiam num torneio de cuspe, e ainda não era tarde suficiente para o intervalo da manhã, quando as pessoas começavam a circular mais pelo prédio.

Elas desceram o estreito corredor verde-vômito, e Leah abriu a porta com a placa "Depósito", afastando-se para T.J. passar na frente. T.J. franziu o nariz quando sentiu o cheiro do lugar, úmido e azedo, como se fizesse tempo desde que alguém entrara ali. E também estava escuro.

— Onde fica o interruptor? — disse ela, sem entrar.

Algo a acertou nas costas, empurrando-a para dentro da sala escura e fedida. T.J. caiu no chão de concreto, ralando as mãos e os joelhos. O reconhecimento súbito e horrível explodiu em sua mente, e ela conseguiu girar para o lado e se levantar ao mesmo tempo que um longo cano de metal descia, assobiando.

Ela gritou, ou pensou em gritar. Era impossível ter certeza, pois os batimentos do seu coração eram ensurdecedores em seus ouvidos, e ela não conseguia escutar mais nada. T.J. tentou agarrar o cano, lutou brevemente por sua posse. Mas Leah era forte, forte demais, e, com um empurrão, a jogou no chão de novo.

T.J. ouviu o assobio mais uma vez; então, luzes explodiram em sua cabeça, e tudo ficou em silêncio.

Vinte e oito

Uma porta se abriu lá fora. Corin congelou, escutando os passos pesados cruzarem o corredor; então, veio o som de outra porta abrindo e fechando. Era alguém da manutenção, percebeu ele. Se o homem tivesse olhado naquela direção e visto a porta do depósito aberta, com certeza viria investigar.

Corin ficou agoniado. Por que não pensara na possibilidade de haver um zelador por perto? Devia ter pensado nisso; ele não fora cuidadoso o suficiente, e mamãe ficaria irritada.

Ele olhou para a mulher deitada no chão sujo de concreto, quase invisível sob a luz que passava pela porta aberta do depósito. Será que ela ainda respirava? Ele não sabia e, agora, estava com medo de fazer mais barulho.

Aquilo não fora feito da maneira correta. Ele não se planejara, e isso o assustava, porque, quando não fazia algo com perfeição, mamãe se irritava. Corin precisava agradá-la, tinha de pensar em algo que pudesse fazer, alguma forma de compensar seus erros.

A outra. Aquela com a língua afiada. Ele também cometera um erro com ela, mas que culpa tinha se a vagabunda não estava em casa? Será que mamãe entenderia?

Não. Mamãe nunca aceitava desculpas.

Ele teria de voltar e *acertar.*

Mas o que faria se não a encontrasse de novo? A vagabunda não estava no trabalho; Corin sabia, porque tinha verificado. Onde ela poderia estar?

Ele a encontraria. Sabia quem eram seus pais, onde moravam, sabia o nome de seus irmãos e seus endereços. Sabia muitas coisas sobre ela. Sabia muitas coisas sobre todo mundo que trabalhava ali, porque adorava ler os arquivos pessoais. Ele podia preencher números de documentos, datas de nascimento e descobrir várias coisas sobre todos no computador de casa.

Ela era a última. Corin não podia esperar. Tinha de encontrá-la logo, precisava terminar a tarefa que mamãe lhe dera.

No silêncio, ele deixou o cano ao lado da mulher imóvel e saiu do depósito. Fechou a porta com o mínimo de barulho possível, e então saiu na ponta dos pés.

O detetive Wayne Satran parou diante da mesa de Sam com um fax.

— Aqui está o relatório da pegada que você estava esperando. — Ele pôs o papel sobre uma pilha de relatórios e seguiu para a própria mesa.

Sam pegou o fax e leu a primeira linha: "Não há registro da sola..."

Como assim? Todos os laboratórios de perícia criminal atualizavam regularmente os registros ou as bases de dados de solas de tênis. Às vezes, demorava até um fabricante mandar uma atualização quando mudava os estilos ou se recusava a colaborar por motivos próprios. Quando isso acontecia, o laboratório geralmente comprava um par dos sapatos em questão para conseguir a sola.

Talvez os sapatos tivessem sido comprados no exterior. Talvez fossem de alguma marca obscura, ou talvez o sujeito fosse esperto o suficiente para ter usado uma faca para modificar a sola original. Mas Sam duvidava disso. Aquele não era um assassino organizado; ele funcionava à base de emoção e oportunidade.

Ele fez menção de deixar o relatório de lado, mas então percebeu que havia palavras demais para um simples "não há registro". Não podia se dar ao luxo de deixar passar qualquer detalhe, não podia deixar sua pressa distraí-lo. Começou a ler de novo. "Não há registro da sola na listagem de tênis masculinos. No entanto, a sola é equivalente à de um estilo exclusivamente feminino. O fragmento da pegada analisado é insuficiente para determinar o tamanho exato, mas indica que provavelmente é entre trinta e oito e quarenta."

Um tênis feminino? O sujeito estava usando tênis feminino?

Ou... o sujeito era uma mulher.

— *Puta merda*! — disse Sam entredentes, agarrando o telefone e ligando para Bernsen. Quando Roger atendeu, ele contou: — Recebi o relatório sobre o tênis. É feminino.

Houve silêncio absoluto por um momento; então, Roger disse:

— Você está de sacanagem comigo.

Ele soava tão revoltado quanto Sam.

— Nós excluímos as funcionárias da busca no sistema. Acabamos nos limitando. Temos que ver os arquivos delas também.

— Você está me dizendo que uma *mulher*... — Roger se calou, e Sam sabia que ele pensava nas coisas que haviam sido feitas ao corpo de Marci e Luna. — Jesus Cristo!

— Agora sabemos por que Luna abriu a porta. Não fazia sentido antes. Mas ela estava preocupada com um homem, não com uma mulher.

Aquela sensação de não estar vendo algo se intensificou.

Uma mulher. Pense numa mulher *loura*. Sam imediatamente teve uma visão do enterro de Marci e da mulher alta e loura que caíra no choro nos braços de Cheryl. Ela era dramática, dissera T.J., mas Jaine oferecera uma interpretação diferente: *É como se as antenas dela estivessem ligadas, mas o Tico e o Teco tivessem morrido*. Jaine achava que a mulher tinha um parafuso a menos, que havia algo de errado ali. Droga! Ela até a mencionara quando os dois conversaram sobre os funcionários que tinham dificuldade para se relacionar com os outros.

T.J. dissera outra coisa, algo a que ele não dera atenção na hora: as duas trabalhavam no mesmo setor, recursos humanos. A mulher tinha acesso a tudo, a todas as informações em todos os arquivos, incluindo números de telefone particulares e nomes e endereços de parentes para entrar em contato em caso de emergência.

Era isso. Era isso que o estava atrapalhando. Laurence Strawn fora bem claro ao dizer que os arquivos pessoais não estavam em computadores com acesso à internet, que era impossível hackeá-los. A pessoa que ligara para o celular de T.J. conseguira o número em seu arquivo, mas tal arquivo, sem autorização específica, só era acessível aos funcionários do RH.

Qual era o nome dela? *Qual era a porcaria do nome dela?*

Sam fez menção de pegar o telefone para ligar para Jaine, mas o nome surgiu em sua mente antes de ele discar o número de Shelley: Street. Leah Street.

Em vez disso, ligou para Bernsen.

— Leah Street — disse ele, rouco, quando o outro detetive atendeu. — Era ela quem estava fazendo um escândalo com a irmã de Marci no enterro.

— A loura — disse Roger. — Merda! Ela se encaixa no perfil.

Sem tirar nem pôr, pensou Sam. O nervosismo, o excesso de emoções, a incapacidade de não chamar atenção.

— O arquivo dela está bem aqui — disse Roger. — Há várias queixas de comportamento. Ela não se dá bem com as pessoas. Meu Deus, é um caso clássico. Vamos interrogá-la, ver o que descobrimos.

— Ela está no trabalho — disse Sam, e o nervosismo fez seu estômago se revirar. — T.J. foi trabalhar hoje. As duas são do mesmo setor, recursos humanos.

— Ligue para T.J. — respondeu Roger. — Estou indo para lá.

Sam rapidamente encontrou o número da Hammerstead. Uma resposta automática atendeu ao primeiro toque, e ele rangeu os dentes. Precisava ficar escutando até a gravação dizer o ramal do RH, o que tomaria um tempo importante. Droga! Por que as empresas não usavam pessoas de verdade para atender ao telefone? Mensagens saíam mais baratas, mas, em uma emergência, alguns atrasos podiam ser bem problemáticos.

Finalmente, a gravação informou o ramal que ele queria, que foi discado na mesma hora. Uma voz afobada atendeu ao quarto toque.

— Recursos humanos, aqui é Fallon.

— T.J. Yother, por favor.

— Sinto muito, a Sra. Yother não está na sala.

— Há quanto tempo ela saiu? — perguntou Sam, irritado.

Fallon não se intimidava fácil.

— Quem está falando? — perguntou ela no mesmo tom.

— O detetive Donovan. Preciso encontrá-la agora. Escute: Leah Street está aí?

— Hum, não. — O tom de Fallon tinha mudado. Ela parecia bem mais cooperativa. — Faz uma meia hora que ela e T.J. saíram daqui, acho. Os telefones estão tocando o tempo todo, e, sem as duas, estamos um pouco sobrecarregados. Elas...

Sam interrompeu:

— Se T.J. voltar, peça a ela para me ligar imediatamente, detetive Sam Donovan. — Ele deu o número. Considerou alertar Fallon sobre a situação, mas mudou de ideia; se Leah não tivesse fugido, não queria que ficasse desconfiada. — Você pode transferir a ligação para a sala do Sr. Strawn? — Só Lawrence Strawn tinha autoridade para fazer o que ele queria.

— Sim... claro. É claro. — Ela fez uma pausa. — Você quer que eu faça isso?

Sam fechou os olhos e engoliu um palavrão.

— Sim, por favor.

— Tudo bem. Aguarde na linha.

Uma série de tons eletrônicos soou no ouvido dele, e então veio a voz tranquila da secretária do Sr. Strawn. Sam interrompeu o costumeiro cumprimento da mulher.

— Aqui é o detetive Donovan. Posso falar com o Sr. Strawn. É uma emergência.

As palavras "detetive" e "emergência" conseguiram uma transferência imediata para Strawn. Sam rapidamente explicou a situação.

— Ligue para o portão, proíba a saída de todo mundo e comece a procurar T.J. Verifique toda sala de materiais e as cabines de banheiro. Não confronte a Srta. Street, mas não a deixe ir embora. O detetive Bernsen está a caminho.

— Espere um pouco — disse Strawn. — Vou ligar para o portão agora. — Ele voltou à linha em trinta segundos. — Faz uns vinte minutos que a Srta. Street saiu da propriedade.

— T.J. estava com ela?

301

— Não. O guarda disse que estava sozinha.

— Então encontre T.J. — disse Sam em um tom urgente. Ao mesmo tempo, ele escreveu um bilhete e fez um sinal para Wayne Satran. Wayne pegou o bilhete, leu e imediatamente entrou em ação. — Ela ainda está no prédio, e talvez continue viva.

Talvez. Marci morrera ao levar o primeiro golpe. Com Luna, fora diferente, mas ela também sofrera um impacto tão forte na cabeça que morrera antes de as facadas pararem de sangrar. O legista estimara, apenas por sua experiência na área, que ela permanecera viva por apenas alguns minutos após o primeiro golpe. Os ataques eram raivosos e avassaladores.

— Devo ser discreto? — perguntou Strawn.

— Neste momento, encontrá-la é o mais importante. Leah Street já fugiu. Peça para todos os funcionários ajudarem na busca. Quando a encontrarem, se ela ainda estiver viva, faça de tudo para ajudá-la. Se estiver morta, tente preservar a cena o máximo possível. A emergência está a caminho. — Era isso que Wayne estava fazendo, pedindo ajuda. Policiais de várias jurisdições estavam seguindo para a Hammerstead, assim como médicos e peritos.

— Vamos encontrá-la — disse Laurence Strawn, baixinho.

O instinto de policial de Sam queria ir para o local. Mas ele permaneceu onde estava, sabendo que poderia ajudar mais ali.

O arquivo de Leah Street estava sobre a mesa de Roger. Ele ligou para a delegacia de Sterling Heights e pediu ao detetive que atendeu para que abrisse o arquivo e lhe passasse o endereço e o telefone de Leah, assim como os números de seus documentos.

Depois de um minuto, o detetive voltou ao telefone e disse:

— Não encontrei nenhuma Leah Street. Achei "Corin Lee Street", mas nenhuma Leah.

Corin Lee? Jesus Cristo! Sam esfregou a testa, tentando entender o que diabos tudo aquilo significava. Leah era homem ou mulher? Os nomes eram parecidos demais para ser coincidência.

— Corin Street é homem ou mulher? — perguntou ele.

— Vou ver. — Uma pausa. — Achei. Mulher.

Talvez, pensou Sam.

— Tudo bem, obrigado. É esse que eu quero.

O detetive transmitiu todas as informações que Sam havia pedido. Ele copiou tudo, acessou o sistema do departamento de veículos e pegou a placa e o modelo do carro dela.

Então, emitiu um alerta para o veículo. Ele não sabia se Leah estava armada; por enquanto, ela não usara uma arma, mas isso não significava que não tivesse uma, e poderia muito bem estar carregando uma faca. Leah era tão instável quanto nitroglicerina; devia ser abordada com cuidado.

Aonde ela fora? Para casa? Apenas um doido de pedra faria isso — mas Leah Street era doida de pedra. Ele enviou policiais para o endereço.

Enquanto Sam tentava organizar a operação, tentou não pensar em T.J. Será que ela já tinha sido encontrada? Seria tarde demais?

Quanto tempo se passara? Ele verificou o relógio. Fazia dez minutos desde que falara com Strawn, então Leah saíra da Hammerstead meia hora atrás. Nesse ínterim, ela podia ter entrado numa das rodovias e chegado a qualquer lugar da região de Detroit, ou até mesmo ter cruzado a fronteira para Windsor, no Canadá. Isso seria ótimo; já havia quatro jurisdições envolvidas no caso, então que mal faria em incluir outro país?

Sam pensou em ligar para Jaine, mas decidiu esperar. Ele não sabia nada definitivo sobre T.J. e não a deixaria esperando por notícias, não sendo a morte de Luna tão recente.

Ainda bem que Jaine estava na casa de Shelley. Ela tinha companhia e estava em segurança, porque Leah não sabia quem era Shelley nem onde ela morava...

A menos que Jaine tivesse usado a irmã como seu contato em caso de emergência.

Como ele e Roger haviam dividido os arquivos pessoais em ordem alfabética, com Sam pegando a primeira parte da pilha de folhas impressas, Roger ficara com o arquivo de Leah Street — e Sam ficara com o de Jaine. Havia mais Bs do que qualquer outra letra do alfabeto, mas ele rapidamente vasculhou a pilha. Quando encontrou o arquivo de Jaine, puxou as folhas e passou os olhos por elas.

O contato de emergência era Shelley.

Sam sentiu um frio na barriga. Ele não se dera ao trabalho de usar o telefone da mesa; digitou o número de Shelley no celular enquanto saía correndo pela porta da delegacia.

Os jornalistas investigaram um pouco e chegaram à casa de Shelley, à procura de Jaine. O toque constante do telefone era tão irritante que a irmã acabara desligando o som, e as duas foram para o pátio dos fundos, para sentarem à beira da piscina. Sam insistira tanto para que ela não largasse o telefone que Jaine levou o aparelho junto, deixando-o junto ao seu quadril, sobre a almofada da espreguiçadeira de madeira.

Um guarda-sol enorme as protegia, e Jaine tirou uma soneca, enquanto Shelley estava lendo. A casa estava envolta num silêncio maravilhoso; sabendo do nervosismo da irmã, Shelley despachara Nicholas para a casa de um amigo, e Stefanie fora ao shopping com as amigas. Um CD de músicas clássicas de piano tocava baixinho ao fundo, e Jaine sentiu sua dor de cabeça finalmente começar a ceder, como uma onda se afastando da praia.

Ela não conseguia mais pensar em Marci e Luna, não agora. Sua mente e suas emoções estavam exaustas. Naquele estado sonolento, seus pensamentos se voltaram para Sam, em como ele era seu porto seguro. Fazia mesmo três semanas que ela acreditava que ele era o terror da vizinhança? Tantas coisas tinham acontecido que Jaine perdera a noção de tempo; parecia que os dois se conheciam havia meses.

Os dois eram amantes fazia quase uma semana, e estariam casados dali a alguns dias. Ela não conseguia acreditar que tomara uma decisão importante como aquela de um jeito tão impulsivo, mas parecia certo. *Sam* parecia certo, como se ele fosse a peça que faltava em seu quebra-cabeça. Jaine não fora nada impulsiva com os outros três noivos, e as coisas não tinham acabado bem. Dessa vez, simplesmente agiria. Que se danasse a prudência; ela iria se casar com Sam Donovan.

Havia tanto o que fazer, tantos detalhes para planejar. Ainda bem que tinha Shelley, porque a irmã se encarregara de todos os problemas práticos, como o local e a comida, música, flores, convites, tendas enormes para sombra e abrigo. Como Shelley não era nada tímida, já ligara para a mãe e a irmã mais velha de Sam, Doro, e recrutara a ajuda delas. Jaine estava um pouco desapontada por ainda não conhecer ninguém da família de Sam, mas, com a morte e o enterro de Marci, e agora Luna, ela não tivera a chance. Só se sentira grata por Sam ter contado aos pais antes de Shelley ligar, porque, caso contrário, o susto teria sido ainda maior.

A campainha tocou baixinho ao fundo, tirando-a de seus devaneios. Jaine suspirou ao olhar para Shelley, que não se movia.

— Você não vai atender?

— De jeito nenhum. Deve ser um jornalista.

— Ou Sam.

— Sam teria ligado... Ah, claro. Eu desliguei os telefones. Droga — refletiu Shelley, colocando o livro de cabeça para baixo na mesa entre as duas espreguiçadeiras. — Eu estava chegando na parte boa. Um dia, quero conseguir ler um livro sem me interromperem. Se não são as crianças, é o telefone. Se não é o telefone, é a campainha. Espere só até você e Sam terem filhos — alertou ela ao abrir a porta de vidro do pátio e entrar na casa.

Sam alternava entre xingar e rezar enquanto ziguezagueava entre os carros, a sirene ligada. Ninguém atendia na casa de Shelley. Ele deixara uma mensagem na secretária eletrônica, mas onde elas poderiam estar? Jaine não teria saído sem lhe avisar, não naquelas circunstâncias. Ele nunca estivera tão apavorado na vida. Já tinha enviado patrulhas para a casa de Shelley, mas, meu Deus, e se já fosse tarde demais?

Ele se lembrou do celular de Jaine. Dirigindo com uma das mãos, o pedal do acelerador pressionado contra o piso, Sam pegou o telefone e ligou para ela. Então, esperou a ligação completar, rezando mais um pouco.

O portão do pátio balançou. A cerca ao redor da piscina tinha dois metros de altura, feita de ripas de madeira que formavam uma treliça, mas o portão era de ferro forjado. Assustada, Jaine se sentou e olhou naquela direção.

— Jaine!

Era Leah Street! Ela parecia desvairada, balançando o portão com uma das mãos, como se isso fosse abri-lo.

— Leah! O que houve? Aconteceu alguma coisa com T.J.?

Jaine se levantou da espreguiçadeira de um salto e correu até o portão. Seu coração estava quase saindo do peito de tanto medo que sentia.

Leah piscou, como se tivesse sido pega de surpresa pela pergunta. Seu olhar estranhamente intenso se focou em Jaine.

— Sim, aconteceu alguma coisa com T.J. — disse ela, e balançou as grades de novo. — Abra o portão.

— O que houve? Ela está bem? — Jaine parou diante do portão e fez menção de abri-lo, mas lembrou que não tinha a chave.

— Abra o portão — repetiu Leah.

— Não posso, não tenho a chave! Vou chamar Shelley...

Jaine estava quase chorando de medo quando se virou, mas Leah enfiou uma das mãos entre as barras do portão e agarrou seu braço.

— Ei! — O susto afastou o medo. Jaine se soltou e virou para encarar a outra mulher. — O que é...?

As palavras desapareceram em sua garganta. A mão esticada de Leah estava cheia de sangue, e duas unhas se haviam quebrado. A mulher se pressionou contra o portão, e Jaine viu mais manchas vermelhas na camisa larga.

O instinto fez com que ela desse um passo para trás.

— *Abra a porra do portão!* — gritou Leah, balançando as grades com a mão esquerda como se fosse um chimpanzé enlouquecido dentro de uma jaula. O cabelo fino e louro caiu no seu rosto.

Jaine encarou o sangue, os fios louros. Ela viu o brilho estranho nos olhos de Leah, a expressão raivosa no rosto, e ficou gelada.

— Sua vaca assassina — sussurrou ela.

Leah foi tão rápida quanto uma cobra dando o bote. Ela ergueu a mão direita e a impulsionou através das grades, tentando acertar a cabeça de Jaine com algo. Jaine se jogou para trás e perdeu o equilíbrio, cambaleando um pouco e caindo. Ela virou de lado antes de acertar o chão, aterrissando sobre o quadril. Cheia de adrenalina, levantou-se antes de sentir qualquer dor causada pelo impacto.

Leah golpeou novamente. Era uma ferramenta para trocar pneus, notou Jaine. Ela se afastou ainda mais do portão e gritou:

— Shelley! Chame a polícia! Depressa!

Na espreguiçadeira, o celular começou a tocar. Jaine lançou um olhar involuntário para o aparelho ao mesmo tempo que Leah, que, num surto de força insana, começava a bater no portão com a ferramenta. O metal tinia com o impacto dos golpes, e a fechadura cedeu.

Leah empurrou o portão, uma expressão demoníaca tomando conta de seu rosto enquanto entrava no pátio.

306

— Você é uma vadia — disse ela, rouca, erguendo a ferramenta. — Você é uma vadia nojenta e vulgar, e não merece viver.

Sem ousar desviar o olhar de Leah, nem mesmo por um segundo, Jaine chegou um pouco para o lado, tentando colocar uma cadeira entre as duas. Ela sabia o que o sangue nas mãos e na roupa da mulher significava, sabia que T.J. também tinha morrido. Todas elas se foram. Todas as suas amigas. Aquela vaca maluca as matara.

Jaine havia chegado muito para trás. Estava quase na beira da piscina. Ela rapidamente ajustou sua direção, indo para o lado oposto.

Shelley saiu da casa, o rosto pálido e os olhos arregalados. Ela trazia um dos tacos de hóquei de Nicholas.

— Eu liguei para a polícia — disse ela, a voz trêmula enquanto observava Leah como um mangusto encarando uma cobra.

E, como uma cobra, a atenção de Leah se voltou para Shelley.

Não, pensou Jaine, a palavra ressoando baixinho em sua mente. Shelley também, não.

— Não!

O grito explodiu de sua garganta, e ela se sentiu expandindo conforme o fogo descontrolado da raiva era expurgado de seu corpo, como se sua pele fosse incapaz de contê-lo. Uma névoa vermelha cobriu seus olhos, e sua visão se estreitou, focando apenas em Leah. Jaine não tinha consciência de ter pulado para a frente, mas Leah virou-se para encará-la, a ferramenta em punho.

Shelley golpeou com o taco de hóquei, momentaneamente distraindo a irmã. A madeira grossa atingiu Leah no ombro, e ela gritou de raiva, mas não largou a ferramenta. Em vez disso, impulsionou-a num gesto largo, para o lado, acertando Shelley nas costelas. Shelley gritou de dor e dobrou o corpo. Leah ergueu a pesada barra de ferro para acertar a parte de trás da cabeça de Shelley, e Jaine se jogou contra ela, o poder de sua fúria lhe dando mais força.

Leah era mais alta, mais pesada. Ela cambaleou com o ataque de Jaine, batendo em suas costas com a ferramenta, mas a outra mulher estava perto demais para que conseguisse dar um golpe eficaz. Leah enrijeceu e recuperou o equilíbrio, atirando Jaine para longe. Ela ergueu a arma novamente e deu dois passos rápidos na direção de Jaine.

Shelley se empertigou, segurando as costelas, o rosto cheio de raiva. Ela também se impulsionou para a frente, e as três se embolaram com o impacto.

O pé esquerdo de Jaine pisou fora da borda da piscina, e, como dominós, as mulheres caíram na água.

Enroscadas, lutando, as três afundaram. Leah ainda segurava a ferramenta, mas a água dificultava seus golpes, que saíam sem força. Ela se remexia loucamente, tentando se soltar.

Jaine não tivera tempo de puxar o ar antes de mergulhar. Seus pulmões queimavam, o peito convulsionava, e ela tentava não engolir água. Quando conseguiu se soltar, foi para a superfície, arfando assim que o rosto saiu da água.

Nem Shelley nem Leah apareceram.

Jaine respirou fundo e mergulhou novamente.

A briga levara as duas mulheres mais para o fundo da piscina. Jaine viu um monte de bolhas, os corpos enroscados e os cabelos flutuantes, e a saia rodada de Leah armando no entorno como uma água-viva. Ela bateu as pernas, impulsionando-se na direção das duas.

Leah tinha passado o braço ao redor do pescoço de Shelley. Ferozmente, Jaine agarrou o cabelo de Leah e puxou com toda a força, de modo que a outra mulher teve de soltar. Shelley subiu pela água como um balão.

Leah se virou e agarrou o pescoço de Jaine com uma das mãos, os dedos pressionando com força. A pressão absurda a fez engasgar, e água entrou em sua boca.

Ela juntou as pernas ao corpo e as impulsionou contra a barriga de Leah. Unhas arranharam seu pescoço conforme ela se libertava, e a água ficou manchada de vermelho diante de seu rosto.

Então, Shelley estava de volta, empurrando Leah para o fundo da piscina. Jaine nadou para adicionar sua força à da irmã, empurrando, lutando, e não ousando soltar, precisando de mais ar, incapaz de respirar, mas também incapaz de largar Leah e voltar para a superfície. As mãos da outra mulher agarraram sua blusa com força.

Os esforços de Leah se tornaram mais fracos. Os olhos arregalados encaravam as irmãs através da água cristalina e, lentamente, se tornaram vítreos.

A água explodiu atrás delas. Fraca, Jaine se virou e viu uma forma escura, depois outra, vindo na sua direção no meio das bolhas. Mãos fortes a soltaram das mãos de Leah, enquanto outro par puxava Shelley para longe e a empurrava para cima. Jaine viu as pernas nuas da irmã batendo, e tentou segui-la, mas estava sem ar havia mais tempo, e não tinha forças para se mover. Ela sentiu seu corpo descendo para o fundo e, então, um dos policiais fardados a agarrou e impulsionou os dois para a superfície, levando-os para o ar salvador.

Jaine só estava em parte ciente de ser arrastada para fora da piscina, de ser esticada no chão de concreto. Ela engasgou, tossindo convulsivamente enquanto lutava para deixar o ar passar por sua garganta inchada. Ouviu os gritos roucos de Shelley e os policiais falando ao mesmo tempo, as palavras emboladas em sua cabeça. As pessoas corriam ao redor, e alguém pulou na água, espirrando gotas na brilhante luz do sol e em seu rosto.

E então Sam estava lá, seu rosto completamente pálido ao sentá-la e apoiá-la contra si.

— Não entre em pânico — disse ele, tranquilizador, a voz firme, apesar dos tremores nos braços. — Você consegue respirar. Não se esforce tanto. Só respire fundo. Calma, querida. Assim. Respire devagar.

Jaine se concentrou na voz dele, em obedecer aos seus comandos. Quando parou de arfar freneticamente, a garganta relaxou, e o oxigênio passou pelas membranas inchadas. Fraca, ela apoiou a cabeça no peito dele, mas se forçou a tocar em seu braço para mostrar que estava consciente.

— Eu não consegui chegar a tempo — disse ele, desesperado. — Meu Deus, eu não consegui chegar a tempo. Tentei ligar, mas você não atendeu. *Por que você não atendeu à merda do telefone?*

— Os jornalistas não paravam de ligar — arfou Shelley. — Desliguei os aparelhos.

Ela fez uma careta e agarrou as costelas, o rosto pálido.

Parecia haver mil sirenes atravessando o ar, o som ecoando nos ouvidos de Jaine. Assim que se tornou insuportavelmente alto, o barulho cessou, e, um instante depois, ou talvez vários minutos depois, paramédicos de camisa branca cercavam Jaine e a irmã, tirando-a dos braços tranquilizadores de Sam.

— Não... esperem!

Ela se remexeu freneticamente, gritando o nome de Sam, embora o grito soasse como um resmungo quase inaudível. Ele gesticulou para os paramédicos se afastarem por um instante e voltou a abraçá-la.

— T.J.? — conseguiu perguntar Jaine, as lágrimas escaldantes queimando seus olhos.

— Ela está viva — disse Sam, a própria voz ainda rouca de emoção. — Me avisaram no caminho para cá. Alguém a encontrou no depósito da empresa.

Os olhos de Jaine faziam todas as perguntas necessárias.

Sam hesitou.

— Ela se machucou, querida. Não sei se é muito grave, mas o que importa é que ela está viva.

Sam não ficou para ver o corpo de Leah — de Corin Lee — ser removido da piscina. Havia policiais suficientes na casa para cuidar da situação, e, de toda forma, aquela não era a sua jurisdição. Ele tinha coisas mais importantes para fazer, como, por exemplo, ficar com Jaine. Quando ela e Shelley foram conduzidas ao hospital mais próximo, ele seguiu a ambulância com a picape.

As duas foram levadas para unidades de tratamento. Depois de se certificar de que o hospital avisaria Al imediatamente, Sam se encostou numa parede. Ele estava arrasado; tinha jurado servir e proteger, mas não fora capaz de proteger a mulher que mais amava no mundo. Por toda a sua vida, nunca se esqueceria do medo impotente que sentira enquanto corria pelas ruas, sabendo que já era tarde demais e não conseguiria chegar até Jaine a tempo de salvá-la.

Ele tinha solucionado o problema, mas não rápido o suficiente para salvar T.J. e Jaine.

T.J. estava em estado grave. De acordo com Bernsen, a única coisa que a salvara fora que, quando caíra, ela conseguira girar, de modo que sua cabeça fora parcialmente protegida por uma cadeira velha. Algo deve ter espantado Leah antes de o trabalho ser terminado, e ela fora em busca de Jaine.

Sam estava jogado em uma das desconfortáveis cadeiras de plástico da recepção quando Bernsen chegou.

— Jesus Cristo, que pesadelo! — exclamou Roger, desabando na cadeira ao lado da dele. — Fiquei sabendo que os ferimentos são leves. Por que está demorando tanto?

— Acho que ninguém está com pressa. Shelley, a irmã de Jaine, está fazendo radiografia para ver se quebrou alguma costela. Estão examinando a garganta de Jaine. É só isso que eu sei. — Ele esfregou o rosto. — Eu quase ferrei com tudo, Roger. Só descobri o que estava acontecendo quando já era tarde demais, e não consegui chegar até ela a tempo.

— Ei, você conseguiu desvendar o caso a tempo de mandar outras pessoas até ela. T.J. está viva, o que não seria o caso se não tivesse sido encontrada logo. O pessoal que tirou as mulheres da piscina disse que as duas quase se afogaram. Se você não tivesse emitido o alerta, enviado o pessoal até lá na sua frente... — Roger se interrompeu e deu de ombros. — Pessoalmente, acho que você fez um trabalho fantástico, mas eu sou só um detetive, então não sei de porra nenhuma.

O médico da emergência finalmente saiu da sala onde Jaine estava.

— Vamos interná-la e deixá-la em observação durante a noite — disse ele. — A garganta está inchada e apresenta hematomas, mas não há traumas na laringe, e o osso hioide está intacto, então ela vai se recuperar bem. Só vamos deixá-la aqui por precaução.

— Posso vê-la agora? — perguntou Sam, levantando-se.

— Claro. Ah, a irmã sofreu fraturas em duas costelas, mas também vai se recuperar. — O médico fez uma pausa. — Parece que foi uma briga e tanto.

— Foi mesmo — disse Sam, e entrou na sala, onde ela estava sentada numa maca de exames de alumínio.

Os olhos de Jaine se iluminaram quando ela o viu, e, apesar de não dizer uma palavra, sua expressão bastava ao erguer a mão para ele. Gentilmente, Sam aceitou a oferta e a puxou para mais perto, envolvendo-a em seus braços.

Vinte e duas horas mais tarde, T.J. conseguiu abrir um pouquinho um de seus olhos inchados e mover os dedos o suficiente para apertar a mão de Galan.

Vinte e nove

— Não acredito que você não contou para os seus pais — disse T.J. Sua voz ainda soava fraca e levemente arrastada, mas o tom de bronca era claro. — Não, espere. Não acredito que *você* não contou a eles, mas também não acredito que Shelley e David também ficaram quietos. Como seus pais não sabem que alguém tentou matar você e sua irmã e quase conseguiu?

Jaine esfregou o nariz.

— Sabe quando a gente era criança e fazia de tudo para que nossos pais não descobrissem as encrencas em que nos metíamos? É tipo isso, só que... — Ela deu de ombros. — Tudo já foi resolvido. Você sobreviveu, Shelley e eu estamos bem, e eu não queria falar sobre o assunto. A cobertura da mídia estava me enlouquecendo, havia o enterro de Luna, e eu não ia conseguir lidar com mais um problema.

T.J. virou com cuidado a cabeça, que ainda estava envolta com gaze, e olhou pela janela do hospital. Fazia pouco mais de uma semana que a amiga saíra do CTI, mas boa parte da semana anterior não existira para ela. Não restava lembrança alguma sobre o dia do ataque, então ninguém sabia o que acontecera exatamente. Sam e o detetive Bernsen haviam bolado uma teoria lógica, mas seria impossível ter certeza dos eventos.

— Eu queria ter ido ao enterro — disse T.J., a expressão triste e distante.

Jaine não disse nada, mas, por dentro, estremeceu. *Não queria, não*, pensou ela. Preferia não ter aquela memória.

Duas semanas se haviam passado, e toda noite ela acordava de um salto, encharcada de suor, o coração disparado, aterrorizada por um pesadelo que não conseguia recordar. É claro que, considerando o *remédio* de Sam para sonos agitados, a experiência não era de todo ruim. Ela até podia acordar assustada, mas voltava a dormir com todos os músculos relaxados depois de uma overdose de prazer.

Sam também tivera noites ruins, especialmente no início. Herói que ele era, sentia-se incomodado por não ter conseguido chegar a tempo de salvá-la. Isso acabara na noite em que Jaine entrara no chuveiro, enfiara a cabeça embaixo da água e começara a gritar: "Socorro, socorro, estou me afogando!" Bem, ela tentara gritar, de toda forma, mas sua garganta ainda estava machucada e inchada, e Sam dissera que o som mais parecia o coaxar de acasalamento de um sapo. Ele abrira a cortina do banheiro e a fitara com a cara feia enquanto a água molhava o chão.

— Você está zombando do meu complexo de herói?

— Estou — respondera Jaine, e voltara a enfiar a cabeça embaixo da água para outra imitação de afogamento.

Sam desligara o chuveiro com um gesto, lhe dera um tapa na bunda forte o suficiente para que ela soltasse um "Ai!" indignado, e então a pegara nos braços e a tirara do banho.

— Você vai ter que ser punida por isso — resmungara ele, entrando no quarto e a jogando na cama, depois se afastando para tirar as roupas molhadas.

— Ah, é? — Pelada e molhada, Jaine se esticara sinuosamente, arqueando as costas. — No que você está pensando?

Ela esticara uma das mãos para estimular a ereção crescente, então virara de barriga para baixo e o capturara com firmeza. Sam ficara imóvel.

Delicadamente, como um gato, ela lambera. Ele estremecera.

Ela provara todo o comprimento. Ele gemera.

Jaine lambera de novo, passando a língua pela parte de baixo.

— Eu acho que preciso ser punida mesmo, de verdade — murmurou ela. — E acho que o castigo deveria envolver... engolir.

Ela o tomara na boca e fizera jus às suas palavras.

Desde então, pelo menos uma vez por dia, Sam fazia cara de triste e dizia:

— Eu me sinto tão culpado.

Rá.

Mais do que tudo, foram os atos dele que a ajudaram a superar o trauma. Sam não ficara cheio de dedos com ela. Ele a amara, a consolara, transara com ela até deixá-la dolorida, mas nada além disso, que fora mais do que o suficiente. Jaine conseguia rir de novo.

Ela visitava T.J. todos os dias. A amiga já passava por sessões diárias de fisioterapia para superar os problemas resultantes do ferimento na cabeça. Sua fala era arrastada, mas melhorava a cada dia; o controle da perna e do braço esquerdo era, no mínimo, incerto, porém isso também melhoraria bastante com o tratamento. Galan estava o tempo todo ao lado da esposa, e, se dependesse da devoção ilimitada no olhar dele, os problemas do casal tinham sido deixados para trás.

— Voltando aos seus pais — dizia T.J. agora. — Você vai contar a eles no aeroporto hoje?

— Não assim que chegarem — respondeu Jaine. — Eles precisam conhecer Sam primeiro. E temos que conversar sobre o casamento. Além do mais, acho que Shelley e eu devemos contar juntas.

— É melhor você contar antes de eles chegarem em casa, porque os vizinhos com certeza vão abrir a boca assim que os virem.

— Tudo bem, tudo bem. Eu vou contar.

T.J. sorriu.

— E diga para me agradecerem pelo fato de o casamento ter sido adiado em uma semana, o que vai dar a eles mais tempo de descansar.

Jaine soltou uma risada irônica. Era verdade que adiar o casamento daria tempo para T.J. comparecer, mesmo que de cadeira de rodas, mas ela duvidava de que seu pai ficasse grato por isso. Ele acharia ótimo que o casamento fosse na semana seguinte, já que isso significaria menos tempo de comoção para aguentar.

Ela olhou para o relógio.

— Preciso ir. Combinei de encontrar Sam daqui a uma hora. — Ela se inclinou sobre a cama e deu um beijo na face de T.J. — Vejo você amanhã.

Galan entrou no quarto com um buquê de lírios enormes, que perfumaram o ambiente.

— Chegou na hora certa — disse Jaine, piscando para ele ao passar pela porta.

— Sim — disse J. Clarence Cosgrove, a voz aguda pela idade. — Eu me lembro muito bem de Corin Street. A situação era muito estranha, mas não havia nada que pudéssemos fazer. Só descobrimos que Corin era uma menina quando ela chegou à puberdade. Ah, o sexo estava na certidão de nascimento, é claro, mas quem verifica essas coisas? A mãe dizia que Corin era menino, então... nós aceitamos isso.

— Ela foi criada como menino? — perguntou Sam. Ele estava sentado à sua mesa, as pernas apoiadas numa gaveta aberta, a orelha grudada ao telefone.

— Até onde eu sei, a mãe nunca admitiu nem agiu como se soubesse que Corin era uma menina. E a criança era muito perturbada. Muito perturbada — repetiu o Sr. Cosgrove. — Havia problemas constantes de comportamento. Ela matou um dos animais de estimação da turma, mas a Sra. Street não aceitou que Corin fosse capaz de fazer algo assim. Ela sempre dizia para quem quisesse ouvir que tinha um homenzinho perfeito.

Era isso, pensou Sam. *O homem perfeito*. Esse fora o gatilho que disparara Corin Lee Street como uma bomba que esperava para explodir havia anos. O que ele achara insuportável não fora o conteúdo da Lista, mas o título.

— Ela tirou Corin da minha escola — continuou o Sr. Cosgrove. — Mas eu fiz questão de ficar de olho na criança. Os problemas de comportamento se agravaram com o tempo, é claro. Quando Corin completou quinze anos, matou a mãe. Lembro que foi uma morte bem violenta, apesar de não me recordar dos detalhes específicos. Corin passou muitos anos internada numa instituição e nunca foi julgada pelo crime.

— O assassinato aconteceu em Denver?

— Sim.

— Obrigado, Sr. Cosgrove. A sua ajuda foi fundamental para entendermos o que aconteceu.

Depois de desligar o telefone, Sam batucou o lápis contra a mesa enquanto pensava no que descobrira sobre Corin Lee Street até então. Ela fora registrada na instituição como Corin, mas saíra como Leah — nome obviamente escolhido pela semelhança com Lee. O quadro que montara era o de uma mulher muito instável e perigosa, que sofrera abusos mentais e físicos da mãe, até que a violência que exibia esporadicamente saíra de controle. Os psiquiatras poderiam debater para sempre o que viera primeiro, o abuso ou a personalidade violenta, mas Sam não se importava com isso. Ele só queria saber quem era a mulher que causara tanta destruição.

Depois de falar com o Sr. Cosgrove, diretor da escola de Ensino Fundamental em que Corin estudara, ele ligou para a delegacia de Denver e, depois de um tempo, conseguiu falar com o detetive que investigara o assassinato grotesco da Sra. Street. Corin matara a mãe a pauladas, usando uma luminária de piso, depois jogara álcool no rosto da mulher e pusera fogo. Quando o corpo fora descoberto, Corin estava incoerente e nitidamente perturbada. Ela passara sete anos internada.

Mais pesquisas levaram à psiquiatra que cuidara de Corin. Ao ser informada da morte da paciente e das circunstâncias, a mulher suspirou.

— Ela foi liberada contra as minhas orientações — disse a médica. — Mas Corin reagiu melhor do que eu esperava, e foram muitos anos antes de seu comportamento começar a se deteriorar. Quando ela tomava os remédios, era funcional, mas continuava... Eu odeio usar rótulos, mesmo quando são adequados, mas ela continuava psicótica. Na minha opinião, era só uma questão de tempo antes de ela começar a matar. Corin tinha todos os sintomas clássicos.

— Como ela passou a ser Leah?

— Corin era o nome do seu avô materno. A mãe simplesmente se recusava a aceitar que a filha era mulher. Mulheres eram... "Sórdidas" e "safadas", esses eram os termos que Corin usava. A Sra. Street deu um nome masculino à filha, criou-a como um menino, vestiu-a como um menino, disse a todo mundo que tinha um filho. Se Corin cometesse qualquer erro, mesmo quando era bem pequena, era punida de várias formas: apanhava, era furada com alfinetes, trancada em armários escuros. E, quando chegou à puberdade, tudo ficou pior. A Sra. Street não conseguia aceitar as mudanças no corpo de Corin. Ela ficava especialmente nervosa com a menstruação.

— Aposto que sim — disse Sam, sentindo-se quase enjoado ao ouvir a litania de abusos.

— Depois da puberdade, sempre que Corin cometia um erro, ela era punida de forma sexual. Vou deixar os detalhes a cargo da sua imaginação.

— Obrigado — disse Sam, seco.

— Ela odiava o próprio corpo, odiava a sexualidade feminina. Com terapia e medicação, finalmente começou a desenvolver uma personalidade bem rudimentar como mulher, e se batizou de Leah. Corin se esforçou bastante para conquistar a feminilidade. Mas eu nunca tive esperanças de que um dia ela fosse ter uma vida sexual saudável ou qualquer tipo de relacionamento normal. Ela aprendeu a se comportar como mulher, e os remédios controlavam suas tendências violentas, mas seu conceito de realidade era falho, para dizer o mínimo. Acho surpreendente que tenha conseguido manter o mesmo emprego por anos. Há mais alguma coisa que você queira saber?

— Não, doutora, acho que você respondeu a todas as minhas dúvidas — respondeu Sam.

Ele precisava saber. Se Jaine quisesse respostas, ele as teria, mas, por enquanto, ela não fizera nenhuma pergunta sobre Leah Street.

Talvez isso fosse um bom sinal. Sam sabia que Jaine era forte, mas estava surpreso com a forma como estava determinada a se recuperar, como se a situação fosse um adversário a ser combatido. Ela não deixaria Leah Street vencê-la de forma alguma.

Ele olhou para o relógio e viu que estava atrasado.

— Droga — murmurou.

Jaine ia encher seus ouvidos se eles se atrasassem para buscar os pais dela no aeroporto. Ele tinha uma notícia importante para dar, uma notícia que não podia esperar, e não queria que ela estivesse irritada quando a ouvisse.

Ele dirigiu como um louco para encontrá-la na casa dos pais dela a tempo. Como eles quatro e mais seis semanas de bagagem não caberiam no Viper nem na picape, os dois iriam para o aeroporto no Lincoln da mãe de Jaine. Ela já estava no banco do motorista, com o motor ligado, quando ele derrapou diante da casa e saiu do carro.

— Você está atrasado — disse ela, dando partida assim que a bunda dele aterrissou no banco. Sam colocou o cinto de segurança.

— Vamos chegar na hora — respondeu ele, confiante. Com Jaine ao volante, não havia dúvida quanto a isso. Talvez fosse bom alertá-la sobre os perigos da velocidade, pensou Sam, mas mudou de ideia. — Você se lembra daquela entrevista que eu fiz para um cargo estadual algumas semanas atrás?

— Você conseguiu o emprego — disse Jaine.

— Como você sabe?

— Por que outro motivo você mencionaria isso?

— Eu me formei na academia da polícia estadual, então não tenho que passar pelo treinamento de novo. Posso começar direto como detetive. O problema é que vou ter que me mudar.

— E daí? — Ela revirou os olhos.

— Não faça isso! Preste atenção na estrada.

— Eu estou prestando atenção!

— Você não se incomoda de ter que se mudar? Acabou de comprar a sua casa.

— O que me incomodaria — disse ela, sucinta — seria você morar numa cidade, e eu, em outra. Isso seria foda.

Puxa vida, aquela era a palavra favorita dele.

Jaine chegou ao aeroporto em tempo recorde e estacionou o carro. Enquanto os dois se apressavam até o portão de desembarque, ela disse:

— Não esqueça, papai tem Parkinson, então, se o braço dele tremer, é por isso.

— Lembro bem disso — respondeu Sam, suas pernas longas acompanhando o passo dela com facilidade.

Os dois chegaram ao portão na mesma hora em que os passageiros começavam a sair. Os pais dela apareceram quase imediatamente. Jaine deu um gritinho e saiu correndo na direção da mãe, jogando os braços em torno dela e lhe dando um abraço apertado, para logo depois repetir o procedimento com o pai.

— Este é Sam! — disse ela, puxando-o para a frente.

Os pais já sabiam do casamento, então a sogra também jogou os braços ao redor dele, dando-lhe um abraço.

O pai de Jaine estendeu a trêmula mão direita.

— Aqui — disse ele. — Você segura minha mão, e eu balanço.

Sam soltou uma gargalhada. A mãe de Jaine disse:

— Lyle! Francamente!

— O quê? — perguntou ele, parecendo indignado com a bronca. — Se eu não puder me divertir com isso, qual é o sentido de ficar doente?

Naqueles olhos azuis brilhantes, Sam viu um brilho que lhe disse que Jaine tinha a quem puxar.

— Nós temos muita coisa para contar — disse Jaine, dando o braço para a mãe e seguindo pelo aeroporto. — Vocês têm que prometer que não vão se irritar.

Isso com certeza os deixaria calmos, pensou Sam.

Lyle Bright disse:

— Contanto que você não tenha batido meu carro, tudo bem.

Impresso no Brasil pelo
Sistema Cameron da Divisão Gráfica da
DISTRIBUIDORA RECORD DE SERVIÇOS DE IMPRENSA S.A.
Rua Argentina, 171 – Rio de Janeiro, RJ – 20921-380 – Tel.: (21)2585-2000